Mike Omer
Das Netz der Spinne

W0278242

EDITION M

Das Buch

Eine junge Frau wurde brutal ermordet und anschließend verscharrt. Detective Mitchell Lonnie vermutet den Täter im Umfeld der Toten. Aber als kurz darauf eine zweite Frau stirbt, entdeckt er eine bizarre Verbindung zwischen den Opfern. Beide erhielten vorab ein Foto der Waffe, mit der sie wenig später getötet wurden. Der grausame Schluss: Ein Serienkiller geht in Glenmore Park um.

Der Detective und sein Team setzen alles daran, den Todesboten, wie die Presse ihn zynisch tauft, zu überführen. Doch schnell wird der Fall für Mitchell verstörend persönlich. Denn seine Schwester erklärt sich bereit, den Lockvogel zu spielen – und erhält das Foto eines Samuraischwertes …

Der Autor

Mike Omer, Autor der »Zoe Bentley«- sowie der »Glenmore Park Mystery«-Reihe, arbeitete bereits als Journalist, Spieleentwickler und Geschäftsführer von Loadingames. Er ist mit einer Frau verheiratet, die ihn emsig ermahnt, seinen Traum zu leben, und Vater eines Engels, einer Elfe und eines Kobolds. Außerdem besitzt er zwei gefräßige Hunde, die jeden Besucher mit eifrigem Schwanzwedeln begrüßen. Mike schreibt am liebsten über authentische Menschen, die ein Verbrechen begangen haben oder einem zum Opfer gefallen sind. Wenn Sie Kontakt zu ihm aufnehmen möchten, schreiben Sie eine E-Mail an mike@strangerealm.com.

MIKE OMER

DAS NETZ DER SPINNE

EIN GLENMORE-PARK-THRILLER

Aus dem Amerikanischen von Kerstin Fricke

EDITION M

Die amerikanische Ausgabe erschien 2016 unter dem Titel »Spider's Web«
im Selbstverlag.

Deutsche Erstveröffentlichung bei
Edition M, Amazon Media EU S.à r.l.
38, avenue John F. Kennedy, L-1855 Luxembourg
September 2020

Die Übersetzung dieses Buches wurde durch Amazon Crossing ermöglicht.

Umschlaggestaltung: semper smile, München, www.sempersmile.de
Umschlagmotiv: © Ivan Kovbasniuk/Shutterstock; © martin-dm/Getty
Images; © Christie Goodwin/ArcAngel;
Lektorat und Korrektorat: VLG Verlag & Agentur, Haar bei München,
www.vlg.de
Gedruckt durch:
Amazon Distribution GmbH, Amazonstraße 1, 04347 Leipzig /
Canon Deutschland Business Services GmbH, Ferdinand-Jühlke-Str. 7,
99095 Erfurt /
CPI books GmbH, Birkstraße 10, 25917 Leck

ISBN: 978-2-49670-537-9

www.edition-m-verlag.de

Für Liora

Kapitel 1

Als Kendele die Songs für ihre Jogging-Playlist auswählte, dachte sie dabei nicht: *Und wenn ich sterbe, während ich den Song höre?* Das war eine Frage, die sich ihr normalerweise nicht stellte, auch wenn es an diesem Tag vielleicht ratsam gewesen wäre. Doch sie fand einfach, Taylor Swifts »Shake It Off« sei ein guter Song zum Laufen.

Sie hörte ihn, als sie durch den Park auf ein Wäldchen zulief.

So früh am Morgen war es sehr leer im Park. Dünne Nebelschwaden hingen über dem Gras wie eine trostlose graue Decke. Ein langer, gepflasterter Weg führte um den Park und den Buttermere Pond herum und auch durch das Wäldchen. Diesen Weg nahm Kendele an diesem Morgen, während sie Taylor Swift lauschte und über ihren wachsenden Kundenstamm und steigenden Kontostand nachdachte. Als sie den künstlich angelegten Teich in der Parkmitte erreichte, war ihr bereits der Schweiß ausgebrochen. Die kühle Morgenluft fühlte sich angenehm erfrischend auf der Haut an. Sie blickte beim Laufen auf das ruhige, dunkle Wasser und bemerkte, wie sich die Bäume darin spiegelten und zu seltsamen Formen verzerrt wurden. Ganz zaghaft machte sich ein Glücksgefühl in ihr breit. Kendele ging an das Glück heran wie ein Kleinkind ans Laufen: mit sachten, vorsichtigen, zögernden Schritten. Sie wollte sich nicht einfach hineinstürzen, weil man dann nur verletzt wurde.

Doch sie wollte nie wieder verletzt werden.

Das, was sie an ihrem neuen Leben am meisten liebte, war die Tatsache, dass sie die vollständige Kontrolle hatte. Sie kontrollierte sich, ihre finanzielle Lage, ihren Zeitplan und auch die Menschen in ihrem Leben.

Wobei sie darauf achtete, dass es so wenige wie möglich waren.

Sie bog gerade um eine Ecke und folgte dem Weg, der näher an den Teich heranführte, als sie etwas hart an der rechten Schläfe traf. Kurz wurde ihr schwarz vor Augen, dann konnte sie wieder etwas sehen. Alles war verschwommen. Sie kniete auf dem Boden, stützte sich mit einer Hand ab und hatte die andere an den Kopf gelegt, während sie zu begreifen versuchte, was eben geschehen war.

Taylor Swift sang gerade etwas über *Hater*.

Jemand packte Kendeles Arm und zerrte ihn auf ihren Rücken. Sie schrie, als sie auf die Beine gezogen wurde. Verzweifelt versuchte sie, nach hinten zu sehen, konnte den Kopf jedoch nicht weit genug drehen, und die Welt um sie herum verschwand hinter einem trüben Schleier. Ihr Angreifer drängte sie vorwärts, und sie stolperte, wäre beinahe gestürzt, doch die Person hinter ihr hielt sie mit eisernem Griff an ihrem verdrehten Arm fest. Es fühlte sich an, als würde ihre Schulter ausgekugelt. Sie schrie vor Schmerz auf und flehte den Fremden, wer immer er auch sein mochte, an, sie loszulassen. Dabei versuchte sie, zu begreifen, was hier eigentlich passierte. Wer war das? Was wollte er von ihr?

Sie begriff, wohin er sie führte, und wehrte sich, wollte sich ihm entziehen. Etwas – eine raue Hand – schlug hart gegen ihren Hinterkopf. Sie wusste, dass es eine Hand war; sie wusste, wie es sich anfühlte, geschlagen zu werden. Doch das sollte nicht mehr passieren. Nicht hier.

Zwei weitere Schritte, und sie spürte die Kälte an den Beinen. Ihr Angreifer zwang sie, in den Teich zu gehen. Die Wasseroberfläche funkelte in der Morgensonne. Nach und nach konnte sie wieder besser sehen und klarer denken, und sie merkte, dass Taylor Swift noch immer im Hintergrund sang und sie aufforderte, alles abzuschütteln.

Erneut ein stechender Schmerz, als ihr Arm noch mehr verdreht wurde. Sie schrie laut auf und hatte Tränen in den Augen. Der Angreifer zwang sie, sich vorzubeugen, drückte sie auf die Knie, und das Wasser schwappte um ihre Beine und durchtränkte ihre Shorts. Sie flehte ihn an, wusste nicht, was hier eigentlich los war, konnte den Mann nicht sehen, der immer fester zudrückte, ihr wurde schwindlig und übel, und sie stand kurz davor, das Bewusstsein zu verlieren.

Und dann war alles kalt. Sie rang vor Schreck nach Luft und bekam sofort Wasser in Mund und Kehle. Eine Hand drückte sie nach unten; sie geriet in Panik, drehte sich und ignorierte den entsetzlichen Schmerz in ihrem Arm, weil sie nur noch Luft holen wollte. Schwarze Punkte tanzten in ihrem Blickfeld, das immer dunkler wurde: Die umherwirbelnden Wolkenmuster im schlammigen Wasser waren immer schlechter zu erkennen. Die Hand war gnadenlos und drückte ihren Kopf auf den sandigen Grund des Teiches; weicher Sand verstopfte ihre Nase, knirschte zwischen ihren Zähnen – und die Musik lief immer weiter.

Es wurde dunkel; ihr Geist umwölkte sich, und in ihren Lungenflügeln explodierte der Schmerz. Sie kannte nur noch einen Reflex, und der sagte ihr, sie müsse an die Oberfläche, sich der Hand entwinden, irgendwie atmen.

Aber sie war so schwach und hilflos und konnte es einfach nicht tun.

* * *

Detective Mitchell Lonnie näherte sich dem Tatort auf dem gepflasterten Weg, der durch den Park verlief. Der Regen plätscherte um ihn herum zu Boden, nur leichter Nieselregen, allerdings dicht genug, dass er bereute, den Regenschirm zu Hause gelassen zu haben. Er zog die Schultern ein und stellte den Jackenkragen auf, als ihm Regentropfen in den Nacken liefen. Der graue Himmel passte perfekt zu seiner Laune, die miserabel war, wann immer er an Paulines Gesicht denken musste, als er ihr gesagt hatte, dass man ihn angerufen und ihre Pläne fürs Mittagessen somit zunichtegemacht hatte. Sie hatte dieses Funkeln in den Augen gehabt, wie immer, wenn sie wusste, dass sie sich nicht ärgern sollte, es aber trotzdem tat. Zuletzt hatten sie nur wenig Zeit miteinander verbracht, und obwohl sie wusste, dass jederzeit Menschen ermordet werden konnten, wäre es ihr doch lieber gewesen, wenn dies nicht am Wochenende geschah.

Candace, die heute in der Zentrale arbeitete, hatte ihm am Telefon gesagt, dass die Leiche in der Nähe des Buttermere Ponds vergraben gewesen sei. Inzwischen konnte er den Tatort sehen; mehrere Personen hielten sich bereits dort in der Nähe des Weges am Wäldchen auf. Er hatte den Wagen seines Partners zuvor schon auf dem Parkplatz bemerkt, wo er neben dem Streifenwagen parkte, der als Erstes hergeschickt worden war. In dieser Hinsicht konnten sie von Glück reden, dass es regnete. An einem schönen Augustwochenende wäre der Park voller Menschen gewesen und sie hätten sich mit den Horden an Schaulustigen abgeben müssen, die sich unausweichlich um einen Tatort versammelten. Im Augenblick war der Park leer und es hielten sich gerade mal fünf – nein, sechs – Personen am Tatort auf, die er fast alle kannte.

Er blieb kurz stehen und nahm den Anblick in sich auf. Kate und Noel, die Streifenbeamten, redeten mit einem jungen, verängstigt wirkenden hispanischen Teenager. Er trug einen gelben Regenmantel und einen Rucksack und hatte einen Golden

Retriever an der Leine bei sich. Die beiden Tatortermittler Matt Lowery und Violet Todd hockten neben einem flachen Loch. Matt grub vorsichtig mit einer kleinen Schaufel in der Erde, während Violet mit einer kleinen Kamera Fotos schoss. Neben ihnen stand Detective Jacob Cooper, Mitchells Partner, der wie immer seinen Fedora auf dem vollkommen kahlen Kopf trug und einen schwarzen Regenschirm in der Hand hielt. Er war ein breitschultriger Mann, der oft autoritär und Achtung gebietend wirkte. Seinen eisblauen, stets wachsamen Augen entging nichts. Er war seit fünfundzwanzig Jahren bei der Polizei und gehörte zu den besten Detectives, die der Kriminalpolizei von Glenmore Park je angehört hatten.

Mitchell trat auf Jacob zu, der ihm die Hand schüttelte.

»Was haben wir hier?«, erkundigte sich Mitchell.

»Der Hund des Jungen hat die Leiche gefunden«, berichtete Jacob und deutete auf den Teenager. »Sie war etwa einen halben Meter tief vergraben. Er hat uns angerufen, sobald ihm klar geworden war, was er da entdeckt hatte.«

»Und er war zufällig an einem verregneten Tag im Park unterwegs?«, fragte Mitchell.

Jacob zuckte mit den Achseln. »Ich habe noch nicht mit ihm gesprochen.«

Mitchell näherte sich dem Grab. Es war nur zum Teil freigelegt worden, sodass man die Füße und den Kopf des Opfers sehen konnte, während der Rest noch vergraben war. Der dunkelhäutige Matt, dessen Hals im Regen glänzte, kratzte langsam die Erde weg und achtete sorgsam darauf, keine Beweise zu vernichten. Im Knien wirkte er sogar noch kleiner als sonst. Matt gehörte zu den kleinsten Menschen, die Mitchell kannte, und sein Nachname Lowery hatte ihm im Laufe der Jahre vermutlich schon eine ganze Reihe von unschönen Bemerkungen eingebracht.

Der Gestank nach Verwesung und Tod hing in der Luft, und Mitchell merkte, wie er schnell und flach durch den Mund atmete. Die Leiche lag schon eine Weile da; und beim Anblick der glitzernden, schwarz angelaufenen Haut drehte sich Mitchell der Magen um. Soweit er es erkennen konnte, handelte es sich um eine Frau, deren Augen und Zunge auf grässliche Weise hervortraten. Ihr Haar war zum Teil vom Kopf abgetrennt. Mitchell wich einen Schritt zurück und keuchte unwillkürlich auf.

»Passen Sie auf, wo Sie hintreten«, sagte Matt, ohne sich umzudrehen.

Mitchell blickte zu Boden. Nur wenige Zentimeter von seinem linken Fuß entfernt war ein breiiger gelber Fleck zu sehen. »Was ist das?«, wollte er leise wissen und hielt sich das feuchte Hemd vor Mund und Nase.

»Das zum Teil verdaute Frühstück des Jungen, der die Leiche gefunden hat«, antwortete Matt.

Erbrochenes. Nachvollziehbar. Ein Stück weiter konnte er einen ähnlichen Fleck erkennen. »Das hier auch?«, fragte Mitchell und deutete darauf.

»Das stammt von Noel«, erwiderte Matt.

»Okay.« Mitchell war drauf und dran, es den beiden nachzutun. Seinem leeren Magen bekam das Ganze hier gar nicht.

Zu Matts Füßen standen mehrere Beweismittelbeutel, die größtenteils mit Erde gefüllt waren. In den Behältern daneben sah Mitchell einige Insekten herumkrabbeln.

»Was glauben Sie, wie lange Sie noch brauchen werden?«, fragte Mitchell.

»Tja«, setzte Matt an. »Ich werde die Leiche ausgraben und auch noch weitere Insekten und Bodenproben mitnehmen. Danach scanne ich den umliegenden Bereich, auch wenn ich nicht davon ausgehe, dass sich hier noch weitere Beweise finden lassen. Hier laufen tagtäglich mehrere hundert

Menschen herum, und das Verbrechen ist schon vor einiger Zeit geschehen.«

»Können Sie abschätzen, wann in etwa?«, hakte Mitchell nach. »Eine ungefähre Angabe würde mir schon reichen.«

»Nein«, antwortete Matt knapp.

»Okay.« Mitchell ging zu Jacob, der sich gerade Noel und dem Teenager näherte. Noel nickte Mitchell und Jacob mit ernster Miene zu. Mitchell mochte Noel; er war ein guter Polizist und benahm sich den Detectives gegenüber nicht so feindselig wie einige der anderen Streifenpolizisten.

»Ich bin Detective Jacob Cooper«, stellte sich Jacob dem Jungen vor. »Das ist mein Partner Detective Mitchell Lonnie. Wie heißt du?«

»Daniel. Daniel Hernandez«, erwiderte der Junge. Sein hellbraunes Gesicht war regennass, und sein schwarzes Haar klebte ihm am Kopf. Er hatte leicht gerötete Augen, und Mitchell vermutete, dass der Junge vor Kurzem geweint hatte. Der Golden Retriever hockte niedergeschlagen auf dem Boden, hatte den Kopf auf die Vorderpfoten gelegt und pitschnasses Fell.

»Würdest du uns bitte sagen, wie du die Leiche gefunden hast?«

»Das war mein Hund«, korrigierte Daniel ihn.

»Hast du etwas aufgehoben oder berührt, bevor oder nachdem du die Leiche entdeckt hattest?«

»Nein. Ich meine … Möglicherweise habe ich was angefasst, aber nicht die Leiche. Glaube ich. Vielleicht einmal versehentlich. Tut mir leid.« Der Junge fing an zu schluchzen und senkte den Blick.

Mitchell kniete sich neben den Jungen und berührte ihn sacht am Arm. Daniel hob den Kopf und sah Mitchell in die mitleidvollen Augen. Mitchell entging nicht, dass sich der Junge ein wenig entspannte, weil er sich einem vermeintlichen Freund gegenüber glaubte. Das war ein billiger Trick.

Die beiden Detectives wussten, dass die Menschen Mitchell sofort vertrauten. Jacob würde in die Rolle des harten, sachlichen Detectives schlüpfen, während Mitchell versuchte, das Vertrauen der Zeugen zu gewinnen. Selbst wenn das in diesem Fall nicht unbedingt nötig war, schließlich hatten sie es nur mit einem Jungen zu tun, der sich zur falschen Zeit am falschen Ort aufgehalten hatte.

»Mach dir keine Sorgen«, sagte Mitchell leise. »Du hast nichts falsch gemacht.«

Daniel nickte schniefend.

»Wie hat dein Hund die Leiche gefunden?«, fragte Mitchell.

»Sie reagiert auf Gestank. Wenn sich im Umkreis von einem Kilometer etwas Verwesendes oder Stinkendes befindet, will sie sofort dorthin. Sie rollt sich auch gern in toten Tieren.«

»Verstehe«, sagte Mitchell. »Dann hat sie die Leiche gerochen?«

»Ich schätze schon.« Daniel warf der Hündin einen gereizten Blick zu. »Sie hat mich hergezerrt und angefangen zu graben. Ich hab sie gelassen – ich schrieb gerade meiner Freundin und hatte nichts dagegen, kurz stehen zu bleiben. Aber dann fiel mir etwas in der Erde auf. Es … es war der Kopf. Da hab ich sofort die Polizei gerufen.«

»Wohnst du in der Nähe, Daniel?«, wollte Mitchell wissen.

»Ja. Etwa eine Viertelstunde vom Park entfernt.«

»Kommst du oft mit deinem Hund hierher?«

»Manchmal an den Wochenenden«, antwortete Daniel achselzuckend.

»Selbst, wenn es regnet?«

»Der Hund muss doch trotzdem raus.«

»Okay. Du hast also die Leiche gefunden und uns angerufen. Was hast du danach gemacht?«

»Nichts. Ich hab einfach gewartet. Die Polizisten waren zwanzig Minuten später hier.«

»Hast du beim Warten irgendetwas Ungewöhnliches bemerkt?«

»Nein.«

»Ist jemand vorbeigekommen?«

»Nein.«

»Okay. Danke, Daniel.«

»Kann ich jetzt gehen?«

»Sicher«, erwiderte Jacob. »Aber gib uns deine Adresse und deine Telefonnummer, damit wir wissen, wie wir dich erreichen können.«

Nachdem Daniel das getan hatte, wandte er sich zum Gehen.

»Warte«, hielt Mitchell ihn auf.

»Was denn noch?«

»Gib mir mal kurz dein Handy, Daniel.«

»Warum?«

»Gib's mir einfach.«

Mit finsterer Miene drückte Daniel Mitchell sein Handy in die Hand. Mitchell öffnete die Fotos und sah sich die letzten Bilder an. Dann seufzte er. Auf den drei Fotos, die Daniel zuletzt geschossen hatte, war der freigelegte Kopf der Toten deutlich im Hintergrund zu erkennen. Mitchell zeigte Jacob die Bilder, der nur den Kopf schüttelte.

»Ein Selfie vor einer Leiche, Daniel? Im Ernst?«, meinte Jacob.

»Ich wollte nur …«

»Nein, wolltest du nicht.« Mitchell löschte die Fotos.

»Hast du die Bilder schon geteilt?«, wollte Jacobs wissen.

»Nein.«

»Bist du sicher? Wir überprüfen das.«

»Nein! Ich habe sie niemandem geschickt.«

»Okay.« Mitchell gab Daniel das Handy zurück.

»Darf ich dann wenigstens ein Selfie mit Ihnen beiden machen?«, bat Daniel. »Ich brauche doch was, das ich meinen Freunden zeigen kann.«

»Aber sicher«, erwiderte Jacob. »Mach ein Foto mit Detective Lonnie.«

Mitchell warf Jacob einen erbosten Blick zu, doch Daniel baute sich bereits freudestrahlend neben Mitchell auf und tippte auf seinem Handy herum. Er legte Mitchell einen Arm um die Schultern, als wären sie alte Freunde, und machte ein paar Fotos, während er Mitchell zu überreden versuchte, etwas »Detective-mäßiger« auszusehen.

Endlich zog Daniel zu Mitchells Erleichterung mit seinem Hund von dannen.

Mitchell ging zu Violet, die sich derweil in der Nähe des Tatorts umsah und den Boden gründlich untersuchte. »Haben Sie schon etwas Interessantes gefunden?«

»Ein benutztes Kondom.« Sie sah ihm in die Augen. »Und zwei Bierflaschen.«

Mitchell merkte sich das Kondom und fragte sich kurz, ob sie es hier mit einem Sexualverbrechen zu tun hatten. Er drehte sich um und blickte erneut zum Grab hinüber.

Matt kniete noch immer mit ernstem Gesicht daneben und schabte Erde von der Leiche. Er wandte sich an Jacob. »Ein komischer Ort, um eine Leiche zu verstecken.«

»Ja«, stimmte Jacob ihm zu. »Normalerweise herrscht hier immer viel Betrieb.« Er blickte in die Ferne, und Mitchell sah ebenfalls in die Richtung. Drei Gestalten näherten sich, zwei Männer mit einer Bahre und eine Frau, die neben den beiden herlief.

»Wenn wir davon ausgehen, dass der Mörder mit der Leiche hergekommen ist«, überlegte Mitchell laut, »dann musste er sie den ganzen Weg bis zum Wäldchen tragen, ein Loch buddeln, sie reinlegen und Erde daraufschaufeln, ohne dass es jemand mitbekam.«

»Warum sollte er das überhaupt tun?«, wollte Jacob wissen. »Es gibt unzählige bessere Stellen und Arten, eine Leiche zu entsorgen.«

Die drei Neuankömmlinge waren nicht mehr weit entfernt. Mitchell erkannte Annie Turner, deren rotes Haar völlig nass war.

»Hallo, Detectives«, grüßte Annie. Sie war die Rechtsmedizinerin von Glenmore Park und ein sehr umgänglicher Mensch. Zudem versuchte sie immer, die medizinischen Erkenntnisse so zu erklären, dass sie auch noch der einfältigste Detective begreifen konnte.

Sie trug einen gelben Regenmantel über einer weißen Hose und einer Bluse. Die eckige Brille, ohne die man sie nie antraf, war mit Regentropfen übersät, und Mitchell fragte sich, ob sie überhaupt noch etwas erkennen konnte. Er zeigte ihr den Weg zum Grab. Matt hatte den Torso vom Großteil der Erde befreit. Fetzen von etwas, was einst ein Sport-BH gewesen sein konnte, bedeckten sehr kleine Flecken vom verwesenden Fleisch der Toten. Obwohl er schon neun Jahre bei der Polizei war, konnte Mitchell so einen Anblick nur schwer ertragen. Daher wandte er den Blick ab und sah stattdessen Annie an. Sie näherte sich zögerlich und mit kleinen, vorsichtigen Schritten dem Grab.

»Oh … hallo, Matt«, sagte sie.

Matt räusperte sich. »Hallo, Annie.«

Annie hockte sich neben die Leiche und betrachtete sie gründlich.

»Wie ich sehe, haben Sie die Hände bereits eingetütet«, stellte sie leise fest.

»Äh … ja«, erwiderte Matt. »Soll ich nächstes Mal lieber auf Sie warten? Das kann ich gern tun. Sie haben recht, ich hätte warten sollen …«

»Nein, nein, schon in Ordnung. Es gab keinen Grund zu warten. Sie haben getan, was nötig war.« Annies Stimme klang leicht erstickt.

Mitchell starrte die beiden irritiert an. Er hatte das Gefühl, zwei Teenager zu beobachten, die versuchten, den Mut aufzubringen, den anderen zum Abschlussball einzuladen. Was war denn los mit den beiden?

»Sie hätten nicht herkommen müssen«, meinte Mitchell. »Schließlich ist es nicht nötig, sie für tot zu erklären, richtig? Und so werden Sie nur ganz nass.«

»Nein, schon gut. Ich wollte … die Leiche sehen.« Annie berührte die rechte Hand der Toten, als Matt gerade Erde daneben wegschaufeln wollte. Ihre Finger berührten sich, und sie zogen sie beide schnell zurück.

»Ich bin in einer Minute fertig«, stieß Matt hervor.

»Gut! Gut.« Annie stand auf und wandte sich an die beiden Männer, mit denen sie hergekommen war. »Machen Sie schon mal die Bahre fertig«, forderte sie sie auf. »Matt ist gleich so weit.«

Mitchell ging um das Grab herum und wandte sich noch einmal an Jacob.

»Sieht so aus, als hätte sie Laufschuhe getragen«, stellte er fest.

»Dann war sie vermutlich joggen«, erwiderte Jacob.

»Vermutlich.«

»Sie ging im Park joggen, und der Killer hat hier auf sie gewartet.«

»Ich vermute, dass es früher Morgen oder später Abend war«, sagte Mitchell. »Es hielten sich nicht viele Menschen im Park auf.«

»Und nach dem Mord hat er sie an Ort und Stelle vergraben.«

»Genau.«

Sie blieben am Tatort, während Annie die Leiche in einen schwarzen Leichensack stecken ließ. Matt sicherte einen Autoschlüssel, den er in der Gesäßtasche des Opfers gefunden hatte, und nahm noch weitere Proben. Die beiden Detectives und die beiden Tatortermittler untersuchten die nähere Umgebung des Tatorts. Zusätzlich zu den Bierflaschen und dem Kondom fanden sie im Umkreis von fünfzehn Metern einen alten, ausgetrockneten Filzstift, einen Zigarettenstummel und das Einwickelpapier eines Schokoriegels.

Die Tote hatte keinen Ausweis bei sich.

***

Bei dieser Ermittlung gab es keinen Grund zur Eile. Das Verbrechen war nicht vor Kurzem verübt worden – Annie hatte schnell herausgefunden, dass die Frau wenigstens seit einer Woche tot war –, und es gab keinen einfachen Weg, die Leiche zu identifizieren, sodass auch keine Angehörigen benachrichtigt werden konnten. Kurz gesagt, gab es keinen Grund, bezahlte Überstunden zu machen. Der Chief teilte Captain Bailey bald mit, dass seine Leute warten und den Fall am Montag bearbeiten konnten.

Wenig überraschend kamen keine Einwände.

Der Rest des Wochenendes verstrich ereignislos. Zwar hatten die Detectives und die Tatortermittler die begrabene, verwesende Leiche gesehen, doch sie ließen sich davon nicht die Freizeit verderben.

Allerdings konnte der Tod auch ruhige, nachdenkliche Augenblicke überschatten. Er bat nicht um Erlaubnis und schlich sich meist still und leise in die Gedanken der Menschen, bevor sie überhaupt merkten, dass er dort war.

Beim samstäglichen Abendessen bat Jacobs Tochter Amy ihn, ihr die Salatschüssel zu reichen. Sie wiederholte die Bitte dreimal, doch ihr Vater sah einfach durch sie hindurch, als wäre sie unsichtbar geworden. Schließlich räusperte er sich und gab ihr den Salzstreuer. Amy warf Marissa, Jacobs Frau, einen Blick zu, und sie beendeten das Essen schweigend.

Matt fuhr den Highway entlang, als er plötzlich von einem Gefühl der Einsamkeit übermannt wurde. Er fuhr an der nächsten Ausfahrt ab und blieb am Straßenrand stehen, während ihm die Tränen kamen. Dann nahm er sein Handy und überlegte, jemanden anzurufen. Als er seine Kontaktliste durchging, entdeckte er den Namen der einzigen Person, mit der er reden wollte, aber er rief nicht an. Stattdessen öffnete er Twitter, versuchte, sich etwas Witziges oder Einprägsames einfallen zu lassen, das er schreiben konnte, was ihm jedoch nicht gelang, daher retweetete er nur einen Tweet von »The Oatmeal«. Aus irgendeinem Grund fühlte er sich danach besser und konnte weiterfahren.

Mitchell und Pauline lagen nackt im Bett und küssten sich. Pauline ließ eine Hand über sein Bein bis hinauf zum Oberschenkel gleiten, doch auf einmal rückte er von ihr ab.

»Stimmt was nicht?«, fragte sie.

»Alles gut«, behauptete er und konnte ihr einfach nicht erklären, dass ihn ihr Körper unverhofft an die Tote erinnerte, die er zuvor gesehen hatte, und an die Überreste des Sport-BHs, die das verwesende Fleisch kaum verdeckt hatten. Er küsste sie, und sie lächelte ihn an, aber in ihren Augen spiegelte sich Besorgnis wider.

Sie schlief in Mitchells Armen ein, der sich an ihren Rücken schmiegte und ihrem tiefen Atmen lauschte, während er sich fragte, ob es wohl jemanden gab, der die Tote, ihren Körper, ihre Wärme, ihre Liebe vermisste.

Annie, die mehr Tote gesehen hatte als die anderen, ließ sich so gut wie gar nicht beirren. Doch auch bei ihr gab es einen Moment, einen kurzen Augenblick, als sie unter der Dusche stand und das Gesicht der Toten vor ihrem inneren Auge aufblitzte.

Sie ignorierte es, trocknete sich ab, zog sich an und ging ins Kino.

Am Montagmorgen führte sie die Autopsie durch. Dabei war sie ganz allein, da sie die Einsamkeit bevorzugte. Bei Mordautopsien hatte sie nur ungern Assistenten dabei, wenngleich ihr der Grund dafür selbst nicht ganz klar war. Sobald sie fertig war, rief sie Jacob an und teilte ihm mit, dass sie einige Schlussfolgerungen gezogen habe, die sie gern mit den Detectives durchsprechen wollte.

Kapitel 2

Um peinliche Vorfälle in der Leichenhalle zu vermeiden, beschloss Mitchell, sich etwas VapoRub unter die Nase zu schmieren und so den Leichengestank zu überdecken. Als er neben dem Metalltisch stand, auf dem die unbekannte Leiche lag, ging ihm jedoch auf, dass VapoRub das Atmen erleichtern sollte, indem es die Nase befreite, und es somit nicht gerade eine seiner besten Ideen gewesen war. Der Gestank war beinahe überwältigend, und ihm drehte sich der Magen um.

Er versuchte, das Gefühl zu ignorieren und nur auf das zu achten, was Annie ihm und Jacob mitteilte. Sie deutete beim Reden auf die Leiche, und das grellweiße Licht in der Leichenhalle betonte die verfärbte Haut des Opfers nur umso deutlicher.

»Die Verstorbene war einundzwanzig Jahre alt«, sagte Annie. »Sie war weißhäutig, eins siebzig groß und hatte rotes Haar. Das genaue Gewicht lässt sich schwer bestimmen, aber sie war sehr dünn. Ich kann Ihnen noch keine genaue Todeszeit nennen. Der Boden war dort, wo man sie begraben hat, feucht, und die Temperaturen schwanken diesen Sommer stark. Aber Matt hat mehrere Larven aus den Körperöffnungen und aus der Erde in der direkten Umgebung gesichert, und wir treffen uns heute Nachmittag mit einem forensischen Entomologen.

Gegen Abend können wir genauer bestimmen, wann der Tod eingetreten ist.«

»Okay«, erwiderte Jacob.

»Magen und Innereien hatten sich bereits verflüssigt, als wir die Leiche untersucht haben, daher ließ sich der Inhalt nicht mehr feststellen. Aber ich habe einige interessante Proben in den Nebenhöhlen der Toten gefunden.« Sie ging zu einem Regal, in dem mehrere Gläser standen, nahm eines heraus und zeigte es den Detectives.

»Was ist das?«, fragte Mitchell und starrte die geringe Menge einer dunklen Substanz mit zusammengekniffenen Augen an.

»Irgendeine Pflanze«, antwortete Annie.

»Sie hat sie eingeatmet?«, hakte Jacob nach.

»Sieht ganz danach aus«, bestätigte Annie. »Dafür könnte es mehrere Gründe geben, aber der wahrscheinlichste ist Ertrinken. Ertrinkende atmen manchmal Teile von Wasservegetation ein, wenn sie nach Luft ringen. Sie hatte auch etwas Sand im Mund, der nicht zu der Beschaffenheit des Bodens passt, in dem sie begraben wurde, und den ich in dem Glas dort drüben gesichert habe.« Sie deutete auf einen weiteren Behälter. »Aber das hilft uns kaum weiter, da sie diese Partikel auch beim Laufen an einem windigen Tag zusammen mit dem in der Luft schwebenden Staub eingeatmet haben könnte. Ich habe ihr Knochenmark untersucht und dort einige Kieselalgen gefunden …«

»Was ist das?«, fiel Mitchell ihr ins Wort.

»Das erkläre ich gleich«, gab Annie zurück. »Kieselalgen sind einzellige Phytoplankton-Organismen, die manchmal im Wasser leben. Wenn ein Mensch ertrinkt, atmet er diese Organismen ein und sie sammeln sich später im Knochenmark.«

»Aber müsste sie denn nicht Wasser in der Lunge haben, wenn sie ertrunken ist?«, wollte Mitchell wissen.

»Nicht unbedingt«, erklärte Annie. »Etwa fünfzehn Prozent aller Opfer sterben an ›trockenem Ertrinken‹, bei dem kein Wasser in die Lunge eindringt.«

»Dann ist sie also ertrunken?«, fragte Jacob.

»Tja …« Annie zögerte. »Der Kieselalgentest ist nicht eindeutig, weist jedoch auf eine hohe Wahrscheinlichkeit des Ertrinkens hin. Zusammen mit dem Pflanzenmaterial, das ich in ihren Nebenhöhlen gefunden habe, würde ich die Wahrscheinlichkeit dafür, dass sie ertrunken ist, als sehr hoch einschätzen.«

»Wie hoch?«

Annie zuckte mit den Achseln.

»Könnten das Pflanzenmaterial und der Staub aus dem Teichwasser im Park stammen?«

»Definitiv«, bestätigte Annie.

»Können Sie das überprüfen?«

»Ich denke schon. Ich habe da einen Experten an der Hand.«

»Okay«, meinte Jacob. »Eine einundzwanzigjährige Frau, die vermutlich ertrunken ist. Was haben Sie noch für uns?«

»Ich habe DNA-Proben ins Labor geschickt, damit sie in CODIS überprüft werden können«, teilte Annie ihnen mit. »Leider konnte ich keine Fingerabdrücke sichern. Ich habe eine Wurzelkanalbehandlung entdeckt, die recht alt zu sein scheint. Vermutlich aus der Kindheit. Bei einer Identifizierung können wir das in den zahnärztlichen Unterlagen überprüfen.«

Jacob und Mitchell nickten. Das war hilfreich, jedoch hatten sie sich mehr erhofft.

»Noch etwas?«, fragte Mitchell.

»Ich glaube, sie wurde als Kind missbraucht«, sagte Annie.

»Wie kommen Sie darauf?«, hakte Jacob nach.

»Sehen Sie das hier?« Annie ging zu einer Wand, an der mehrere Röntgenaufnahmen hingen. »Zwei alte Brüche der dritten linken Rippe und ein weiterer Bruch der vierten. Ihre linke Hand war zweimal gebrochen, und auch die Finger weisen mehrere Frakturen auf.«

»Möglicherweise hatte sie einen Unfall«, mutmaßte Mitchell.

Annie schüttelte den Kopf. »Die Knochen sind nicht zeitgleich gebrochen. Nein, hier haben wir es mit einem Fall zu tun, bei dem einer Person aus welchem Grund auch immer mehrmals die Knochen gebrochen wurden. So etwas bekomme ich manchmal bei Menschen zu sehen, die Extremsport bestreiten, aber dies sind sehr alte Frakturen, daher muss sie etwa zehn oder elf gewesen sein, als sie sich die Knochen gebrochen hat. Das spricht eindeutig gegen die Extremsporttheorie.«

»Okay.« Jacob nickte.

»Lässt sich irgendwie feststellen, ob sie vor dem Tod sexuell missbraucht wurde?«, wollte Mitchell wissen.

»Das können wir nicht mit Sicherheit sagen«, antwortete Annie kopfschüttelnd, »aber ich konnte keine Spuren finden, die darauf hingedeutet hätten. Und ihre Shorts und der Slip waren größtenteils intakt.«

»Okay. Danke, Annie«, sagte Jacob.

Bisher blieb ihre unbekannte Tote weiterhin anonym.

* * *

Sobald sie in ihr Büro zurückgekehrt waren, ging Mitchell zum Aktenschrank. Allerdings interessierte er sich nicht für den Inhalt; heutzutage konnten sie digital auf all ihre Akten zugreifen. Aber der Aktenschrank hatte zudem die äußerst wichtige Aufgabe, als Podest für die Kaffeemaschine herhalten zu müssen. Er kochte eine Kanne starken schwarzen Kaffee, füllte zwei Tassen und reichte eine davon Jacob, der bereits wild auf seiner Tastatur herumtippte. Die Kaffeemaschine, ein unglaublich teures Modell, war ein Jahr zuvor von Captain Fred Bailey angeschafft worden und stellte den am meisten geschätzten Besitz hier dar. Mitchells Meinung nach war sie ebenso wichtig wie jeder der Detectives.

Er lehnte sich an Jacobs Schreibtisch, einen von vieren in diesem Raum. Zum Polizeirevier von Glenmore Park gehörten vier Detectives und ein Captain. Früher einmal hatte hier auch noch ein Lieutenant gearbeitet, aber aufgrund von Budgetkürzungen hatte der Chief entschieden, dass sie auf ihn verzichten konnten, was noch immer für Kontroversen und Kritik sorgte.

»Wenn du den Bericht fertig hast, schick ihn mir und ich übertrage ihn ins System«, sagte Mitchell.

Jacob warf ihm einen dankbaren Blick zu. Seine Beziehung zum internen Berichtprogramm des Departments war von Misstrauen getrübt und grenzte zuweilen sogar an Hass. Manchmal erinnerte er Mitchell an seine Mutter, die ihn regelmäßig mit Beschwerden wie »Das Internet spielt das Lied nicht ab, das ich auf dem Desktop angeklickt habe« oder »Ich habe eine E-Mail geschrieben, aber der Computer hat sie verschwinden lassen, und jetzt finde ich meine Fotos nicht mehr wieder« in den Ohren lag.

Mitchell durchquerte den Raum und trat vor eines der Whiteboards. Es gab zwei, die für Brainstorming-Sitzungen oder zur Informationssammlung bei aktuellen Fällen genutzt wurden. Beide Tafeln waren im Augenblick mit Kritzeleien übersät, die größtenteils Enten darstellten. Er wischte alles weg, auch sämtliche Enten, und schrieb ganz oben auf die Tafel: »Mord an Jane Doe – Buttermere Park«. Danach ging er zum Büro des Captains, um nachzusehen, ob er da war, und ihn auf den neuesten Stand zu bringen.

Das Büro des Captains grenzte direkt an das der Detectives und lag hinter einer wackligen Holztür, bei der man immer befürchten musste, sie gleich in der Hand zu haben, was an der Neigung des Captains lag, die Tür hinter sich zuzuknallen, wenn er gereizt war. Mitchell klopfte mehrmals an und setzte sich dann an seinen Schreibtisch. Sie konnten Captain Bailey auch später Bericht erstatten.

Mitchell startete seinen Computer und rief NAMUS auf, das National Missing and Unidentified Persons System. Er suchte nach verschwundenen Frauen in Massachusetts und erhielt fünf Ergebnisse aus dem letzten Jahr. Zwei der Frauen waren sechsundvierzig beziehungsweise neunundachtzig Jahre alt. Mitchell ignorierte die beiden Fälle und konzentrierte sich auf den Rest. Eine der drei war Afroamerikanerin und konnte somit auch ausgeschlossen werden. Damit blieben noch zwei übrig. Die Beschreibungen stimmten nicht genau mit der der Toten überein, aber Mitchell hatte es schon häufiger erlebt, dass eine Person vollkommen anders beschrieben wurde, als sie tatsächlich aussah. Er zog es vor, sich selbst ein Bild zu machen.

Als er den Telefonhörer schon in der Hand hatte, zögerte er. Nach einer Sekunde legte er wieder auf, holte sein Handy aus der Tasche und rief stattdessen Pauline an. Sie ging nicht ran, womit er schon gerechnet hatte. Bei der Arbeit nahm Pauline im Allgemeinen keine Anrufe entgegen, aber er hatte trotzdem darauf gehofft. Es kam ihm so vor, als würden sie sich in letzter Zeit kaum noch sehen, da er so viele Überstunden machte und sie tagsüber arbeitete und abends Kurse belegte. Er vermisste die Gespräche mit ihr. Je länger er darüber nachdachte, desto mehr wurde ihm bewusst, wie viel glücklicher er in den wenigen Minuten war, die sie sich hin und wieder füreinander nahmen. Er beschloss, sich mehr Mühe zu geben, um Zeit mit ihr zu verbringen oder wenigstens mit ihr zu reden.

Einen Augenblick später sah er die erwartete Nachricht auf dem Display. Kann gerade nicht reden. Sry. Sie kürzte so gut wie nie Worte ab, wenn sie Nachrichten schrieb, nur »Sorry« und

»Gute Nacht«, woraus stets »sry« und »GN8« wurde. Seufzend steckte er das Handy wieder ein, griff abermals nach dem Telefonhörer und wählte die Telefonnummer aus der Akte der ersten vermissten Frau.

Eine Frauenstimme meldete sich. »Hallo?«

»Hi«, sagte Mitchell. »Ich bin Detective Lonnie von der Polizei in Glenmore Park. Sind Sie Mrs Brody?«

»Ja, die bin ich.«

»Mrs Brody, ich rufe wegen Ihrer Tochter Patricia an.«

»Warum?«, fragte die Frau. »Ist ihr etwas zugestoßen?«

»Meines Wissens haben Sie sie vor zwei Monaten als vermisst gemeldet?«

»Das ist korrekt.«

»Nun, es gibt aufgrund einiger Entwicklungen einige neue Spuren, die möglicherweise …«

»Meine Tochter ist nach zwei Tagen wieder nach Hause gekommen«, unterbrach ihn die Frau.

»Oh!« Mitchell trommelte mit den Fingern auf den Tisch. »Warum haben Sie uns nicht darüber in Kenntnis gesetzt?«

»Wir haben nicht daran gedacht.«

»Verstehe. Wann haben Sie Ihre Tochter das letzte Mal gesehen?«

»Vor einer Viertelstunde. Sie ist zu ihrem Freund gegangen.«

»Aha! Okay, danke, Mrs Brody. Teilen Sie uns beim nächsten Mal bitte …«

»Das ist derselbe Freund, mit dem sie beim letzten Mal durchgebrannt ist.«

»Verstehe. Würden Sie uns beim nächsten Mal bitte …«

»Er ist ein Taugenichts.«

»Danke, Mrs Brody«, sagte Mitchell und legte auf.

Er wählte die zweite Nummer. Eine schroffe, ungeduldige Stimme meldete sich.

»Bob Vern.«

»Hallo, Mr Vern, hier spricht Detective Lonnie vom Polizeirevier in Glenmore Park. Bin ich richtig informiert, dass Ihre Tochter vor drei Monaten als vermisst gemeldet wurde?«

»Ja?«, antwortete er nach einer kurzen Pause.

»Wir sind im Laufe von Ermittlungen auf neue Informationen gestoßen und wollten überprüfen, ob sie möglicherweise mit dem Fall Ihrer Tochter in Verbindung stehen.«

»Was für Informationen?« Die Stimme wurde leiser und eindringlicher. »Wissen Sie, wo sie ist?«

»Ich würde Ihnen gern einige Fragen über Ihre Tochter stellen.«

»Nur zu.«

»Laut Vermisstenanzeige beträgt ihre Größe …«

»Eins achtundsechzig. Sie hat rotes Haar – hellrot, um genau zu sein – und grüne Augen. Eine Narbe in der rechten Kniekehle. Wissen Sie, wo sie ist?«

Annie hatte keine Narbe erwähnt, und die Haare ihrer Toten waren dunkel- und nicht hellrot. Dennoch musste Mitchell auch noch die nächste Frage stellen. »Hatte sie irgendwann eine Wurzelkanalbehandlung?«

»Nein.«

»Sie erinnern sich vielleicht nicht daran; eventuell war das schon vor vielen Jahren. Ich …«

»Ich bin Zahnarzt, Detective, und kümmere mich um sämtliche Zahnbehandlungen bei meinen Kindern.«

»Verstehe.«

»Verstehe ich das richtig, dass Ihre neuen Informationen dann nichts mit unserem Fall zu tun haben?«

»Leider nicht.«

»Ich hätte es inzwischen wissen müssen.« Der Mann hörte sich verbittert an. »Ich sollte mir einfach keine Hoffnungen mehr machen, wenn die Polizei anruft, und tue es doch jedes Mal wieder.«

»Es tut mir wirklich leid, Mr Vern.«

Der Mann legte auf.

»Keine passende Vermisstenanzeige«, teilte Mitchell Jacob mit.

»Okay«, erwiderte Jacob. »Versuchen wir es mit dem Autoschlüssel.«

»Gute Idee«, stimmte Mitchell ihm zu. »Wenn sie in der Nähe des Parks gewohnt hätte, wäre sie nicht mit dem Auto hingefahren. Wahrscheinlich hat sie in der Nähe geparkt.«

»Vermutlich. Da wir keinen Wohnungsschlüssel bei der Leiche gefunden haben und auch keine Papiere, hat sie vielleicht alles im Auto liegen lassen, als sie laufen gegangen ist.«

»Okay.« Mitchell rief im Browser eine Stadtkarte auf. »Hier ist der Buttermere Park. Wenn sie auf der Südseite geparkt hat, dann vermutlich auf einem dieser Parkplätze an der Valley Vista Road.« Er deutete auf zwei Parkplätze auf der Karte. »Das sind die einzigen an der Vista Road.«

»Aha!« Jacob schaute Mitchell über die Schulter. »Sollte sie östlich des Parks geparkt haben, hätte sie durch ein sehr überwuchertes Gebiet laufen müssen, um zum Teich zu gelangen. Also gehen wir für den Anfang mal davon aus, dass ihr Wagen nicht dort steht. Sie könnte allerdings auch irgendwo am Firestone Drive geparkt haben. Das ist eine ruhige Straße mit sehr vielen Parkplätzen.«

»Wenn sie ihren Wagen vor über einer Woche dort abgestellt hat, wurde er garantiert längst abgeschleppt.«

»Gutes Argument«, sagte Jacob. »Damit fangen wir an.«

Er erhob sich und setzte seinen Hut auf.

»Wo willst du denn hin?«, wollte Mitchell wissen.

»Zur Verkehrssicherheit«, antwortete Jacob.

»Die Abteilung ist in diesem Gebäude«, merkte Mitchell an. »Wieso setzt du da den Hut auf?«

»Das ist mein Hut«, erklärte Jacob. »Er ist Teil meiner Uniform. Läufst du ohne Hose auf dem Revier rum?«

»Manchmal«, witzelte Mitchell. »Wenn ich möchte, dass man mich ernst nimmt.«

»Okay. Lass die Hose bitte an. Ich bin gleich wieder da. Der Bericht auf meinem Computer kann übermittelt werden.«

* * *

Als Jacob die Verkehrssicherheit betrat, war außer Sergeant Wallace niemand anwesend. Jacob kannte Wallace schon seit sehr langer Zeit. Sie waren im selben Jahr zur Polizei gegangen und hatten zusammen die Polizeiakademie absolviert.

Obwohl sie auf freundschaftlichem Fuß standen, hielt Jacob Wallace insgeheim für einen der nutzlosesten Polizisten des Reviers. Er hatte schon auf der Akademie nichts zustande gebracht und immer kurz vor dem Rauswurf gestanden, und in seiner späteren Laufbahn war das unverändert geblieben. Auf der Akademie hatte ihr ganzes Zimmer Wallace gehasst, weil er nachts schnarchte. Dabei bestand jedes Schnarchen aus einem langen, sich ständig verändernden Brummgeräusch, das erst lauter und dann leiser wurde, um dann abrupt aufzuhören. Jeder, der sich in der Nähe befand, spannte sich unwillkürlich an und glaubte schon, Wallace würde überhaupt nicht mehr atmen und gleich ersticken. Sekunden verstrichen – eine … zwei … drei … –, bevor den verengten Nebenhöhlen des Mannes das nächste Brummgeräusch entwich. Zudem konnte man es unmöglich ignorieren und sich ebenso wenig daran gewöhnen, sodass sie in vielen Nächten wach lagen, wo jede Sekunde Schlaf doch kostbar gewesen wäre. Wenn Wallace morgens aufwachte, war sein Bett von Schuhen umgeben, die seine genervten Zimmergenossen im Laufe der Nacht nach ihm geworfen hatten.

Wallace war von mittlerer Größe, leicht untersetzt und hatte gebräunte Haut. Er neigte zur Glatze, hatte jedoch, anders als Jacob, noch immer einen Kranz grauer Haare um die kahle Stelle auf dem Schädel. Seine Nase war recht breit, obwohl er schnarchte, und nahm einen großen Teil seines Gesichts ein. Als Wallace Jacob erblickte, lehnte er sich lächelnd zurück, wobei sein Bauch deutlich hervorquoll.

»Cooper!«, sagte er. »Was führt dich in unsere bescheidene Abteilung?«

»Hey, Wallace«, grüßte Jacob ihn. »Ich bin auf der Suche nach einem Wagen, der möglicherweise vom Firestone Drive abgeschleppt wurde.«

»Okey dokey«, erwiderte Wallace fröhlich. »Hast du eine Beschreibung oder das Kennzeichen?«

»Nein.«

»Weißt du, wann er abgeschleppt wurde?«

»Ich bin mir nicht mal sicher, ob das überhaupt passiert ist«, gestand Jacob.

»Tja, das macht die Sache nicht leichter.« Wallace seufzte. »Schließlich könnte es sein, dass im letzten Jahr mehrere Dutzend Autos vom Firestone Drive abgeschleppt wurden. Woher sollen wir wissen, welches davon das ist, das du suchst?«

»Das ist meine Aufgabe«, sagte Jacob.

»Wenn du mir eine etwas genauere Beschreibung geben könntest, würden wir beide viel Zeit sparen.«

»Das ist mir klar, aber ich habe keine genauere Beschreibung.«

»Nicht einmal einen Teil des Kennzeichens? Vielleicht hat ein Zeuge ja etwas gesehen. Manchmal merken sich die Leute die seltsamsten Dinge. Hast du die Anwohner gefragt, ob sie das Kennzeichen des Wagens gesehen haben?«

»Nein, Wallace. Wir kennen das Kennzeichen nicht.«

»Eine knifflige Sache, was? Das macht uns das Leben nicht leichter. Wer weiß schon, wie viele Autos da so abgeschleppt wurden …«

»Könntest du mal nachschauen?«

»Aber sicher. Das wird vermutlich schwierig, aber ich überprüfe es. Allerdings … Es würde uns viel Zeit ersparen, wenn du versuchst, vorher noch weitere Informationen zu bekommen. Aber vielleicht finde ich ja auch so etwas raus.« Wallace drehte seinen Stuhl und wandte sich seinem Computer zu. »Wie geht es Melissa?«

»*Marissa* geht es gut«, antwortete Jacob. »Sehr gut sogar.«

»Freut mich zu hören.« Wallace tippte langsam mit einem Finger auf der Tastatur herum. Er war zweimal geschieden und lag jedem, der es sich anhören wollte, nur zu gern mit seinen Sorgen in den Ohren. »Das war ein guter Fang.«

»Danke. Sehe ich auch so.«

»Okay, in den letzten sechs Monaten wurde kein Auto vom Firestone Drive abgeschleppt.«

»Kein einziges?«

»Kein einziges.«

Jacob war unglaublich stolz auf sich, weil er sich höflich bei Wallace bedankte. Er kehrte in sein Büro zurück, zog seinen Stuhl an Mitchells Schreibtisch und setzte sich. Mitchell starrte gedankenverloren den Bildschirm an und drehte sich nicht zu ihm um.

In Mitchells Gegenwart kam sich Jacob immer ein bisschen alt vor. Der junge Detective war zweiunddreißig und damit *vierundzwanzig* Jahre jünger als Jacob. Als Jacob Detective geworden war, hatte Mitchell gerade gelernt, mit Buntstiften zu malen, statt sie zu essen. Er sah außerdem noch gut aus, wie Jacob mehrfach von seiner Frau, seiner Tochter im Teenageralter und mehreren Kolleginnen zu hören bekommen hatte. Mitchell war groß, breitschultrig, dünn und muskulös und hatte bräunliche

Haut. Anders als Jacob hatte er zudem ärgerlicherweise auch noch dichtes, dickes Haar.

Außerdem besaß er noch die Lonnie-Augen, mit denen alle Lonnie-Geschwister gesegnet waren: jadegrün, tief, einfach perfekt. Mitchells Augen ließen ihn immerzu weise und traurig wirken, als würde dahinter eine alte Seele ruhen, die mit den bösen Machenschaften der Menschen nur zu gut vertraut war. Einmal hatte Mitchell Jacob gestanden, dass dies kein Zufall war. Er stutzte sich die Augenbrauen, um betrübter auszusehen. Jacob hätte nicht mal gewusst, wie man sich die Augenbrauen stutzte, wenn das Leben seiner geliebten Frau davon abhängig gewesen wäre.

Doch wie Jacob wiederholt bewiesen hatte, konnte er den Jungspund noch immer problemlos unter den Tisch trinken.

Er räusperte sich. »In den letzten sechs Monaten wurde kein Auto vom Firestone Drive abgeschleppt.«

»Okay.« Endlich drehte sich Mitchell zu ihm um. »Dann überprüfen wir mal die Parkplätze an der Valley Vista Road.«

Sie stiegen in ihren Wagen und fuhren los. Aufgrund des dichten Verkehrs brauchten sie fast eine halbe Stunde bis zum ersten Parkplatz an der Valley Vista Road. Dort parkten vierzehn Wagen. Der Schlüssel passte zum vierten, den sie überprüften, einem verbeulten blauen Chevrolet Cobalt.

Laut der Zulassungsstelle gehörte er Kendele Byers.

Kapitel 3

Im Kofferraum von Kendele Byers Auto lag eine kleine Handtasche, und darin entdeckten Jacob und Mitchell ein Bund mit zwei Schlüsseln und ein Portemonnaie mit siebenundfünfzig Dollar, einem Führerschein und einer Kreditkarte. Sie fuhren zum Revier, ließen den Wagen und den Inhalt auf Spuren untersuchen und vermerkten im Bericht, dass sie den Schlüsselbund mitnahmen.

Kendeles Adresse lautete 76 Halifax Drive und lag im Halifax Gardens Mobile Home Park, dem einzigen Trailerpark der Stadt. Obwohl hier einige der ärmsten Einwohner von Glenmore Park lebten, war der Halifax Drive eine saubere, ruhige Straße. Die kleinen beigefarbenen Wohnwagen verbargen ihre Räder hinter hölzernen weißen Aufbauten. Auf den ersten Blick sahen sie alle gleich aus. Dieselben Wände, dieselben Fenster, dieselben Dächer. Doch bei genauerem Hinschauen fielen einem sofort die Unterschiede ins Auge. Einer war von runden Töpfen mit unterschiedlichen Bäumchen umgeben. Ein anderer hatte selbst genähte rote Vorhänge an den Fenstern. Vor den meisten waren winzige Gärten angelegt worden, deren Aussehen von *makellos gepflegt* bis hin zu *Dschungel des Todes* reichte.

Kendeles Wohnwagen war ungeschmückt und wirkte, als wäre er einfach nur gekauft und abgestellt worden, jedoch war er etwas schmutziger als die umstehenden Wagen.

Im Inneren roch es leicht stickig. Der Geruch erinnerte Mitchell daran, wie seine Wohnung bei der Rückkehr aus einem langen Urlaub gerochen hatte. Der Trailer war überraschend geräumig. Die offene Küche wurde durch einen Küchentresen vom Wohnzimmer abgetrennt, in dem eine durchgesessene graue Couch vor einem klapprigen Tisch und einem kleinen Fernseher stand.

Das Spülbecken war glücklicherweise leer. Mitchell hatte mal das Haus einer Frau betreten, die seit zwei Monaten vermisst wurde. Im Spülbecken hatten noch mehrere Teller mit Speiseresten gestanden, und als die Polizei dort eintraf, wimmelte alles von Maden und Fliegen und bot keinen schönen Anblick – vom Gestank ganz zu schweigen.

Auf dem Tisch stand ein kleiner schwarzer Laptop. Er war nicht ans Netzteil angeschlossen, und als Mitchell ihn einschalten wollte, blieb der Bildschirm schwarz. Er entdeckte das Kabel unter dem Tisch, schloss es an und folgte Jacob ins Schlafzimmer.

Kendele schien recht ordentlich gewesen zu sein. Ihre Kleidung hing sortiert im Schrank, neben dem eine kleine, schäbige Kommode stand. Ein rotes Sweatshirt lag auf dem Bett, und Mitchell vermutete, dass sie es nachts zum Schlafen getragen hatte. Er entdeckte ihr Handy auf dem Nachttisch, das ebenfalls nicht am Ladegerät hing, obwohl dieses direkt daneben lag. Das Display war dunkel. Mitchell schloss auch das Handy an, wobei ihn ein mulmiges Gefühl beschlich, wie es immer geschah, wenn er die Habseligkeiten einer toten Person durchging. Was hätte Kendele wohl empfunden, wenn sie gewusst hätte, dass zwei Fremde nach ihrem Tod in ihren

Sachen herumwühlten und ihr Leben unter die Lupe nahmen? Mitchell bezweifelte, dass sie es gut gefunden hätte.

Jacob überprüfte das Badezimmer. Er öffnete den kleinen Schrank über dem Waschbecken und betrachtete den Inhalt.

»Cymbalta«, las er vor. »Das ist ein Antidepressivum, richtig?«

»Ja«, bestätigte Mitchell.

»Davon stehen hier gleich mehrere Schachteln.«

Mitchell warf einen Blick um die Ecke. Das Badezimmer war klein und bot nicht genug Platz, als dass beide Detectives nebeneinander darin stehen konnten. Wie in den anderen Räumen war auch hier alles von einer dünnen Staubschicht bedeckt, die jedoch im grellen, fluoreszierenden Licht der Badezimmerlampe umso deutlicher auffiel. Er bemerkte einen kleinen Wäschekorb mit einigen T-Shirts, Hosen und Socken.

Danach wandte er sich ab, um das Handy und den Laptop zu untersuchen. Wenn es hier irgendwelche interessanten Informationen gab, dann vermutlich auf diesen Geräten. Er vergewisserte sich, dass beide geladen wurden, und ging in die Küche, wo er methodisch alle Schränke und Schubladen durchging, jedoch nichts Bemerkenswertes entdeckte. Im Kühlschrank sah es nicht so schlimm aus, wie er befürchtet hatte. Im Gemüsefach lag verschimmeltes Grünzeug, und es roch streng nach verdorbenen Lebensmitteln, erweckte jedoch nicht den Eindruck, als hätte man monatelang keinen Blick hineingeworfen. Er stellte fest, dass die Milch vor drei Wochen abgelaufen war. Wann hatte Kendele sie gekauft? Vor fünf Wochen?

Er kehrte ins Schlafzimmer zurück. Jacob stand vor dem offenen Kleiderschrank und runzelte die Stirn.

»Was ist?«, fragte Mitchell.

»Hosen«, Jacob deutete auf die entsprechenden Kleidungsstücke, »T-Shirts, kurzärmlige und langärmlige.

Einige Röcke. Drei Kleider. Eine Sockenschublade. Eine weitere mit BHs und zwei Strumpfhosen. Die Schuhe stehen unten. Fällt dir etwas Ungewöhnliches auf?«

Es dauerte einige Sekunden, bis Mitchell begriff, worauf Jacob hinauswollte. »Keine Slips«, erkannte er.

»Genau.«

Mitchell fiel der Wäschekorb wieder ein. Rasch ging er ins Bad und leerte den Korb auf den Boden aus. Auch hier befanden sich keine Slips.

»Seltsam«, meinte er, als er wieder im Schlafzimmer war. »Vielleicht hat sie keine Slips getragen.«

Jacob schüttelte den Kopf. »Das kann nicht sein. Sie trug einen, als wir sie gefunden haben. Annie hat es bestätigt.«

Mitchell überlegte. Konnte jemand die Slips aus dem Wohnwagen gestohlen haben? Doch der Schrank sah nicht so aus, als würde etwas fehlen, und auch die BH-Schublade schien voll zu sein. Er ließ den Blick durch das Schlafzimmer schweifen, um herauszufinden, ob sie sie möglicherweise woanders aufbewahrte.

»Ich glaube, das Bett kann man hochklappen«, sagte er und probierte es gleich aus. Der gesamte Bettrahmen bewegte sich und enthüllte einen Stauraum darunter. Darin fanden sich einige Stiefel, weitere Kleider, drei Handtaschen und zwei große Kartons. Einer war zugeklebt, der andere offen und halb voll mit Slips.

»Das ist … interessant«, murmelte Jacob. Er holte den Karton heraus, stellte ihn auf den Boden und ging den Inhalt durch. »Das müssen gut einhundert Slips sein.«

Mitchell nahm sie genauer in Augenschein. Es gab Slips in allen erdenklichen Farben und Formen. Darunter befanden sich Bikinihöschen, Tangas, Strings, Panties und sogar einige, die gut in die Unterwäscheschublade einer Großmutter gepasst hätten. Er holte auch den zweiten Karton heraus und nahm den Deckel ab. Noch mehr Slips, alle brandneu.

»Wer braucht denn so viele Slips?«, fragte er verwundert.

Jacob zuckte mit den Achseln. »Vielleicht hatte sie eine seltsame Phobie und musste jeden Tag einen neuen anziehen.«

»Gut möglich«, sagte Mitchell, »auch wenn ich noch nie zuvor von so etwas gehört habe.«

»Wir lernen jeden Tag etwas dazu.«

Mitchell ging zum Handy und schaltete es ein. Er wartete geduldig, während der Android-Startbildschirm angezeigt wurde. Zu seiner Erleichterung gab es keine Codeabfrage. Es war keine E-Mail-App installiert, was ihn wunderte. Er rief die Liste der letzten Anrufe auf. Mehrere eingegangene Anrufe von unbekannten Nummern, ein Anruf von einem Leon, mehrere von Debbie, zwei von Vernon. Vor viereinhalb Wochen war Debbie als Letzte angerufen worden. Die Kontaktliste war deprimierend kurz. Kendele schien kein sehr aktives Sozialleben geführt zu haben.

Er überflog die Nachrichten. Mehrere lauteten schlicht »Ruf mich an« oder »Warum gehst du nicht ans Telefon? Ruf zurück!« und stammten von Debbie. Dann eine Werbung von einem Reisebüro, das einen See irgendwo anpries und ein Foto angehängt hatte, sowie drei von jemandem, der ein Zeitungsabo verkaufen wollte.

Endlich, am 20. Juli, vor vier Wochen, eine Unterhaltung zwischen Kendele und Leon, die jedoch nur Informationsbrocken enthielt. Kendele fragte ihn, wie es ihm ging, Leon antwortete, es gehe ihm besser, Kendele schrieb, sie würde sich freuen, ihn bald zu sehen, woraufhin Leon erwiderte, er hoffe, Weihnachten ein paar Tage frei zu haben. In einer seiner Nachrichten nannte er sie »Schwesterherz«.

Darauf folgten einige zunehmend besorgte Nachrichten, in denen er wissen wollte, warum Kendele nicht ans Telefon ging, und vor einer Woche schließlich die Nachricht, dass er zur Polizei gehen und sie als vermisst melden werde, wenn sie ihn nicht sofort zurückrief. Mitchell fragte sich, warum Leon das nicht getan hatte. Vielleicht, weil er längst wusste, dass sie tot war, und mit diesen Nachrichten nur seine Spuren verwischen wollte?

Mitchell beschloss, sich das Handy im Büro noch genauer anzusehen. Er ging ins Wohnzimmer, wo Jacob gerade in einer Küchenschublade kramte. Die hatte Mitchell zwar längst überprüft, aber ansonsten gab es ja auch nicht viel, was sie durchsuchen konnten.

»Ich habe eine ausgehende Nachricht von ihrem Handy, die sie am zwanzigsten Juli abgeschickt hat«, teilte er seinem Kollegen mit.

»Okay.«

»Da war sie vermutlich noch am Leben.«

»Vermutlich.«

Mitchell schaltete den Laptop ein. Nach einigen Sekunden erschien der Windows-Startbildschirm. Abermals keine Passwortabfrage. Auf dem Desktop war ein Thunderbird-Symbol zu sehen, das er anklickte.

»Wow!«, sagte er dann.

»Was ist?«, erkundigte sich Jacob.

»Ihrem Handy zufolge hat sie kein sehr aufregendes Leben geführt, aber ihr E-Mail-Postfach quillt förmlich über. Ich kann Dutzende verschiedener E-Mail-Adressen erkennen.« Mitchell überflog sie. »Die meisten davon scheinen Männer zu sein«, fügte er hinzu.

Er las die Betreffzeilen durch. Einige erwähnten eine Sendung, die noch nicht angekommen war, oder eine Bestellung. Mehrere Betreffzeilen enthielten das Wort »Abonnement«. Zwei schienen besonders verzweifelt zu sein und schrieben in

Großbuchstaben. Einer fragte »WO IST MEIN PAKET???« und ein anderer schrieb »BITTE ANTWORTE! ICH BRAUCHE MEHR!«

»Es sieht beinahe so aus, als hätte sie mit Drogen gedealt.« Mitchell scrollte weiter. Die letzte gelesene E-Mail stammte vom 20. Juli.

»Warum?«, fragte Jacob.

»Wegen der Betreffzeilen … Warte kurz.« Er klickte eine E-Mail mit dem Betreff »Bestellung« an.

Sie war nicht besonders lang.

> Hey, pantyGirl, ich möchte Folgendes bestellen:
>
> 1. Zwei blaue Tangas, jeweils einen ganzen Tag getragen
>
> 2. Einen normalen Slip, eine Nacht getragen, Farbe egal, überrasch mich ;-)
>
> 3. Einen normalen Slip, rot, wenigstens zweimal beim Laufen getragen
>
> Bitte schick alles an dieselbe Adresse und leg eine Rechnung bei. Ich vermute, das macht insgesamt 210 $, richtig? Denn letztes Mal habe ich 40 $ extra für jeden Lauf bezahlt.
>
> Danke! Hab noch eine schöne Woche!!!

Mitchell warf Jacob einen Blick zu, der sich gerade das Fenster ansah. »Sie hat nicht mit Drogen gedealt«, erklärte er. »Sie hat ihre getragenen Slips verkauft.«

* * *

Captain Fred Bailey machte früh Feierabend. Er musste seinen Sohn vom Kindergarten abholen und war entschlossen, dort pünktlich zu erscheinen. Den wütenden Blick der Kindergärtnerin wollte er nicht erneut auf sich ziehen und sich erst recht nicht mit der Enttäuschung und Traurigkeit seines Sohnes auseinandersetzen. Sid neigte dazu, Fragen zu stellen wie »Warum hast du mich erst abgeholt, als alle schon weg waren und ich geweint habe?« oder »Wieso bin ich immer der Letzte, der nach Hause darf?« Danach fühlte sich Fred immer tagelang schlecht, und damit war jetzt Schluss.

Er verließ sein Büro durch das der Detectives. Jacob und Mitchell standen nebeneinander vor einem der Whiteboards. Fred verharrte hinter ihnen und räusperte sich, und die beiden Detectives drehten sich um.

»Hey, Fred«, sagte Jacob.

»Wie kommt ihr mit dem Fall voran?«, wollte Fred wissen.

»Bei dem Opfer handelt es sich um Kendele Byers«, berichtete Jacob. »Sie hat in einem Trailerpark gelebt. Wir sind vor einer Stunde von dort zurückgekehrt. Laut Verwalter ist sie im Januar dorthin gezogen.«

»Wo hat sie vorher gelebt?«

»Das hat sie ihm nicht erzählt. Er sagte, sie wäre sehr still gewesen und hätte sich kaum sehen lassen. In den ersten drei Monaten hat sie ihre Miete immer sehr spät gezahlt und er war mehrmals kurz davor, sie rauszuwerfen. Doch im April hat sie gleich für mehrere Monate im Voraus bezahlt.«

»Dann ist sie also zu Geld gekommen«, stellte Fred fest.

»Na ja …«, begann Jacob. »Sie hat einen lukrativen Job gefunden und ihre getragenen Slips online verkauft.«

»Im Ernst? Und das wird so gut bezahlt?«

»Nach allem, was wir ihren PayPal-Rechnungen entnehmen konnten, hat sie etwa hundertfünfzig Dollar am Tag verdient«, antwortete Mitchell.

»Wow«, murmelte Fred. »Tja, wie mein Vater immer so schön gesagt hat, gibt es alle möglichen Zebras in der Herde.«

»Wohl wahr.« Jacob deutete auf die ausgedruckte Karte, die sie ans Whiteboard geheftet hatten. »Wir haben den Wagen hier gefunden. Die letzte Kommunikation, die sie über Handy und E-Mail geführt hat, fand am zwanzigsten Juli statt.«

»Dann müssen wir davon ausgehen, dass sie danach gestorben ist«, meinte Fred.

»Annie hat eben angerufen. Matt und sie schätzen, dass sie irgendwann zwischen dem Neunzehnten und dem Zweiundzwanzigsten gestorben ist«, sagte Jacob.

»Okay.«

»Sie ist möglicherweise im Buttermere Pond ertrunken«, fügte Jacob hinzu.

»Dann … wurde sie ertränkt und verscharrt?«

Jacob nickte. »Sieht ganz danach aus.«

»Haben wir die Angehörigen schon verständigt?«, wollte Fred wissen.

»Wir glauben, dass eine der Telefonnummern die des Bruders ist«, erklärte Jacob. »Er heißt Leon. Wir haben ihn noch nicht benachrichtigt. Zu ihren Eltern scheint sie keinen Kontakt gehabt zu haben.«

»Vielleicht sind sie tot«, mutmaßte Fred.

»Gut möglich«, sagte Mitchell, »aber Annie glaubt, dass Kendele als Kind missbraucht wurde, was auch ein Grund für einen Kontaktabbruch wäre.«

»Haben wir schon Verdächtige?«

»Eigentlich nicht.« Jacob zuckte mit den Achseln. »Es gibt einige Hinweise, denen wir nachgehen können. Sie hatte eine

Freundin namens Debbie. Und dann sind da natürlich ihre Kunden.«

»Wussten ihre Kunden, wo sie gewohnt hat?«

»Soweit wir wissen, nicht«, erwiderte Jacob. »Zudem leben einige sehr weit weg. Manche wohnen nicht einmal in den Vereinigten Staaten, einer ist aus Texas und einer aus Kalifornien. Aber wir haben auch eine Adresse aus Boston gefunden.«

»Was für ein glücklicher Zufall!«, stellte Fred fest. »Mein Vater würde jetzt sagen, er war nahe genug, um die Hühner des Nachbarn füttern zu können.«

»Genau«, stimmte Jacob zu. »Sein Name ist Ronnie Kuperman. Wir haben vor, ihm morgen früh einen Überraschungsbesuch abzustatten.«

»Wissen Sie, wo er arbeitet?«

Jacob schüttelte den Kopf. »Nein. Wir werden einfach früh aufstehen, vor der Rushhour losfahren und um sieben vor seiner Tür stehen.«

Fred warf Mitchell einen Blick zu, dem die Aussicht, so früh aufstehen zu müssen, offensichtlich nicht behagte. »Sie beide scheinen ja begierig zu sein, der Spur nachzugehen. Brauchen Sie die Hilfe von Bernard und Hannah?«

»Ich habe vor einer Stunde mit Bernard gesprochen«, sagte Jacob. »Die beiden sind mit der Vergewaltigung an der Silverleaf Lane beschäftigt, richtig? Ist nicht nötig, sie von dem Fall abzuziehen. Dieser Mordfall ist schon älter, und wir haben ohnehin nicht viel zu tun. Daher warten wir erst mal ab, wie sich alles entwickelt.«

»Okay. Halten Sie mich auf dem Laufenden.« Fred sah auf die Uhr. »Verdammt!«, murmelte er und stellte sich bereits vor, wie Sid ihn traurig ansah, während er fragte: »Warum holen die anderen Daddys ihre Söhne nie so spät ab?«

* * *

Jacob rief mehrmals bei Leon an und hinterließ zwei Nachrichten, bevor Leon zurückrief.

»Hi«, sagte Leon, dessen Stimme sanft und leicht feminin klang. »Hier ist Leon Byers. Wie ich hörte, wollten Sie mich sprechen?«

»Hallo, Leon. Schön, dass Sie sich melden«, erwiderte Jacob. »Ich bin Detective Jacob Cooper vom Polizeirevier in Glenmore Park.«

»Glenmore Park?«

»Richtig.«

»Wo ist das?«

»Äh … In Massachusetts, Sir. Etwas über dreißig Kilometer von Boston entfernt«, antwortete Jacob, der dabei nachdenklich auf einem Blatt Papier herumkritzelte. Wenn Leon wirklich nicht wusste, wo Glenmore Park lag, dann hatte er auch keine Ahnung, dass seine Schwester hier gewohnt hatte.

»Okay. Warum rufen Sie mich an, Detective?«

»Haben Sie eine Schwester namens Kendele Byers?«, fragte Jacob.

»Ja.« Leons Stimme klang jetzt angespannter. »Haben Sie sie gefunden?«

»Sollten wir denn nach ihr suchen, Mr Byers?«

»Ich habe sie vor einer Woche als vermisst gemeldet.«

»Wo genau haben Sie sie als vermisst gemeldet, Mr Byers?«

»Natürlich bei der Polizei.«

»In Glenmore Park gibt es keine Vermisstenanzeige, die sich auf Ihre Schwester bezieht, Sir.«

»Wieso sollte das auch so sein? Sie hat in San Francisco gewohnt.«

»Verstehe. Seit wann lebte Ihre Schwester in San Francisco, Sir?«, wollte Jacob wissen.

»Seit etwa sechs Monaten.«

»Wie kommen Sie auf die Idee, Ihre Schwester würde in San Francisco leben, Mr Byers?«

»Na, weil sie es gesagt hat.«

Jacob warf Mitchell einen Blick zu, der gebannt zuhörte und die Stirn runzelte. Warum hatte Kendele ihrem Bruder eine falsche Adresse genannt?

»Es tut mir sehr leid, Ihnen das mitteilen zu müssen, Mr Byers, aber wir haben die Leiche Ihrer Schwester gefunden.«

Einige Sekunden lang herrschte Schweigen. »Was?«, stieß Leon schließlich hervor. »Sind … Sind Sie sicher? Meine Schwester lebt nicht mal in der Nähe der Ostküste. Das muss ein Irrtum sein, ich …«

»War Ihre Schwester etwa eins siebzig groß, weiß und hatte rotes Haar?«

»Ja, aber hören Sie …«

»Hatte sie als Kind eine Wurzelkanalbehandlung?«

»Keine Ahnung, kann schon sein.«

»Wenn Sie das herausfinden könnten, würde uns das sehr weiterhelfen. Falls Ihre Schwester tatsächlich in San Francisco lebt, haben wir die Tote möglicherweise falsch identifiziert.«

»Ja … sicher. Was muss ich tun?«

»Können Sie mir den Namen und die Adresse des Zahnarztes nennen, von dem sie als Kind behandelt wurde?«

»Ja, natürlich«, antwortete Leon. »Wir sind jahrelang zum selben Zahnarzt gegangen, Doktor Harrow. Augenblick, ich suche seine Adresse raus.« Jacob wartete. Schließlich gab Leon die Adresse durch.

»Okay«, meinte Jacob. »Wir lassen uns einen Beschluss ausstellen, damit man uns ihre zahnärztlichen Unterlagen aushändigt, und vergleichen sie so schnell wie möglich mit unserer Leiche.«

»Gut. Sie haben sich bestimmt geirrt, Detective. Würden Sie mir bitte Bescheid geben, wenn Sie Genaueres wissen?«

»Selbstverständlich. Danke, Mr Byers.«

Jacob legte auf. Eine Sekunde später pingte Kendeles Handy. Mitchell warf einen Blick auf das Display und zeigte Jacob dann die Nachricht. Kendele, bitte ruf mich an. Es ist dringend!!!

»Was denkst du?«, fragte Jacob.

Mitchell tippte auf dem Handy herum. »Es hat die Vorwahl von San Francisco«, teilte er Jacob mit.

»Vielleicht ist sie zuerst tatsächlich nach San Francisco gezogen«, überlegte Jacob.

»Oder sie hat sich eine Telefonnummer mit der Vorwahl besorgt, damit es so aussah, als würde sie dort leben.«

»Mal sehen, ob wir den Beschluss kriegen«, sagte Jacob wenig enthusiastisch.

Doch dies war einer der Tage, an denen die Bürokratie mitspielte. Nach nicht einmal einer Stunde hatten sie den Beschluss, und nur fünfundvierzig Minuten später schickte Doktor Harrow die zahnärztlichen Unterlagen. Sie leiteten alles an Annie weiter, die die Daten sofort mit den Zähnen der Leiche verglich.

Die nun eindeutig als Kendele Byers identifiziert war.

Kapitel 4

Etwas piepte in der Dunkelheit. Was wollte dieses fremdartige Geräusch, dieser schrille Ton, der mitten in der Nacht ihre Ohren drangsalierte? Wollte er sie vernichten? In den Wahnsinn treiben? War dies das Geräusch des reinen, heimtückischen Bösen?

Nein, wurde Marissa nach und nach bewusst, das war der Wecker ihres Mannes. Und es war auch nicht mitten in der Nacht, sondern vier Uhr früh, was ihre Laune jedoch auch nicht verbesserte. Er hatte am Vorabend erwähnt, dass er sehr früh aufstehen müsse.

»Jacob«, murmelte sie und stieß ihn an. »Jacob.«

»Hrrrrmpf«, brummte er in sein Kopfkissen.

»Wach auf, Jacob!«

»Nein, schon in Ordnung, das ist nicht nötig. Ich mache es später weg.«

»Dein Wecker klingelt, Jacob.«

»Das ist nicht meiner.«

»Jacob!«, brüllte sie gereizt.

Jacob setzte sich auf und sah sich mit weit aufgerissenen Augen um.

»Was ist los? Was ist passiert?«

»Dein Wecker klingelt!«

»Oh. Oh! Richtig!« Endlich schaltete er das verdammte Ding aus. »Entschuldige, Schatz. Schlaf weiter.«

»Okay«, murmelte sie und drehte sich auf die Seite. »Ich wünsche dir einen schönen Tag.«

Ihr Mann stand auf und zog sich leise an. Jedenfalls ging sie davon aus, dass dies seine Absicht war. Jacob sah sich immer als Morgenmensch, doch Marissa wusste, dass die kognitiven Fähigkeiten ihres Mannes in den ersten dreißig Minuten nach dem Aufstehen denen eines Kleinkinds glichen – eines nicht besonders cleveren noch dazu.

Es war sogar noch schlimmer, wenn er früh aufstehen musste. Er ließ erst die Hose und dann die Socken fallen und schaffte es irgendwie, sich den Kopf an der Schranktür zu stoßen, auch wenn sich Marissa beim besten Willen nicht vorstellen konnte, wie er das geschafft hatte. Als er versuchte, leise die Badezimmertür zu schließen, knallte er sie stattdessen wie ein trotziger Teenager zu. Danach hörte sie durch die geschlossene Tür, wie der Becher mit ihren Zahnbürsten auf den Boden fiel und ihr Mann leise fluchte. Sie seufzte.

Schließlich war er mehr oder weniger bereit, aber dies war nur der erste Akt. Das Hauptevent folgte noch. Die »Wo sind meine Sachen?«-Show. Sie hörte, wie er Schubladen und Schranktüren öffnete. Das ging eine Weile so weiter, dann kam er auf Zehenspitzen zurück ins Schlafzimmer geschlichen.

»Marissa«, flüsterte er, als würde sie nicht ganz so wach, wenn er leise sprach.

»Hmmmm?«

»Weißt du, wo meine Autoschlüssel sind?«

»Auf dem Küchentisch, Liebling.«

»Okay, entschuldige. Schlaf weiter.«

Kurz herrschte Stille, gefolgt vom Klappern weiterer Schubladen und Türen. Leises Fluchen drang durch die geschlossene Schlafzimmertür.

Die erneut aufging. »Entschuldige, Schatz«, flüsterte er. »Aber ich muss los und …«

»Deine Brieftasche steckt vermutlich in der Manteltasche. Ansonsten liegt sie auf dem kleinen Tisch neben der Eingangstür.«

»Okay. Danke, Schatz. Du bist die Beste.«

»Verschwinde endlich, du Ochse! Ich versuche zu schlafen.«

Selbst mit geschlossenen Augen wusste sie, dass er breit grinsend das Schlafzimmer verließ. Ein zufriedenes Lächeln umspielte ihre Lippen. Ein paar Stunden Schlaf blieben ihr noch. Sie wechselte auf seine Bettseite, drückte den Kopf ins Kissen, das noch immer seinen Geruch verströmte, und schlief wieder ein.

* * *

Die sorgfältige Planung der Detectives wurde von unvorhergesehenen Bauarbeiten auf der I-93 zunichtegemacht. Dadurch gerieten sie vierzig Minuten in Verzug, was bedeutete, dass sie mitten in der Rushhour in Boston ankamen und noch viel später als geplant eintrafen. Mitchell hatte vor lauter Frust derart mit den Zähnen geknirscht, dass er einen ganz verspannten Hals hatte, als sie sich endlich Ronnie Kupermans Adresse näherten. Um zehn vor acht klopften sie an seine Tür und konnten nur auf ein Wunder hoffen, weil sie eigentlich nicht damit rechneten, ihn noch zu Hause anzutreffen. Wie durch ein Wunder war er jedoch da.

Seine Haushälterin führte sie durch Kupermans große Wohnung in sein Arbeitszimmer. Man hätte es glatt für das Büro eines einfachen Bankmanagers halten können, wären da nicht die vielen Filmposter an den Wänden gewesen. Dabei handelte es sich jedoch nicht um Poster von zum Nachdenken anregenden und tiefsinnigen Dramen. Vielmehr waren darauf knapp bekleidete Frauen, Blut und Leichen zu sehen. Die Filme trugen derart vielversprechende Titel wie »Die Katakomben der Sinnlichkeit«, »Der Angriff der Krakenmenschen« oder »Blutiger Liebesberg«.

Ronnie Kuperman saß hinter seinem Mahagonischreibtisch und ließ die Finger über die Tastatur seines Laptops tanzen. Er trug einen braunen Anzug und eine überhaupt nicht dazu passende blaue Krawatte. Kuperman war ein dünner Mann mit einer Frisur, die aussah, als hätte seine Mutter zur Schere gegriffen; das rotbraune Haar umgab seinen Kopf wie ein Helm. Beim Anblick seines Schnurrbarts bekam Mitchell augenblicklich schlechte Laune. Mitchell mochte keine Schnurrbärte und bezeichnete sie abfällig als »Lippentoupets«. Aber selbst von Schnurrbärten gab es bessere und schlechtere Versionen, und dieser hier, eine Art horizontale Schneckenspur, gehörte zu den schlimmsten, die er je gesehen hatte.

Einige Sekunden, nachdem sie hereingekommen waren, hob Ronnie den Blick und sah sie an.

»Meine Herren«, sagte er. »Sie sind früh dran. Bitte setzen Sie sich.« Seine Stimme klang schrill und schwankte, als wäre er sich nicht sicher, ob er eine Frage stellen oder eine Aussage machen sollte.

Mitchell, dessen Nerven bloß lagen, hatte den Eindruck, diese Stimme käme direkt aus der Hölle, um ihn für seine lasterhafte Vergangenheit zu bestrafen. Am liebsten hätte er sich auf dem Rücksitz des Wagens zusammengerollt und nur noch geschlafen. Es war offensichtlich, dass Ronnie Kuperman sie mit jemandem verwechselte, aber Jacob sagte nichts, und Mitchell fehlte es an Energie, um den Mann zu korrigieren.

»Ich komme direkt zum Punkt, schließlich weiß ich ja, dass Sie viel zu tun haben. Möchten Sie einen Kaffee? Tee? Etwas Stärkeres?« Er redete weiter, ohne ihnen die Gelegenheit zum Antworten zu geben. »Die Kurz- oder die Langfassung? Ich fange mit der Kurzfassung an – ha, ha –, jeder will zuerst die Kurzfassung, nicht wahr? Hier ist die Kurzfassung: Es ist wie ›Harry und Sally‹, nur mit Vampiren. Ja, da merken Sie auf, was? Sind Sie interessiert? Die Sache ist die – Vampire sind das einzig Wahre, richtig? Ich rede von ›Twilight‹. Von ›True Blood‹. Brauchen Sie noch weitere Beispiele? Nein, das tun Sie nicht, denn jeder weiß, dass sie die Besten sind. Und Vampirfilme sind immer sexy, oder? Aber wissen Sie was? Die Leute werden immer altmodischer. Sie möchten die Filme ihrer Kindheit zurück. Sie sehnen sich nach romantischen Komödien. Und wir haben ja eben geklärt, dass Vampire romantisch sind, richtig? Die Sache sieht so aus: Wir haben da diesen Vampir. Dann noch seine beste Freundin, vielleicht eine Nachbarin oder etwas in der Art. Er möchte immerzu ihr Blut trinken. Die Hälfte der Witze im Film beruht darauf. Und das Mädchen muss von Keira Knightley gespielt werden. Das ist nicht verhandelbar. Sie müssen verstehen …«

»Hier scheint eine Verwechslung vorzuliegen, Mr Kuperman«, fiel Jacob ihm nun doch ins Wort. »Wir sind nicht aus der Unterhaltungsbranche.«

»Nicht?« Kuperman stutzte.

»Nein. Ich bin Detective Jacob Cooper von Polizeirevier in Glenmore Park. Das ist mein Partner Detective Mitchell Lonnie.«

»Im Ernst?« Kuperman starrte sie verwirrt an. »Das ist ja merkwürdig. Sie sehen aus wie … Ich dachte, Sie wären die beiden Produzenten, mit denen ich verabredet bin.«

»Sie sind Regisseur?«, riet Mitchell.

»Drehbuchautor«, korrigierte Ronnie ihn. »Detectives, ja? Was führt Sie zu mir?«

»Wir möchten Ihnen einige Fragen stellen.«

»Was für Fragen? Muss ich meinen Anwalt anrufen?«

»Das liegt ganz bei Ihnen, Mr Kuperman«, erwiderte Jacob. »Wir möchten nur mit Ihnen über Kendele Byers sprechen.«

»Wer zum Teufel ist Kendele Byers?«

»Sie kennen sie vermutlich eher als pantyGirl«, erläuterte Mitchell.

Einen Augenblick herrschte Schweigen.

»Das könnte sein«, meinte Kuperman schließlich. »Was wollen Sie von mir wissen, Detectives?«

»Woher kennen Sie pantyGirl?«

»Ich habe nie gesagt, dass ich sie kenne«, widersprach Ronnie Kuperman.

»Wir gehen aber davon aus.« Mitchell verlor langsam die Geduld. »Wir wissen bereits, dass sie Ihnen vor zwei Monaten drei Strings und einen Slip Ouvert geschickt hat, die sie jeweils vierundzwanzig Stunden getragen hatte. Uns liegt eine PayPal-Rechnung mit Ihrer E-Mail-Adresse über dreihundert Dollar vor, die sie Ihnen geschickt hat. Sie können also mit uns kooperieren, oder wir lassen irgendeinen Reporter wissen, dass Ronnie Kuperman regelmäßig online getragene Slips kauft.«

Ronnie Kuperman sah erst Mitchell und dann Jacob an. Er räusperte sich.

»Ich erkenne die Szene wieder«, sagte er. »Das ist die Szene, in der ich anfange, zu weinen und zu betteln, richtig? Oh, bitte, Officer, bringen Sie meine schmutzigen kleinen Geheimnisse nicht ans Licht der Öffentlichkeit! Ich werde Ihnen alles sagen, Officer, aber bitte ruinieren Sie mein Leben nicht. Wahrscheinlich sollte ich in Tränen ausbrechen und die Hände ringen. Vielleicht sogar auf die Knie fallen und an Ihrem Revers rütteln. So hatten Sie sich das doch gedacht, oder nicht? Ziemlich klischeehaft und abgelutscht, aber ein Schauspieler wie David Paymer könnte das überzeugend rüberbringen. Ist das wirklich das, was Sie hier bezwecken?«

»Passen Sie mal auf, Mr Kuperman …«, setzte Jacob an.

»Ich rieche gern an getragenen Slips, Detective«, fiel Ronnie Kuperman ihm mit schneidender Stimme ins Wort. »Das ist ein Fetisch, kein Kainsmal. Meine Frau weiß davon, ebenso die Menschen, mit denen ich zusammenarbeite. Ich reiße ständig Witze darüber. Es gab sogar mal einen Artikel auf Buzzfeed, *Fünf unglaubliche Dinge, die Sie nicht über Ronnie Kuperman wussten,* und mein Unterwäschefetisch wurde darin erwähnt – und er stand nicht mal ganz oben auf der Liste! Sollten Sie also tatsächlich einen Reporter finden, der sich für die Story interessiert, nur zu! Ich kann die Publicity gut gebrauchen.«

»Bitte beruhigen Sie sich, Mr Kuperman«, sagte Jacob. »Mein Partner hat das doch gar nicht so gemeint. Wir spielen nur unsere Rolle in einer allseits bekannten Szene, wie Sie selbst gesagt haben. Aber Kendele Byers wurde ermordet.«

»Ermordet?« Ronnie Kuperman riss schockiert die Augen auf. »Wie? Wann?«

»Das können wir Ihnen leider nicht sagen. Aber wir würden Sie gern als Verdächtigen ausschließen, daher wäre es hilfreich, wenn Sie mit uns zusammenarbeiten würden.«

»Ich … Ja. Selbstverständlich. Was kann ich tun?«

»Wie haben Sie Kendele Byers kennengelernt?«

»Ich bin ihr nie begegnet, Detective. Ich habe nur auf Reddit mit jemandem gechattet, der sich pantyGirl nannte.«

»Reddit?«, hakte Jacob nach.

»Das ist eine Website … ein Forum«, erklärte Mitchell. »Ich zeige es dir später.«

»Mehr war da jedenfalls nicht. Ich habe nie wirklich viel über sie erfahren, und unsere Chats drehten sich meist darum, was für Slips sie anzubieten hatte und was sie dafür haben wollte.«

»Kennen Sie ihre Adresse?«

»Nein.«

»Stand ein Absender auf den Paketen?«

»Ich habe von ihr zwei Pakete erhalten und wüsste nicht, dass eine Absenderadresse draufgestanden hätte.«

»Würden Sie uns die Kartons zeigen?«

»Ich habe sie weggeworfen. Aber ich kann Ihnen die Slips zeigen.«

»Das ist nicht nötig. Können Sie uns sagen, wo Sie sich zwischen dem zwanzigsten und zweiundzwanzigsten Juli aufgehalten haben?«

Kuperman nickte. Er tippte kurz auf seinem Laptop herum, stieß die Luft aus und entspannte sich sichtlich. »Sicher«, sagte er. »Da war ich in Kanada bei einem Dreh.«

»Gibt es Zeugen, die das bestätigen können?«

»Eine ganze Filmcrew, etwa zwei Dutzend Schauspieler, darunter eine sehr bekannte Pornodarstellerin, und einige Einheimische.«

»Wann genau haben Sie den Film gedreht?«

»Zwischen dem vierzehnten und dem fünfundzwanzigsten.«

»Verstehe.« Jacob warf Mitchell einen Blick zu.

»Haben Sie je versucht, mit pantyGirl auf einem anderen Weg als per E-Mail Kontakt aufzunehmen, Mr Kuperman?«

»Nach unserem ersten Chat auf Reddit nicht mehr«, erwiderte Kuperman achselzuckend. »Es war eine sehr professionelle Beziehung.«

»Wir hätten gern eine Liste mit allen Personen, die mit Ihnen auf dem Filmset waren, sowie die genaue Adresse des Subreddit, auf dem Sie Kendele Byers kennengelernt haben«, verlangte Mitchell.

»Kein Problem. Ich weise meine Sekretärin an, Ihnen diese Informationen zuzuschicken.«

Mitchell gab Ronnie Kuperman seine Visitenkarte. »Danke für Ihre Kooperation, Mr Kuperman.«

»Immer gern.«

Die beiden Detectives standen auf. Als sie gerade hinausgehen wollten, wurde die Tür geöffnet und zwei Männer betraten das Arbeitszimmer. Das war einer der seltsamsten Augenblicke in Mitchells Leben. Nun konnte er nachvollziehen, warum Ronnie Kuperman sie verwechselt hatte. Die beiden Männer sahen Jacob und Mitchell auf eine Weise ähnlich, die fast schon unheimlich gewesen wäre, wenn sich die Detectives denn für eine Karriere als Filmproduzenten entschieden hätten. Der Jacob-Klon war etwas fülliger und trug einen teuren schwarzen Anzug und eine schwarzrandige Brille. Der Mitchell-Klon sah beinahe identisch aus, nur dass er sehr fröhlich wirkte und Lachfältchen in den Augenwinkeln hatte. Seine Haut war völlig glatt und ohne den Hauch eines Bartschattens.

Die vier Männer starrten sich einen langen Augenblick verwirrt an. Nichts, was sie sagen oder tun konnten, hätte diese seltsame Begegnung erklären können. Zu guter Letzt raffte sich Jacob auf, ging weiter und stieß seinen Klon beim Verlassen des Zimmers mit der Schulter an, als wäre dessen Existenz irgendeine Art der Beleidigung.

Mitchell folgte ihm schnell. Als er die Tür schloss, hörte er Kuperman sagen: »Meine Herren! Möchten Sie einen Kaffee? Tee? Etwas Stärkeres? Die Kurz- oder die Langfassung? Denken Sie an ›Harry und Sally‹, nur mit Vampiren …«

Kapitel 5

Sie beschlossen, noch mit Debbie zu sprechen, der einzigen weiblichen Person, mit der sich Kendele ihrem Handy zufolge regelmäßig unterhalten hatte. Als sie auf der Rückfahrt von Boston bei ihr anriefen, ging sie sofort ans Telefon. Allerdings hatte sie aufgrund des Lärms im Hintergrund Probleme, sie zu verstehen. Debbie erklärte, dass sie auf dem Weg zur Arbeit sei und im Augenblick neben einer Baustelle stehe. Mitchell sagte, dass sie Detectives seien und ihr einige Fragen stellen wollten. Das musste er mehrmals wiederholen, bis er beinahe ins Handy schrie und Jacob bei jedem Wort sichtlich zusammenzuckte. Sie schlug vor, dass die Detectives zu ihr in Paulie's Peppery Poultry kommen sollten, da ihre Schicht gleich anfing. Mitchell bat sie, den Namen noch zu wiederholen, nur um sicherzugehen, dass er ihn richtig verstanden hatte.

Kurz nach zwölf Uhr erreichten sie Paulie's Peppery Poultry, ein Fast-Food-Restaurant am Sun Valley Boulevard. Außen war es knallgelb gestrichen und mit roten Streifen verziert, und auf dem Dach thronte direkt über der gläsernen Doppeltür ein riesiges ovales Schild, auf dem eine irre grinsende Ente und die Buchstaben PPP in einem grellen Grünton zu sehen waren.

Die beiden Detectives stellten überrascht fest, dass das Restaurant gerammelt voll war. Offenbar aßen viele Menschen gern Geflügel, jedenfalls das von Paulie. Sämtliche Tische waren besetzt, und auf allen standen rote Tabletts mit unappetitlich aussehenden fettigen Hühnchenteilen. Die Wände waren mit Fotos von Gerichten dekoriert, die Mitchells Meinung nach nicht einmal im Entferntesten etwas mit dem zu tun hatten, was er auf den Tabletts hier sehen konnte. Auf jedem Bild blickte die psychotisch wirkende Ente vom Schild über der Tür lächelnd auf die Mahlzeiten herab.

Drei junge Frauen standen hinter dem Ladentresen am hinteren Ende des Restaurants und nahmen die Bestellungen entgegen. Sie trugen alle dieselbe Uniform, deren rot-weiße Farben zum Maskottchen des Restaurants passten, sowie einen Hut, der an den oberen Teil eines Entenkopfs erinnerte. Das war das grässlichste Branding, das Mitchell je gesehen hatte, und er wunderte sich über den offenkundigen Erfolg des Restaurants. Möglicherweise schmeckte das Essen ja wirklich gut, auch wenn es nicht danach aussah.

Die Detectives näherten sich dem Tresen.

»Entschuldigen Sie«, wandte sich Mitchell an eine der drei Angestellten. »Können Sie mir sagen, wer von Ihnen Debbie ist?«

»Stellen Sie sich gefälligst hinten an!«, protestierte eine übergewichtige Dame, die die Hand eines Kleinkinds umklammerte, entrüstet. »Ich bin vor Ihnen an der Reihe.«

Mitchell zeigte ihr schnell seine Dienstmarke, in der Hoffnung, sie damit zu beruhigen.

»Oh«, sagte die Frau und schüttelte empört den Kopf. »So weit ist es also schon? Kann sich ein Polizist einfach vordrängeln, nur weil er eine Marke und eine Waffe hat?«

»Wir sind dienstlich hier«, teilte Mitchell der Dame mit und beobachtete fasziniert, wie ihre drallen Wangen bebten.

»Ich bin ebenfalls dienstlich hier«, erklärte die Frau laut und sah sich um, als würde sie mit der Unterstützung der anderen wartenden Kunden rechnen. Die wandten jedoch nur den Blick ab. »Stellen Sie sich hinten an!« Anscheinend war ihr das Anstellen sehr wichtig.

»Ich bin Debbie«, sagte eine der Angestellten, eine junge Frau von neunzehn oder zwanzig Jahren. Sie hatte tiefbraune Haut und wachsame dunkle Augen. Außerdem war sie die einzige der drei Angestellten, die nicht so aussah, als hätte ihr der Job bereits die Seele geraubt und nichts als eine leere Hülle zurückgelassen.

»Ich bin Detective Mitchell Lonnie und das ist mein Partner Jacob Cooper«, stellte Mitchell sie vor. »Wir würden Ihnen gern einige Fragen stellen.«

»Worum geht es denn?«, fragte sie und schaute sich rasch nach links und rechts um. Sie wirkte ein wenig verängstigt, aber so etwas kam häufiger vor bei Menschen, die unverhofft mit der Polizei sprechen mussten.

»Es wäre besser, wenn wir uns zuerst setzen«, schlug Mitchell vor.

»Dafür ist leider zu viel Betrieb«, erwiderte sie. »Aber ich habe um halb drei Pause, wenn Ihnen das reicht.«

»Es geht um eine wichtige Angelegenheit«, beharrte Mitchell. »Wir müssen uns wirklich dringend mit Ihnen unterhalten.«

»Warten Sie kurz.« Sie rief den Manager, einen dünnen Mann, dessen Miene vermuten ließ, dass er ständig kurz vor der Hysterie stand. Nach einer geflüsterten Diskussion drehte sie sich wieder zu Mitchell um. »Im Augenblick ist einfach zu viel zu tun. Ich kann um Viertel nach eins Pause machen. Wäre das noch okay?« Sie sah ihn so flehentlich an, dass Mitchell das Gefühl hatte, sie würde um ihren Job bangen. Seufzend nickte er, und sie atmete erleichtert auf.

»Möchten Sie gern etwas essen, während Sie warten?«, fragte sie.

Sie waren seit vier Uhr früh wach und am Verhungern. Normalerweise wäre es Mitchell nicht einmal im Traum eingefallen, in so einem Restaurant zu essen, aber er bestellte dann doch die »Paradiesische Pute«. Jacob entschied sich für eine »Perfekte Pfeffrige Pfannenkartoffel« und eine kleine Portion »Paprika-Poularde« in Barbecuesoße. Die Frau in der Schlange hinter ihnen stöhnte lautstark auf, als sie ihre Bestellungen aufgaben, und Mitchell bedachte sie mit einem entschuldigenden Lächeln.

Das Essen kam schnell, das war aber auch das einzig Positive, was man darüber sagen konnte. Es schmeckte furchtbar und war von einem Ölgeschmack durchdrungen, bei dem Mitchell das Gefühl hatte, seine Zunge und sein Gaumen hätten soeben die Havarie eines Öltankers über sich ergehen lassen müssen. Er malte sich aus, wie Videoclips aus seinem Mund im Fernsehen zu sehen sein würden, auf denen in Barbecuesoße ertrunkene Möwen und Fische zwischen seinen Zähnen starben. Doch als er sich im Restaurant umsah und nach den gequälten Blicken der anderen Gäste Ausschau hielt, stellte er staunend fest, dass alle mit ihrem Essen zufrieden zu sein schienen und es wie die feinste französische Küche verspeisten. Er richtete den Blick auf Jacob, der sich seinem Poulardenhäppchen widmete und tatsächlich so aussah, als könnte er es nur mit Todesverachtung herunterschlucken.

»Wie kommt es, dass dieser Laden so erfolgreich ist?«, fragte Mitchell.

»Vielleicht muss man sich erst an den Geschmack gewöhnen«, mutmaßte Jacob und schluckte schwer.

»Wieso sollte man das wollen«, entgegnete Mitchell, doch darauf hatte Jacob keine Antwort.

Als Debbie zu ihnen an den Tisch kam, war es ihnen gelungen, etwa die Hälfte der Mahlzeit zu vertilgen; mehr brachten sie allerdings nicht herunter. Mitchell hatte den Appetit verloren und war sich nicht sicher, ob dieser jemals zurückkehren würde.

Debbie blickte auf ihre Tabletts. »Schmeckt es Ihnen nicht?«

»Das Essen ist miserabel«, erwiderte Mitchell, der sich angesichts dieser kulinarischen Gräueltat nicht zu seiner üblichen Höflichkeit überwinden konnte.

»Ja.« Debbie nickte. »Da haben Sie recht.«

»Würden Sie uns sagen, woher Sie Kendele Byers kennen, Miss?«, bat Jacob.

»Sie ist meine Freundin.« Debbie riss leicht die Augen auf. »Sie hat früher auch hier gearbeitet. Geht es ihr gut?«

»Wann haben Sie Kendele zum letzten Mal gesehen?«, wollte Mitchell wissen.

»Vor etwa einem Monat«, antwortete Debbie. »Wir sind zusammen ausgegangen. Danach hat sie plötzlich nicht mehr auf meine Nachrichten und Anrufe reagiert. Bitte, Detective, sagen Sie mir, wo sie ist. Was ist ihr zugestoßen?«

»Ich muss Ihnen leider mitteilen, dass Kendele tot ist«, sagte Mitchell sanft.

»Oh.« Debbie sackte auf ihrem Stuhl in sich zusammen. Ihr kamen die Tränen, und eine lief ihr langsam die Wange herunter. Doch sie achtete nicht weiter darauf, sondern drehte sich zur Seite und starrte aus einem Fenster.

»War es einer ihrer … Kunden?«, fragte sie nach einiger Zeit.

»Das wissen wir nicht«, gab Mitchell zu.

»Sie hat mir erzählt, dass einige von ihnen ganz schön unheimlich wären.«

»Hat sie auch Namen genannt?«, hakte er nach. »Oder von bestimmten Männern gesprochen?«

»Nein.« Debbie schniefte und drehte sich wieder zu Mitchell um. »Sie hat überhaupt nicht gern darüber geredet.«

»Aber sie hat Ihnen von ihrem … Unternehmen erzählt«, stellte Mitchell fest.

»Ja. Sie hat mich eingeweiht, nachdem sie hier gekündigt hatte.«

»Und sie hat nie jemanden erwähnt, der sie belästigt hat?«, bohrte er weiter. »Jemanden, der sie beunruhigt hat?«

»Nein, sie sagte nur, dass ein oder zwei seltsame Typen darunter wären und dass sie denen nichts mehr verkaufen würde.«

»Debbie«, schaltete sich Jacob wieder ein. »Hatte Kendele einen Freund oder ist sie mit jemandem ausgegangen?«

»Nein.«

»Sind Sie sicher?«

»Ja, ich bin mir ganz sicher. Deswegen lag sie mir ständig in den Ohren. Dass die Kerle nur mit ihr schlafen wollten, aber nicht mal bereit waren, bis zum nächsten Morgen zu bleiben.«

»Was für Kerle?«

»Zufallsbekanntschaften.« Debbie zuckte mit den Achseln und wischte sich über die Augen. »Sie wissen ja, wie sie ausgesehen hat.«

»Nein«, erwiderte Mitchell, »eigentlich nicht.«

Debbie blinzelte verwirrt. »Aber Sie sagten doch eben …«

»Wir wissen nicht wirklich, wie sie zu Lebzeiten ausgesehen hat.« Mitchell wählte seine Worte mit Bedacht.

Debbie zückte ihr Handy, tippte darauf herum und hielt den Detectives das Display vor die Nase. Darauf war ein Selfie zu sehen, auf dem Debbie ein anderes Mädchen umarmte und das offenbar in einer Kneipe aufgenommen worden war. Die junge Frau neben Debbie hatte langes, glattes rotes Haar und ein wunderschönes Gesicht. Sie lächelte glücklich in die Kamera und zeigte kleine, perfekte weiße Zähne.

»Ihr Körper ist auf dem Foto nicht zu erkennen, aber Sie können mir glauben, dass sie umwerfend ausgesehen hat«, sagte Debbie. »Die Kerle haben reihenweise mit ihr geflirtet. Wenn wir zusammen aus waren, musste ich meine Getränke nie selbst bezahlen, das kann ich Ihnen versichern.«

»Dann traf sie viele Männer?«, fragte Jacob.

»Wollen Sie damit andeuten, dass sie mit vielen Kerlen ins Bett gegangen ist, Detective?« Debbie sah Jacob ernst in die Augen.

»Ich will überhaupt nichts andeuten«, erwiderte Jacobs ungerührt.

»Wie auch immer. Soweit ich weiß, waren es nur einer oder zwei. Und die blieben nie über Nacht, wie ich ja bereits sagte.«

»Wissen Sie zufällig, warum Kendeles Bruder glaubt, sie hätte in San Francisco gelebt?«, fragte Mitchell.

»Klar«, antwortete Debbie. »Sie wollte nicht, dass er ihrem Arschloch von Vater verrät, wo er sie finden kann.«

Mitchell nickte und wartete darauf, dass sie weitersprach.

»Kendeles Vater hat sie geschlagen, verstehen Sie? Sie wurde als Kind schlimm misshandelt. Irgendwann ist sie von zu Hause abgehauen. Sie kam bei Freunden unter. Dann hat ihr Dad sich auf die Suche nach ihr gemacht. Er hat ihrem Bruder gesagt, Kendele soll wieder nach Hause kommen. Er hätte seine Fehler eingesehen, bla, bla, bla, würde nie wieder Hand an sie legen. Doch kaum hatte ihr bescheuerter Bruder ihm verraten, wo sie sich versteckte, stand ihr Dad auch schon vor der Tür und schlug sie windelweich. Sie ist wieder weggelaufen und hier gelandet. Aber sie hat ihrem Bruder nicht verraten, wo sie sich aufhielt, weil sie ihm nicht länger vertrauen konnte.« Debbie lehnte sich zurück und verschränkte die Arme. »Nun, wo sie tot ist, interessiert sich die Polizei endlich auch mal für sie.«

»Glauben Sie, ihr Vater hat sie ermordet?«, fragte Mitchell.

»Woher zum Teufel soll ich das wissen? Ich kann Ihnen nur sagen, dass die Liste der netten Leute, die Kendele kannte, erschreckend kurz war.«

»Wussten Sie, dass Kendele regelmäßig laufen ging?«, erkundigte sich Jacob.

»Sicher. Viermal die Woche, um fünf Uhr früh, ohne Ausnahme. Sie liebte das Laufen.«

»Warum so früh?«, hakte Jacob nach.

»Es gefiel ihr, joggen zu gehen, wenn die Stadt noch schlief«, antwortete Debbie. »Sie sagte, alles wäre so wunderschön, wenn keine Menschen da waren.«

»Ist sie immer am selben Ort laufen gegangen?«

»Ich glaube schon. Sie lief immer in einem Park. Ich weiß aber nicht genau, wo.«

»Verstehe.« Jacob nickte.

Debbie stand auf. »Ich muss wieder an die Arbeit. Die Hühnchen servieren sich ja nicht von selbst.«

Jacob reichte ihr seine Visitenkarte. »Bitte rufen Sie uns an, falls Ihnen noch etwas einfällt.«

Sie nickte und ging zurück zum Tresen.

* * *

Die Sonne ging bereits unter, als Mitchell den schwarzen Dodge Charger am Buttermere Park abstellte. Jacob und er stiegen aus und folgten dem Weg.

Frustrierenderweise waren sie die letzten Stunden immer wieder in Sackgassen gelandet. Jacob hatte mit Kendeles Eltern telefoniert, die bereits von Leon über den Tod ihrer Tochter informiert worden waren. Sie erwiesen sich als recht kooperativ, bis die Misshandlungen zur Sprache kamen. Da legten sie prompt auf, nachdem sie Jacob noch knapp mitgeteilt hatten, dass er sich an ihren Anwalt wenden solle, falls er noch etwas wissen wollte.

Derweil hatte Mitchell angefangen, die Männer auf Kendeles Kundenliste anzurufen, jedenfalls diejenigen, bei denen er eine

Telefonnummer gefunden hatte, die zur Adresse passte. Die meisten taten vollkommen unwissend, fingen empört an, ihn zu beleidigen, oder leugneten hysterisch. Manche legten ebenfalls einfach auf. Nur wenige konnten ein Alibi für die Tatzeit vorweisen. Die Liste der Verdächtigen würde wohl auf absehbare Zeit nicht sehr viel kürzer werden.

Irgendwann schlug Jacob vor, dass sie mal eine Pause machen, zum Tatort fahren und sich dort noch einmal umsehen sollten. Mitchell vermutete, dass Jacob einfach ein bisschen im Park spazieren gehen wollte, aber da ihm auch langsam das Ohr wehtat, hatte er keine Einwände.

Als sie sich dem Wäldchen näherten, in dem Kendele Byers Leiche gefunden worden war, dachte Mitchell an jenen Morgen zurück. Kendele musste diesen Weg entlanggelaufen sein, über den sie gerade gingen, während es im Park um sie herum vollkommen ruhig gewesen war, so wie sie es liebte. Laut Matt hatte sie schwarze Laufshorts und einen lilafarbenen Sport-BH getragen.

Vermutlich war sie schnell gelaufen, um die Kühle der frühmorgendlichen Luft nicht spüren zu müssen. Und dann … was? Hatte sie etwas auf dem Weg gesehen? Hatte der Täter auf sie gewartet? Hatte sie ihn möglicherweise sogar gekannt? Oder hatte er sich hinter einem Baum versteckt und sie gepackt, sobald sie nahe genug an ihn herangekommen war? Hatte sie sich gewehrt?

Sie erreichten die Bäume, und Jacob ging zu der Stelle, an der Kendele begraben gewesen war. Mitchell starrte zum Teich hinüber und hatte auf einmal ein seltsames Déjà-vu. Er hatte sich schon viele Male hier aufgehalten, aber … Etwas an diesem Teich gab ihm zu denken. Ihm war, als würde ein Gedanke oder eine Erinnerung am Rand seines Bewusstseins lauern … Während er versuchte, danach zu greifen, war auf einmal alles weg und ein Gefühl der Frustration überkam ihn, als hätte er eben etwas sagen wollen und dann die Worte vergessen.

Das Wasser kräuselte sich in der leichten Nachmittagsbrise, die Oberfläche schimmerte im Licht der untergehenden Sonne. Wie hatte das Wasser an jenem Tag ausgesehen? Mitchell versuchte, es sich vorzustellen: Der Mann zerrte Kendele zum Teich, drückte ihren Kopf unter Wasser. Warum? Wieso auf diese Weise? Das schien ihm unnötig kompliziert zu sein.

Er ging hinüber zu Jacob.

»Kommt dir dieser Mord nicht komisch vor?«

Jacob nickte.

»Warum hier?«, fragte Mitchell. »Und auf diese Art und Weise? Wieso hat er sie nicht erwürgt, erstochen oder erschossen?«

»Er hat die Tat gründlich geplant«, meinte Jacob.

»Woher weißt du das?«

»Er kannte sie, wusste, dass sie regelmäßig früh am Morgen laufen ging, und hat sie gestalkt.« Jacob deutete auf das Grab. »Er hat dieses Loch nicht erst nach dem Mord ausgehoben. Das hätte zu lange gedauert, dann wären andere Menschen im Park unterwegs gewesen. Jemand hätte ihn bemerken können. Nein. Er kam im Schutz der Nacht her, buddelte das Loch und wartete. Sie kam wie immer zum Laufen her, und er hat sie erwartet. Er packte sie, als sie nahe genug herangekommen war, ertränkte sie im Teich, warf sie in das Loch und schaufelte es zu.«

»Aber warum hat er sie ertränkt?«

Jacob schüttelte den Kopf. »Das war Absicht. Er hat es so geplant. Es war ihm wichtig.«

»Aber warum?«

»Woher soll ich das wissen?« Jacob sah ihm in die Augen. »Ich kenne auch nicht alle Antworten.«

Sie schwiegen beide. Das war beunruhigend. All das hörte sich viel zu sehr nach Besessenheit und Wahnsinn an.

»Hätte ihr Vater so etwas getan, falls er herausgefunden hatte, wo sie lebte?«

Jacob überlegte kurz. »Das weiß ich nicht«, antwortete er. »Es scheint mir nicht sehr wahrscheinlich zu sein. Ein geistesgestörter Kunde von getragenen Slips hört sich realistischer an.«

»Dann müssen wir uns weiter mit der Liste beschäftigen.«

»Ja.«

Die beiden Detectives standen noch eine Minute am Grab, wandten sich dann ab und gingen zurück zum Wagen.

* * *

Mitchell fühlte sich völlig ausgelaugt, als er seine Wohnung betrat. Der ganze Tag kam ihm wie ein einziger Fehlschlag vor. Was hatten sie denn schon rausgefunden? Dass eine geringe Anzahl der Verdächtigen ein Alibi hatte? Dass Kendele von ihrem Vater misshandelt worden war? Dass sie regelmäßig joggen ging? Irgendwie schienen all diese kleinen Fakten im Endeffekt nicht das Geringste zu bedeuten.

»Pauline?«, rief er.

»Ich bin hier«, kam die Antwort aus dem Schlafzimmer.

Er ging durch den Flur und blieb im Türrahmen stehen.

Sie lag auf dem Bauch im Bett und starrte auf den Bildschirm ihres Laptops. Darauf lief eine Folge »Shameless«, eine Serie, bei der sie erfolglos versucht hatte, ihn zu überreden, sie mit ihr zusammen anzusehen. Sie trug ein schwarzes Top mit Spaghettiträgern und leicht durchsichtige weiße Shorts und wackelte mit den nackten Füßen in der Luft herum, während sie den Blick nicht vom Bildschirm abwandte. Ihr langes braunes Haar war wie immer zu einem Pferdeschwanz gebunden. Ihr nackter Schulterbereich, leicht gebräunt und glatt, schien ihn zu rufen. Ihm war, als würde die Last des langen Tages langsam von ihm abfallen. Vorsichtig kletterte er aufs Bett, legte sich auf sie und umarmte sie.

»Du zerquetschst mich«, protestierte sie keuchend und stieß ihn mit dem Ellbogen an.

Er rollte sich lachend von ihr herunter. »Wie war dein Tag?«

»Gut«, antwortete sie abgelenkt. »Ein Kunde in der Klink hat heute mit mir geflirtet.«

»Ach ja? Hast du ihm gesagt, dass du schon vergeben bist?«

»Natürlich nicht. Ich musste mir doch erst anhören, was er mir zu bieten hat.«

»Aha!« Mitchell fuhr ihr sacht mit den Fingerspitzen über den Rücken. »Und?«

»Er war wegen einer Wurzelkanalbehandlung da.«

»Klingt doch nach einem guten Fang.«

Pauline arbeitete als Zahnarzthelferin. Mitchell versuchte ständig, sie dazu zu überreden, mehr mit ihrem Leben anzustellen. Er war davon überzeugt, dass sie etwas Besseres erreichen konnte. Sie wurde häufig wütend, wenn er davon anfing, und sagte dann immer, dass auch Zahnarzthelferinnen gebraucht wurden.

»Und dann«, fuhr sie fort, »als ich mit dem Bus nach Hause gefahren bin, hatte der einen Platten und ich musste auf den nächsten warten, bekam keinen Sitzplatz mehr, weil es so voll war, und musste dicht gedrängt wie in einer Sardinenbüchse die ganze Fahrt über stehen.«

»Dein Leben ist wirklich hart«, sagte Mitchell.

Sie warf ihm einen Seitenblick zu. »Machst du dich über mein Leiden lustig?«

»Nein, ganz und gar nicht.«

»Wie war dein Tag?«

»Ich habe mit etwa zwanzig Männern gesprochen, die gern an Slips riechen«, antwortete Mitchell.

»Im Ernst.« Nun hielt sie das Video doch an und drehte sich lächelnd auf die Seite. Er liebte ihr Lächeln so sehr.

»Ja.«

»Was hast du herausgefunden?«

»Ich habe herausgefunden, dass die meisten Menschen es nicht ausstehen können, wenn man sie über ihre Neigung, an getragenen Slips zu schnüffeln, befragt.«

Sie grinste ihn an, und er musste lächeln. Ihr Top war verrutscht, sodass er die Rundung ihrer Brust sehen konnte. Er rutschte näher an sie heran, legte einen Arm um sie und zog sie an sich.

»Macht dich unsere Unterhaltung über das Schnüffeln an Slips an?«, flüsterte sie.

»Nein«, erwiderte er. »Aber deine Nähe.«

Sie küsste ihn und ließ eine Hand zu seinem Bauch wandern, und Mitchell drehte sich auf den Rücken und zog sie auf sich.

Kapitel 6

Er stand auf einer kleinen Lichtung im Wäldchen im Buttermere Park. Die Polizei hatte vor einer Woche Kendele Byers Leiche ganz in der Nähe gefunden. Das war nicht Teil des Plans, störte ihn aber auch nicht besonders. Er hatte große Vorsicht walten lassen.

Im Augenblick sah er zu Boden, da er hier vier Monate zuvor Hunderte von Blumensamen verstreut hatte. Er war angenehm überrascht vom Resultat. Dutzende von Blumen wuchsen auf der Lichtung. Das hatte er im Gedenken an *sie* getan. Sie hatte die Farbe Gelb geliebt und fast jeden Tag gelbe Blusen oder Kleider getragen.

Er war zur Lichtung gekommen, weil er an einen ganz besonderen Tag denken musste. Seitdem waren mehr als dreißig Jahre vergangen, und doch hatte er alles noch deutlich vor Augen. Er musste beim Gedanken daran lächeln und betrachtete die Blumen um sich herum. Es war ein warmer, sonniger Tag, und im Park wimmelte es von Menschen: Familien, die Zeit miteinander verbrachten, verliebte Pärchen, die Händchen haltend auf den gepflasterten Wegen spazieren gingen und deren Hunde mit heraushängenden Zungen neben ihnen herliefen. Und ein Mann, der seinen Erinnerungen nachhing. Der an Kendele Byers dachte, an einen Tag vor langer Zeit, an ein anderes wunderschönes Mädchen und den unsichtbaren Faden, der sie miteinander verband.

So lange Zeit hatte er geschlafen, um dann doch zu erwachen. Jahre waren aufgrund der Routine, eines langweiligen Jobs, unbedeutender Begegnungen mit anderen Menschen und einer langen Reihe an farblosen Tagen und traumlosen Nächten verloren gegangen. Fast empfand er Mitleid mit den Menschen im Park, die dasselbe trostlose Leben führten und dazu verdammt waren, ihre kurze Lebensspanne mit nichts zu vergeuden.

Sie waren zu blind, um die Wahrheit zu erkennen. Es gab im Leben mehr als das. Reine Momente voller Aufregung und Freude. Man musste sie nur finden. Kendele hatte das verstanden. Kurz vor ihrem Tod hatte sie es begriffen; das hatte er deutlich gespürt.

In ihm keimte Vorfreude auf. Schon bald würde es wieder so weit sein. Er konnte sich den entscheidenden Augenblick fast schon ausmalen, in dem sein nächstes Opfer den Tod fand. Sein Herz schlug etwas schneller, als er sich bildlich vorstellte, wie er es spät in der Nacht und nicht weit von ihrem Haus entfernt tun würde.

Es würde sehr brutal werden.

Vorfreude. Etwas Besseres gab es nicht.

* * *

Hin und wieder sah sich Mitchell als Spürhund. Er schnüffelte an einer Fährte, nahm den Geruch auf, folgte ihm, kam immer näher. Hin und wieder verschwand die Spur und der Hund schnupperte herum, versuchte, sie wiederzufinden, geriet mehrmals in Sackgassen und hatte schließlich Glück.

War ein Fall jedoch vage und frustrierend, verglich er sich eher mit einem Huhn, das am Boden nach Krumen pickte, nach irgendetwas Essbarem suchte. Pick, pick, pick. Was war das? Ein schmackhaftes Korn? Nein, nur ein kleiner Stein. Pick, pick, Moment, ich hab was gefunden! Eine Büroklammer? Was hat denn eine Büroklammer hier zu suchen? Pick, pick, pick, pick, wildes, zufälliges Herumpicken, den Schnabel voller Hoffnung wieder und wieder in den Boden bohren. Pick, pick. Hier gibt es nichts Gutes zu finden. Irgendwann wurde das Huhn müde und war davon überzeugt, dass es wohl verhungern musste.

Die Mordermittlung im Fall Kendele Byers schien eher in Richtung Huhn zu verlaufen. Für jedes winzige Samenkorn, das die Detectives entdeckten, mussten sie auch sehr viel Sand und eine Menge Kieselsteine beiseiteschaffen.

Kendeles Vater hatte für die Tatzeit ein wasserdichtes Alibi. Er arbeitete jeden Morgen in dem kleinen Supermarkt, der ihm gehörte. Fing immer um sechs an. Machte keinen Tag Pause. Er konnte sein Alibi mit den Aufzeichnungen der Überwachungskameras und Kundenaussagen belegen. Zudem behauptete er, seine Tochter nie misshandelt zu haben, und seine Frau und sein Sohn sagten dasselbe.

Pick, pick, pick.

Kendele hatte achtzehn Stammkunden und zweiunddreißig weitere gehabt, die ein- oder zweimal etwas bei ihr gekauft hatten. Nach und nach kamen immer mehr Alibis zusammen. Die meisten Kunden lebten im Ausland. Es gab keine Hinweise auf die angeblichen »unheimlichen« E-Mails, die Kendele erhalten hatte, und auch in dem Subreddit, den Ronnie Kuperman ihnen genannt hatte, ließen sich solche Kunden nicht finden. Möglicherweise hatte es diese auch gar nicht gegeben und Kendele hatte Debbie nur davon abhalten wollen, sich ihr Geld auf dieselbe Weise zu verdienen. Wer konnte das schon sagen?

Pick, pick.

Die Pflanzen, die in Kendeles Atemwegen gefunden worden waren, passten zu jenen im Teich, kamen jedoch auch in anderen

Teichen und Seen in der Umgebung vor. Wahrscheinlich bedeutete dies, dass die Theorie der Detectives korrekt war, doch es gab keinen Weg, das einwandfrei festzustellen.

Pick, pick, pick.

Es gab keine DNA-Übereinstimmung in CODIS, der FBI-Datenbank, für die gesicherten Spuren der am Tatort gefundenen Gegenstände.

Pick, pick.

Sie suchten nach ähnlichen Verbrechen. Anderen Morden, bei denen jemand ertränkt und in der Nähe vergraben worden war. Taten an Frauen, die online getragene Slips verkauften. Sie fanden nichts.

Pick.

Die Hühner wurden müde.

Kapitel 7

Kenneth Baker hätte es besser wissen müssen.

Kokain? Verdammt, er schnupfte das Zeug täglich. Wie konnte ein Mensch in dieser verrückten Welt überhaupt ohne Koks überleben? Wer schaffte es, derart produktiv zu sein, wie es das moderne Leben verlangte, ohne sich hin und wieder was reinzuziehen? Nein, Kokain war völlig in Ordnung.

Auch Alkohol war okay. Zweifelsohne. Alkohol war sogar legal. Man konnte ein Geschäft betreten, eine Flasche Whiskey kaufen und wieder rausgehen – einfach so, ohne dass irgendwelche Fragen gestellt wurden. Gab es einen besseren Weg, um einzuschlafen, als ein oder zwei Gläser billigen Whiskey zu trinken? Seiner Meinung nach nicht. In letzter Zeit konnte er ohne Alkohol sowieso nicht mehr schlafen.

Aber beides gleichzeitig?

Er hätte es wirklich besser wissen müssen.

Und nun war es zu spät. Kenneths Herz raste wie verrückt. Er wurde immer wieder von heftiger Euphorie übermannt. Sobald diese abgeflaut war, stellte er fest, dass er vor Zorn bebte. Irgendjemand schrie. Er stellte fest, dass er es selbst war.

»... so vergiltst du es mir?«, brüllte er. »Nach all den Jahren, die wir zusammen verbracht haben? Nach all dem Geld, das ich in dich investiert habe? Ich habe mich um dich gekümmert!

Ich habe alles getan, worum du mich gebeten hast, und jetzt … das?« Ihm liefen Tränen über die Wangen. Wie hatte das passieren können? Sein Leben war ruiniert.

Er packte sein hilfloses Opfer, und seine Finger liefen weiß an, weil er so fest zudrückte. Sein Opfer stieß seltsame, unverständliche Geräusche aus, die Kenneth jedoch ignorierte.

»Wir sind fertig miteinander«, knurrte er. »Das ist das Ende unseres gemeinsamen Weges. Nein! Es ist zu spät, um jetzt noch Wiedergutmachung zu betreiben. Es ist weg. Es ist alles weg!«

Er marschierte aus dem Schlafzimmer und schleifte sein Opfer mit sich, ohne das panische Kreischen und Stöhnen überhaupt wahrzunehmen. In der Küche blieb er stehen, zog eine Schublade auf und nahm die Waffe heraus. Er hatte sie noch nie benutzt, nur auf dem Schießstand. Aber heute Abend würde es so weit sein.

Mit einem Tritt öffnete er die Haustür, und die Droge in seinem Blut ließ das Adrenalin durch seine Adern rasen. Es gab kein Zurück mehr.

Diese Beziehung würde enden. Endgültig.

* * *

Officer Tanessa Lonnie öffnete die Beifahrertür des Streifenwagens, stieg ein und reichte ihrem Partner Sergio Bertini einen Styroporbecher mit Kaffee.

»Bitte sehr«, sagte sie. »Ich habe sie gebeten, ihn extrastark zu machen.«

»Danke.« Als er den Kaffee in der Hand hielt, zeichnete sich Erleichterung auf seiner Miene ab. Er nippte daran, schloss kurz die Augen und holte tief Luft. »Das tut jetzt gut.«

»Hast du wieder nicht geschlafen?«, fragte Tanessa und trank ebenfalls einen Schluck. Es war ein Uhr. Sie parkten in der Nähe einer kleinen Tankstelle und hatten ihre Schicht erst vor einer Stunde angetreten. Tanessa und Sergio machten die Nachtschicht – von Mitternacht bis acht Uhr morgens –, und das schon seit sechs Wochen, seitdem Tanessa die Ausbildung an der Akademie abgeschlossen hatte.

»Das liegt an Gabriella. Sie weckt mich immer wieder auf.« Sergio schüttelte den Kopf. »Sie treibt mich noch in den Wahnsinn.«

Tanessa nickte und machte ein mitfühlendes Gesicht, auch wenn sich ihr Mitleid tatsächlich in Grenzen hielt. Die ganze Sache mit Gabriella hätte nie anfangen dürfen; es war offensichtlich ein Fehler. Tanessa hatte Sergio gewarnt, dass er es bereuen würde. Doch sie gehörte nicht zu den Menschen, die Salz in eine Wunde streuten. Stattdessen drückte sie seine Schulter.

Er drehte sich zu ihr um. Seine Augen waren gerötet und geschwollen, und er sah mit den hochgezogenen Augenbrauen richtig leidend aus. Wenn er nicht so müde und geknickt war, wirkte er recht attraktiv. Er war gebräunt, hatte breite Schultern, ein ansehnliches Gesicht und weiße Zähne. Zähne waren Tanessa sehr wichtig. Schlechte Zähne stießen sie regelrecht ab. Sein Kopf war kahl, was jammerschade war, doch da er sich jede Woche den Schädel rasierte, konnte man das durchaus als sexy bezeichnen, wenn man denn auf so etwas stand.

»Sie schreit«, sagte er. »Den ganzen Tag. Entsetzliche, ohrenbetäubende Schreie sind das.«

»Aha!« Tanessa nickte.

»Und sie beißt mich! Wenn ich versuche, sie zu beruhigen, beißt sie mich! Sieh nur!« Er zeigte ihr einen Kratzer am Finger.

»Warum gibst du sie nicht einfach weg?«, schlug Tanessa vor.

»Wie denn? Wer würde sie schon nehmen?«, erwiderte Sergio mit leidender Stimme.

»Das ist doch gar nicht nötig«, erwiderte Tanessa geduldig. »Du machst einfach das Fenster auf und sie fliegt raus.«

Sie hatte ihm von Anfang an abgeraten, sich einen Papagei zuzulegen. Ihr Cousin hatte mal einen besessen, und sie erinnerte sich noch sehr gut an den ständigen Lärm in seinem Haus, wann immer das verdammte Vieh wach gewesen war. Als der Papagei gestorben war, hätten sie beinahe ein Freudenfest veranstaltet.

»Das kann ich nicht tun«, meinte Sergio. »Sie würde auf sich gestellt nie überleben.«

»Wer weiß«, erwiderte Tanessa. »Überleg doch mal …«

Plötzlich erwachte das Funkgerät zum Leben. »Achtung, an alle Einheiten, an der Ecke Adams und Cedar Road sollen Schüsse gefallen sein!«

Tanessa drückte die Taste auf ihrem Schultermikrofon. »Vier einundfünfzig, verstanden.«

Sergio verstaute seinen Becher im Becherhalter und ließ den Motor an. Sie waren ganz in der Nähe, vielleicht fünf Minuten entfernt. Tanessa schnallte sich an und trank noch einen letzten Schluck, bevor sie den Becher ebenfalls wegstellte.

Das Schönste an der Nachtschicht war der geringe Verkehr. Wenn Tanessa und Sergio im Mondlicht über die Straßen von Glenmore Park fuhren, herrschte kaum Verkehr. Ihnen begegneten nur wenige andere Autos, deren Fahrer sich schnell vergewisserten, dass sie angeschnallt waren und nicht vergessen hatten, das Licht einzuschalten. Einmal musste Sergio vom Gas gehen, als ein in Lumpen gekleideter Mann langsam die Straße überquerte und einen Einkaufswagen voller Plastikflaschen vor sich her schob. Abgesehen davon, kamen sie zügig und problemlos voran.

Sie schwiegen beide und sagten sich, dass sich der Großteil der Anrufe, bei denen Schüsse gemeldet wurden, letzten Endes auf Kinder mit Feuerwerkskörpern oder ein Auto mit

Fehlzündung zurückzuführen waren. Selbst wenn tatsächlich geschossen worden war, hielten sich die Personen, die diese Schüsse abgegeben hatten, im Allgemeinen schon ganz woanders auf, wenn der Streifenwagen eintraf.

Tanessa dachte an den bevorstehenden Geburtstag ihrer Mutter. Ihr war ein gutes Geschenk eingefallen. Im letzten Jahr hatten sie es vermasselt und ihrer Mutter eine Handtasche geschenkt, die sie nie benutzte. Sie nahm sich vor, am nächsten Morgen mit Mitchell und Richard darüber zu reden, bevor sie schlafen ging.

Als sie sich der Ecke Cedar und Adams näherten, war die Straße wie erwartet leer. Dies war für gewöhnlich ein ruhiges Viertel, in dem vor allem junge Eltern und alte Rentner lebten. Auf der rechten Straßenseite standen zwei- und dreistöckige Häuser, deren Holzwände sich in unterschiedlichen Verfallsstadien befanden. Der kleine Park auf der linken Seite lag dunkel und verlassen da, und die Schaukel und die Rutsche darin waren im blassen Mondlicht kaum zu erkennen. Tanessa ging durch den Kopf, dass es hier tagsüber vermutlich von jungen Müttern oder Kindermädchen und Kindern nur so wimmelte. Aber jetzt würden dort höchstens Obdachlose anzutreffen sein, die auf den Bänken schliefen. Die Straße war an mehreren Stellen aufgerissen, und Unkraut wucherte am Straßenrand.

Woher waren die Schüsse gekommen? Tanessa schaute sich um und hielt nach Bewegungen Ausschau. Hinter allen Fenstern war es dunkel. Sie konnte niemanden sehen.

»Was denkst du?«, fragte sie.

Sergio zuckte mit den Achseln. »Hier ist niemand. Lass uns noch ein bisschen rumfahren, damit sich die Leute sicher fühlen.«

Sie fuhren langsam weiter. Das flackernde Blaulicht des Streifenwagens erhellte die Straße und signalisierte jedem, der sich dafür interessierte, dass die Polizei vor Ort und alles in Ordnung war.

»Augenblick mal«, sagte Tanessa. »Was ist das?«

Sie spähte in eine schmale Gasse zwischen zwei Gebäuden, in der Müllcontainer standen. Im Schatten schien sich etwas bewegt zu haben. Die Silhouette eines Mannes.

Er stand jetzt ganz still und von ihnen abgewandt. Als sie näher kamen, erfasste ihn das Licht der Scheinwerfer nicht ganz. Er fuchtelte mit den Armen herum und sah aus, als würde er mit jemandem reden. Sergio hielt den Wagen an, und Tanessa stieg aus und ging langsam auf den Mann zu, während sie eine Hand auf ihre Waffe legte.

»Entschuldigung?«, rief sie. »Sir?«

»… so lange zusammen«, sagte der Mann gerade. Er hörte sich an, als würde er weinen. »Wie konntest du das nur tun? Zwei Monate Arbeit, völlig umsonst!«

Er ist betrunken, dachte Tanessa. Die wacklige, leicht schwankende Haltung war nicht zu übersehen. Sie hörte, dass Sergio die Wagentür öffnete, blieb jedoch nicht stehen. Etwas an diesem Mann beunruhigte sie.

»Du hast mich dazu gezwungen!« Der Mann sprach immer lauter. »Ich wollte das nicht tun! Aber hast du wirklich geglaubt, ungestraft damit durchzukommen?«

»Sir!«, sagte Tanessa. »Hier ist die Polizei. Bitte drehen Sie sich langsam um.« Sie zog ihre Glock und spannte die Muskeln.

Er drehte sich leicht taumelnd um, und das Erste, was ihr ins Auge fiel, war die Waffe in seiner Hand.

Sie merkte nicht einmal, wie das monatelange Training die Oberhand gewann, als sie die Arme hob und die Waffe auf seine Brust richtete, auf seinen Körpermittelpunkt, während sie die Lippen bewegte und den Mann anschrie. Ihn aufforderte, *die Waffe fallen zu lassen.*

Es überraschte sie, wie viel ihr Verstand in einem Sekundenbruchteil registrierte. Der verwirrte, unfokussierte Blick des Mannes, der sie ansah, das blaue, flackernde Licht in seinem Gesicht, das ihn blendete. Die Art, wie er die Waffenhand bewegte, die Waffe hob, sie mit den Fingern beharrlich umklammerte, als wollte er sie nicht loslassen. Sie vernahm, wie ihr Partner den Mann aufforderte, dass er die Waffe auf den Boden legen sollte, wenn er nicht erschossen werden wollte.

Sein Finger lag nicht am Abzug, bemerkte Tanessa. Vielmehr hatte er alle fünf Finger um den Griff der Waffe gelegt, als hätte er einen Gehstock oder einen Ball in der Hand.

»Nicht schießen, Sergio!«, rief sie. »Bloß nicht schießen!«

Der Mann erstarrte zur Salzsäule, und seine Hand verharrte in der Luft. Nur seine Lippen bewegten sich noch, allerdings konnte Tanessa kein Wort hören.

»Sie«, sagte sie und trat noch näher, wobei sie das blendende Licht des Streifenwagens mit ihrem Körper blockierte. »Nehmen Sie die Waffe runter.«

Der Mann starrte erst sie an und dann seine Hand. Er wirkte überrascht, die Waffe darin zu sehen. Ganz langsam kniete er sich hin und legte die Waffe auf den Boden.

Tanessa stand bereits an seiner Seite, packte seine Arme und zog sie ihm auf den Rücken. Er widersetzte sich nicht und murmelte nur: »Ich musste es tun. Ich musste es tun. Ich musste es tun.« Sie legte ihm die Handschellen an, und das metallische Geräusch war eine Wohltat in ihren Ohren. Der Verdächtige war entwaffnet und festgesetzt. Niemand musste verletzt werden. Allerdings …

»Ich glaube, er hat jemanden erschossen«, sagte Tanessa zu Sergio, ohne sich umzudrehen. Sie ließ den Mann los, nahm die Taschenlampe vom Gürtel, schaltete sie ein und leuchtete in die Gasse.

Da war etwas in der Dunkelheit. Sie richtete den Lichtstrahl darauf und hielt den Atem an. Ein kleiner Laptop stand aufgeklappt auf dem Boden, und der Bildschirm war zertrümmert und von mehreren Einschusslöchern durchsiebt. Diesem Gerät konnte keiner mehr helfen.

* * *

»Ich hatte keine Wahl. Ich musste es tun. Zwei Monate Arbeit, einfach weg! BÄMM. Ein Bluescreen, und kein Backup.« Kenneth Baker saß auf dem Rücksitz und plapperte unaufhörlich weiter, während sie in Richtung Gefängnis fuhren. Tanessa hörte nur mit halbem Ohr zu und war auf einmal sehr erschöpft. Der Zwischenfall hatte sie ausgelaugt, und jetzt, wo der Adrenalinschub abgeklungen war, wünschte sie sich nur noch Ruhe und Frieden und wusste doch, dass sie das vergessen konnte.

»Ich konnte die Festplatte noch immer hören. Das Ding hat eindeutig funktioniert, wollte aber nicht hochfahren! Wissen Sie, wie sich das anfühlt? Wenn die Früchte Ihrer Arbeit von einer … einer … Maschine vernichtet werden? Ich war stinksauer.«

Das konnte sich Tanessa sehr gut vorstellen. Sein Atem stank nach billigem Schnaps, und sie hatte weiße Pulverspuren unter seiner Nase bemerkt, die vermutlich von Kokain stammten. Wenn so ein lustiger Cocktail in seinem Blut herumschwappte, war es kein Wunder, dass er beschlossen hatte, seinem Computer in der Gasse den Gnadenschuss zu verpassen.

»Vor vierzig Jahren wäre so was nicht passiert. Eine Schreibmaschine würde einen Roman niemals verschlucken. Die Menschheit wird von Maschinen versklavt, und wir merken es noch nicht mal. Die Menschen müssen die Augen öffnen, bevor es …«

»Wissen Sie was?«, fiel Tanessa ihm ins Wort und drehte sich um. »Ich weiß gar nicht mehr, ob wir Ihnen Ihre Rechte vorgelesen haben. Sie haben das Recht zu schweigen. Alles, was Sie sagen, kann und wird vor Gericht gegen Sie …« Sie rezitierte die restliche Belehrung. »Haben Sie das verstanden? Das Recht zu schweigen?«

»Mein Roman ist futsch!«, erklärte der Mann mit brechender Stimme.

»Vielleicht wäre er noch zu retten gewesen, wenn Sie nicht elfmal auf Ihren Computer geschossen hätten!«

Kurzes Schweigen.

»Das bezweifle ich«, meinte er dann.

»Na, reden Sie sich das nur weiter ein, wenn Sie dann nachts besser schlafen können.« Seufzend drehte sie sich wieder nach vorn um.

»An alle Einheiten.« Die neueste Meldung der Zentrale hallte durch den Wagen. »Es gab eine Fahrerflucht auf dem Ambleside Drive. Krankenwagen wurde bereits angefordert.«

»Was zum Teufel ist denn heute Nacht los?«, fragte Sergio.

»Bieg nach rechts ab«, wies Tanessa ihn an. »Das ist ganz in der Nähe.«

»Ja, ja.«

»Hier ist vier einundfünfzig, verstanden«, gab sie der Zentrale durch.

Sergio beschleunigte und schaltete das Blaulicht ein.

»Hier ist acht-null-eins, sind unterwegs«, meldete jemand anderes per Funk. Das waren die Rettungssanitäter.

»Hey«, rief der betrunkene Schriftsteller vom Rücksitz. »Wo fahren wir denn hin?«

»Machen Sie sich deswegen keine Sorgen«, erwiderte Sergio.

»Sie können mich nicht einfach mitschleifen. Ich habe Rechte!«

»Betrachten Sie es als Recherche für Ihren nächsten Roman«, fuhr Sergio ihn an. »Und jetzt halten Sie die Klappe!«

Er bog in den Ambleside Drive ab und verlangsamte das Tempo. Sie befanden sich in einem kleinen Wohnviertel am Stadtrand. Die Straße war schmal, an beiden Seiten parkten Autos, und das Licht der Straßenlaternen sorgte nicht wirklich für Helligkeit. Tanessa starrte gebannt durch die Windschutzscheibe und hielt die Augen auf.

»Da!« Sie deutete nach vorn.

Jemand kniete mitten auf der Straße. Als sie näher kamen, erkannte sie, dass es sich um einen Mann handelte, der neben einem reglosen Körper hockte. Sergio hielt am Straßenrand, und sie sprangen beide aus dem Wagen. Während Sergio zum Kofferraum lief, um die Straße abzusperren, rannte Tanessa zu den beiden Personen. Auf der Straße lag eine junge Frau in einer Blutlache. Der Mann neben ihr sagte immer wieder: »Halt durch, halt durch. Der Krankenwagen ist gleich da.«

Tanessa kniete sich neben ihn. »Ich bin Officer Lonnie«, stellte sie sich vor. »Können Sie mir sagen, was hier passiert ist?« Sie blickte auf die Frau am Boden, die jung war – vielleicht neunzehn oder zwanzig – und dunkle Haut und zu Hunderten kleiner Zöpfe geflochtenes Haar hatte. Die Verletzte starrte gen Himmel und blinzelte verwirrt. Sie hatte etwas Blut im Mundwinkel und eine Schramme an der Stirn. Sie lag seltsam verdreht da, und ihr Oberkörper war seitlich abgeknickt. Sie trug ein schwarzes Tanktop und eine schwarze Hose und öffnete und schloss immer wieder langsam die Lippen.

»Ich … ich weiß nicht, was passiert ist«, sagte der Mann. »Ich wohne auf der anderen Straßenseite und habe einen lauten Knall und quietschende Reifen gehört. Als ich aus dem Haus gerannt kam, fuhr der Wagen gerade weg.«

»Können Sie den Wagen beschreiben?«, fragte Tanessa, hielt der Verletzten ein Ohr an den Mund und lauschte angestrengt. Noch atmete sie.

»Nein … Eckige Rücklichter. Ich konnte in der Dunkelheit nicht viel erkennen. Wird sie wieder gesund?«

»Wir werden alles daransetzen.« Tanessa versuchte, ruhig zu klingen, auch wenn sie innerlich völlig aufgewühlt war. Sie kniete ebenso wie der Mann in einer großen Blutlache. Woher das Blut kam, konnte sie nicht erkennen, doch es war sehr viel. Sie wagte es nicht, die Frau zu bewegen, und wusste, dass es klüger war, auf den Krankenwagen zu warten, daher strich sie ihr nur sanft über die Stirn.

»Hey«, sagte sie leise. »Halt durch, Süße. Alles wird wieder gut. Kannst du mich hören? Dir geht es bald wieder besser.«

Das Mädchen blinzelte und richtete den Blick auf Tanessa.

»Wie heißt du?«

»Tamay«, krächzte das Mädchen und verzog plötzlich schmerzverzerrt das Gesicht.

»Sch. Es ist alles gut. Du musst nicht reden, wenn es wehtut. Tamay? Das ist ein wunderschöner Name. Tamay, ich bin Tanessa. Der Krankenwagen ist unterwegs, hast du gehört? Die Sanitäter werden sich gut um dich kümmern. Du musst dir keine Sorgen machen.« Sie legte Tamay eine Hand auf die Wange und stellte erschrocken fest, dass die Haut des Mädchens eiskalt war.

»Sergio!«, rief sie. »Kannst du mir etwas bringen, womit wir sie aufwärmen können? Sie fühlt sich ganz kalt an.«

Wenige Sekunden später war Sergio an ihrer Seite und reichte ihr seine Uniformjacke. Tanessa breitete sie über dem Mädchen aus und flüsterte ihr die ganze Zeit aufmunternde Worte zu. Endlich hörte sie, wie der Krankenwagen hinter ihr hielt und die Männer ihre Ausrüstung aus dem Wagen holten.

»Gehen Sie zur Seite, Officer«, verlangte einer der Sanitäter. Tanessa stand auf und ging einige Schritte zur Seite, legte dem Zeugen dabei eine Hand auf den Arm und zog ihn mit sich. Sie machten den Sanitätern Platz, die die Verletzte untersuchten, sicherten, auf eine Trage legten und zum Krankenwagen schafften. Nur Minuten später fuhren sie auch schon mit quietschenden Reifen in Richtung Krankenhaus davon.

Tanessa musterte den Zeugen. Er hatte Blut an den Handflächen und der Kleidung. Sie merkte erst jetzt, dass ihre Hose ebenfalls blutgetränkt war. Fassungslos starrte sie die Blutlache auf der Straße an. Wie viel Blut hatte die Frau verloren?

»Wird sie wieder?«

»Kennen Sie sie?«, fragte Tanessa den Mann. Er war etwa fünfundzwanzig, hatte Bartstoppeln im Gesicht und trug eine schmale Brille. Dass er benommen und verwirrt aussah, konnte Tanessa ihm nicht verdenken.

»Ja, ich weiß, wer sie ist. Ich habe keine Ahnung, wie sie heißt, aber sie arbeitete als Kellnerin im ›The Wild Pony‹.«

»Was ist das?«

»Das ist eine Bar in der Nähe. Nur ein paar Blocks weiter.« Er zeigte in eine Richtung.

»Sieh dir das an, Tanessa«, rief Sergio auf einmal.

Sie ging zu ihm hinüber. Er stand neben einer defekten Straßenlaterne, die zur Seite geknickt und unten eingedellt war.

»Der Wagen ist dagegengeprallt, nachdem er sie erfasst hatte«, stellte Tanessa fest.

»Sieht ganz danach aus.«

»So …« Sie versuchte, sich den Unfall bildlich vorzustellen, um später alles in ihrem Bericht festzuhalten. »Er kam von dort, überfuhr da vorn das Mädchen, verlor die Kontrolle und knallte gegen die Laterne. Danach hat er vermutlich zurückgesetzt und ist in die Richtung verschwunden.« Sie deutete die Straße entlang.

»Das denke ich auch«, stimmte Sergio ihr zu.

»Entschuldigung«, rief der Zeuge.

Tanessa drehte sich um. »Ja?«

»Er ist in die andere Richtung weggefahren.«

»Das ergibt doch keinen Sinn.« Tanessa runzelte die Stirn.

»Vielleicht hat er zuerst den Laternenpfahl gerammt und danach das Mädchen und ist dann weitergefahren«, mutmaßte Sergio.

»Das hier sieht aber nicht danach aus«, meinte Tanessa. »Die Laterne ist in diese Richtung abgeknickt und zeigt von der Stelle weg, an der das Mädchen gelegen hat.«

»Sir«, rief Sergio, »war die Laterne schon vor dem Unfall beschädigt?«

»Vor ein paar Stunden hat sie noch funktioniert.«

»Sind Sie sicher?«

»Ja, es wäre mir aufgefallen, wenn sie nicht funktioniert hätte, als ich nach Hause gekommen bin.«

Tanessa spürte ein seltsames Kribbeln auf der Haut. »Das würde bedeuten«, sagte sie bedächtig, »dass der Fahrer das Mädchen überfahren, die Kontrolle verloren und gegen die Laterne geprallt ist. Danach hat er den Rückwärtsgang eingelegt, gewendet … und ist in die Richtung verschwunden.« Sie zeigte auf die Blutlache.

Sie blickten alle die schmale Straße entlang, die auf beiden Seiten von parkenden Autos gesäumt war.

»Er kann unmöglich um sie herumgefahren sein«, meinte Sergio.

»Er ist über sie drübergefahren.« Tanessa wurde speiübel. Sie musste an Tamay denken, die reglos und mit verdrehtem Körper auf dem Boden gelegen hatte.

»Großer Gott.«

»Wir müssen die Zentrale informieren.«

Dies war nicht nur eine einfache Fahrerflucht, sondern kam ihnen mehr und mehr wie eine noch viel schlimmere Tat vor.

Kapitel 8

Ein blauer Honda Civic parkte in der Nähe, und Tanessa musste nicht einmal hinschauen, um zu wissen, wer am Steuer saß. Sie kannte diesen Wagen gut und hatte ihn schon unzählige Male gesehen. Mit diesem Wagen hatte man sie zu ihrem ersten Tag an der Akademie gebracht und von der Abschlussfeier abgeholt. Sie hatte einmal eine Dreiviertelstunde in diesem Auto gesessen, weinend und ein Taschentuch nach dem anderen vollschniefend, während ihr Bruder sie getröstet und ihr versichert hatte, dass es noch viele andere Jungs gab. Und an einem unvergesslichen Tag hatte sie sich auf dem Rücksitz übergeben, nachdem sie wegen einer dummen Wette sechs Wodka nacheinander heruntergestürzt hatte.

Mitchell stieg aus und kam zu ihr herüber. Tanessa stand bei der temporären Straßensperre, die sie errichtet hatten, um jeden Wagen aufzuhalten, der hier durchfahren wollte.

»Hey, Mitch«, sagte sie betont lässig.

»Hey, Schwesterherz.« Er schenkte ihr ein Lächeln. »Womit haben wir es zu tun?«

»Fahrerflucht«, berichtete sie und räusperte sich. »Allerdings sieht es so aus, als hätte der Fahrer gewendet, um das Opfer bei seiner Flucht ein weiteres Mal zu überfahren.«

»Gibt es Zeugen?«

»Einen Mann namens Troy, der da vorn steht. Er hat den Unfall nicht gesehen, nur, wie der Wagen weggefahren ist.«

»Woher weißt du dann, was passiert ist?«

Sie erklärte ihm ihre Schlussfolgerungen aufgrund des Winkels und Standorts der Straßenlaterne sowie der Position der Blutlache. Als sie fertig war, sah ihr Bruder sie einfach nur an. Er sagte nichts, aber sie konnte ein kaum merkliches Funkeln in seinen Augen erkennen. Diesen Blick kannte sie nur zu gut, und Erleichterung überkam sie, weil sie wusste, dass er stolz auf sie war.

»Okay.« Er nickte. »Wir müssen von Haus zu Haus gehen, um herauszufinden, ob jemand etwas gesehen hat …« Plötzlich stutzte er. »Wer ist das da in deinem Streifenwagen?«

Tanessa drehte sich um und stellte überrascht fest, dass Kenneth, der Laptop-mordende Schriftsteller, noch immer auf dem Rücksitz saß. Auf einmal kam ihr diese Sache unglaublich trivial vor.

»Das ist nur ein Kerl, den wir verhaftet haben, bevor wir hergerufen wurden«, antwortete sie. »Er hat mit dem Unfall nichts zu tun.«

»Hm«, murmelte Mitchell. »Er sieht nicht gerade glücklich aus.«

»Er hatte auch keinen guten Tag.«

»Okay.« Mitchell sah sich um. »Es ist hier ziemlich dunkel. Du sagst, das Opfer hat schwarze Kleidung getragen? Vielleicht hat der Fahrer es zuerst übersehen.«

»Das habe ich auch vermutet«, erwiderte Tanessa nickend.

»Gut. Du musst Folgendes tun …« Sein Handy klingelte, und er bedeutete Tanessa, dass sie kurz warten sollte.

»Ja?« Sein Blick wurde ernst. »Verstehe. Okay, danke. Ja, und Jacob Cooper, meinen Partner, auch. Okay.« Er beendete das Gespräch.

»Tja«, meinte er dann. »Das Opfer ist eben in der Notaufnahme gestorben. Dies ist jetzt eine Morduntersuchung.«

Tanessa starrte ihn an, und die Bedeutung seiner Worte sickerte erst nach und nach zu ihr durch. Das Mädchen war tot. Das Mädchen, das Tanessa eben noch getröstet hatte, dem sie versichert hatte, dass alles wieder gut werden würde, lebte nicht mehr. Tanessa war vielleicht der letzte Mensch, mit dem es gesprochen hatte.

Sie merkte, dass Mitchell weitersprach. »Sie hatte keinen Ausweis bei sich, daher könnte es sein, dass ihr Portemonnaie oder ihre Handtasche hier noch irgendwo liegen. Ich möchte so schnell wie möglich herausfinden, wer sie war …«

»Ihr Name war Tamay«, sagte Tanessa. Irgendwie klang ihre Stimme, als käme sie aus weiter Ferne. »Sie war Kellnerin in einer Bar in der Nähe.«

»Wirklich?« Mitchell sah sie verblüfft an. »Okay, das ist sehr hilfreich. Gute Arbeit. Lass uns trotzdem mal nachsehen, ob wir ihre Handtasche finden.«

Wie betäubt umklammerte Tanessa ihre Taschenlampe und schaltete sie ein. Sie merkte, dass Sergio es ihr nachtat und unter einen geparkten Wagen leuchtete. Das war eine gute Idee. Möglicherweise war die Tasche unter eines der Autos gerutscht. Sie bückte sich und schaute unter einem kleinen Toyota nach.

Sie hatte Tamays Stirn gestreichelt und einen ihrer vielen Zöpfe zur Seite geschoben.

Unter diesem Wagen lag nichts. Sie ging weiter.

Wer hatte all die Zöpfe geflochten? Tamay? Ihre Mutter? Eine Freundin? Jemand, der einen wichtigen Teil seines Lebens für immer verloren hatte?

Auch unter dem nächsten Wagen lag nichts. Sie setzte die Suche fort.

Hatte Tamay Schmerzen gehabt, als sie gestorben war? Hatte sie sich gefürchtet? Was hatte sie an diesem Abend gemacht, bevor sie von dem Wagen angefahren worden war? War sie von der Arbeit gekommen, wo sie betrunkene Gäste bedient hatte und hin und wieder einen Tisch abgeräumt, um enttäuscht festzustellen, dass sie kein Trinkgeld bekommen hatte? Oder hatte sie einen gemütlichen Abend mit ihrem Freund verbracht und vor dem Fernseher gekuschelt?

»Ich glaube nicht, dass sie so weit weggeschleudert wurde, Tanessa«, rief Mitchell ihr hinterher. Erst jetzt merkte sie, dass sie sich gute fünfzehn Meter von der Unfallstelle entfernt hatte. Wie war sie hierhergekommen? Sie richtete sich auf, wandte sich ab und blickte in die Dunkelheit.

Die Tränen kamen schnell, liefen ihr über die Wangen und trübten ihr Blickfeld. Ihre Unterlippe zitterte, wie immer, wenn sie weinte. Verdammt! Nicht jetzt. Später. Später! Wenn Mitchell oder Sergio sie so sahen, wäre das nicht gut.

»Ich hab sie!«, hörte sie Sergio rufen. Sie wischte sich über die Augen und holte zittrig Luft, doch plötzlich sah sie Tamay vor ihrem inneren Auge, die blinzelte, während Tanessa ihre Wange streichelte, und eine neue Träne rann ihr über die Wange. Verdammt! Mitchell würde ihr das immer wieder vorhalten und es als Beispiel anführen, warum sie für diesen Job nicht geeignet war. Er hatte nie gewollt, dass sie zur Polizei ging, sie angefleht, es sich noch einmal zu überlegen, und nun hätte er einen guten Grund, sie zu bitten, die Kündigung einzureichen. Er würde behaupten, sie sei zu sensibel, und Richard und Mom würden ihm beipflichten und … und …

»Hey, Tanessa«, sagte er hinter ihr.

»Bin gleich da«, erwiderte sie. Das Zittern in ihrer Stimme war nicht zu überhören, und sie wusste, dass es Mitchell auch nicht entgangen war. Es herrschte kurz Schweigen. *Er wird mich umarmen*, dachte sie, *und mir sagen, dass alles gut ist. Und später wird er mit mir darüber reden wollen. Wieder und immer wieder …*

»Officer Lonnie«, brach er das Schweigen. »Ich möchte, dass Sie rüber zur Tankstelle an der Pine Hollow Road fahren. Der Wagen ist in diese Richtung verschwunden. Vielleicht ist auf den Aufzeichnungen der Überwachungskameras an der Tankstelle etwas zu sehen.«

»Okay«, murmelte sie verwirrt.

»Ich kann das übernehmen«, schlug Sergio vor.

»Nein, Officer Bertini, ich brauche Sie hier. Wir werden von Tür zu Tür gehen und die Leute fragen, ob sie etwas gesehen haben. Tan… Officer Lonnie unterstützt uns dabei, wenn sie zurück ist.«

»Natürlich«, sagte Sergio. »Hey, Tanessa, könntest du mir einen Kaffee mitbringen?«

»Kein Problem«, versprach sie ihm mit deutlich ruhigerer Stimme, drehte sich aber lieber nicht um.

Die beiden Männer gingen weg. Sie atmete tief durch, wischte sich über die Augen und marschierte mit schnellen Schritten zum Streifenwagen, um mit gesenktem Blick einzusteigen.

»Hey!«, jammerte Kenneth.

»Halten Sie den Mund!«, fuhr Tanessa ihn mit schriller Stimme an. »Halten Sie verdammt noch mal die Klappe!«

Er gab keinen Mucks mehr von sich. Sie startete den Motor und fuhr los, während Mitchell und Sergio auf eines der Häuser zugingen.

In diesem Augenblick liebte sie ihren Bruder noch mehr als jemals zuvor.

* * *

Es war wieder einmal eine langweilige Nacht in der Tankstelle, und Derek blätterte lustlos in einer Autozeitschrift, während er überlegte, wie viele Schichten er wohl schieben musste, um sich einen der darin abgebildeten Wagen leisten zu können. Bei seinem Gehalt vermutlich eine Trilliarde, wenn nicht noch mehr.

Das Glöckchen über der Tür klingelte, und eine Polizistin kam auf ihn zu und bat um den Schlüssel für die Toilette. Er musterte sie. Ihr Gesicht war fleckig und gerötet, ihre Augen waren verquollen und ihre Haare zerzaust. Er gab ihr den Schlüssel und widmete sich wieder seiner Zeitschrift. Vielleicht war es doch nur eine Milliarde Schichten, wenn er eine Gehaltserhöhung bekam. Er nahm sich vor, das später mal durchzurechnen.

Zehn Minuten später kam sie zurück und reichte ihm den Schlüssel.

»Danke«, sagte sie.

Er hob den Blick, als er den Schlüssel entgegennehmen wollte, und ihm stockte der Atem. Kurz fragte er sich, ob er dieselbe Frau wie eben vor sich hatte.

Ihr Haar, das jetzt gekämmt und zu einem Zopf gebunden war, war schokoladenbraun und glatt. Eine Strähne war aus dem Pferdeschwanz gerutscht und hing ihr verspielt in die Stirn. Ihre Haut sah milchweiß und makellos aus. Er war sich nicht sicher, ob er sich die Flecken und die Röte zuvor nur eingebildet hatte. Anscheinend schon. Und ihre Augen … Großer Gott, was hatte sie für Augen? Sie würden ihn über Jahre bis in seine Träume verfolgen. Mandelförmig und grün, sodass sie ihn an einen tiefen, glitzernden See erinnerten.

Sie lächelte ihn an. Das war das Highlight des gesamten Jahres.

»Haben Sie hier irgendwo Überwachungskameras?«, fragte sie.

Überwachungskameras. Einen Moment lang hatte er keine Ahnung, wovon sie da sprach. Dann begriff er. Überwachungskameras. Selbstverständlich gab es die hier.

»Ähm … ja! Klar! Jede Menge sogar!«, antwortete er, als könnte die Anzahl der Kameras sie irgendwie beeindrucken.

»Zeigen einige davon auch zur Straße?«

Er hätte sie alle auf die Straße gerichtet, wenn diese Frau ihm dann noch ein Lächeln geschenkt hätte. Er hätte ein Dutzend Überwachungskameras installiert, die nur auf die Straße zeigten. Dass eine tatsächlich so ausgerichtet war, wusste er ganz genau. Was für ein Glück!

»Äh … Ja! Definitiv!«

»Okay. Ich würde mir gern die Aufzeichnung der …«, sie sah auf die Uhr, »letzten neunzig Minuten ansehen.«

»Sicher.«

Derek führte sie ins Hinterzimmer. Er war verliebt. Seine Freunde spotteten immer, er würde sich in alles verlieben, was Brüste hatte, und nun wurde ihm bewusst, dass sie recht hatten. Doch alles Bisherige konnte sich höchstens Schwärmerei schimpfen. Aber das hier, das war wahre Liebe.

Die Konsole mit den Kamerafeeds zeigte auf einem geteilten Bildschirm mehrere Bereiche der Tankstelle. Eine der Kameras war auf die Straße gerichtet. Derek fummelte an der Steuerung herum und war ganz nervös, weil die Frau so dicht neben ihm stand. Ihr Duft stieg ihm in die Nase und erinnerte ihn an Frühling, Zimt und Sonnenlicht. Endlich gelang es ihm, den fraglichen Feed auf dem ganzen Bildschirm anzuzeigen. Er spulte neunzig Minuten zurück. Der Zeitstempel zeigte 01:43:00 an.

»Spulen Sie bitte einige Minuten vor«, bat sie ihn.

Rasch kam er der Aufforderung nach. In den sieben Minuten zwischen 1.43 Uhr und 1.50 Uhr fuhren nur zwei Autos vorbei. So spät in der Nacht war die Straße sehr ruhig. Beinahe hätte er sich für den geringen Verkehr entschuldigt. Dann fragte er sich jedoch, ob ihr das vielleicht sogar recht war.

Fand sie es gut, dass so wenig Autos vorbeifuhren? Was sollte er nur zu ihr sagen?

Ein dritter Wagen fuhr über die Straße, und die Polizistin sagte: »Stopp. Spulen Sie zurück, sodass man den Wagen sehen kann.«

Er tat es und probierte so lange herum, bis er genau die richtige Stelle gefunden hatte. Auf dem Standbild war zu erkennen, dass der rechte Frontscheinwerfer des Wagens defekt war. Hatte sie es darauf abgesehen?

»Was für ein Modell ist das?«, fragte sie leise und runzelte die Stirn.

»Das ist ein Toyota Camry«, sprudelte es aus ihm heraus.

»Ach ja?« Sie blickte auf. »Kennen Sie sich mit Autos aus?«

»O ja«, versicherte er ihr stolz. Eines Tages würden sie heiraten. Sie würden einen Jungen und ein Mädchen bekommen und das Mädchen nach seiner Mutter Amanda nennen.

»Großartig.« Sie lächelte ihn an, und ihre Augen strahlten. Wie konnten ihm Augen derart den Atem rauben? »Wie heißen Sie?«

»Derek«, antwortete er.

»Derek, ich bin Officer Tanessa Lonnie. Sie haben mir sehr geholfen. Ihretwegen sind wir in einem Mordfall ein ganzes Stück weitergekommen.«

»Wirklich?« Mehr konnte er sich vom Leben gar nicht wünschen.

»Wirklich. Könnten Sie mir die Datei wohl überlassen?«

Er berechnete ihr nicht einmal den USB-Stick, auch wenn sie darauf bestand, die drei Becher Kaffee zu bezahlen. Und als sie wegfuhr, stand er hinter der Glastür und sah zu, wie sie von der Nacht verschluckt wurde.

* * *

Während Mitchell und Sergio von Tür zu Tür gingen und die gereizten Bewohner nach etwas fragten, was sie nicht gesehen hatten, traf Matt Lowery, der Kriminaltechniker, am Tatort ein und machte sich daran, alles zu fotografieren. Jacob erschien zehn Minuten später, und Mitchell brachte ihn auf den neuesten Stand und nahm sich danach die Häuser auf der anderen Straßenseite vor.

Die Reaktionen der Leute reichten von Achselzucken über wütende Beschimpfungen bis hin zu neugierigen Fragen. Keiner hatte etwas Hilfreiches bemerkt. Zwei Frauen hatten zwar den Knall gehört, doch als sie am Fenster ankamen, war der Wagen längst weg gewesen. Die Verletzte auf der Straße war ihnen nicht aufgefallen.

Mitchell seufzte schwer, als ihm die letzte Tür vor der Nase zugeschlagen wurde. Er drehte sich zu Jacob um, der soeben zurück zur Straße ging und mit den Achseln zuckte.

»Ich glaube, wir sind hier fertig«, sagte Mitchell zu Sergio, der nur betrübt nickte. Sie waren nicht weitergekommen, und Mitchell spürte Enttäuschung in sich aufkeimen. Er steckte die Hände in die Taschen und befühlte die kleine, rechteckige, mit Samt überzogene Schachtel in der linken Hosentasche, die er nun seit drei Tagen mit sich herumtrug.

Darin befand sich ein Verlobungsring.

Er hatte ihn in einem leichtsinnigen Augenblick gekauft, als er wegen eines Diebstahls zu einem Juwelier gerufen worden war. Die Diebe waren eingebrochen, hatten sich den ausgestellten Schmuck geschnappt und die Flucht ergriffen. Doch in einem der Schaukästen befanden sich noch einige kleinere Schmuckstücke, darunter ein schmaler, zarter Ring mit einem winzigen, wunderschönen Diamanten. Normalerweise machte sich Mitchell nicht viel aus Schmuck, aber dieser Ring war ihm sofort ins Auge gefallen und er hatte augenblicklich an Pauline denken müssen. Der Besitzer hatte ihm den Ring nur zu gern verkauft, und Mitchell hatte darauf geachtet, dass er auch eine Quittung bekam, weil er vermutete, dass der Juwelier den Ring sonst auch auf die Liste der gestohlenen Gegenstände gesetzt hätte, um sich den Gegenwert von der Versicherung erstatten zu lassen.

Nun wartete er nur noch auf den richtigen Moment und trug den Ring immer bei sich. Pauline neigte zu spontanen Putzanfällen, und Mitchell wollte nicht, dass sie den Ring zufällig entdeckte.

Er ging hinüber zu Matt, der gerade etwas vom verbeulten Laternenpfahl abschabte.

»Haben Sie was gefunden?«, fragte er.

»Autolack, vermute ich«, antwortete Matt. »Grünen.«

»Grünen?«, wiederholte Mitchell. »Dann suchen wir also einen grünen Wagen mit eckigen Rücklichtern.«

»Sieht ganz danach aus.«

»Was ist Ihrer Meinung nach hier passiert? Stimmen Sie der Theorie der Streifenbeamten zu?«

»Ja.« Matt nickte. »Ich habe Reifenspuren gefunden, die eindeutig belegen, dass der Wagen das Opfer bei der Flucht ein zweites Mal überrollt hat.«

»Wie betrunken muss man dafür sein?«

Matt warf Mitchell einen durchdringenden Blick zu. »Soweit ich es erkennen kann, hat der Fahrer den Rückwärtsgang eingelegt, gewendet und ist direkt auf das Opfer zugefahren, ohne einen der geparkten Wagen zu touchieren. Ein Betrunkener hätte das wohl kaum zustande gebracht.«

Mitchell lief es eiskalt den Rücken herunter. »Wollen Sie damit sagen, dass er es … absichtlich getan hat?«

»Für mich sieht es so aus«, bestätigte Matt.

»Aber warum?«

»Sie sind der Detective, sagen Sie es mir«, erwiderte Matt. »Vielleicht ist der Fahrer in Panik geraten und wollte die Frau zum Schweigen bringen, damit sie vor Gericht nicht gegen ihn aussagen kann.«

»Können Sie anhand der Farbe und der Reifenspuren auf den Wagentyp schließen?«

Matt zuckte mit den Achseln. »Gut möglich, aber ich kann nichts versprechen.«

Tanessas Streifenwagen kam auf sie zu, und das Licht der Scheinwerfer blendete die beiden Männer kurz. Sie parkte und stieg aus. Ihre Miene wirkte angespannt, aber kontrolliert. Mitchell war erleichtert. Seine Schwester hatte den Anschein erweckt, als stünde sie kurz vor einem Zusammenbruch, als sie weggefahren war, und er wusste genau, dass sie es sich nie verzeihen würde, wenn sie vor seinen Augen Schwäche zeigte. Nun wirkte sie eindeutig ruhiger. Er bemerkte, dass sie etwas in der Hand hielt. Einen USB-Stick.

»Der Videofeed der Tankstelle«, sagte sie.

»Oh, gut.« Er nahm ihr den Stick ab. »Wir sehen ihn uns später an. Vielleicht haben wir ja Glück.«

»Das ist längst geschehen.«

»Was?«

»Ich habe mir den Feed angesehen«, antwortete sie. »Es ist ein Toyota Camry. Die Farbe konnte ich nicht erkennen, da die Tankstelle nur einen Schwarz-Weiß-Monitor hat.«

Mitchell starrte sie beeindruckt an. Er hatte nicht gewollt, dass Tanessa zur Polizei ging. Zusammen mit Richard hatte er mehrfach versucht, sie davon abzubringen. Doch so langsam fragte er sich, ob sie nicht doch den richtigen Beruf ergriffen hatte.

»Ein Toyota Camry? Bist du sicher?«

»Ja. Der rechte Scheinwerfer ist defekt.«

»Und … du bist dir in Bezug auf die Marke sicher?« Mitchell war davon überzeugt, dass Tanessa auf die Frage, was sie für ein Auto fuhr, »ein rotes« antworten würde.

»Ich weiß, was ich gesehen habe, Detective«, erklärte sie entschieden.

»Davon gehe ich aus.« Er ließ die Sache auf sich beruhen. Eventuell war sie doch nicht so mitgenommen gewesen, wie er vermutet hatte.

»Officer Lonnie«, grüßte Jacob herzlich, als er zu ihnen trat. »Wie geht's?«

»Hey, Jacob.« Tanessa lächelte ihn freundlich an. »Mir geht's gut. Was macht Marissa?«

»Sie ist so wunderbar wie immer«, antwortete Jacob ebenfalls lächelnd. »Wer ist dein Freund auf dem Rücksitz?«

»Ach, das ist nur ein Mann, den wir verhaftet haben«, erwiderte sie. »Er hat seinen Computer erschossen.«

»Im Ernst?« Jacob sah beeindruckt aus. »Ich sollte mich mal mit ihm unterhalten. Wie oft war ich schon kurz davor, dasselbe zu tun, und habe mich dann doch nicht getraut.«

»Wir kennen die Automarke«, verkündete Mitchell.

»Und die Farbe«, rief Matt ihm in Erinnerung.

»Genau! Es ist ein grüner Toyota Camry.«

»Das sind ja hervorragende Neuigkeiten.« Jacob rieb sich die Hände. So langsam wurde es kühl. »Geben wir es an die Zentrale durch. Vielleicht fällt einem der Streifenwagen ja genau dieser Wagen auf.«

Mitchell rief bei der Zentrale an und ließ alle relevanten Informationen weitergeben.

Zwei Stunden später wurde der Wagen gefunden.

Kapitel 9

Der grüne Toyota Camry stand verlassen am Yosemite Way, nicht weit vom Tatort entfernt. Ein anderer Streifenwagen der Nachtschicht hatte ihn gesichtet. Die Beamten meldeten, dass das Auto schief und mit zwei Rädern auf dem Bürgersteig parkte. Als sie näher herankamen, stellten sie fest, dass der rechte Scheinwerfer zertrümmert, die Motorhaube eingebeult war und die Windschutzscheibe Risse hatte. Auf der Motorhaube und der Windschutzscheibe prangten Blutflecken. Sie meldeten den Fund sofort.

Nach einem Anruf bei der Zulassungsstelle wussten sie, dass der Wagen einem Rabbi Baruch Friedman gehörte. Der Mann war vorbestraft, und seine Akte gehörte nicht zu den dünneren. Er hatte zweimal wegen Drogendelikten im Gefängnis gesessen und einmal wegen Körperverletzung. »Angeblich« war er zudem ein hochrangiges Mitglied der Hasidic Panthers, einer der berüchtigten Gangs von Glenmore Park.

Zwanzig Minuten später parkten zwei Streifenwagen, zu denen auch Tanessa Lonnies und Sergio Bertinis gehörte, vor Rabbi Friedmans Haus. Mit kugelsicheren Westen und gezogenen Waffen standen drei der Polizisten vor der Haustür, während Sergio an der Hintertür wartete, falls Rabbi Friedman beschließen sollte, die Flucht zu ergreifen.

Doch das tat er nicht. Allerdings sah er nicht gerade erbaut aus, weil er so früh am Morgen geweckt wurde, und seine Gereiztheit nahm weiter zu, als er begriff, dass die Polizisten gekommen waren, um ihn zu verhaften. Er beschimpfte sie als »Gojim« und »Amalek«, und als die Situation eskalierte, schrie er sie wütend auf Jiddisch an, was jedoch keiner der Beamten verstand.

Sie brachten ihn zum Verhör aufs Polizeirevier. Sein Anwalt erschien um acht Uhr dreißig wütend und aufgebracht und verlangte, dass sein Klient augenblicklich freigelassen wurde.

Mitchell und Jacob machten sich daran, den Rabbi zu verhören.

* * *

Die beiden Verhörräume auf dem Revier waren im Grunde genommen identisch: klein und beengt, der Boden und der untere Teil der Wände schwarz, alles darüber weiß, was einen sehr deprimierenden und belastenden Yin-Yang-Effekt erzeugte. Eine Lampe hing über dem kleinen Tisch, und die Glühbirne erzeugte ein grelles, blendendes Licht. Eine Wand bestand aus einem Einwegspiegel, in dem sich die beiden Ermittler und der unglückselige Verdächtige betrachten konnten.

Mitchell und Jacob saßen vor dem Rabbi und starrten ihn an. Er starrte zurück. Der Rabbi war ein ausladender Mann mit kalten, durchdringenden blauen Augen und einem gewaltigen schwarzen Bart, an dem er ständig herumfingerte, als müsste er sich vergewissern, dass er noch da war. Der Anwalt, ein dünner, aufgeregter Mann mit runder Brille und schütterem Haar, stellte sich als Mel Turner vor und kramte vor sich hin murmelnd in seinem Aktenkoffer herum.

»Rabbi Friedman«, sagte Jacob. »Schön, Sie wiederzusehen.«

»Detective Cooper«, erwiderte Friedman. »Wer ist der kleine *Pisher*?«

»Sie meinen vermutlich meinen Partner Detective Mitchell Lonnie. An Ihrer Stelle würde ich meine Worte mit Bedacht wählen, Rabbi. Sie stecken ganz schön in Schwierigkeiten.«

»Was denn für Schwierigkeiten, Detective? Warum stürmen Sie mein Haus und erschrecken meine Frau und meine Kinder?«

»Weil Sie immer wieder das Gesetz brechen, Rabbi«, antwortete Jacob.

»Feh. Ich hab kein Gesetz gebrochen. Lassen Sie mich sofort gehen.« Er strich sich über den Bart.

Jacobs Stimme wurde eisig. »Sie wurden gesehen, wie Sie mit Ihrem Wagen eine junge Frau überfahren haben, Rabbi. Zweimal.«

Da stutzte der Rabbi, und seine Miene verfinsterte sich. Er lehnte sich zurück.

»Ihr Name war Tamay. Sie ist tot«, fuhr Jacob fort.

»Mit welchem Wagen?«, wollte der Rabbi wissen.

»Mit Ihrem.«

»Mit welchem, Sie *Shmegegge*? Auf meinen Namen sind vier Autos zugelassen. Welches davon meinen Sie?«

»Den grünen Toyota Camry«, präzisierte Jacob. »Mit dem Kennzeichen …«

Friedman schnaubte und grinste hinter seinem dichten Bart. »Den habe ich verkauft.«

Jacob zog die Augenbrauen hoch. »Er ist noch immer auf Ihren Namen zugelassen.«

»Ja, ja. Ein Mann kam vorbei, als ich in dem Wagen an einer roten Ampel stand. Er bot mir sechstausend Dollar dafür. In bar. Natürlich habe ich sofort zugestimmt. Er öffnete seinen Aktenkoffer, zählte sechstausend Dollar ab, gab mir das Geld, ich drückte ihm die Schlüssel in die Hand, und er fuhr davon. Ich hatte vor, mich später um die Zulassung zu kümmern.«

»Das ist aber sehr praktisch, Rabbi.« Jacob kniff die Augen zusammen.

»Ach! Was soll denn daran praktisch sein?« Friedman zupfte so heftig an seinem Bart, als wollte er ihn ausreißen. »Dass Sie mich um vier Uhr früh aus dem Bett holen und wie einen Verbrecher behandeln?«

»Mein Klient hat Ihnen mitgeteilt, dass ihm der Wagen nicht mehr gehört«, schaltete sich Turner ein. »Wenn Sie keinen Zeugen haben, der ihn als Fahrer identifiziert, dann sind wir hier fertig.«

Jacob ignorierte ihn. »Wo waren Sie heute Nacht zwischen halb zwei und halb drei?«, verlangte er von Friedman zu erfahren.

»Da habe ich zu Hause in meinem Bett gelegen und geschlafen. Neben meiner Frau.«

»Das ist kein sehr überzeugendes Alibi«, stellte Mitchell fest.

»Oh«, spottete Friedman, »der junge *Schmock* kann sprechen! Wie schön! Hören Sie, Detective, ich saß nicht am Steuer dieses Wagens, sondern habe ihn vor zwei Tagen verkauft. Was soll ich denn noch dazu sagen?«

»Ich lasse Ihre Frau herholen, Rabbi«, erwiderte Jacob. »Ich werde sie in einem anderen Raum verhören, und wenn sie uns etwas anderes erzählt, dann haben wir ein Problem. Oder, wie Sie sagen würden … *Gevalt.*«

»Ihr Jiddisch ist miserabel, Detective«, stieß Friedman mit tiefer, zorniger Stimme hervor.

»Das ist ein Skandal«, protestierte Turner.

»Halten Sie den Mund«, fuhr Friedman ihn an.

»Sie müssen keine weiteren Fragen beantworten, Rabbi …«

»Schnauze! Halten Sie die Klappe, Sie *Shyster*! Seien Sie still!«

Turner schloss den Mund und sah beleidigt aus.

»Na gut«, spie Friedman förmlich aus. »Ich war nicht zu Hause. Sind Sie jetzt zufrieden? Ich war unterwegs. Aber ich habe den Wagen nicht gefahren. Ich habe ihn verkauft.«

»Okay«, meinte Jacob. »Wo waren Sie?«

»In der Pussy Factory.«

* * *

Die Pussy Factory war ein bekannter Stripclub in Glenmore Park, den die Reichen und Mächtigen angeblich gern aufsuchten. Es hieß, die Stripperinnen würden in einer Nacht mehr verdienen als ein Polizist im Monat und der Besitzer stecke mit der Yakuza unter einer Decke. Um den Club rankte sich eine ganze Reihe von Gerüchten, und keiner konnte genau sagen, was davon der Wahrheit entsprach.

Rabbi Friedman behauptete, sich zwischen dreiundzwanzig und drei Uhr dort aufgehalten zu haben. Er riet Jacob, im Club anzurufen, weil man sich bestimmt an ihn erinnerte.

Damit hatte er recht.

»Ja, der war hier«, bestätigte der Manager Jacob am Telefon und hörte sich dabei so müde an, als wäre er von dem Anruf geweckt worden. »Rabbi Friedman ist bei uns Stammgast. Ich habe ihn letzte Nacht gesehen.«

»Sind Sie sicher?«

»Wie könnte ich mich da irren? Der Mann hat einen Aufstand gemacht, weil nicht der richtige Käse auf seinem Burger war. Er sagte, der wäre nicht koscher. Ist das zu fassen? Der Mann ist ein sogenannter heiliger Mann, ein Rabbi, um Gottes willen, und er verbringt vier Stunden in einem Stripclub, bezahlt für zwei Lapdances, und dann macht er sich Sorgen, der Käse könnte nicht koscher sein?«

»Das ist … ungewöhnlich«, erwiderte Jacob und verkniff sich ein Grinsen.

»Auf einen Burger gehört Käse, oder nicht? Wir haben uns noch nie Gedanken darüber gemacht, ob der koscher ist. Wissen Sie auch, warum wir das nicht getan haben, Detective?«

»Nein, warum?«

»Weil dies ein gottverdammter Stripclub ist!«

»Sie sind sich also sicher, dass er nicht vor drei Uhr gegangen ist?«

»Ja. Gisele hat ihm noch einen Lapdance aufs Haus gegönnt, um ihn die Sache mit dem Käse vergessen zu lassen. Er hat ihr hundert Dollar Trinkgeld gegeben und es ihr direkt vorn in den String geschoben. Dabei hat er sie *Bubala* genannt.«

»Bubala?«

»Ja. Sie war gegen Viertel vor drei mit dem Lapdance fertig, und ob er danach direkt gegangen ist, kann ich Ihnen nicht sagen.«

»Ich müsste auch Giseles Aussage aufnehmen.«

»Kein Problem, kommen Sie einfach morgen Abend vorbei. Ihre Schicht beginnt um sieben.«

»Okay, danke.«

»Gern.« Der Mann legte auf.

»Offenbar sagt der Rabbi die Wahrheit«, meinte Jacob zu Mitchell.

* * *

Der Rabbi wollte nicht mit einem Polizeizeichner reden, sondern nur noch nach Hause zu seiner Frau und seinen Kindern. Er stellte seinen verletzten Stolz wie ein Zepter zur Schau, und Mitchell und Jacob gaben sich große Mühe, geduldig zu bleiben. Vielmehr versuchte Jacob sich in Geduld, gestand sich Mitchell ein, der versuchte, Friedman einfach nicht ins Gesicht zu sehen.

»Eine Frau ist tot«, sagte Jacob zum hundertsten Mal, jedenfalls kam es Mitchell so vor.

»Ach, und was wollen Sie von mir? Muss ich jedes Mal etwas unternehmen, wenn eine Frau stirbt?« Friedman saß an Jacobs Schreibtisch und stopfte sich Kreplach in den Mund. Jacob hatte die Krapfen bei einem jüdischen Restaurant bestellt, das ihm von Detective Hannah Shor empfohlen worden war, und sie waren der einzige Grund, aus dem sich Friedman überhaupt noch hier aufhielt.

»Sie wurde von Ihrem Wagen überfahren«, erwiderte Jacob. »Den Sie angeblich verkauft haben. Wir müssen wissen, wie der Käufer ausgesehen hat.«

»Was weiß ich denn, wie er ausgesehen hat? Was soll ich dazu sagen? Er sah aus wie ein *Goi.* Ich habe mit dem Tod der Frau nichts zu tun.«

»Das wissen wir inzwischen. Aber es wäre sehr freundlich von Ihnen, wenn Sie uns helfen, den neuen Besitzer Ihres Wagens zu finden.«

»Das kann ich nicht. Ich erinnere mich nicht!« Ein weiterer Kreplach verschwand hinter dem schwarzen Bart, um nie mehr wiedergesehen zu werden. Mitchell gab sich Wunschvorstellungen hin, in denen er den Bart des Rabbis mit Freuden in Brand steckte.

»Okay«, meinte Jacob. »Wenn Sie sich nicht erinnern, dann sind uns wohl die Hände gebunden.«

»Ganz genau.«

»Dann kann ich nur hoffen«, fuhr Jacob gemächlich fort, »dass ein Durchsuchungsbeschluss für Ihr Haus und Ihr Büro uns dabei helfen kann, die gesuchte Information zu erhalten.«

»Hä?« Friedman zog die linke Augenbraue hoch.

»Vielleicht finden wir ja irgendwo in Ihrem Haus oder in Ihrem Büro einen Kaufvertrag für den Wagen.«

»So einen Vertrag gibt es nicht.«

»Es kann nicht schaden, auf Nummer sicher zu gehen«, erklärte Jacob. »Ich gehe davon aus, dass mir der Richter da zustimmen wird. Schließlich geht es hier um den Tod einer jungen Frau.«

»Ach! Ihr Polizisten! Wieso könnt ihr mich nicht einfach in Ruhe lassen?«

»Wir wollen nur den Mann finden, der die Frau überfahren hat.«

»Na gut. Ich rede mit Ihrem Zeichner«, gab Friedman nach und schimpfte leise auf Jiddisch.

Während Jacob den Zeichner holen ließ, ging Mitchell in die Asservatenkammer und ließ sich Tamays Handtasche nebst Inhalt aushändigen. Damit kehrte er ins Büro zurück und ging die Sachen durch. In der Handtasche hatten sich einige Kosmetikartikel, ein Handy und ein kleines Portemonnaie mit etwas Kleingeld und einem Führerschein befunden. Er sah sich den Ausweis einige Sekunden lang an. Ihr vollständiger Name lautete Tamay Moseley, und sie hatte leicht in die Kamera gelächelt, als das Foto aufgenommen worden war.

Tanessa war zu Tamays Eltern gefahren, um ihnen die traurige Neuigkeit mitzuteilen, und hatte Mitchell an diesem Morgen auf den neuesten Stand gebracht. Tamay hatte keinen Wagen besessen und hin und wieder den ihrer Eltern genommen. Mitchell fand es sehr bedauerlich, dass sie letzte Nacht zu Fuß gegangen war.

Seufzend legte er den Führerschein zur Seite und griff nach dem Handy, dem sein eigentliches Interesse galt. Er hatte darum gebeten, dass das Gerät über Nacht aufgeladen wurde, damit er es sich am Morgen in Ruhe ansehen konnte. Nun stellte er zufrieden fest, dass der Akku vollständig geladen war.

Noch besser war, dass sie auch keine Bildschirmsperre eingerichtet hatte und er durch ein Fingerwischen auf die vielen Geheimnisse, die das Gerät barg, zugreifen konnte.

Es war auf dem Revier eine allseits bekannte Tatsache, dass man sich nur an Mitchell wenden musste, wenn man das digitale Leben eines Menschen durchleuchten wollte. Er besaß ein Händchen dafür, Konten in den sozialen Netzwerken sowie E-Mail-Konten aufzuspüren und Querverweise zu finden, um dann Unmengen an Informationen über die Freunde, Gewohnheiten und Geheimnisse dieser Person zutage zu fördern. Mit Tamays Handy und seinem Computer konnte er ihr Leben gründlich unter die Lupe nehmen.

Sie war sehr beliebt gewesen. Auf Facebook hatte sie über dreitausend Freunde gehabt, obwohl sie dort nicht sehr aktiv gewesen war. Ihr digitales Leben hatte sich eher auf Twitter und Instagram abgespielt, wie ihre jeweils fast zehntausend Follower bewiesen. Er fand bald heraus, dass sie die Sängerin einer recht erfolgreichen Indie-Rockband namens Black Bees gewesen war, die regelmäßig im Wild Pony auftrat, der Bar, in der sie auch gearbeitet hatte. Im Ordner mit ihren Fotos entdeckte er einen Mann, der in letzter Zeit öfter auf ihren Selfies auftauchte und sie dabei auch umarmte, und er vermutete, dass es sich um ihren Freund handelte. Zudem fand er einige Selfies, auf denen sie halb nackt war und die er so gut es ging ignorierte, weil ihm nicht wohl dabei war, derart in ihrer Privatsphäre herumzuschnüffeln.

Im Hintergrund hörte er, wie Friedman den Zeichner anschnauzte. »Nein! Die Nase war größer! Was ist denn mit Ihnen los? Das könnte ich ja viel besser!«

Mitchell blendete alles aus und tauchte tiefer in die Daten ein. Tamays Kontaktliste war interessanter. Dies waren die Menschen, mit denen sie wirklich zu tun gehabt hatte, im Gegensatz zu den Abertausend Freunden und Followern in den sozialen Netzwerken. Darin standen etwa vierhundert Namen, doch die Anruflisten und Messenger ließen erkennen, dass sie zuletzt mit etwa fünfzig Personen regelmäßig Kontakt gehabt hatte. Bei diesen handelte es sich vermutlich um Freunde, Kollegen aus der Bar und Verwandte. Er notierte sich die Namen und unterstrich die, denen er eine besondere Bedeutung zumaß. Diese glich er mit ihren Profilen in den sozialen Netzwerken ab, wobei er nach allem Ausschau hielt, was etwas mit Tamays Posts zu tun hatte. Er entdeckte einige Fotos von ihr als Sängerin auf der Bühne sowie bewundernde Kommentare. Ihr Freund schien bei fast jedem ihrer Auftritte dabei gewesen zu sein. Nach einer kurzen Recherche wusste Mitchell auch, wer er war: einer der Barkeeper aus dem Wild Pony.

Inzwischen schrien sich der Polizeizeichner und der Rabbi an. Jacob versuchte zu schlichten. Der Zeichner war irgendwie beleidigt worden und tat, als stünde seine Ehre als Künstler auf dem Spiel, während der Rabbi drohte, nach Hause zu gehen.

Mitchell wusste, dass es sinnlos war, sich dort einmischen zu wollen. Das gehörte zu den Aufgaben, bei denen Jacob brillierte, daher konzentrierte sich Mitchell lieber auf etwas, das er am besten konnte. Er setzte die Kopfhörer auf, startete ein Album von Franz Ferdinand, um den Lärm nicht mehr hören zu müssen, und machte weiter.

Als Nächstes nahm er sich ihre Nachrichten vor. Darunter waren einige leicht sexuell angehauchte, die sie mit ihrem Freund ausgetauscht hatte. Sie hatte auch Snapchat installiert, und Mitchell vermutete, dass es dort heißer hergegangen war. Er fand Nachrichten an ihre und von ihren Bandkollegen. Sie schrieb auch ihrer Mutter, jedoch nicht ihrem Vater. Einige Werbemails fielen ihm zudem ins Auge: für Angebote in einem Onlinestore, ein Gebrauchtwagenhändler bot ihr einen guten Preis für einen Wagen, in einer Nachricht hieß es, man könne ihr helfen, innerhalb von zwei Wochen mit dem Rauchen aufzuhören.

Unter ihren E-Mails war einiges an Fanpost, und er nahm sich die Zeit, diese gründlicher zu lesen. Fans konnten zu Besessenheit neigen – und möglicherweise tödlich sein –, aber er entdeckte nichts Besorgniserregendes. Abgesehen davon, fand er nur das Übliche: E-Mails, in denen Abonnements oder Benutzer bestätigt wurden, hin und wieder eine Spam-Mail, die durch den Filter gerutscht war. Auch hierunter schien nichts Relevantes zu sein. Die von ihr geschriebenen Mails waren auch nicht erhellend. Er ging vier Monate weit zurück. Zwar reichte ihr E-Mail-Archiv Jahre in die Vergangenheit, aber wenn man das digitale Leben eines Menschen durchforstete, musste man wissen, wann es genug war.

Er hob den Blick und sah, wie sich Friedman und Jacob die Hand schüttelten. Der Polizeizeichner war nicht mehr da, und Mitchell konnte nur hoffen, dass es dem Mann gelungen war, etwas zu Papier zu bringen, das den Rabbi zufriedenstellte. Würde ihnen das Bild weiterhelfen? Passte es vielleicht zu einer der Personen auf den Abertausend Fotos, die Mitchell sich gerade angesehen hatte?

Etwas störte ihn. Er hatte irgendetwas gesehen, das ihn nicht mehr losließ. Es bohrte sich in seinen Verstand und ließ nicht mehr locker. Aber was war es? Er überflog die Betreffzeilen ihrer letzten E-Mails und versuchte herauszufinden, was den Alarm bei ihm ausgelöst hatte. Nein. Es war keine E-Mail.

Er verzog das Gesicht und spielte geistesabwesend mit der Ringschachtel in seiner Tasche. Sie fühlte sich fremd an, als würde sie in ein anderes Leben gehören. Abermals rief er Tamays Direktnachrichten auf.

Die letzte war von ihrem Freund, der sie fragte, ob sie noch wach war. Doch das war sie nicht. Sie würde nie wieder aufwachen. Die Nachricht davor stammte von dem

Gebrauchtwagenhändler. Auf einmal fiel Mitchell auf, dass sie um 1.15 Uhr eingetroffen war. Wer versuchte denn mitten in der Nacht, ein Auto zu verkaufen? Mitchell öffnete die Nachricht und überflog sie erneut, und nun registrierte er endlich das, was ihm sofort hätte auffallen müssen: Der Mann hatte ein Foto des fraglichen Wagens angehängt. Darauf war ein grüner Toyota Camry zu sehen.

Mit diesem Wagen war Tamay Mosely nur dreißig Minuten, nachdem sie die Nachricht erhalten hatte, zweimal überfahren worden.

Einige Stunden später ging Mitchell auf, dass er an diesem Abend mit Pauline zum Essen verabredet war – sie hatten schon vor einer Woche einen Tisch in ihrem Lieblingsrestaurant Raggio Di Sole reserviert. Als er auf die Uhr sah, stellte er fest, dass er schon jetzt fünf Minuten zu spät dran war. Er sprang auf und rannte panisch aus dem Büro.

Auf dem Parkplatz konnte er seinen Wagen zuerst nicht finden und schaute sich verzweifelt um. Als er ihn endlich entdeckt hatte, merkte er, dass seine Autoschlüssel noch immer auf dem Schreibtisch lagen. Er lief abermals los und schalt sich innerlich. Beim Betreten des Büros rannte er beinahe Hannah über den Haufen. Er schnappte sich den Schlüsselbund und war wieder weg.

Schließlich fuhr er vom Parkplatz und war dabei so schnell, dass er fast eine alte Frau überfahren hätte, die mit ihrem Gehstock wütend auf seine Motorhaube schlug.

Und erst der Verkehr. Natürlich musste dichter Verkehr herrschen. Ihm gingen schon glaubhafte Ausreden durch den Kopf. Er konnte die Schuld auf die Rushhour schieben. Das war die beste Option. Mit etwas Glück kam er noch an einer Unfallstelle oder einer Straßensperre vorbei, die er in seine Entschuldigung einbauen konnte.

Er erreichte das Restaurant fünfundzwanzig Minuten nach der vereinbarten Zeit und bat die Kellnerin völlig außer Atem, ihn zu dem auf Paulines Namen reservierten Tisch zu führen. Sie erwiderte, dass der Tisch zwar reserviert, Pauline jedoch noch nicht da war. Das musste Mitchell erst einmal verdauen, bevor er sich den Tisch zeigen ließ.

Pauline traf drei Minuten später ein, hatte ein ganz rotes Gesicht und entschuldigte sich ausgiebig für ihre Verspätung. Offenbar war der Verkehr sehr dicht, und es hatte einen Unfall gegeben.

Mitchell erwiderte, dass alles gut sei, und fügte leicht tadelnd hinzu, dass sie beim nächsten Mal vielleicht etwas früher Feierabend machen sollte. Schließlich herrschte zu dieser Uhrzeit immer sehr dichter Verkehr.

»Wohin bist du denn mitten in der Nacht verschwunden?«, erkundigte sich Pauline, nachdem die Kellnerin ihre Bestellung aufgenommen hatte.

»Eine junge Frau wurde überfahren«, antwortete Mitchell. »Sie ist gestorben.«

»O nein!« Pauline schlug sich eine Hand vor den Mund. »Wie ist denn das passiert?«

»Jemand hat sie angefahren und ist noch mal über sie drübergefahren, als er vom Tatort geflohen ist.«

»Großer Gott! War der Mann betrunken?«

»Das wissen wir noch nicht, aber wir gehen vorerst nicht davon aus«, sagte Mitchell. »Das alles sieht sehr nach Absicht aus. Es gibt da noch ein sehr merkwürdiges Detail ...« Er zögerte, fuhr dann jedoch fort: »Anscheinend hat er versucht, dem Opfer das Auto zu verkaufen. Um sie dann aus unerfindlichen Gründen damit zu überfahren.«

»Warum denn das?«

»Keine Ahnung.«

»Habt ihr ihn erwischt?«

»Bisher nicht.«

Mitchell erzählte ihr von der Nachricht. Er hatte den Nachmittag damit verbracht, den Absender aufzuspüren. Die Nummer, von der die Nachricht gekommen war, war abgeschaltet worden und nirgendwo gelistet. Mitchell hatte sich auf die Suche nach Fällen von Körperverletzung und Mord gemacht, die mit Gebrauchtwagen in Verbindung standen, da er hoffte, auf irgendein Muster zu stoßen. Vor fünf Monaten war ein Gebrauchtwagenhändler in Glenmore Park erstochen worden, weil er ein fehlerhaftes Fahrzeug verkauft hatte. Dieser Fall schien mit Tamays nichts zu tun zu haben, und der Täter saß hinter Gittern. Andere Verbindungen hatte er nicht finden können.

Zu guter Letzt hatte Mitchell Abram Simmons eine E-Mail geschickt, einem Detective vom Boston Police Department, und sich erkundigt, ob es in Boston oder der näheren Umgebung ähnliche Fälle gegeben hatte. Das war ein Schuss ins Blaue, aber Boston war groß, und falls es tatsächlich ein Muster gab, musste es irgendwo angefangen haben.

Mitchell erzählte Pauline davon, weil er darauf hoffte, dass ihm noch etwas auffiel, wenn er den Fall abermals durchging. Er sprach häufig mit ihr über seine Fälle, da er wusste, dass viele andere Detectives Beziehungsprobleme hatten, weil sie mit ihren Partnerinnen nicht über ihren Job reden wollten. Jacob hatte ihm einmal davon berichtet, dass sich Marissa häufig beschwerte, weil sie das Gefühl hatte, von einem bedeutenden Teil seines Lebens ausgeschlossen zu sein.

Erst, als sie beim Dessert waren und das dritte Glas Wein tranken, fiel Mitchell der Ring in seiner Tasche wieder ein. Dies war die perfekte Gelegenheit, doch er kam dem Drang, ihr hier und jetzt einen Antrag zu machen, nicht nach. Immerhin hatten sie über eine Stunde lang über eine ermordete junge Frau gesprochen.

Das war nicht gerade die passende Einleitung für einen Heiratsantrag.

Kapitel 10

Am nächsten Morgen saß Mitchell ganz allein im Büro der Detectives. Jacob war zum Wild Pony gefahren, um mit Tamays Boss zu reden, aber Mitchell zog es vor, weiter Fallakten durchzugehen. Er trank bereits die dritte Tasse Kaffee, und seine Lider wurden immer schwerer, während er einen Bericht nach dem anderen las und nach Zusammenhängen suchte.

Als das Telefon klingelte, zuckte er vor Schreck zusammen, bevor er ranging. »Detective Mitchell Lonnie.«

»Lonnie«, ertönte eine schroffe Stimme. »Hier ist Detective Simmons vom Boston PD.«

»Oh, hey, danke, dass Sie sich melden«, sagte Mitchell.

»Klar, kein Problem. Jemand hat also versucht, diesem Mädchen … Tamay, einen Wagen zu verkaufen. Um sie dann später damit zu überfahren?«

»Ja. Ich habe mich gefragt, ob es bei Ihnen möglicherweise ein ähnliches Verbrechen gegeben hat. Vielleicht einen Übergriff, als jemand ein Auto kaufen oder verkaufen wollte oder …«

»Ja, ja, ich verstehe, worauf Sie hinauswollen. In Bezug auf ein Auto ist mir nichts aufgefallen, aber ich habe da einen anderen seltsamen Fall für Sie.«

»Schießen Sie los.« Mitchell schrieb »Gebrauchtwagen« und »ähnlicher Fall« auf seinen Notizblock und malte eine kleine Schlange mit einem Schuh darunter.

»Ich habe hier was mit einem Mann, der einer jungen Frau eine Pistole verkaufen wollte, und später wurde sie mit dieser Pistole erschossen.«

Mitchell verharrte. »Im Ernst?«

»Ja. Ich schicke Ihnen die Akte rüber, dann können Sie sich die Sache selbst ansehen. Eine Frau namens Aliza Kennedy wurde auf dem Weg zur Arbeit erschossen. Die Tatwaffe wurde in einem Müllcontainer in der Nähe gefunden. Es war eine Beretta PX4. Später stellte sich heraus, dass jemand versucht hat, ihr eine Beretta PX4 zu verkaufen.«

»Sind Sie sicher, dass es sich um dieselbe Waffe handelt?«

»Nein, aber die Sache ist trotzdem sehr seltsam.«

»Da haben Sie recht.« Dennoch war sich Mitchell nicht sicher, dass das etwas mit seinem Fall zu tun hatte. »Danke, dass Sie mich darüber informiert haben. Ich sehe mir die Sache mal an.«

»Aber gern«, erwiderte Simmons. »Ich halte die Augen nach ähnlichen Fällen offen.«

Einen Augenblick später hatte Mitchell eine E-Mail von Simmons im Postfach. Sie enthielt einen Scan der Fallakte. Mitchell öffnete das Dokument auf seinem Computer und las es sich durch. Es waren auch mehrere Tatortfotos dabei. Eine junge Frau lag tot und mit blutgetränkter Bluse auf der Straße. Es gab auch ein Bild des Müllcontainers, in den man die Waffe geworfen hatte – wo sie deutlich zu sehen war, als wäre es dem Täter völlig egal gewesen, ob man sie fand. Laut Bericht hatte man an der Waffe weder Fingerabdrücke noch andere Spuren sichern können. Mitchell überflog den restlichen Text, bis er fand, was er gesucht hatte. Es handelte sich nicht etwa um einen einfachen Waffenverkauf, der schief gelaufen war, wie er zuerst angenommen hatte.

Aliza, das Opfer, hatte eine halbe Stunde vor ihrem Tod eine Nachricht erhalten: Wie besprochen hänge ich ein Foto der Beretta an, die ich verkaufen will. Auf dem Foto war eine Beretta PX4 zu sehen. Aliza hatte geantwortet: Sie haben die falsche Nummer angeschrieben. Ich will keine Waffe kaufen. Weitere Nachrichten hatte es nicht gegeben. Die Telefonnummer gehörte zu einem Wegwerfhandy, das nicht mehr eingeschaltet worden war.

Mitchell suchte online nach Aliza Kennedy und fand schnell mehrere Fotos. Sie war zweiundzwanzig Jahre alt gewesen, als sie ermordet worden war. Weiß, blond, perfektes Lächeln und ein süßes, unschuldiges Gesicht. Eine ungewöhnlich schöne Frau.

Er öffnete Tamays Instagram-Seite und sah sich ihre Bilder an. Eins war offensichtlich: Auch sie war jung und sehr schön gewesen.

Hatte Tamay tatsächlich ein Auto kaufen wollen? Sie hatte nie auf die Nachricht mit dem Foto des Toyota geantwortet. War diese ebenfalls an die falsche Nummer gegangen?

Beide Frauen waren auf der Straße getötet worden. Eine auf dem Weg zur Arbeit, die andere auf dem Heimweg.

Beide Handys der Verkäufer waren nicht aufzuspüren gewesen.

Mitchell blickte auf, und seine Gedanken rasten, als Jacob hereinkam.

»Der Boss ist eine Sackgasse«, berichtete Jacob. »Und ich glaube, dass er einen Pferdefetisch hat. Da hängen überall Fotos von Pferden …«

»Sieh dir das an, Jacob«, unterbrach Mitchell ihn. »Ich glaube, ich bin da auf was gestoßen.«

Jacob trat an Mitchells Schreibtisch, und Mitchell zeigte ihm Alizas Akte und wies auf die Ähnlichkeiten hin. Daraufhin zog Jacob sich einen Stuhl heran, setzte sich vor Mitchells Computer und las sich den gesamten Bericht zweimal durch. Mitchell schwieg derweil, da er wusste, dass sein Partner beim Lesen ungern abgelenkt wurde. Nach einiger Zeit lehnte sich Jacob stirnrunzelnd zurück.

»Möglicherweise verdient dieser Kerl seinen Lebensunterhalt damit, dass er Sachen verkauft«, versuchte Mitchell, seine Idee in Worte zu fassen. »Wenn er jedoch auf junge Frauen trifft …«

»Er ist nicht *auf sie getroffen*«, korrigierte Jacob ihn. »Er hat ihnen Nachrichten geschickt. In Alizas Fall macht es zudem den Anschein, als hätte sie gar keine Waffe kaufen wollen.«

»Ja, aber …« Mitchell starrte die Decke an. »Das ist wirklich seltsam. Er hat herausgefunden, wo sie sich aufgehalten haben. Irgendwie ist er an die Telefonnummern gekommen. Vielleicht hat er sie irgendwie über das Handy verfolgt …«

»Ihr jungen Leute mit eurer Technik«, spottete Jacob. »Er musste nicht herausfinden, wo sie sich aufhielten. Vielmehr hat er sie auf einer Route erwischt, die sie regelmäßig genommen haben, wenn sie zur Arbeit oder nach Hause gegangen sind. Er hat sie gestalkt.«

Mitchell kam ein Gedanke, der perfekt in dieses Puzzle passte. »Eine Route, die sie regelmäßig genommen haben«, wiederholte er. »An einem Ort oder zu einer Zeit, wo sich niemand in der Nähe aufhielt. Und er wollte etwas verkaufen …«

»Um den Verkauf ging es nie«, beharrte Jacob leise. »Es ging darum, ihnen ein Foto der Mordwaffe zu schicken. Ihnen mitzuteilen, auf welche Art und Weise sie sterben würden.«

Mitchell starrte Jacob an. In seinem Verstand machte es *Klick!* Auf einmal wusste er, was ihm Wochen zuvor am Buttermere Pond nicht eingefallen war. Aber natürlich! Wie hatte er nur so blind sein können?

»O Gott«, stieß er hervor. »Warte kurz, ich muss etwas überprüfen.« Er stand auf und verließ mit grimmiger Miene das Büro. Im Gehen rückten weitere Puzzleteile in seinem Kopf an die richtige Stelle und ein klares, entsetzliches Bild entstand. Er schalt sich dafür, die Verbindung nicht früher hergestellt zu haben. Aliza und Tamay waren nicht die Einzigen, denen so etwas widerfahren war.

In der Asservatenkammer bat er um Kendele Byers' Handy.

Der diensthabende Beamte hatte es schnell gefunden und reichte es Mitchell zusammen mit dem Formular, das er unterschreiben musste. Mitchell ignorierte den Papierkram, schaltete das Handy ein und rief Kendeles letzte Nachrichten auf.

Eine E-Mail von einem Reisebüro, das eine Reise an einen See anpries und ein Foto mitgeschickt hatte. Nur, dass darauf kein See zu sehen war, sondern ein Teich – der Buttermere Pond. In dem Kendele Byers ertränkt worden war.

Kendele Byers war viermal die Woche laufen gegangen, immer um fünf Uhr morgens. Ohne Ausnahme, hatte ihre Freundin Debbie gesagt. Das konnte man ebenso als Routine bezeichnen wie einen Arbeitsweg.

Aliza Kennedy.

Kendele Byers.

Tamay Moseley.

Aliza wurde in Boston getötet, die beiden anderen in Glenmore Park. Ein Serienmörder trieb jetzt hier sein Unwesen.

Kapitel 11

Jacob saß in Captain Baileys Büro und wartete geduldig, während der Captain vor sich hin murmelnd in den Papieren auf seinem Schreibtisch herumkramte.

»Es gibt keinen Grund zur Eile, Fred«, sagte Jacob. »Da draußen läuft ja nur ein Serienmörder herum, der auf der Suche nach seinem nächsten Opfer ist. Aber kein Problem, der kann warten.«

»Jetzt halten Sie doch mal eine Sekunde den Mund. Der Bericht muss doch hier irgendwo sein …«

Jacob warf einen Blick auf den Schreibtisch seines Vorgesetzten. *Hier irgendwo* war ziemlich vage. Auf dem Schreibtisch türmten sich so viele Papiere, dass es an eine Katastrophe grenzte. Vermutlich wäre es einfacher und billiger gewesen, einfach alles zu verbrennen, anstatt den Versuch zu unternehmen, Ordnung hineinzubringen.

»Vergessen Sie den verdammten Bericht, Fred. Ich drucke Ihnen einen neuen aus. Wir müssen jetzt darüber reden, wer in diesem Fall die Leitung übernehmen soll.«

Bailey hörte auf, Papierberge herumzuschieben, und beäugte Jacob. »Sie haben beide Mordfälle bearbeitet und sind der dienstälteste Detective der Abteilung. Gibt es einen Grund dafür, dass Sie der Ansicht sind, jemand anderes sollte diesen Fall leiten?«

»Nun ja …« Jacob zögerte. »Wir haben es hier mit einem Serienmörder zu tun, und damit habe ich keinerlei Erfahrung. Dabei fällt mir ein, dass Sie mal in einem Serienmörderfall ermittelt haben. Und Sie sind der Captain, daher …«

»Erstens«, fiel Bailey ihm ins Wort und hob einen Zeigefinger, »handelte es sich nicht wirklich um einen Serienmörder, sondern um ein Gangmitglied, das die Konkurrenz durch eine andere Gang ausschalten wollte. Und wir haben den Fall vermasselt und hätten den Prozess beinahe verloren. Und zweitens sollten wir der Wahrheit ins Auge sehen. Sie sind ein besserer Ermittler, als ich es je war. Darum werden Sie diesen Fall leiten.«

Jacob nickte. Er neigte nicht zu falscher Bescheidenheit, sondern wusste genau, dass der Captain recht hatte.

»Keine Sorge«, sagte Bailey. »Wenn wir den Kerl gefasst haben, heimse ich schon die Lorbeeren dafür ein.«

»Das ist sehr beruhigend«, meinte Jacob. »Aber, äh … Was ist mit dem FBI? Ich denke, wir sollten es hinzuziehen.«

»Da bin ich ganz Ihrer Meinung«, stimmte Bailey ihm zu. »Ich werde Christine Mancuso anrufen. Sie ist FBI-Agentin, und wir kennen uns recht gut. Das FBI kann uns dabei helfen, ein Profil zu erstellen.«

»Okay, aber …« Jacob zögerte erneut. »Ich möchte nicht, dass die Agenten herkommen und das Kommando übernehmen …«

»Da können Sie ganz unbesorgt sein. Mancuso ist vertrauenswürdig.«

»Okay. Danke, Captain.«

»Und jetzt schnappen Sie sich diesen Serienmörder, bevor er erneut zuschlägt.«

Jacob stand auf und verließ das Büro. Er ließ den Blick über die anderen drei Detectives schweifen, die vor ihren Computern saßen. Sie schienen alle beschäftigt zu sein, aber er war davon überzeugt, dass sie das gesamte Gespräch zwischen ihm und dem Captain belauscht hatten. Baileys Bürotür mochte robust aussehen, doch sie war so abhörsicher wie ein Seidenvorhang.

»Okay, hört mal alle her«, sagte er. Die drei Detectives drehten sich zu ihm um.

»Wie ihr alle wisst, hat Mitchell herausgefunden, dass wir es hier in Glenmore Park mit einem Serienmörder zu tun haben, und es ist seine Schuld, dass ihr von euren anderen Fällen abgezogen wurdet.« Jacob grinste. »Wir müssen diesen Kerl in die Finger kriegen, bevor er noch jemanden tötet. Aufgrund der Schwere dieses Falls hat uns der Chief zusätzliche Ressourcen genehmigt. Wartet kurz …«

Er verließ den Raum, schnappte sich das rollbare Whiteboard im Flur und schob es herein.

»Ta-da«, verkündete er. »Und jetzt sagt nicht, wir würden Kosten und Mühen scheuen.«

Bernard pfiff leise durch die Zähne. »Ein drittes Whiteboard. Ich wette, nicht mal das FBI hat eins auf Rollen.«

»Und man kann es drehen.« Jacob machte es gleich mal vor. »Seht ihr? Wie gesagt, bei diesem Fall müssen wir uns wegen des Budgets keine Sorgen machen. Okay, an die Arbeit. Es ist jetzt … elf Uhr. Wir haben den ganzen Tag vor uns. Habt ihr die Berichte gelesen, Bernard und Hannah?«

»Ja«, bestätigte Hannah. »Und Mitchell hat uns auf den neuesten Stand gebracht.«

»Gut.« Jacob machte ein zufriedenes Gesicht. »Aller Wahrscheinlichkeit nach hat der Mörder keine enge Verbindung zu den Opfern. Es war nicht Tamays Freund oder Kendeles prügelnder Vater. Aus diesem Grund werden wir uns auf das *Wie* konzentrieren. Wie hat er seine Opfer gefunden? Ist er einfach herumgelaufen und hat nach schönen jungen Frauen Ausschau gehalten? Das ist schwer vorstellbar. Er hatte ihre

Telefonnummern, und er kannte ihren Tagesablauf. Heutzutage kann er Frauen sogar stalken, ohne dafür aus dem Bett aufstehen zu müssen, solange er ein Handy oder ein Tablet besitzt. Mitchell, ich möchte, dass du dir die Profile unserer Opfer in den sozialen Netzwerken ansiehst, und zwar von Tamay, Kendele und Aliza. Such nach einer Verbindung, einem gemeinsamen Freund, irgendetwas, das uns einen Hinweis darauf geben kann, wie der Killer die drei Frauen gefunden hat.«

Mitchell nickte mit ernster Miene.

»Hannah, du findest bitte heraus, ob uns die Telefonnummern irgendwie weiterhelfen können. Wir wissen bereits, dass jedes Handy nur einmal benutzt und direkt danach ausgeschaltet wurde. Laut der Mobilfunknetzbetreiber wurde jede Nachricht aus einem Umkreis von eineinhalb Kilometern um den jeweiligen Tatort gesendet. Können wir herausfinden, wo die Handys gekauft wurden? Hat er sie alle auf einmal gekauft? Falls ja, wie viele weitere hat er erworben? Vermutlich bekommen wir Unterstützung vom FBI, daher wendest du dich am besten an Captain Bailey, damit er dir einen Ansprechpartner nennt.«

»Okay«, bestätigte Hannah und machte sich eifrig Notizen.

»Bernard.« Jacob sah dem großen Mann in die Augen, dem das, was gleich kam, nicht gefallen würde. »Du fährst nach Boston.«

Bernard stöhnte auf.

»Ich brauche jemanden, der die Fälle dort zusammen mit dem Boston PD durchgeht. Mitchell hat schon mit jemandem gesprochen, einem Detective …?«

»Simmons«, ergänzte Mitchell.

»Genau. Rede mit ihm. Solltest du etwas Schützenhilfe benötigen, rede mit Captain Bailey.«

»Okay«, sagte Bernard und seufzte schwer.

»An die Arbeit«, verlangte Jacob.

»Moment noch«, warf Hannah ein. »Was ist mit den Whiteboards?«

»Dazu kommen wir noch.« Jacob wusste, wie viele Stunden frustrierender Arbeit vor ihnen lagen. Die meisten Hinweise würden sich als irrelevant herausstellen. Wenn man jedoch etwas aufs Whiteboard schreiben konnte, erfüllte einen das mit Zufriedenheit, und jeder hatte das Gefühl, etwas beizutragen. Daher wollte er diese Aufgabe für einen späteren Zeitpunkt aufheben, wenn sie alle etwas neuen Schwung benötigten.

Mitchell wandte sich seinem Bildschirm zu, und Hannah griff nach dem Telefon.

Jacob trat an Bernards Schreibtisch. »Tut mir leid.«

»Carmen wird mich umbringen«, brummelte Bernard. »Rory ist krank, und sie hätte mich für den Notfall gern in der Nähe. Ist dir klar, dass sie mir den Kopf abreißen wird, wenn ich ihr sage, dass ich vorerst jeden Tag nach Boston muss?«

»Du wirst nicht jeden Tag …«

»Jacob, wir wissen beide, dass das nicht mit einer Fahrt erledigt ist. Ich werde auf absehbare Zeit jeden Morgen dorthin fahren, richtig?«

»Boston ist eine schöne Stadt«, meinte Jacob gut gelaunt.

»Vielleicht solltest du dann hinfahren«, schlug Bernard vor.

»Hör mal, ich brauche dort einen erfahrenen Detective. Jemanden, der etwas in Bewegung bringen kann. Ich kann keinen der beiden Jungspunde hinschicken; die verlaufen sich doch nach wenigen Minuten.«

»Du weißt schon, dass wir dich hören können?«, fragte Hannah, die sich das Telefon ans Ohr drückte.

Jacob grinste sie an und drehte sich wieder zu Bernard um. »Du weißt, dass es nicht anders geht.«

»Ja, ja. Ich werde Carmen einfach sagen, dass alles deine Schuld ist. Also sei nicht überrascht, wenn sie dir bei eurer nächsten Begegnung die kalte Schulter zeigt.«

»Sag Carmen, dass Hannah das nicht übernehmen kann, weil sie noch nicht alt genug zum Autofahren ist.«

Ein Papierkügelchen traf Jacob am Hinterkopf.

»Siehst du, was ich hier mitmachen muss?«, beschwerte sich Jacob. »Ich wünschte, ich könnte an deiner statt fahren.«

Bernard schüttelte amüsiert den Kopf und nahm seinen Schlüsselbund vom Schreibtisch. Jacob klopfte ihm noch einmal auf die Schulter und ging weiter zu Mitchell.

Der jüngere Detective war der Einzige, der zwei Monitore auf dem Schreibtisch stehen hatte, auf besonderen Wunsch von Captain Bailey. Im Augenblick hatte er auf jedem Bildschirm wenigstens fünf Fenster offen, wechselte immer wieder hin und her, klickte Links an und war hoch konzentriert.

Wenn er Mitchell dabei zusah, wie er online recherchierte, wurde Jacob immer ganz schwummrig. Die Tatsache, dass es niemanden gab, der besser als Mitchell online Nachforschungen anstellen und Querverbindungen finden konnte, war allseits bekannt. Im Gegensatz dazu wusste jedoch kaum jemand, dass Jacob es nur mit Mühe und Not schaffte, seine E-Mails abzurufen, was ihm auch nicht jedes Mal fehlerfrei gelang.

Jacob wusste, dass er ins Hintertreffen geriet, weil die Technik in ihrem Job immer wichtiger wurde. Irgendwann würde der Tag kommen, an dem es nicht mehr ausreichte, gute Verhöre führen zu können und einen wachen Instinkt zu haben, um Detective zu sein. Wenn es so weit war, würde sich Jacob hinter einem Schreibtisch wiederfinden, darauf hatte er sich längst eingestellt. Er seufzte. Es wurde Zeit, zum Telefon zu greifen.

Er hatte sich selbst die unangenehmste Aufgabe zugeteilt, Tamays und Kendeles Freunde und Verwandte anzurufen, ihnen Fragen zu stellen und herauszufinden, ob sie etwas über einen Fremden wussten, der sich den jungen Frauen genähert hatte, oder ob sich eine von ihnen über einen Stalker, entweder online oder in der realen Welt, beschwert hatte. Diese Gespräche würden mit sehr viel Trauer und Wut verbunden sein, und er wusste jetzt schon, dass er an diesem Abend erschöpft und niedergeschlagen nach Hause fahren würde.

Aber das Leben eines Detectives war niemals leicht.

* * *

Jacob nahm einen Bissen von der Peperonipizza, die er in der Hand hielt, und starrte das Telefon an. Er hatte die letzten drei Stunden telefoniert und war schon richtig deprimiert. Tamays Familie stand unter Schock, und die Gespräche waren ihm unter die Haut gegangen. Ihre Freunde befanden sich ebenfalls in mehr oder weniger tiefer Trauer. Später würden sie alle wütend werden und verlangen, dass der Mörder gefasst wurde. Mit Wut konnte Jacob umgehen, aber ihre Trauer machte ihn nur ebenfalls traurig.

»So … Zu den Handys«, sagte Hannah, die neben ihm aufgetaucht war.

Jacob drehte sich zu ihr um. »Ja?«

»Ich habe ein Dutzend Läden in dem Gebiet angerufen, die Wegwerfhandys verkaufen, und im Grunde genommen immer dieselbe Antwort erhalten. Die Nummern werden nicht im Voraus vergeben. Tatsächlich kann ein Kunde sogar seine eigene Nummer eingeben und eine ihm zugeteilte ersetzen. Danach habe ich mich online umgesehen und festgestellt, dass sich jeder problemlos ein Handy kaufen und innerhalb von vierundzwanzig Stunden an eine beliebige Adresse schicken lassen kann. Ich habe mit Agent Mancuso telefoniert, die mir das noch bestätigt hat. Sie sagte, sie würden die Nummern, die ich ihnen gegeben habe, auch überprüfen, hat mir jedoch keine großen Hoffnungen gemacht. Ich bezweifle stark, dass wir in dieser Hinsicht noch weiterkommen.«

Jacob nickte und war nicht überrascht. Den Großteil von dem, was sie ihm eben erzählt hatte, wusste er bereits, aber es konnte nicht schaden, alles noch einmal zu überprüfen.

»Okay«, meinte er. »Dann ist jetzt wohl die Zeit der Whiteboards gekommen.«

Hannahs Miene hellte sich auf.

»Auf dem linken Whiteboard«, begann er und zeigte darauf, »möchte ich die Tatorte festhalten. Diagramme, Karten, auch einige Tatortfotos. Wir müssen ein Gefühl dafür bekommen, wie er die Orte auswählt. Auf dem rechten Whiteboard möchte ich die Zeitachsen sehen, und zwar so detailliert wie möglich. Die genaue Zeit, zu der die Nachricht verschickt wurde, die geschätzte Todeszeit, wann die Leiche gefunden wurde … einfach alles, was uns dazu einfällt.«

»Was ist mit dem dritten Whiteboard?«

»Das ist für mich. Auf einer Seite sammeln wir alles über die Opfer. Fotos, Merkmale, direkte Kontakte … all diese Infos. Die andere Seite bleibt den Verdächtigen vorbehalten.«

»Haben wir denn schon Verdächtige?«

»Bisher nicht, aber hoffentlich hat sich das bis heute Abend geändert«, antwortete er geknickt.

Hannah nickte und trat vor das linke Whiteboard. Jacob druckte die Fotos der Opfer aus und sah dann dabei zu, wie die Gesichter der toten jungen Frauen langsam aus dem Schlund des Druckers rutschten. Sie waren alle so jung. Er seufzte schwer.

»Detective Cooper?«, fragte eine schneidende Stimme hinter ihm. »Wie kommen Sie bei den Ermittlungen voran?«

Jacob drehte sich um. Chief Veronica Dougherty war eine umwerfend schöne, gleichzeitig aber auch sehr einschüchternde Frau und bekannt für ihre einzigartige Körpersprache, die einen oft schon vor einem bevorstehenden Wutanfall warnte. Wenn sie sich mit den Händen durch das lockige Haar fuhr und es aufbauschte, wusste man, dass man zum Punkt kommen musste. Fing sie an, knapp zu nicken, wurde sie ungeduldig. Und wenn sie die Augenbrauen hochzog, war die Person, mit der sie gerade sprach, meist nicht mehr zu retten. Im Augenblick umklammerte sie mit einer Hand das andere Handgelenk, was ihm zu verstehen gab, dass sie sich gute Neuigkeiten erhoffte.

»Alles läuft gut!«, erwiderte Jacob und zermarterte sich panisch das Gehirn, was er noch sagen sollte. »Wir ermitteln alle hinsichtlich der, äh … Hinweise, und es gibt einige Muster, die …«

»Chief Dougherty.« Captain Baileys Stimme hallte laut durch den Raum. Er stand in seiner Bürotür. »Bitte kommen Sie doch herein. Ich kann Sie auf den neuesten Stand bringen.«

Sie nickte knapp und durchquerte den Raum, um die Bürotür des Captains hinter sich zu schließen. Jacob atmete erleichtert auf. Es gab einige Situationen, in denen er sich ziemlich hilflos fühlte.

Sein Telefon klingelte, und er sah Bernards Nummer auf dem Display.

»Ja?«, meldete er sich.

»Jacob? Hör gut zu. Ich sitze hier mit Detective Simmons zusammen, und es ist uns gelungen, zwei ähnliche Fälle zu finden.«

»Okay«, erwiderte Jacob. »Bin ganz Ohr.«

»Der erste dreht sich um eine Frau namens Yvonne Richie. Sie wurde mit einem Eispickel getötet, den sie nur wenige Stunden zuvor in einem hiesigen Geschäft gekauft hatte.«

»Hat sie ebenfalls eine Nachricht bekommen?«

»Nein, aber in den Nachrichten an die anderen Opfer wurde der Anschein erweckt, jemand wollte ihnen etwas verkaufen, daher hielt ich es für erwähnenswert.«

»Okay. Und der zweite Fall?« Jacob klemmte sich das Telefon zwischen Ohr und Schulter, nahm die Fotos aus dem Drucker und hängte sie nacheinander ans Whiteboard.

»Eine Frau, Isabella Garcia, wurde im Januar in einer Gasse in der Nähe ihrer Arbeitsstelle erstochen. Man hatte ihr kurz vor ihrem Tod das Foto eines Messers geschickt, wie in einer Werbemail. Genau wie bei den anderen.«

»Wurde das Messer gefunden?«

»Nein«, antwortete Bernard. »Und keiner hat sie schreien gehört, obwohl sie am helllichten Tag erstochen wurde. Keine Zeugen. Wie sich herausstellte, ging sie acht- bis zehnmal am Tag zum Rauchen in diese Gasse.«

»Okay«, sagte Jacob. »Schick mir die zweite Akte.«

»Willst du dir die erste gar nicht ansehen?«

Jacob zögerte. »Ich vertraue deinem Instinkt«, meinte er dann. »Hältst du sie für relevant?«

»Nein«, erwiderte Bernard nach einer kurzen Pause.

»Gut. Dann schick mir bitte die zweite Akte.«

»Geht klar. Pass mal auf, Jacob. Das Boston PD will die Ermittlungen übernehmen.«

»Aha! Kann mich Detective Simmons gerade hören?«, wollte Jacob wissen.

»Nein.«

»Einen Teufel werden sie tun«, knurrte Jacob. »Die ahnungslosen Mistkerle haben monatelang nicht mitbekommen, dass jemand Frauen in ihrer Stadt ermordet – seit Januar, wenn nicht gar noch länger! Und sie haben nichts Nennenswertes herausgefunden.«

»Ihren Worten zufolge haben sie Vorrang«, berichtete Bernard. »Weil der erste Fall in ihre Zuständigkeit fällt.«

»Okay, ich kümmere mich darum«, versprach Jacob.

Er legte auf und klopfte an Captain Baileys Bürotür.

»Ja?«, hörte er den Captain von innen sagen.

Er öffnete die Tür. Captain Bailey und Chief Dougherty saßen sich gegenüber und sahen ihn erwartungsvoll an.

»Wir haben möglicherweise ein viertes Opfer«, erklärte Jacob. »Eine Frau, die vor sieben Monaten in Boston ermordet wurde. Erstochen. Dieselbe Vorgehensweise, inklusive Nachricht.«

Captain Bailey nickte. »Danke für das Update, Detective.«

»Ähm … Das Boston PD will den Fall übernehmen. Sie sagen, sie hätten den Vorrang.«

Dougherty riss die Augen auf, und Jacob konnte nur hoffen, dass sich ihr Zorn gegen die Polizei von Boston und nicht gegen ihn richtete. »Ich regle das«, sagte sie und stand auf. Beim Hinausgehen blieb sie kurz neben Jacob stehen. »Sagen Sie Bescheid, wenn Sie noch etwas benötigen.« Damit war sie verschwunden.

Jacob kehrte an seinen Schreibtisch zurück und rief seine E-Mails ab. Bernard hatte ihm die Unterlagen bereits geschickt. Er klickte die Fallakte von Isabella Garcia an und fing an zu lesen.

Während er sie dreimal gründlich durchging, machte er sich nebenbei Notizen. Beim dritten Durchlesen fiel ihm etwas Ungewöhnliches im Autopsiebericht auf. Isabella hatte langes, lockiges Haar gehabt und war am Tag vor ihrem Tod beim Friseur gewesen. Aus diesem Grund fiel es umso deutlicher auf, dass ihr Haar an einer Stelle kürzer war. Bei der Untersuchung unter dem Mikroskop wurde festgestellt, dass ihr Haar dort mit einer anderen Schere abgeschnitten worden war als mit der, die ihre Friseurin benutzte. Doch dies wurde in der ganzen Fallakte nicht aufgegriffen, und Jacob hätte den Detectives in Boston am liebsten eine Ohrfeige verpasst. Er griff zum Telefon und rief in der Rechtsmedizin an.

»Hallo?«

»Annie, hier ist Jacob Cooper.«

»Hey, Jacob. Ich habe Tamay Moseleys Autopsie noch nicht beendet«, sagte sie sofort. »Das dauert noch ein paar Stunden …«

»Kein Problem«, unterbrach er sie. »Ich wollte Ihnen nur eine Frage stellen. Wurden Tamay kurz vor oder nach ihrem Tod einige Haare abgeschnitten?«

»Wie meinen Sie das?«

»Ich meine … Hat ein Stück ihrer Haare gefehlt? War ihr Haar an einer Stelle etwas kürzer? Hatte man es mit einer …«, er warf einen Blick in Isabellas Autopsiebericht, »stumpfen Schere abgeschnitten?«

»Das kann ich sofort überprüfen. Ich rufe Sie gleich zurück.«

»Danke.« Er legte auf, druckte sich Isabella Garcias Foto aus und hängte es neben die Bilder der anderen drei Opfer ans Whiteboard. »Mitchell, Hannah«, sagte er. »Das ist Isabella Garcia. Sie ist vermutlich unser erstes Opfer. Ich habe Ihnen die Fallakte per E-Mail weitergeleitet.«

Beide Detectives nickten. Jacob betrachtete das Foto. Würden sie noch weitere Opfer finden? Er bemerkte, dass Isabella Garcias Facebook-Profil auf Mitchells linkem Bildschirm aufgerufen wurde, während auf dem rechten die Akte erschien. Jacob fragte sich kurz, ob Mitchell es wirklich schaffte, sich gleichzeitig auf beide Fenster zu konzentrieren.

Sein Telefon klingelte, und er ging sofort ran.

»Sie hatten recht«, teilte Annie ihm mit. »Einer von Tamays Zöpfen wurde mit einer stumpfen Klinge abgeschnitten. Woher haben Sie das gewusst?«

»Wir haben es mit einem Serienmörder zu tun, Annie«, erwiderte er. »Einem seiner anderen Opfer hat er ebenfalls ein paar Haare abgeschnitten. Ich vermute, dass es zu seiner Vorgehensweise gehört.«

Sie schwieg einen Augenblick. »Gibt es noch andere Opfer in Glenmore Park?«, fragte sie.

»Kendele Byers.«

»Dann wurden ihr ebenfalls Haare abgeschnitten.«

»Davon ist auszugehen.«

»Und es ist mir nicht aufgefallen.«

Einige Menschen nahmen sich alles zu Herzen. »Sie haben hervorragende Arbeit geleistet, Annie. Die Leiche war in einem sehr schlechten Zustand, als wir sie gefunden haben …«

»Nicht die Haare, Jacob. Das hätte mir auffallen müssen.« Sie hörte sich an, als wäre sie drauf und dran, die Kündigung einzureichen.

»Sie sind eine unglaubliche Rechtsmedizinerin, Annie. Ich wüsste nicht, was wir ohne Sie tun würden.«

»Ach, halten Sie doch den Mund, Jacob. Das sagen Sie nur, um mich aufzuheitern.«

»Und wenn schon?«

»Ich muss die Autopsie fortsetzen. Nicht, dass ich sie auch noch vermassle.« Sie legte auf.

Jacob seufzte.

Der Mörder nahm sich ein Andenken an seine Opfer mit. Er hatte tatsächlich angehalten und war aus dem Auto gestiegen, nachdem er Tamay das zweite Mal überfahren hatte, um ihr einen Zopf abzuschneiden. Falls Jacob bis jetzt noch daran gezweifelt hatte, dass dies das Werk eines Serienmörders war, so war er jetzt davon überzeugt.

Er machte sich erneut an die Arbeit und schrieb die Daten der Opfer ans Whiteboard. Danach rief er die Angehörigen und Freunde von Isabella Garcia an.

Eine Stunde später betrat ein Mann das Büro der Detectives. Jacob fielen sofort seine Schuhe ins Auge: braun, teuer und nagelneu. Sein Haar war vollkommen weiß, und er trug einen grauen Anzug. Irgendwie kam Jacob sein Gesicht bekannt vor, aber er konnte den Mann nicht einordnen.

»Sir?« Er eilte auf den Mann zu und versuchte, ihm die Sicht auf die Whiteboards zu versperren. »Dieses Büro ist nicht frei zugänglich …«

»Der Chief hat mich reingelassen«, erwiderte der Mann ruhig.

Jacob stutzte, runzelte die Stirn und versuchte herauszufinden, wen er da vor sich hatte. Vielleicht einen FBI-Agenten? Oder … Oh! Auf einmal kam er sich sehr töricht vor. Ein Gefühl, das er durchaus kannte.

»Herr Bürgermeister«, sagte er. »Bitte entschuldigen Sie, ich …«

Chief Dougherty kam hereingestürmt. »Herr Bürgermeister«, sagte sie. »Wie schön, dass Sie kommen konnten. Hier entlang, bitte.« Sie führte ihn in Captain Baileys Büro. Jacob bemerkte, dass Hannah ihn breit angrinste.

»Als ob du dich besser geschlagen hättest«, brummelte er.

»Ich weiß jedenfalls, wie der Bürgermeister aussieht«, erwiderte sie keck. »Aber das Gedächtnis lässt ja bekanntlich im Alter nach …«

»Ach, sei still«, fiel er ihr ins Wort.

Er sah eine neue E-Mail in seinem Postfach und klickte sie an. Daran angehängt war ein kurzes Video einer Überwachungskamera, das Bernard ihm geschickt hatte. Die Kamera befand sich in der Nähe der Stelle, an der Aliza Kennedy erschossen worden war. Auf dem Video sah man einen Mann, der vom Tatort weglief. Er sah dem Phantombild, das ihnen vorlag, nicht im Geringsten ähnlich. Jacob leitete die E-Mail an Hannah weiter.

»Hannah«, sagte er. »Könntest du einen guten Ausschnitt des Videos heraussuchen, das ich dir eben geschickt habe, auf dem man das Gesicht des Mannes gut erkennen kann? Ich hätte gern einen Ausdruck des Verdächtigen für das Whiteboard.«

»Selbstverständlich.« Sie machte sich sofort an die Arbeit.

Bis Hannah ihm drei Ausdrucke brachte, hatte er noch mehrere Telefonate geführt, die jedoch alle ergebnislos verliefen. Der erste Ausdruck stammte aus dem Video, das er ihr geschickt hatte. Beim zweiten handelte es sich um das Phantombild, bei dessen Erstellung ihnen Rabbi Friedman geholfen hatte. Auf dem dritten war der schattenhafte Umriss eines Menschen in einem Auto zu sehen.

»Das ist aus dem Video, das Officer Lonnie besorgt hat«, erklärte Hannah und deutete auf den dritten Ausdruck.

»Der Mann im Wagen könnte der vom Phantombild sein.« Jacob kniff die Augen zusammen. »Aber der Mann in der Gasse sieht anders aus.«

»Nur Frisur und Bart unterscheiden sich«, merkte Hannah an. »Es könnte auch eine Verkleidung sein.«

»Ja, gut möglich.« Jacob stand auf und drehte das Whiteboard um. Er hängte die drei Ausdrucke auf und trat einen Schritt zurück. Konnte das derselbe Mann sein? Es war schwer zu sagen.

Er ging zum Whiteboard mit der Zeitlinie und betrachtete sie. Der Mörder hatte wenigstens viermal zugeschlagen. Isabella Garcia war vor sieben Monaten getötet worden, Aliza Kennedy dreieinhalb Monate später. Kendele war am einundzwanzigsten Juli ermordet worden, was sie am Zeitstempel der Nachricht erkennen konnten, und somit zehn Wochen nach Aliza. Tamay war sechs Wochen nach Kendele ums Leben gekommen. Möglicherweise gab es noch weitere Fälle, die sie nicht kannten, aber das Muster schien offensichtlich zu sein. Die Abstände zwischen den Morden wurden geringer. Die Uhr tickte.

Er sah auf die Uhr und stöhnte auf. Warum war es auf einmal so spät? Ihr Büro war fensterlos, aber es musste längst dunkel geworden sein.

Rasch rief er Marissa an.

»Hallo?«

»Hey, Schatz«, sagte er. »Hör mal …«

»Du verspätest dich.« Ihre Stimme klang nicht wütend, nur etwas traurig.

»Ja.«

»Wann bist du zu Hause?«

»Äh … Sehr spät, schätze ich. Du wirst vermutlich schon schlafen.«

»Hast du schon was gegessen?«

»Wir bestellen bestimmt noch was.«

»Macht das. Fang ja nicht an, das Essen zu vergessen. Es ist eine Sache, wenn der Mann ein Workaholic ist, aber ich will nicht, dass du auch noch vom Fleisch fällst.«

»Wie meinst du das?«, fragte er grinsend. »Dünn bin ich doch schon.«

»Sicher bist du das, Jacob. Und schlaf auf dem Heimweg bloß nicht ein.«

»Tschüss, Schatz.«

»Tschüss.«

Er legte auf, steckte das Handy weg und bemerkte, dass Captain Bailey vor der Kaffeemaschine stand.

»Kochen Sie noch mal Kaffee?«, erkundigte er sich.

»Irgendwie muss ich mich doch nützlich machen«, erwiderte Bailey.

»Ich könnte noch eine Tasse vertragen.« Jacob setzte sich an seinen Computer. Er hatte noch eine E-Mail von Bernard erhalten, nur ein kurzes Update. Auf einmal waren alle beim Boston PD deutlich weniger hilfsbereit, und er hatte zunehmend Probleme, auf die Akten zuzugreifen.

»Hey, Captain«, sagte Jacob abgelenkt. »Wenn der Kaffee fertig ist, könnte Bernard Ihre Hilfe und die des Chiefs gebrauchen. Anscheinend wissen die Kollegen in Boston jetzt, dass es unser Fall bleibt, und schmollen eine Runde.«

»Ich kümmere mich darum«, versprach der Captain.

Jacob hörte Mitchells Stimme im Hintergrund und merkte erst jetzt, dass sein Partner seit heute Morgen kein Wort gesagt hatte. Wenn Mitchell online recherchierte, war er immer ganz vertieft, bekam überhaupt nicht mit, was um ihn herum vor sich ging, und redete mit niemandem. Jetzt telefonierte er jedoch mit Pauline und sagte zu ihr im Grunde genommen dasselbe wie Jacob zuvor zu Marissa. Jacob fragte sich, ob Hannah auch jemanden anrufen würde. Seines Wissens war sie Single, aber mit Sicherheit wusste er das nicht.

Abermals klingelte sein Telefon. Diesmal war es Matt. »Hey, Matt«, meldete er sich.

»Hi, Jacob. Wir sind mit der Untersuchung des Camry fertig.«

»Was haben Sie gefunden?«

»Mehrere Haare und einige Stofffäden«, antwortete Matt. »Und die Fingerabdrücke von Rabbi Friedman, die bereits im System sind.«

»Okay.«

»Zum Stoff kann ich noch nicht viel sagen; wir führen momentan Tests durch. Kommen wir zu den Haaren.«

»Okay«, meinte Jacob.

»Tja … Sie stammen von zwei verschiedenen Personen. Einmal vermutlich von Friedman; die Haarfarbe passt, und es war sein Wagen. Die anderen Haare sind viel dunkler und dünner. Sie können eigentlich nicht vom Rabbi stammen, und seine Frau und seine Kinder haben anscheinend hellere Haare.«

»Woher wissen Sie das?«

»Ich habe einen meiner Leute hingeschickt. Friedman war nicht gerade glücklich darüber.«

»Das kann ich mir vorstellen.« Jacob grinste.

»Daher könnten die Haare vom Täter stammen. Ich habe sie zum DNA-Test ins Labor geschickt.«

»Okay, gut.«

»Nein, nicht so gut. Es sind Haarschafte ohne Wurzeln, und diese enthalten meist keine nukleare DNA. Die bräuchten wir allerdings für einen Abgleich mit CODIS. Wir testen sie trotzdem, machen uns aber keine großen Hoffnungen.«

»Ich habe vollstes Vertrauen in Ihre Fähigkeiten, Matt.«

»Um Vertrauen geht es hierbei nicht. Entweder haben wir nukleare DNA oder nicht. Mit etwas Glück finden wir noch etwas davon im Haar. Und mit wir meine ich das FBI.«

»Sie klingen müde.«

»Es war ein langer Tag. Und er ist noch nicht vorbei.«

»Wem sagen Sie das«, erwiderte Jacob. »Danke, Matt.«

Mitchell war sich seiner Umgebung nur vage bewusst und verdrängte alles, was ihn aus seiner Konzentration holen konnte. Sein Verstand war allein mit den vier Frauen beschäftigt.

Isabella Garcia, Aliza Kennedy, Kendele Byers und Tamay Moseley. Jede der Frauen hatte online Tausende virtueller Stränge hinterlassen – Profile in den sozialen Netzwerken, Foren, E-Mail-Konten –, und er tauchte in das Meer voller Informationen ein und versuchte, sich in das Leben aller vier Frauen zu vertiefen und Verbindungen aufzudecken.

Es war leicht, sich in trivialen Details zu verlieren. Zwei der Opfer mochten denselben Film oder hatten das gleiche Internet-Meme oder das Video einer witzigen Ziege geteilt. Er ignorierte die Störgeräusche und sah genauer hin.

Jede der Frauen hatte Hunderte von Verbindungen. Tamay hatte mehrere Tausend Fans, Kendele Dutzende von Kunden, Aliza und Isabella zahllose Freunde und Follower in den sozialen Medien. Er versuchte, irgendwie abzuschätzen, was wichtiger und bemerkenswert war. Die Namen verschwammen in seinem Verstand; wenn er versuchte, sie aufzulisten, wurde die Arbeit monoton, träge und nutzlos. Was hatten sie schon von einer Namensliste? Nein, er musste sie *spüren.* Das digitale Leben der Opfer war etwas ganz eigenes und mehr als eine Liste mit Namen, Likes und Kommentaren. Sie mussten alle einzeln als Ganzes betrachtet und untersucht werden.

Die erste Verbindung war offensichtlich und schnell gefunden. Alle vier Opfer waren Supermodels und Modelagenturen in den verschiedenen sozialen Netzwerken gefolgt. Keine der Frauen war Model, aber sie schienen sich alle für diese Welt zu interessieren. Hatte der Mörder sie vielleicht bei einer Modenschau oder irgendwo anders in der Modewelt gesehen? Mitchell machte sich auf die Suche nach Veranstaltungen, die sie besucht hatten. Aliza hatte Modenschauen besucht und regelmäßig Fotos davon auf Instagram gepostet, aber er sah keine ähnlichen Bilder bei den anderen drei Frauen. Trotzdem war das eine mögliche Verbindung, die er sich notierte.

Stundenlang klickte er einfach einen Link nach dem anderen an, überflog die Posts der Frauen und ihrer Freunde und wechselte ständig zwischen den vier Opfern. Wenn man ihm ein Stück Pizza oder einen Kaffee hinstellte, aß und trank er, ohne den Geschmack wirklich wahrzunehmen.

Dann, als er kurz davor war, vor dem Bildschirm einzunicken, und seine Konzentration zunehmend nachließ, bemerkte er etwas. Er sah sich gerade Kendele Byers' Twitter-Konto an und wem sie dort folgte. Einer der User hieß *@AtticusHof.* Mitchell runzelte die Stirn und musste daran denken, wie er eine Woche zuvor in der Hoffnung auf Hinweise alle Personen auf Kendeles Kontaktliste angerufen hatte. Auch dort war ihm ein Atticus untergekommen.

Er rief die Liste seiner Anrufe auf. Da – Atticus Hoffman. Mitchell erinnerte sich an ihn. Der Mann war Agent und vertrat Models. Er hatte gesagt, Kendele habe sich bei ihm beworben und er habe sie abgelehnt.

Mitchell griff nach Tamays Handy, das auf seinem Schreibtisch lag. Er öffnete ihre Kontaktliste und scrollte nach unten, bis er den Eintrag gefunden hatte: »Huffman Modelling«. Sie hatte den Namen der Agentur falsch geschrieben. Mitchell verglich zur Sicherheit die gespeicherte Nummer mit der, die er in der Vorwoche gewählt hatte. Die Nummern waren identisch.

»Jacob«, sagte er laut. »Ich glaube, ich habe einen Verdächtigen gefunden.«

Erschöpft warf er einen Blick auf die Uhr. Es war bereits nach Mitternacht.

Kapitel 12

Als Atticus Hoffman morgens aufwachte, wünschte er sich, er wäre tot.

Das war nichts Neues. Er sehnte sich relativ häufig nach dem Tod – wenn er zu viel gegessen hatte, wenn er erkältet war, wenn er im Stau stand. Aber in letzter Zeit war sein Wunsch irgendwie dringlicher geworden.

Was vor allem Dana Hoffmans Schuld war. Sie war seine Frau – oder genauer gesagt seine fünfte Frau. Schon bald würde sie seine fünfte Ex-Frau sein. Zudem war sie der Grund dafür, dass er auf dem Fußboden seines Büros aufwachte, in der Kleidung, die er am Vortag getragen hatte, mit dem Geschmack von Erbrochenem im Mund und einem der schlimmsten Kater seines ganzen Lebens.

Dana hatte ihn vor zwei Tagen aus ihrer gemeinsamen Wohnung geworfen, nachdem sie herausgefunden hatte, dass er mit Maribelle schlief. Er vermutete jedoch, dass sie nicht etwa zornig war, weil er mit einer anderen ins Bett ging, sondern weil diese andere jünger war. Sie hatte ihn mit einem Besen und einem Brotmesser bedroht und rausgeworfen und dabei ein bisschen wie eine durchgeknallte Gladiatorin gewirkt. Ihm war nicht mal genug Zeit geblieben, ein paar Sachen zu packen. Wenn er endlich wieder nach Hause kommen durfte, hatte sie seine Kleidung garantiert völlig zerfetzt. Das wäre nicht das erste Mal, dass ihm so etwas passierte; seine zweite Frau Jessica hatte nach ihrer Trennung genauso reagiert. Und Ingrid, seine dritte Frau, hatte all seine Unterhosen verbrannt.

Tja, vielleicht war ihm das eine Lehre und er heiratete nicht noch eines der Models, die er vertrat. Die letzten vier Male hatte er jedoch auch nicht aus seinen Fehlern gelernt, daher gab es keinen Grund zu der Annahme, dass es diesmal anders laufen würde.

Er rappelte sich mühsam auf und öffnete die Schreibtischschublade. Darin stand eine Notfall-Whiskeyflasche, die er für genau solche Augenblicke dort aufbewahrte.

Aber sie war leer. Was für ein beschissener Morgen! Abermals wünschte er sich den Tod.

Jemand hämmerte an die Tür – was sich jedoch so anfühlte, als würde derjenige direkt auf Atticus' Schädel schlagen. Er tat das Einzige, was ihm einfallen wollte: Er machte sich ganz klein und wartete darauf, dass es aufhörte.

Doch das tat es nicht. Jetzt wurde auch noch geschrien: »Aufmachen! Polizei!«

Hatte Dana die Polizei hergeschickt? Hatte sie den Beamten von dem Kokain erzählt, das er in seinem Büro deponiert hatte? Ha! Der Witz ging nach hinten los; er hatte das ganze Zeug am Vortag weggeschnupft. Taumelnd ging er zur Tür und riss sie auf.

Ah! Grelles Licht! Atticus kam sich vor wie Gollum, als er kreischend nach hinten stolperte, weil ihm das Sonnenlicht die Augäpfel zu verbrennen schien. *Es brennt! Es breeeeennt!* Zwei Männer betraten das Büro und schlossen die Tür hinter sich, und wieder einmal wurde es dunkel im Raum. Atticus atmete erleichtert auf.

»Waswollnsie?«, fragte er und versuchte, sich zu konzentrieren. Das waren keine normalen Polizisten. Die beiden trugen geschmacklose billige Anzüge. Einer von ihnen, ein Kahlkopf mit kalten blauen Augen, zeigte seine Dienstmarke vor.

»MEIN NAME IST DETECTIVE COOPER. DAS IST MEIN PARTNER DETECTIVE LONNIE. SIND SIE ATTICUS HOFFMAN?«, verlangte der Mann zu erfahren, und jede Silbe schien sich in Atticus' Hirn zu bohren.

»Ja«, stieß Atticus wimmernd hervor. »Ja. Bitte hören Sie auf zu schreien.« Er zog die Schreibtischschublade ein weiteres Mal auf. Ah, großartig, Schmerztabletten. Sollte er sie vielleicht gleich alle nehmen und diesem schrecklichen Tag ein Ende setzen?

Er schluckte zwei trocken herunter.

»Mr Hoffman«, sagte Detective Cooper, der sich offensichtlich bemühte, leiser zu sprechen. »Wir sind hier, weil wir Ihnen einige Fragen stellen möchten.«

»Okay.«

»Ihre Frau sagte, dass wir Sie vermutlich hier antreffen können.«

»Okay.«

»Sie hat uns gebeten, Sie zu erschießen, falls Sie nicht kooperieren.«

»Okay.«

»Sie hat uns gebeten, Sie auch zu erschießen, wenn Sie unsere Fragen beantworten.«

»Ja, das klingt ganz nach ihr.« Atticus schloss die Augen.

»Haben Sie Tamay Moseley vertreten, Mr Hoffman?«

Atticus runzelte die Stirn und versuchte nachzudenken. »Augenblick«, murmelte er. Er ging zu seinem Computer, doch das Leuchten des Bildschirms stach schmerzhaft in seinen Augen. Oh, diese Qualen! »Wie buchstabiert man das?«

»T … A … M … A … Y …«, sagte der jüngere Detective namens Lonnie. Er sah sehr gut aus, stellte Atticus fest und fragte sich, ob der Mann wohl Interesse daran hatte, in seiner Freizeit ein wenig zu modeln.

Er gab Tamays Namen ein, und ihr Foto erschien auf dem Bildschirm. »Sie war vor ein paar Monaten hier, und ich habe ihr versprochen, die Augen offen zu halten«, sagte Atticus und überflog seine Notizen. Darin stand Scharf. Wollte nicht die Beine breitmachen. Habe Nacktfotos vorgeschlagen, die sie ablehnte. »Aber ich habe nie einen Job für sie gefunden.«

»Was ist mit Kendele Byers?«, fragte Cooper. »Haben Sie sie auch vertreten?«

»Das ist die, die ermordet wurde, richtig? Nach der hat mich die Polizei doch schon gefragt.« Atticus tippte den Namen ein. Kendeles Foto tauchte auf. Seine Notizen lauteten: Nicht hübsch genug. Habe Nacktfotos vorgeschlagen, und sie hat sich geweigert. »Auch für sie konnte ich nichts finden. Sie eignete sich nicht so gut als Model.«

»Warum nicht?«, wollte Lonnie wissen.

Atticus zuckte mit den Achseln. Weil sie zu hässlich war, hätte er beinahe gesagt. »Nicht jeder passt auf das Profil, das wir suchen.«

»Wo waren Sie letzte Nacht, Mr Hoffman?«

Atticus räusperte sich. »Hier.«

»Allein?«, fragte Lonnie.

»Ganz genau.«

»Die ganze Nacht?« Der Detective ließ nicht locker.

»Ja.«

»Was haben Sie gemacht?«

Getrunken und geweint. »Gearbeitet«, antwortete er. »Ich habe viel zu tun.«

»Mr Hoffman, Tamay Moseley wurde letzte Nacht überfahren.«

»Das ist ja schrecklich.« Atticus versuchte, so erschrocken zu klingen, wie es vermutlich von ihm erwartet wurde. »So …

äh … jung.« Er überlegte kurz. »Und unschuldig«, fügte er hinzu.

»Inwiefern unschuldig?«, hakte Cooper nach.

Woher zum Teufel soll ich das wissen? Das sagt man doch so, oder nicht? »Ach, Sie wissen schon. Ganz allgemein unschuldig.«

»Sehr viele der Frauen, die Sie vertreten, sind in letzter Zeit gestorben«, stellte Cooper fest.

»Die Erste habe ich nicht vertreten.« Atticus hatte das Gefühl, sich verteidigen zu müssen.

»Sie ist in Ihrer Datenbank.«

»Das ist korrekt. Ich führe die einzige Modelagentur der Stadt. Wenn ein Mädchen in Glenmore Park modeln möchte, landet es bei mir.«

»Vertreten Sie zufällig eine Frau namens Aliza Kennedy?«

Atticus sah im Computer nach. »Nein.«

»Was ist mit Isabella Garcia?«

»Augenblick … Nein. Wer sind diese Frauen?«

»Nur ein paar Frauen aus Boston.«

»Warum sollte ich sie dann vertreten? Es gibt in Boston sehr gute Modelagenturen, Detective.«

»Hat irgendjemand Zugriff auf Ihre Listen?«

»Meine Sekretärin.«

»Sonst noch jemand?«

»Nein.«

»Haben Sie Ihre Listen jemandem gegeben?«

»Selbstverständlich nicht. Wenn ich das tun würde, könnte ich die Agentur gleich schließen. Wissen ist Geld.«

»Könnte Ihre Sekretärin sie jemandem gegeben haben?«

»Wenn sie das getan hat, kann sie sich die Radieschen von unten ansehen«, sagte Atticus. Die beiden Detectives starrten ihn an. »Das war nur ein Witz«, erklärte er schnell. »Ich habe das nicht ernst gemeint. In diesem Fall würde ich sie rauswerfen.

Ich … Ich bringe meine Sekretärinnen doch nicht um. Und auch niemand anderen.«

Im Nachhinein betrachtet war das vielleicht doch kein so guter Witz, wenn man zwei Detectives gegenüberstand, die wegen des Todes von einigen Möchtegernmodels ermittelten. Aber der Kater machte Atticus ziemlich zu schaffen, und er wurde zunehmend ungeduldiger.

»Würde es Ihnen etwas ausmachen, uns aufs Revier zu begleiten, um uns weitere Fragen zu beantworten, Mr Hoffman?«, fragte Cooper.

»Tja«, meinte Atticus, »das hängt davon ab.«

»Wovon?«

»Verhaften Sie mich?« Er sah die beiden Detectives an und versuchte, ihre Reaktion einzuschätzen. Dieser Cooper war cool. Er ließ sich nichts anmerken. *Die Augen dieses Mannes sind so eiskalt wie die Möse eines Supermodels*, dachte Atticus. Aber Detective Lonnies Miene veränderte sich leicht, und da wusste Atticus, dass sie nichts als Theorien und verschleierte Drohungen zu bieten hatten.

Das war in Ordnung. Er war erst vor zwei Tagen vor einer Verrückten mit einem Besen und einem Messer geflohen, da würde er schon mit zwei Detectives klarkommen.

»Nein, Mr Hoffman«, erwiderte Cooper. »Wir möchten Ihnen nur ein paar Fragen stellen.«

»Wenn Sie mich nicht verhaften, dann können Sie mir Ihre Fragen gern stellen … aber bitte hier. Und es wäre mir lieb, wenn wir damit auf meinen Anwalt warten.«

Detective Cooper seufzte schwer.

Ganz genau, Arschloch. Atticus ist kein Weichei.

»Wie Sie möchten, Mr Hoffman«, sagte Cooper. »Wir müssen uns auch ein bisschen umsehen.«

»Wie bitte?«

Mit einer schnellen, herablassenden Bewegung ließ Cooper ein Blatt Papier auf den Tisch fallen. »Ein Durchsuchungsbeschluss.«

»Wonach suchen Sie denn?« Atticus' Herz schlug schneller.

»Nach Wegwerfhandys«, antwortete Cooper. »Haaren. Einer Perücke. All diesen Dingen.«

»Ich rufe jetzt meinen Anwalt an.« Atticus griff erbost nach dem Telefon.

»Bitte tun Sie das, Mr Hoffman. Aber während wir warten, werden unsere Männer schon mit der Durchsuchung anfangen.« Detective Lonnie ging zur Tür und öffnete sie. Zu Atticus' Entsetzen kamen vier Polizisten herein und begannen, methodisch alles in seinem Büro auf den Kopf zu stellen.

Das Leben ist doch nur ein riesiger Haufen Scheiße, dachte Atticus, während Detective Lonnie sich bereits an seinem Computer zu schaffen machte.

Wieder einmal wünschte sich Atticus, tot zu sein.

* * *

Als sie aus Hoffmans Büro zurückkamen, gingen Jacob und Mitchell direkt zu Captain Bailey. Abgesehen von der Liste der Klienten, die er vertrat, hatten sie nichts gefunden. Mitchell hatte diese Liste zusammen mit sämtlichen Daten der Klienten kopiert. Hannah und Bernard hielten sich in Atticus' Haus auf und durchsuchten dort alles, aber Mitchell vermutete, dass sie dort auch nichts finden würden. Der Mörder war äußerst vorsichtig und hinterließ keine Spuren. Falls Atticus tatsächlich der Killer war, würde er keine belastenden Beweise irgendwo herumliegen lassen.

Mitchell klopfte an Baileys Bürotür und trat ein, ohne auf ein »Herein« zu warten – was er sofort bereute. Der Bürgermeister und der Polizeichief hielten sich im Büro auf und führten ein angeregtes Gespräch mit Captain Bailey, der hinter seinem äußerst chaotischen Schreibtisch saß und erschöpft wirkte.

»Entschuldigung«, sagte Mitchell. »Wir kommen später wieder.«

»Nein, nein.« Captain Baileys Augen leuchteten auf. »Kommen Sie nur rein, Detectives. Wir können Ihren Input bei dieser Diskussion gut gebrauchen.«

Mitchell war kein erfahrener Politiker, aber er wusste, wie er den letzten Satz deuten musste. Was der Captain damit eigentlich sagen wollte, war: *Bitte unterstützen Sie mich bei allem, was ich sage, und nicken Sie, wenn ich rede.*

»Herr Bürgermeister.« Jacob nickte dem Mann zu. »Chief.« Er betrat entspannt den Raum und ließ sich auf den einzigen freien Stuhl nieder. Mitchell blieb nichts anderes übrig, als stehen zu bleiben, und er kam sich völlig deplatziert vor.

»Okay«, sagte Jacob. »Worum geht es?«

»Um eine Pressekonferenz«, erklärte Captain Bailey.

»Aha!«

»Der Chief hat mich eben darüber informiert, dass der Gouverneur von diesem Fall erfahren hat«, fuhr Fred Bailey fort. »Anscheinend hat unser geschätzter Bürgermeister den Gouverneur davon überzeugt, dass weiterhin das Glenmore Park PD die Ermittlungen leiten sollte.«

»Wirklich?« Jacob zog eine Augenbraue hoch. »Will die Bundespolizei nicht übernehmen?«

»Das könnte passieren«, erklärte der Bürgermeister mit fester Stimme. »Aber ich kann sehr überzeugend sein. Der Gouverneur hat die Bundespolizei angewiesen, mit uns zu kooperieren, und der Chief hat mir versichert, dass das Glenmore Park PD zweifellos dazu in der Lage ist, diesen Fall zu bearbeiten.«

»Davon gehe ich aus«, meinte Jacob.

Der Chief würde alles daransetzen, dass dieser Fall bei ihrer Abteilung blieb, wie Mitchell ganz genau wusste. Vorausgesetzt, sie konnten den Mörder auch fassen.

»Jedenfalls sprachen wir gerade …«

Abermals ging die Tür auf, und eine junge Frau in einem grauen Hosenanzug kam herein. Sie sah sich um und sagte zu Jacob: »Sie sitzen auf meinem Stuhl.«

»Das tut mir sehr leid, Miss«, erwiderte Jacob, blieb jedoch sitzen. »Und Sie sind?«

»Zoe Bentley«, stellte sie sich vor. »Ich bin die forensische Psychologin.«

»Zoe wird uns bei diesem Fall unterstützen«, fügte Captain Bailey hinzu. »Sie wurde uns vom FBI geschickt. Mitchell, würden Sie bitte noch zwei Stühle holen?«

Mitchell ging nach nebenan, rollte zwei Stühle ins Büro des Captains und ließ sich auf einem nieder. Zoe nahm auf dem anderen Platz. Mitchell merkte, dass er sie anstarrte. Die Frau konnte nicht älter als dreißig sein. Sie hatte eine leicht schiefe Nase, die an einen Adlerschnabel erinnerte, ihr Gesicht jedoch irgendwie attraktiver erscheinen ließ. Ihr Haar war schulterlang und sah fast so aus, als hätte sie es selbst vor dem Spiegel geschnitten.

Auch ihr Gesichtsausdruck erinnerte ihn irgendwie an einen Adler, da sie ihre Umgebung wachsam betrachtete, als würde sie nach Beute Ausschau halten. Als sie den Blick auf ihn richtete, wäre er beinahe zusammengezuckt. Ihm war, als könnte sie bis in sein Innerstes sehen und seine Gedanken, seine Gefühle, ja, sogar seine Marotten erkennen.

»Zoe, würden Sie den Detectives Cooper und Lonnie bitte mitteilen, was Sie bisher über den Mörder herausgefunden haben?«, bat Captain Bailey.

Sie nickte knapp. »Ja. Ich habe mir die Fallakten gestern angesehen. Es sind einige offensichtliche Charakterzüge zu erkennen, die Ihnen wahrscheinlich auch aufgefallen sind. Die nicht vorhandenen Spuren an den Tatorten, die Planung, das Ritual, eine Nachricht mit der Mordwaffe zu verschicken – all das deutet auf eine starke Besessenheit hin.«

»Ist das bei Serienmördern nicht typisch?«, fragte Jacob.

»Nicht unbedingt«, erwiderte sie. »Sämtliche Mordopfer sind schöne junge Frauen, und ich vermute, dass er es genießt, Kontrolle über sie auszuüben.«

»In welcher Weise?«, hakte Jacob nach.

»Wahrscheinlich ergötzt er sich daran, dass er seine Opfer töten kann, obwohl sie vermeintlich eine halbe Stunde vor der eigentlichen Tat erfahren, dass sie sterben müssen. Darum geht es ihm bei diesen Nachrichten.«

»Aber sie wissen es doch gar nicht«, widersprach Mitchell. »Er kaschiert die Nachrichten, sodass sie eher wirken, als hätte jemand versehentlich etwas an die falsche Nummer geschickt.«

»Ja«, bestätigte sie nickend. »Allerdings sind die Opfer nun im Besitz der Information. Er genießt es, in dieser Situation die Oberhand zu haben. In seinen Augen kennen die Opfer alle relevanten Informationen und gehen trotzdem direkt in den Tod.« Sie räusperte sich und schien kurz zu überlegen. »Die zunehmend geringen Zeitabstände zwischen den Morden bereiten mir Sorgen. Er scheint zu eskalieren. Seine Sorglosigkeit ist ein eindeutiger Hinweis darauf. Er hat sich nicht die Mühe gemacht, den Wagen zu verstecken, mit dem er Tamay Moseley getötet hat. Serienmörder neigen bei einer Eskalation häufig zu Sorglosigkeit. Das ist eine Manifestation ihres überhöhten Selbstbewusstseins. Nach und nach hält sie die Angst davor, erwischt zu werden, nicht länger zurück.«

Sie sagte das in einem Tonfall, als würde sie die Funktionsweise eines Toasters erklären. Dabei wirkte sie unglaublich selbstsicher, und Mitchell stellte fest, dass er sich ein wenig darüber ärgerte. Verbrecher waren nicht berechenbar, und Serienmörder noch viel weniger. Aus diesem Grund war es ja auch so schwer, sie zu erwischen.

»Wir müssen herausfinden, ob wir es tatsächlich mit einem Psychopathen zu tun haben«, sagte sie.

»Ich würde davon ausgehen«, erwiderte Mitchell.

»Es ist sehr wahrscheinlich. Stalking, das Verlangen nach Kontrolle, der Mangel an Empathie, ein Problem mit Frauen. All das sind Anzeichen für eine Psychopathie. In diesem Fall müsste er schon früher Gewalt ausgeübt haben. Wir würden nach jemandem suchen, der im Alltag antisoziale Tendenzen aufweist. Allerdings ist er zu präziser Planung fähig, was auf eine hohe Intelligenz hindeutet. Es ist denkbar, dass er innerhalb der Gesellschaft recht erfolgreich funktionieren kann, indem er einfach das Verhalten anderer nachahmt.«

Der Bürgermeister räusperte sich. »Wir möchten eine Pressekonferenz abhalten und haben eben darüber gesprochen, wann und wie das passieren soll.«

Mitchell warf Captain Bailey einen Blick zu, der den Bürgermeister und den Chief voller Widerwillen musterte. Ganz offensichtlich gehörte der Captain nicht zu denjenigen, die sich für diese Pressekonferenz aussprachen.

»Warum eine Pressekonferenz?«, wollte Jacob wissen. »Der Mörder weiß noch nicht, dass wir eine Verbindung zwischen den Fällen hergestellt haben. Wir sollten lieber noch einige Tage warten und versuchen, so viele Informationen wie möglich zusammenzutragen.«

»Die Menschen müssen alarmiert werden«, gab der Chief zu bedenken. »Und wenn der Mörder den Frauen eine Nachricht schickt, müssen sie wissen, dass sie sich an die Polizei wenden sollten.«

Das war ein gutes Argument. Wenn man durch das Informieren der Öffentlichkeit Leben retten konnte, dann sollte man das so schnell wie möglich tun.

»Er wird nicht schon morgen wieder zuschlagen«, warf Captain Bailey ein. »Wir haben noch ein paar Tage Zeit. Eine Pressekonferenz würde nur bewirken, dass er größere Vorsicht walten lässt und seine Spuren noch besser verwischt.«

»Soweit ich es erkennen kann, hat er keine Spuren hinterlassen«, stellte der Bürgermeister fest. »Ich möchte nicht, dass noch ein weiterer Bürger zu Schaden kommt.«

»Eine Pressekonferenz könnte ihn dazu bewegen, schneller wieder zuzuschlagen«, meinte Zoe. »Wir reden hier von einem Mann, der gern die Kontrolle hat. Er will allen zeigen, dass er das Sagen hat und nicht die Polizei.«

»Das könnte ihn sorglos machen«, überlegte Mitchell laut. »Vielleicht begeht er dann einen Fehler.«

Er konnte spüren, wie die Temperatur im Raum schlagartig fiel. Der Captain und Jacob starrten ihn beide zornig an. Er war aus der Reihe getanzt und hatte seine Verbündeten verraten.

»Das ist ein hervorragendes Argument«, erklärte der Bürgermeister begeistert. »Wir werden die Öffentlichkeit heute Nachmittag informieren.«

»In Ordnung.« Captain Bailey wandte sich an den Chief. »Sie sollten der Zentrale Bescheid geben. Die Bevölkerung wird in Panik geraten, und wir werden uns vor Anrufen nicht mehr retten können.«

»Ich werde sie informieren«, erwiderte Chief Dougherty. »Und ich möchte in zwei Stunden eine Zusammenfassung unserer bisherigen Erkenntnisse auf meinem Schreibtisch liegen haben.«

»Das übernimmt Detective Lonnie«, bestimmte Bailey. »Das ist seine Paradedisziplin.«

Kapitel 13

Tanessa war überrascht gewesen, wie schnell sie sich an die Nachtschicht gewöhnt hatte. Sie hatte geglaubt, es würde furchtbar werden, morgens schlafen zu gehen, nachmittags aufzuwachen und die ganze Nacht auf den Beinen zu sein. Wie das Leben als Teenager in den Frühlingsferien, nur dass sie weniger tanzte und keinen Alkohol trank, sondern Prostituierte verhaftete und Beschwerden über laute Nachbarn nachging.

Dennoch fühlte es sich falsch an, am Nachmittag aufzustehen. Sie kam sich vor, als würde sie den Kopf aus dem Sand ziehen, und ihre Augenlider waren schwer und verklebt. Sie wusste aus Erfahrung, dass eine Tasse heißer Kaffee vor dem Fernseher, gefolgt von einer warmen Dusche, ihr dabei half, sich von einer verschrumpelten Mumie in ein menschliches Wesen zurückzuverwandeln.

So setzte sie sich mit dem belebenden Getränk aufs Sofa und schaltete den Fernseher ein. Der Chief erschien auf dem Bildschirm und sprach von der Treppe vor dem Polizeirevier zu den Reportern. Das reichte bereits aus, dass sich Tanessa die Augen rieb, sich aufrechter hinsetzte und den Fernseher lauter stellte.

»... zwei Frauen in Boston und zwei weitere in Glenmore Park«, sagte der Chief gerade. »Wir haben herausgefunden, dass diese schrecklichen Verbrechen von ein- und demselben Individuum verübt wurden.«

Tanessa hörte erstaunt zu, wie der Chief erklärte, dass in Glenmore Park ein Serienmörder sein Unwesen trieb. Anscheinend tat die Polizei alles in ihrer Macht Stehende, um den Täter zu fangen. Das schien Tanessa jedoch nicht einzuschließen, die bis zu diesem Augenblick nichts von der Existenz eines Serienmörders gewusst hatte.

Sie rief Mitchell an.

»Hey«, meldete er sich. »Du bist wach.«

»In Glenmore Park gibt es einen Serienmörder?«, fragte sie.

»Oh, du hast dir die Pressekonferenz angesehen.« Sie konnte ihn kaum verstehen, weil der Chief gerade die Namen der Opfer aufzählte. Der Name Tamay Moseley dröhnte in ihren Ohren, und schon hatte sie das Bild der schwer verletzten jungen Frau auf der Straße wieder vor Augen. Sie erinnerte sich noch genau daran, wie sie Tamays Wange gestreichelt und ihr versichert hatte, dass alles wieder gut werden würde.

»Bearbeitest du den Fall?«, fragte sie angespannt.

»Ja. Jacob hat die Leitung inne. Alle Detectives sind damit befasst.«

»Ich möchte helfen.«

»Klar. Äh … Halt die Augen nach jedem offen, der sich verdächtig verhält, wenn du auf Streife bist, und …«

»Lass den Scheiß, Mitchell! Ich möchte euch wirklich helfen.«

»Was soll ich tun, Tanessa? Den Chief bitten, dich zum Detective zu befördern?«

Der Chief erklärte gerade, dass es der Mörder auf junge Frauen abgesehen hatte und dass jeder, der ein Foto von einer unbekannten Nummer zugeschickt bekam, sofort den Notruf wählen und die Polizei informieren sollte.

»Was hat das zu bedeuten?«, hakte Tanessa nach. »Was sind das für Nachrichten?«

»Ich kann wirklich nicht über einen offenen Fall sprechen, Tanessa, nicht mal mit …«

»Hör auf damit, Mitchell.«

Er seufzte. »Er schickt seinen Opfern ein Foto des Gegenstands, mit dem er die Tat begehen wird.«

»Großer Gott.«

»Du sagst es.«

»Dann hat Tamay … Tamay Mosely …« Tanessa schluckte schwer. Sie hatte auf einmal einen Kloß im Hals und musste an die vielen Zöpfe der jungen Frau denken. »Hat sie …«

»Sie hatte eine Nachricht mit dem Foto eines Toyota Camry auf dem Handy.«

Der Chief beendete soeben die Pressekonferenz und weigerte sich, noch mehr Fragen zu beantworten. Tanessa starrte noch immer den Fernseher an und dachte an die junge Frau, die sie hatte sterben sehen.

Erst zehn Minuten später wurde ihr bewusst, dass sie nicht aufgelegt hatte. Das Telefon lag auf ihrem Schoß.

Dieses Mal fühlte sie sich nach dem Duschen nicht besser.

* * *

Er sah sich die Pressekonferenz an. Zuerst war er kurz davor, in Panik auszubrechen. *Sie wissen Bescheid.*

Dann wurde ihm allerdings bewusst, dass er vielmehr wütend statt besorgt war. Hier ging es um ihn. Sie bezeichneten seine Taten als »schrecklich« und »brutal«. Niemand erwähnte, mit welcher Sorgfalt er vorging, oder dass er darauf achtete, keine Spuren zu hinterlassen. Sie sagten, alle Opfer seien junge Frauen gewesen, ließen ihre Schönheit jedoch unerwähnt. Auch die Nachrichten wurden erwähnt, und man sollte sich melden, falls jemand etwas erhielt. Aber auf die Eleganz der Texte wurde kein Bezug genommen. Auf die *Vor...*

...freude.

Sie erzählten nicht seine Geschichte, dabei war das die Geschichte, die erzählt werden sollte. Er hatte immer gewusst, dass irgendjemand den Zusammenhang erkennen würde. Er hatte damit gerechnet. Darauf gewartet.

Sich *darauf gefreut.*

Nun war die Zeit gekommen. Aber die Öffentlichkeit sollte die ganze Geschichte erfahren. Nicht nur die einseitige, vage Version der Polizei. Nein. Sie sollten auch seine hören.

Er öffnete den Browser und rief die Website der *Glenmore Park Gazette* auf. Es dauerte nicht lange, bis er die E-Mail-Adressen der beiden Reporter gefunden hatte. Der eine hieß Steve Pollard, der andere Ricky Nate.

Er warf eine Münze. Kopf für Ricky, Zahl für Steve.

Doch er sah die Münze nicht an, sondern legte einen kleinen gelben Haftnotizzettel darauf.

Vor...

Seinen Artikeln zufolge war Steve Pollard ein ernster Mann, der alle Fakten überaus gründlich prüfte, stets objektiv berichtete und nichts vor der Öffentlichkeit verheimlichte. Bei Ricky Nate schien es sich um eine Frau zu handeln, die gern Sensationsberichte schrieb, immer auf pikante Details aus war und alles und jeden nur zu gern durch den Dreck zog.

Wer würde seine Geschichte erzählen?

Er ließ die Münze fünfzig Minuten auf dem Tisch liegen.

...freude.

Schließlich konnte er es nicht länger ertragen und nahm den Haftnotizzettel weg.

Ah.

* * *

Mitchell saß Pauline gegenüber in der Küche und trank seinen Morgenkaffee. Letzte Nacht war er erst um zwei Uhr nach Hause gekommen, nachdem er sich viele Stunden durch die Liste der Models und Möchtegernmodels auf Atticus Hoffmans Computer gearbeitet und alle Frauen überprüft hatte, um Verbindungen zwischen ihnen und den Mordopfern zu finden und möglicherweise vorauszusagen, wer das nächste Opfer werden könnte.

Es war unmöglich. Glenmore Park war schlichtweg nicht sehr groß. Viele der Models waren mit einem der Opfer bekannt oder hatten dieselben Freunde wie eine der Frauen. Selbstverständlich kannten sie alle Atticus. Mitchell wusste, dass er den ganzen Tag telefonieren und mit den Models sprechen musste, freute sich jedoch nicht im Geringsten auf diese Aufgabe.

»Hier ist ein Artikel über deinen Serienmörder«, sagte Pauline und wischte mit dem Finger über ihr Tablet. Sie aß ein Müsli und hatte den ganzen Morgen nicht mit ihm gesprochen; anscheinend war sie sauer, auch wenn er den Grund dafür nicht einmal erahnen konnte.

»Davon gibt es heute vermutlich eine ganze Menge«, erwiderte er müde.

»Das scheint ja ein richtiger Psycho zu sein«, murmelte Pauline. »Er schickt den Opfern Nachrichten, in denen er ihnen verrät, wie er sie umbringen wird? Das ist ja krank.«

Mitchell starrte sie schockiert an und riss ihr das Tablet aus der Hand.

»Hey!«, protestierte sie, aber er ignorierte sie.

Die Öffentlichkeit durfte eigentlich nichts vom Inhalt der Nachrichten wissen; diese Information hatte die Polizei absichtlich zurückgehalten. Er überflog schnell den Artikel, und sein Magen zog sich zusammen. Es stand alles darin. Der Artikel enthielt die Textnachrichten sowie eine genaue Beschreibung der Fotos. Außerdem wurde die »ungewöhnliche Schönheit« aller Frauen erwähnt. In dem Artikel bekam der Mörder sogar einen Namen: »Der Todesbote«. Was zum Teufel hatte das zu bedeuten?

Er sah sich an, wer den Artikel geschrieben hatte: Ricky Nate.

»Hier.« Er drückte Pauline das Tablet wieder in die Hand. Das war allein seine Schuld. Er hätte sich nie für diese Pressekonferenz aussprechen dürfen. Jacob und Captain Bailey hatten offensichtlich gewusst, dass so etwas passieren würde. Er stand auf und lief in ihrem winzigen Wohnzimmer hin und her, um dann das Handy aus der Tasche zu ziehen. Rasch rief er die Website der *Glenmore Park Gazette* auf, suchte die Telefonnummer heraus und rief dort an.

»Glenmore Park Gazette«, meldete sich eine Frauenstimme, die recht jung klang. »Hier spricht Neomi, wie kann ich Ihnen helfen?«

»Ich möchte mit Ricky Nate reden.«

»Tut mir sehr leid, Ricky ist noch nicht da. Soll ich etwas ausrichten?«

»Ich bin Detective Mitchell Lonnie vom Glenmore Park PD und muss sie dringend sprechen. Könnten Sie mir ihre Nummer geben?«

»Die Privatnummern unserer Reporter sind vertraulich«, erwiderte sie. »Wenn Sie eine Nachricht hinterlassen, wird sie Sie so schnell wie …«

»Es geht um den Serienmörder. Ich muss sofort mit ihr reden.«

»Wie ich bereits sagte, sind die Privatnummern unserer Reporter …«

»Okay, passen Sie mal auf.« Mitchell hatte das letzte bisschen Geduld verloren. »Schreiben Sie sich die Nummer meiner Dienstmarke auf. Rufen Sie auf dem Revier an. Lassen Sie sich verdammt noch mal bestätigen, dass ich Detective bin, und dann richten Sie Ricky Nate aus, dass sie mich schnellstmöglich auf dieser Nummer anrufen soll.«

Nach kurzem Schweigen ließ sich die Frau die Nummer seiner Dienstmarke durchgeben und legte auf. Einige Minuten später klingelte sein Telefon, und er ging sofort ran.

»Hallo?«

»Detective Lonnie?«

»Ricky Nate?« Mitchell marschierte um den Kaffeetisch herum.

»Das ist korrekt.« Die Stimme klang feminin, aber auch tief und kehlig. Mitchell wusste, dass viele Männer das sexy fanden. Er hätte sie hingegen am liebsten dazu gebracht, das herauszuhusten, was in ihrer Luftröhre steckte.

»Ich bin Detective Mitchell Lonnie vom Glenmore Park PD und möchte mit Ihnen über den Artikel reden, den Sie geschrieben haben.«

»Ich wollte Sie sowieso anrufen«, sagte sie.

»Mich?« Er war verwirrt. »Wer hat Ihnen denn von mir erzählt?«

»Nein! Ich meinte, ich wollte die Polizei anrufen und sie darüber informieren, dass sich der Mörder an mich gewandt hat.«

Mitchell hatte das Gefühl, dass ihm sämtliche Haare zu Berge standen. »Was?«, zischte er. »Wann ist das passiert? Und wie hat er Kontakt aufgenommen?«

»Er hat mir gestern Abend eine E-Mail geschickt«, berichtete Ricky seelenruhig. »Darin beschrieb er mir die Nachrichten, die er den Opfern geschickt hat. Er erwähnte auch, er habe besonders darauf geachtet, dass es sich bei all seinen Opfern um unglaublich schöne Frauen handelte.«

»Warum haben Sie uns das nicht gleich mitgeteilt?«

»Ach, es war schon sehr spät, und ich dachte, das hat Zeit bis heute Morgen«, antwortete sie.

Er hätte am liebsten ins Telefon gegriffen und sie gewürgt. Natürlich wusste er ganz genau, warum sie die Polizei nicht angerufen hatte. Sie hatte nicht Gefahr laufen wollen, dass man sie zwang, den Artikel zurückzuhalten.

»Ich brauche eine Kopie dieser E-Mail«, verlangte er. »Und ich möchte mich mit Ihnen treffen.«

»So ein Zufall.« Er hatte den Eindruck, dass sie lächelte. »Ich würde Sie gern interviewen.«

»Das werden wir ja noch sehen«, fauchte er wütend. »Wie schnell können Sie auf dem Revier sein?«

»Ich bin in einer Stunde da.«

»Gut. Dann bis gleich.« Innerlich kochend, legte er auf, schnappte sich seinen kleinen Aktenkoffer und verließ die Wohnung, während er bereits überlegte, wie er bei Ricky Nate vorgehen sollte.

Erst, als er auf dem Revier ankam, fiel ihm auf, dass er sich gar nicht von Pauline verabschiedet hatte.

* * *

Ricky Nate war jung; Mitchell schätzte sie auf höchstens dreißig. Ihre braune Haut hatte einen warmen, bronzefarbenen Unterton, der ihre dunklen Augen noch besser zur Geltung brachte. Das lockige Haar hatte sie zu einem sehr hohen Pferdeschwanz gebunden. Sie saß den Detectives gegenüber im Verhörraum und betrachtete Mitchell und Jacob mit einem leisen Lächeln. Mitchell konnte sie auf Anhieb nicht leiden. Ihr ganzes Verhalten wirkte irgendwie herablassend und spöttisch, und er verabscheute es, wenn jemand auf ihn herabblickte.

»So, Miss Nate …«, begann Jacob.

»Ricky«, fiel sie ihm schneidend ins Wort.

»Ricky«, fuhr er unbeeindruckt fort. »Wann haben Sie die E-Mail des angeblichen Mörders erhalten?«

»Gestern Abend um elf«, antwortete sie.

»Und warum haben Sie uns nicht sofort informiert?«

»Wie ich Ihrem Freund bereits sagte, war es schon sehr spät. Die Sache schien mir nicht dringend zu sein und bis heute Morgen warten zu können.«

»Sie bekommen eine E-Mail von einem Serienmörder und halten es nicht für nötig, sofort die Polizei zu benachrichtigen?« Jacob zog die Augenbrauen hoch. »Wir scheinen sehr unterschiedliche Auffassungen davon zu haben, was dringend ist und was nicht.«

Sie zuckte mit den Achseln. »Es ist ja nicht so, als würden Ihnen diese Informationen nicht längst vorliegen.«

»Das lassen Sie mal unsere Sorge sein«, fauchte Mitchell. »Sie wollten nur nicht, dass wir Sie davon abhalten, diesen Artikel zu veröffentlichen.«

»Mich davon abhalten?« Sie sah ihn offensichtlich amüsiert an. »Wie hätten Sie das denn anstellen sollen, Detective? Gibt es in diesem Land etwa keine Meinungsfreiheit mehr?«

»Das ist doch Blödsinn, wie Sie ganz genau wissen. Wir hätten …«

»Ricky«, unterbrach Jacob Mitchell laut, »hatten Sie noch auf andere Weise Kontakt zum Mörder?«

»Ich habe auf seine Mail geantwortet und ihm einige Fragen geschickt«, erwiderte sie. »Aber ich habe nichts mehr von ihm gehört.«

»Hat er sich zuvor schon einmal an Sie gewandt?«

»Nein.«

»Sind Sie sicher? Es hätte sich dabei um eine zufällige Handynachricht oder eine E-Mail von einer anderen Adresse …«

»Ich bekomme jeden Tag sehr viele Nachrichten, E-Mails und Tweets, Detective«, erklärte Ricky. »Natürlich ist es möglich, dass der Mörder auf diese Weise Kontakt aufgenommen hat. Falls dem so war, hat er sich jedoch nicht zu erkennen gegeben und die Serienmorde auch nie erwähnt.«

»Wissen Sie, wie er an Ihre E-Mail-Adresse gelangt ist?«

»Sie steht auf der Website der *Gazette*«, antwortete sie. »Da hat er sie wahrscheinlich her. Oder er ist irgendwie an eine meiner Visitenkarten gelangt. Auf denen steht auch meine E-Mail-Adresse. Die ist kein großes Geheimnis. Ich wäre eine miserable Reporterin, wenn die Leute nicht wüssten, wie sie mich erreichen können.«

»Ist das die komplette E-Mail, die er Ihnen geschickt hat?« Jacob zeigte ihr einen Ausdruck der E-Mail, die sie ihnen weitergeleitet hatte.

Sie warf einen kurzen Blick darauf. »Ja.«

»Er gibt sich darin auch nicht als der Mörder zu erkennen«, stellte Jacob fest.

Mitchell schaute auf seinen Ausdruck. Die Mail war nicht unterschrieben und relativ kurz. Darin war aufgeführt, was in den Nachrichten an die Opfer gestanden hatte, die Fotos wurden beschrieben und der Text zitiert, und es folgte dieser unheimliche Satz über die schönen Frauen. Die E-Mail war von einer temporären E-Mail-Adresse abgeschickt worden.

»Nein«, stimmte sie ihm zu, »aber er beschreibt die Nachrichten und erklärt, dass er nur schöne, junge Frauen ins Visier genommen hat. Die Tatsache, dass es sich bei ihm um den Mörder handelt, schwingt da schon mit.«

»Woher wissen Sie, dass es sich nicht nur um einen Streich handelt?«

»Ich habe meine Quellen«, erwiderte sie. »Und ich werde sie nicht verraten. Sobald ich die Nachricht erhalten hatte, konnte ich sehr leicht verifizieren, dass es kein Streich war.«

Mitchell hätte zu gern gewusst, ob sich ihre Quellen innerhalb der Polizei von Glenmore Park oder der von Boston befanden. *Wahrscheinlich hatte sie auf beiden Revieren Leute, die sie mit Informationen versorgten*, dachte er grimmig.

»Wenn sich der Mörder erneut an Sie wendet, lassen Sie uns das sofort wissen«, verlangte Jacob.

»Tja …« Sie grinste ihn breit an. »Wir können uns gegenseitig helfen, wissen Sie. Ich kann Ihnen versprechen, Sie zu informieren, sobald er Kontakt aufnimmt, wenn Sie mir ein Interview geben.«

»Scheren Sie sich zum Teufel.« Mitchell spürte, wie die Ader an seiner Stirn zu pochen begann. »Sie sagen uns Bescheid, oder wir belangen Sie wegen Beihilfe zum Mord.«

»Wie Sie wollen«, konterte sie spitz. Ihr herablassender Blick wich einer zornigen Miene.

»Danke, Miss Nate«, sagte Jacob.

Sie stolzierte beleidigt hinaus. Jacob warf Mitchell einen Blick zu, und in seinen blauen Augen spiegelte sich Enttäuschung wider. »Was ist denn nur los mit dir?«

»Ich weiß es auch nicht«, murmelte Mitchell, obwohl er ganz genau wusste, was ihm auf der Seele lag. Er hatte große Schuldgefühle, weil er glaubte, für all das verantwortlich zu sein. »Sie geht mir einfach auf die Nerven.«

»Du solltest die Presse nicht gegen dich aufbringen«, ermahnte Jacob ihn. »Sie mag vielleicht den Eindruck erwecken, sie wäre eine rotzfreche Frau, die dich nur auf die Palme bringen will, aber du darfst nicht vergessen, dass sie Reporterin ist. Und mit so einer legt man sich besser nicht an.«

Kapitel 14

Detective Hannah Shor folgte der Spur der Haare, die in dem Toyota Camry gefunden worden waren, mit dem man Tamay Moseley überfahren hatte.

Matt hatte die Haare zur Diagnose ins Labor geschickt, weil die geringe Hoffnung bestand, noch einen Überrest nuklearer DNA darin zu finden, zu dem es in CODIS einen Treffer geben konnte. Der Bürgermeister, möglicherweise auch der Gouverneur, hatte ein paar Strippen gezogen, sodass das Labor ihrer Probe nun die höchste Priorität einräumte. Und, o Wunder, eines der Haare enthielt tatsächlich etwas nukleare DNA.

Diese stammte von einer Frau namens Beatrice Smith. Sie war zweimal wegen Diebstahls, dreimal wegen Prostitution und einmal wegen Drogenbesitz verhaftet worden. Niemand konnte sich erklären, wie Haare von ihr in den Wagen gekommen waren. Es schien sehr unwahrscheinlich zu sein, dass sie der Serienmörder war, insbesondere in Anbetracht der Tatsache, dass sie zu der Zeit, als Aliza Kennedy ermordet worden war, im Gefängnis gesessen hatte. Jacob stellte die Theorie auf, dass der Toyota Camry ihr gehört hatte, bevor er an Rabbi Friedman verkauft worden war. Bei ihren Ermittlungen fanden sie jedoch heraus, dass es nur einen früheren Besitzer gegeben hatte, der ebenfalls in Glenmore Park lebte.

Das ließ nur eine Schlussfolgerung zu: Beatrice musste irgendwann einmal auf dem Beifahrersitz gesessen haben. Rabbi Friedman leugnete vehement, je mit einer Prostituierten aus Idaho im Auto herumgefahren zu sein. Er formulierte seinen Protest dabei sehr eindeutig, was den Schluss zuließ, dass die Sache bei einer Prostituierten, die nicht aus Idaho stammte, schon ganz anders aussehen konnte. Als man ihm ihr Polizeifoto zeigte, behauptete er zudem, die Frau nie gesehen zu haben.

Hannah hatte beschlossen, persönlich mit Beatrice zu sprechen.

Bei jedem anderen Fall hätte sie einfach angerufen, schliesslich lag Idaho nicht gerade um die Ecke. Aber, hey – unbegrenzte Ressourcen, richtig? So buchte sie einen Flug.

Sie wurde von der örtlichen Polizei in Nampa, Idaho, unterstützt, die sie zu einem heruntergekommenen Wohnwagen fuhr, in dem Beatrice bekannterweise ihre Kunden empfing. Beatrice – oder Clover, wie sie hier in der Gegend genannt wurde – hatte sich geweigert, aufs Revier zu kommen, und nur widerstrebend zugestimmt, Hannah in ihrem Wohnwagen zu empfangen.

Jetzt saß Hannah in dem beengten Gefährt, in dem es durchdringend nach Sex und Schweiß stank. Vor allen Fenstern hingen pinkfarbene Stofffetzen, und das bläuliche Licht war gedimmt. Ein Minikühlschrank stand in einer Ecke, an dem mit Magneten zahlreiche Rechnungen und ein kleines Familienfoto befestigt waren. Hannah hatte sich höflich geweigert, auf dem Bett Platz zu nehmen, da sie befürchtete, ihre Hose wegwerfen zu müssen, sobald diese mit dem Bettlaken in Berührung gekommen war. Stattdessen nahm sie den Stuhl, während sich Beatrice aufs Bett setzte.

Clover war ausgesprochen blass und dünn. Abgesehen von ein wenig Mascara, war sie ungeschminkt. Sie trug ein locker sitzendes, ausgeblichenes blaues T-Shirt und eine schwarze Yogahose. Ihr schwarzes Haar war kurz geschnitten.

»Ich war noch nie in Massachusetts«, sagte sie. »Daher weiß ich gar nicht, wo Glimmer Park ist.«

»Glenmore Park«, korrigierte Hannah sie. »Haben Sie diesen Mann schon mal gesehen?« Sie zeigte Clover das Phantombild.

»Nee.«

»Was ist mit diesem Mann hier?« Sie hielt ein Foto von Rabbi Friedman hoch.

»Ein religiöser Jude? Ich kenne da eine, die ist auf so was spezialisiert. Vielleicht sollten Sie sie fragen. Ich hab ihn noch nie gesehen.«

»Sind Sie jemals in diesem Wagen mitgefahren?« Hannah zeigte ihr ein Bild des Toyota.

»Ich bin in viele Hundert Autos eingestiegen. Ich hatte in Hunderten von Autos Sex oder habe Typen einen Blowjob verpasst. Klar könnte die Karre darunter gewesen sein, wer weiß das schon?«

»Wir haben Haare von Ihnen auf dem Vordersitz gefunden.«

»Wenn Sie meinen.«

»Mit diesem Wagen wurde eine junge Frau überfahren und getötet.«

Clover war nicht aus der Ruhe zu bringen. »Übel«, meinte sie. »Ich hab nie jemanden überfahren.«

Hannah seufzte. Sie hatte einen langen Weg auf sich genommen, nur um in einer Sackgasse zu landen, aber so lief die Arbeit als Detective nun mal. Schon jetzt kamen Gedanken an den Rückflug auf. Sie war hundemüde und hoffte, ein bisschen schlafen zu können. Nachdem sie tagelang fast rund um die Uhr gearbeitet hatte, machte sich ihre Erschöpfung immer deutlicher bemerkbar. Sie sah sich noch einmal im Wohnwagen um, stand auf und betrachtete das Familienfoto am Kühlschrank.

»Ist das Ihre Familie?«, erkundigte sie sich.

»Ja.«

»Am Mount Rushmore?«

»Ja.« Clover zuckte mit den Achseln. »Da fährt doch jeder irgendwann mal hin.«

»Ich war noch nie da«, erwiderte Hannah.

»Ihre Zeit kommt schon noch.«

»Sie hatten sehr langes Haar«, stellte Hannah fest. »Auf dem Foto sieht es aus, als hätte es Ihnen bis zur Taille gereicht.«

»Nach dem Duschen war es sogar noch länger«, sagte Clover. »Das Bürsten hat Stunden gedauert.«

»Und jetzt tragen Sie eine Kurzhaarfrisur.«

»Ja. Ich kann es nicht leiden, wenn mir ein Freier an den Haaren zieht, während er mich von hinten fickt. Ich bin doch kein Pferd.«

Die kleinen Details machten oftmals den Unterschied. Hannah kaute auf der Unterlippe herum und versuchte, dieses Bild aus ihrem Kopf zu verbannen. »Darum haben Sie es abgeschnitten.«

»Genau.«

»Haben Sie es zufälligerweise verkauft?«

»Ja. Woher wissen Sie das?«

Bingo! »Können Sie mir den Namen des Geschäfts nennen, dem Sie Ihre Haare verkauft haben?«, fragte Hannah.

»Ich kann Ihnen die Telefonnummer geben.« Clover zückte ihr Handy und suchte die Nummer heraus. Sie hielt Hannah das Gerät hin, die die Nummer in ihr Handy übernahm.

»Danke«, sagte Hannah. »Ich denke, ich habe dann alles, was ich brauche.«

»Cool. Schön, dass ich helfen konnte.« Clover öffnete die Tür des Wohnwagens.

»Äh … Hören Sie, Clover …«

»Ja?«

»Ich vermute, dass Sie dieses Foto aus einem guten Grund behalten haben. Vielleicht erinnert es Sie an bessere Zeiten? Sie wissen, dass es Menschen gibt, die Ihnen helfen können, nicht wahr?«

Clover nickte nachdenklich. »Ja. Mein Dad hat das Foto bei einem Familienurlaub aufgenommen, als ich siebzehn war. Ich war cracksüchtig und hatte zwei Wochen vor dem Urlaub jemandem für zwanzig Dollar meinen ersten Blowjob gegeben. Ein paar Tage später wurde ich vergewaltigt. Bei einer Party, bei der ich ausgeknockt war, und als ich aufwachte, hab ich geblutet. Ich hab's meiner Mom erzählt, und sie bat mich, meinem Dad vor dem Urlaub nichts davon zu sagen, weil er schon genug Stress hatte. Wissen Sie, warum ich das Foto aufgehoben habe?«

»Nein, warum?« Hannahs Stimme war kaum lauter als ein Flüstern.

»Weil ich Mount Rushmore mag. Leben Sie wohl, Detective.«

Die Tür fiel hinter Hannah zu. Sie hätte sich eigentlich siegreich fühlen müssen, immerhin hatte sie eine neue Spur aufgetan. Aber in diesem Augenblick fühlte sie sich nur traurig und nutzlos.

* * *

Er beschloss, einkaufen zu gehen.

Sein nächstes Ziel stand längst fest. So ein wunderschönes junges Mädchen. Er hatte sie am Vortag beobachtet, wie sie von der Arbeit nach Hause gegangen war. Ein armseliger Job für so ein besonderes Mädchen. Das war unbegreiflich. Hatte er denn als Einziger erkannt, wie besonders sie war? Wie viel Vorfreude sie hervorrufen konnte?

Es wurde Zeit, sich für eine Mordwaffe zu entscheiden. Er wusste, was er wollte; seine Entscheidung war schon kurz nach dem Mord an Tamay gefallen. Was für ein lauter Tod. Und dann hatte er auch noch die Kontrolle verloren und war gegen einen Laternenpfahl geprallt. So kurz hatte er noch nie davorgestanden, eine Sache zu vermasseln.

Nein. Diesmal würde es leise ablaufen.

Obwohl er wusste, wonach er suchte, standen ihm so viele Optionen zur Auswahl. Er verharrte vor den zahllosen Exemplaren, berührte eines nach dem anderen und versuchte, sich ein Bild davon zu machen, welches für sein nächstes Unterfangen am besten geeignet war.

Er ging gern einkaufen.

»Kann ich Ihnen helfen?«, erkundigte sich eine Frauenstimme. Er drehte sich um. Igitt! Die hier würde er nie anrühren. Diese Pickel! Die Brille! Furchtbar.

»Ja«, antwortete er, »ich hätte gern etwas Hilfe.«

Können Sie mir bitte dabei helfen, eine Mordwaffe auszuwählen?, hätte er sie am liebsten gebeten. *Ich brauche etwas, das gut zum Töten ist.* Fast hätte er bei dem Gedanken laut losgelacht.

»Ich weiß wirklich nicht, wie ich mich entscheiden soll.« Er lächelte die reizlose Frau an und dachte voller Vorfreude an sein nächstes Opfer.

* * *

Die Spur der Haare ließ sich nun relativ leicht verfolgen. Sie war praktisch zu einem Highway geworden.

Hannah hatte die Telefonnummer der Frau angerufen, der Clover die Haare verkauft hatte, von ihr den Namen des Perückenherstellers erhalten und es geschafft, die Quittung der Lieferung zu bekommen, zu der auch Clovers Haare gehörten.

Da der Perückenhersteller in Nebraska beheimatet war, beschloss Hannah, zuerst sicherzustellen, dass die Haare nicht von einer Perücke stammten, die der Frau des Rabbis gehörte.

Falls Mrs Friedman wie viele orthodoxe Jüdinnen war, würden sich gleich mehrere Perücken in ihrem Besitz befinden. Hannah rief Jacob an und bat ihn nachzuforschen, ob die Haare möglicherweise von Mrs Friedman hinterlassen worden waren. Mehrere Stunden später rief ein sehr gereizter Jacob Cooper sie zurück, um ihr mitzuteilen, dass die Haare nicht von einer von Mrs Friedmans Perücken stammten, und wollte wissen, ob sie daran interessiert sei, zu erfahren, was er durchgemacht hatte, um an diese Information zu gelangen, worauf Hannah jedoch verzichtete.

Die Sache mit dem Perückenhersteller gestaltete sich schon schwieriger. Dort wollte man ihr keine Auskunft erteilen. Sie musste erst den Bezirksstaatsanwalt einschalten und sich einen Durchsuchungsbeschluss beschaffen, um sich dann mit der Unterstützung der örtlichen Polizei dort umzusehen. Das war ein ziemlicher Aufwand, der unter normalen Umständen Wochen, wenn nicht gar Monate in Anspruch genommen hätte. Diesmal genügte jedoch ein Anruf bei Captain Bailey, und schon stand sie mit dem Durchsuchungsbeschluss und vier uniformierten Streifenpolizisten als Verstärkung beim Perückenhersteller vor der Tür.

Dort bekam sie es mit sehr vielen Haaren und Haarbezogenem Papierkram zu tun.

Sie brauchte fast einen ganzen Tag, um die Aktenablage zu begreifen, die Lieferung mit Clovers Haaren zu finden und zu ergründen, für welche Perücken diese verwendet worden waren. Ohne die Hilfe einer der Angestellten wäre das Hannah trotz allem nicht gelungen, aber diese clevere Frau zeigte ihr, wie sie sich zurechtfinden konnte. Hannah vermutete beinahe, dass sie eine Verehrerin gefunden hatte.

Clovers Haare konnten in mehr als fünfzig Perücken verarbeitet worden sein, und es gab keine Möglichkeit, diese Zahl weiter einzuschränken. Die Perücken waren an unterschiedliche

Lieferanten verkauft worden, was die Sache nicht einfacher machte.

Zwei Tage. Es dauerte ganze zwei Tage, die Perücken aufzuspüren. Zwei Tage, an denen sie Kostümverleihe, Krebsbehandlungszentren und Perückenläden anrief. Siebenunddreißig Perücken konnten zu Männern und Frauen im ganzen Land zurückverfolgt werden. Fünf standen noch in mehreren Läden zum Verkauf. Acht Perücken waren an unbekannte Individuen verkauft worden, die Hannah nicht aufspüren konnte.

Von den siebenunddreißig Namen hatten einunddreißig ein wasserdichtes Alibi für wenigstens einen der Morde, wenn nicht gar mehrere. Damit blieben sechs Personen übrig. Eine war eine achtzigjährige Rentnerin, eine andere Frau war mitten in einer Krebsbehandlung und hatte nicht einmal die Kraft, ihre Handtasche hochzuheben, geschweige denn Kendele Byers zu erwürgen und zu begraben. Drei der verbliebenen vier Kunden waren Frauen mittleren Alters, der letzte ein fünfzigjähriger Mann. Sie legte sie alle unter »unwahrscheinliche Verdächtige« ab.

Nun blieben nur noch die acht verschwundenen Perücken. Eine war in Boston verkauft worden, und Hannah hielt es für das Beste, dort anzufangen.

Der Besitzer des Geschäfts brauchte quälend lange, um die Quittung für diese Perücke zutage zu fördern. Sie war zusammen mit dreizehn anderen Perücken, vier falschen Bärten und drei falschen Schnurrbärten verkauft worden. Die Gesamtsumme belief sich auf 3 452 Dollar.

Der Kunde hatte bar bezahlt.

Der Besitzer erinnerte sich an den Verkauf. Es kam ja auch nicht jeden Tag vor, dass jemand dreitausend Dollar in bar über die Ladentheke schob. Doch er konnte Hannah rein gar nichts über den Kunden erzählen, außer dass dieser ein sehr dickes

Geldbündel dabeigehabt hatte. Offenbar hatte der Anblick des Geldes jegliche Erinnerung an das Aussehen des Kunden aus seinem Gedächtnis getilgt. Er gab Hannah einen Katalog, in dem alle Perücken, Bärte und Schnurrbärte markiert waren, die er diesem Kunden verkauft hatte. Eine der anderen Perücken passte zu dem Phantombild, das mit Rabbi Friedmans Hilfe angefertigt worden war.

Unter Zuhilfenahme des Katalogs und der vorherigen Beschreibung von Rabbi Friedman erstellte der Polizeizeichner mehrere Dutzend weitere Bilder, auf denen der Täter mit den unterschiedlichen Requisiten dargestellt war. Nun hatten sie ein ganzes Buch mit dem möglichen Erscheinungsbild des Mörders.

Bernard hatte die Ermittlungen in Boston endlich abgeschlossen und war zurück in Glenmore Park. Zusammen mit Hannah machte er sich daran, die Angehörigen der Mordopfer zu befragen und ihnen das Buch mit den Zeichnungen vorzulegen.

Tamays Chef reagierte bei einem der Bilder. Er sagte, jemand, der so ausgesehen habe, sei in der Woche vor Tamays Tod zweimal in seiner Kneipe gewesen. Der Mann habe sich einen Auftritt von Tamays Band angesehen und sei bis zur Sperrstunde geblieben. Sie hatten ihn sogar hinauskomplimentieren müssen. Er war sich ganz sicher, dass das der Mann gewesen war. Auch wenn er etwas anders ausgesehen hatte, erkannte er die Frisur eindeutig wieder.

Kendeles Freundin Debbie zeigte auf eine der anderen Zeichnungen und erklärte, sie sei sich sehr sicher, diesen Mann mehrmals im Restaurant gesehen zu haben.

Das war doch schon mal was. Der vermeintliche Mörder war mehrmals gesehen worden, und sie hatten einen ganzen Haufen Zeichnungen, auf denen er möglicherweise wiederzuerkennen war.

Kapitel 15

Candace Wood arbeitete seit über sechs Jahren in der Polizeizentrale. Sie liebte ihren Job und war auch sehr gut darin. Es gefiel ihr, dass ständig etwas los war und sie den Menschen helfen konnte. Für die meisten ihrer Kollegen, sowohl jene in der Zentrale als auch die Polizisten, empfand sie große Bewunderung.

Vor zwei Wochen hatte die Öffentlichkeit erfahren, dass in Glenmore Park ein Serienmörder sein Unwesen trieb, den die Presse den Todesboten getauft hatte. Jetzt überlegte Candace allen Ernstes, ob sie sich einen anderen Job suchen sollte. Sie hätte nie gedacht, dass Menschen derart hysterisch sein konnten.

Vielleicht konnte sie wie ihre Cousine Kindergärtnerin werden. Allerdings hatte Candace immer gesagt, sie würde sich lieber Chilischoten in die Nase schieben, als den ganzen Tag mit Kindern zu tun zu haben. Aber konnte es denn wirklich so schlimm sein? Dreißig schreiende Fünfjährige, die wild umherrannten, einander an den Haaren zogen und weinten – das wäre ihr jetzt gerade recht gekommen.

Die Öffentlichkeit wusste, dass der Mörder seinen Opfern Nachrichten mit dem Bild der Mordwaffe geschickt hatte, und schien nun ein neues Hobby zu haben: Candace in den Wahnsinn zu treiben.

Die Telefone hörten gar nicht mehr auf zu klingeln. Die Menschen bekamen ständig Nachrichten und E-Mails. Bisher hatte der Täter zwar nur Handynachrichten verschickt, aber wer sagte denn, dass er nicht auf E-Mails umstieg?

Der heutige Tag war schon jetzt einer der schlimmsten. Sie hatte einen Mann beruhigen müssen, dem man das Foto eines sehr scharf aussehenden Messers geschickt hatte. Das klang besorgniserregend, bis sich herausstellte, dass die Nachricht von seiner Frau gekommen war, die überlegte, seinem Vater das Messer zum Geburtstag zu schenken. »Wie wahrscheinlich ist es, dass Ihre Frau der Serienmörder ist?«, hatte Candace ihn gefragt.

»Man weiß nie«, hatte seine Antwort gelautet.

Im Laufe der nächsten Stunden sprach sie mit vielen Menschen, die Fotos von Spammern, Bekannten und Freunden erhalten hatten. Bei jedem Anruf musste sie dasselbe Protokoll durchgehen. Jedes Mal stellte es sich als Fehlalarm heraus. So langsam bekam sie hämmernde Kopfschmerzen.

Aber der beste Anruf kam erst noch. Eine vollkommen aufgelöste Frau behauptete, der Serienmörder habe ihr ein Foto seines Penis geschickt.

Candace war davon überzeugt, sich verhört zu haben. Sie bat die Frau, den Satz zu wiederholen.

Sie hatte richtig gehört.

Die Frau erklärte ihr, dass die Nachricht eindeutig vom Mörder kommen müsse, da sie die Nummer nicht kannte.

Hatte sie ihre Nummer in letzter Zeit jemandem gegeben, den sie nicht kannte, fragte Candace. Ging sie möglicherweise mit jemandem aus?

Ja, bestätigte die Frau. Sie habe ihre Nummer am Vorabend einem Mann gegeben. Nachdem sie mit ihm geschlafen hatte.

Candace hakte geduldig nach, wie der Mörder die Frau denn ihrer Meinung nach mit seinem Penis umbringen wollte.

Na, das sei doch die Aufgabe der Polizei, das herauszufinden, oder nicht?

Danach hatte Candace mit ihrer Kollegin Kelsey über den Anruf gesprochen. Kelsey hatte überlegt, dass der fragliche Penis möglicherweise so lang sei, dass man ihn um den Hals einer Person wickeln konnte. Candace mutmaßte, er sei entweder ungewöhnlich schwer oder spitz. Mit einem sehr scharfen Penis konnte man durchaus schwere Schäden verursachen.

Sie hatten ihm den Spitznamen »Serienpeniskiller« verpasst und Skizzen ans Whiteboard gemalt. Dann kam Chief Dougherty herein.

Rasch löschten sie alles vom Whiteboard.

Es war einige Minuten nach Mitternacht, als das Telefon abermals klingelte. Candace' Schicht ging gerade zu Ende. Ihre Ablösung war schon da, und Candace überlegte, ob sie den Anruf überhaupt noch annehmen sollte. Aus einer Laune heraus tat sie es. Wer konnte schon wissen, ob der Serienmörder nicht doch wieder zugeschlagen hatte.

»Notrufzentrale, wie kann ich Ihnen helfen?«

»H…hallo?«, meldete sich die verängstigte Stimme einer jungen Frau. »Ich … ich habe eben eine Nachricht auf meinem Handy erhalten. Und in den Nachrichten hieß es, der Mörder würde Nachrichten verschicken und … und …«

»Ja, Ma'am«, sagte Candace und versuchte, geduldig zu bleiben. »Wie heißen Sie?«

»Ivy. Ivy O'Brien.«

»Okay, Miss O'Brien. Was steht denn in der Nachricht?«

»Nichts. Da ist nur ein Foto von einem Seil auf einem Tisch.«

»Verstehe. Handelt es sich bei dem Absender um jemanden aus Ihrer Kontaktliste?«

»Nein. Ich kenne die Nummer nicht.«

»Wie lautet die Nummer?«, fragte Candace. Die Frau gab sie ihr durch, und Candace stellte fest, dass sie nicht verzeichnet war.

»Wann haben Sie die Nachricht erhalten, Miss O'Brien?«

»Äh … Vor einer Viertelstunde, aber sie ist mir nicht gleich aufgefallen. Ich habe ferngesehen.«

Candace merkte, dass sie sich verspannte. Dieser Anruf war anders als die vorherigen. Trotzdem achtete sie darauf, dass ihre Stimme ruhig und professionell klang. »Okay, Miss O'Brien. Ich schicke vorsichtshalber einen Streifenwagen bei Ihnen vorbei. Haben Sie sämtliche Türen abgeschlossen?«

»Ja.« Die Frau wimmerte leise. »Glauben Sie, dass er es ist?«

»Ich bezweifle es, aber wir gehen lieber auf Nummer sicher«, antwortete Candace. »Gibt es in Ihrem Haus ein Zimmer, in dem Sie sich einschließen können?«

»Ja.«

»Okay.« Candace überprüfte die Nummer der Frau und stellte fest, dass es sich um eine Handynummer handelte. »Gehen Sie ins Schlafzimmer und schließen Sie die Tür. Ich möchte, dass Sie Ihr Handy mitnehmen und weiterhin mit mir reden, okay, Ivy? Mein Name ist Candace.«

»Okay, Candace.«

»Wie lautet Ihre Adresse, Ivy?«

»Sharon Drive 27.«

Candace stellte den Anruf kurz stumm und wechselte zum Funkgerät. »Achtung, an alle Einheiten, ich habe einen möglichen Zehn-fünfhundert im Sharon Drive 27.« Zehnfünfhundert war der verabredete Code für eine Nachricht vom Serienmörder. Falls er den Polizeifunk abhörte, sollte er zumindest nicht sofort wissen, dass es um ihn ging.

Tanessa Lonnies Stimme meldete sich. »Vier einundfünfzig, verstanden.«

»Wann können Sie vor Ort sein, vier einundfünfzig?«

»In zehn Minuten, Zentrale.«

Candace kaute auf der Unterlippe herum. Wenn sie es hier wirklich mit dem Serienmörder zu tun hatten, dann wurde es ganz schön eng. »Vier einundfünfzig, der Erstkontakt war vor siebzehn Minuten.«

Tanessa erwiderte erst nach kurzem Schweigen etwas. »Verstanden, Zentrale. Wir fahren so schnell wie möglich hin.« Sie hörte sich besorgt an.

Candace konnte nur hoffen, dass der Streifenwagen keine zehn Minuten brauchen würde.

Sie wechselte wieder zum Telefonat. »Sind Sie jetzt in diesem Zimmer, Ivy?«

»Ja.«

»Gut. Der Streifenwagen ist unterwegs. Verlassen Sie den Raum erst, wenn ich es Ihnen sage, okay?«

»Okay.« Das Mädchen weinte jetzt und klang vollkommen verängstigt.

»Alles wird wieder gut, Ivy. Sie müssen sich keine Sorgen machen.«

»Okay.«

Sie klang nicht im Geringsten beruhigt.

* * *

Er war bereits im Haus. Er hatte sicherstellen müssen, dass er auch wirklich reinkam, bevor er die Nachricht schickte. Aber das Mädchen hatte wie immer das Küchenfenster offen gelassen. Er schlüpfte lautlos hindurch, sprang von der Arbeitsplatte auf den Boden und versteckte sich. Erst, als er in Position war, drückte er auf »Senden«.

Ein schneller Blick auf die Uhr gab ihm zu verstehen, dass zwanzig Minuten vergangen waren. Er zitterte vor lauter Vorfreude. Empfand sein Opfer dasselbe? Er drehte das

Nylonseil in der Hand. Die Frau im Laden hatte ihm versichert, dass man damit schwere Lasten aufhängen konnte und es sich leicht verknoten ließ. Zum hundertsten Mal betrachtete er den Knoten, der fest aussah. Er grinste. Vor…

…freude.

Gleich würde der Spaß losgehen.

* * *

Ivy O'Brien saß zitternd auf dem Bett. Sollte sie die Tür noch einmal überprüfen? Nein. Das hatte sie schon zweimal getan. Würde ihn das überhaupt aufhalten? Es war nur eine Holztür. Sie sah sich nach einer Waffe um. Irgendeiner Waffe. Aber hier gab es nichts. Warum hatte sie die Vase von ihrer Mutter weggeworfen? Damals hatte ihr das Blumenmuster einfach nicht gefallen, aber sie war lang und schmal gewesen und hätte eine hervorragende Waffe abgegeben. Damit hätte sie sich wehren können.

Was war das? Hatte sie ein Knarren gehört? Dies war ein altes Haus, manchmal arbeiteten die Bodendielen. Sie war daran gewöhnt, diese Geräusche zu ignorieren. Aber nun wirkten all die leisen Töne auf einmal unheimlich. Kam er gerade langsam auf die Schlafzimmertür zu? Sie machte sich ganz klein, erschauderte und drückte sich das Handy fest ans Ohr.

»Candace?«

»Ja, Ivy?« Candace' Stimme klang beruhigend und fest. Sie hätte sich nicht so hilflos gefühlt. Candace hatte vermutlich eine Waffe im Schlafzimmer. Ivy hielt nichts von Waffen. Sie war von jeher der Meinung, die Waffengesetze müssten viel strenger sein. Nun kam ihr diese Einstellung plötzlich so dumm vor.

»Ist die Polizei schon da?«

»Es kann nicht mehr lange dauern. Machen Sie sich keine Sorgen.«

»Ich habe Angst.«

»Alles wird gut, Ivy. Sie müssen keine Angst haben. Er kann nicht durch die verschlossene Schlafzimmertür kommen.«

»Okay, ich …« Die Worte erstarben ihr auf der Zunge.

Die Badezimmertür.

Sie war zu. Hatte sie sie irgendwann geschlossen? Das machte sie eigentlich nie.

Schlagartig kam ihr die Erkenntnis. Er war da. Er hielt sich im Badezimmer auf. Von dieser Seite ließ sich die Tür nicht abschließen.

»Ivy?«

Candace' Stimme drang wie aus weiter Ferne zu ihr herüber. Ivys Herzschlag beschleunigte sich, ihre Gedanken rasten. Er war hier bei ihr.

»Er ist hier!«, stieß sie erstickt hervor. »Ich muss hier weg!«

»Ivy? Ivy, warten Sie!«

Das Handy fiel zu Boden, als Ivy vom Bett sprang und zur verschlossenen Schlafzimmertür rannte. Ihre Hände zitterten so stark, dass sie den Schlüssel zuerst nicht drehen konnte. Wieder hörte sie ein Knarren, lauter als zuvor. Sie wusste, woher es kam: Die Badezimmertür wurde geöffnet.

Er kam. O Gott … O Gott … Ogottogottogottogott …

* * *

Tanessa warf Sergio einen Blick zu. Er ging mit der Waffe in der Hand langsam auf die Haustür zu. Tanessa zog nun ebenfalls ihre Waffe, und das kalte Metall fühlte sich sehr beruhigend an. Sie lief zur Hintertür, so wie sie es zuvor vereinbart hatten. Ihre Sinne waren hellwach, und sie achtete auf jedes Geräusch. Hatte der Mörder das Haus bereits betreten? Candace hatte ihr versichert, dass Ivy noch am Leben war und sich im Schlafzimmer eingeschlossen hatte, als sie vor dem Haus vorgefahren waren.

Sie hörte einen leisen Knall im Haus. Gefolgt von einem erstickten Schrei. Ebenso wie Sergio rannte sie los, jeder zu seiner ihm bestimmten Position. Nach sechs Schritten stand sie vor der Hintertür. Rüttelte am Griff. Abgeschlossen. Sie trat einen Schritt zurück, machte sich bereit, die Tür aufzutreten, hoffte, noch ins Innere zu gelangen, bevor es zu spät war. Dann holte sie tief Luft …

Die Tür wurde aufgerissen. Eine dunkle Gestalt kam auf sie zugerannt. Tanessa hob die Waffe und hätte beinahe den Abzug gedrückt, doch da fiel das Licht auf das Gesicht der Person. Es war eine junge, sehr verängstigte Frau. Beinahe wäre sie gegen Tanessa geprallt, und sie schrie vor Schreck auf, als sie sie bemerkte. Dann begriff sie, wen sie vor sich hatte.

»Er ist im Haus!«, schrie sie. »Er ist im Haus!«

Tanessa hörte einen Knall. Hatte Sergio die Haustür eingetreten? Sie zögerte einen Augenblick. Sollte sie bei der jungen Frau bleiben und sie beschützen oder ihrem Partner Rückendeckung geben?

Sie zeigte auf den Streifenwagen. »Steigen Sie ein!«, schrie sie der panischen jungen Frau zu. »Und verriegeln Sie die Tür!«

Die Unbekannte nickte und lief zum Wagen. Tanessa verharrte an Ort und Stelle und spitzte die Ohren, bis sie sah, dass die junge Frau sicher im Streifenwagen saß. Erst jetzt betrat sie das Haus und schaltete die Taschenlampe ein.

Im Haus war es dunkel. Hatte der Mörder den Strom abgeschaltet? Nein. Sie konnte Licht sehen, das etwas weiter den Flur entlang aus einem Zimmer fiel. Da war der Strahl einer weiteren Taschenlampe – Sergio. Sie leuchtete seine Füße an, um ihn nicht zu blenden, und sah, wie er ihr zunickte und den Flur entlang deutete. Sie nickte ebenfalls.

Sergio schlich ihr voraus den Flur entlang auf den Lichtstrahl zu, der durch die halb geöffnete Tür fiel. Als sie davorstanden, zog Sergio die Tür mit dem Fuß auf und richtete die Waffe ins Zimmer.

»Gesichert«, flüsterte er.

Sie folgte ihm. Sie standen im Schlafzimmer der jungen Frau. Die Badezimmertür war geschlossen. Sie gingen beide darauf zu. Tanessa drückte sich mit dem Rücken an die Wand neben der Tür. Sergio drehte sacht den Türknauf, riss die Tür auf und hielt Waffe und Taschenlampe hinein.

»Gesichert«, sagte er, diesmal etwas lauter.

Sie durchsuchten das ganze Haus, konnten jedoch nichts finden. Der Mörder war nicht hier.

***

Er näherte sich dem Mädchen mit rasendem Herzen. Sie schlief tief und fest, und ihr üppiges braunes Haar lag wie ein Heiligenschein um ihren Kopf herum auf dem Kissen. Ihr Gesicht war von ihm abgewandt, aber als er über ihr stand, konnte er ihr Profil sehen, ihre kleine Nase, die geschlossenen engelsgleichen Augen. Sie war wirklich wunderschön. So unschuldig. So ahnungslos.

Vor lauter Aufregung zitterte er leicht. Gleich war es so weit!

Er hob das Seil hoch und legte es vorsichtig hin.

Als er die Schlinge abrupt zuzog, riss sie die Augen auf. Aber ihr kam kein Laut über die Lippen.

Kapitel 16

Tanessa und Sergio lehnten am Streifenwagen und sahen zu, wie Ivy von einem Rettungssanitäter untersucht wurde. Sie hatte derart hyperventiliert, dass Sergio zur Sicherheit einen Krankenwagen gerufen hatte.

»Was denkst du?«, wollte Sergio von Tanessa wissen. »Kam die Nachricht vom Mörder? Haben wir ihn von der Tat abgehalten?«

Tanessa zuckte mit den Achseln. »Ich weiß es nicht. Die Nachricht sah nicht so aus wie die anderen. Es war kein Text dabei. Außerdem …«

»Ja?«, hakte Sergio nach.

»Sie passt nicht ganz ins Profil. Der Opfer, meine ich.« Tanessa wand sich betreten. Als Frau, die im Allgemeinen als schön betrachtet wurde, war es ihrer Meinung nach unangebracht, dass sie eine andere Frau als unscheinbar bezeichnete. Schließlich lag Schönheit ja im Auge des Betrachters, es kam auf das Innere an und so weiter.

Aber auch für die Schönheit gab es Standards, selbst wenn diese dumm und unfair waren. Ivy war nicht schön, nicht einmal ansatzweise. Sie hatte eine lange, spitze Nase und dichte, ungepflegte Augenbrauen. Ihre Zähne waren etwas schief und leicht gelblich verfärbt. Sie hatte eindeutig Übergewicht.

Tanessa wollte ja nicht über sie urteilen und wusste, dass sie sich glücklich schätzen konnte, die Gene ihrer Mutter geerbt zu haben, aber, nun ja …

Bisher hatte der Mörder nur sehr schöne Frauen umgebracht. Und zwar keine, die innerlich schön waren, sondern solche, deren Äußeres diesem hohlen Ideal entsprach. Allerdings war es durchaus möglich, dass der Killer einen anderen Geschmack hatte. Oder er war der Ansicht, alle Frauen sollten ungeachtet ihres Aussehens gleich behandelt werden.

»Stimmt, aber es ist eine komische Nachricht«, meinte Sergio.

Tanessa nickte. Hatte sie in dieser Nacht jemandem das Leben gerettet? Sie wollte es sehr gern glauben. Aber es kam ihr seltsam vor, dass ein derart vorsichtiger Mörder einfach beschloss, die Sache abzublasen, nur weil er einen Streifenwagen sah. Es kam ihr merkwürdig vor, dass er sein sehr offensichtliches Muster veränderte. Spielte er bloß mit ihnen? Sie überlegte, Mitchell anzurufen. Vielleicht wollte er Ivy befragen.

»Vier einundfünfzig, Zentrale«, kam es aus ihrem Funkgerät.

Sie drückte die Taste. »Sprechen Sie.«

»Sind Sie noch im Sharon Drive 27?«

»Ja.«

»Wir haben eine Meldung über einen Einbruch im Roxbury Drive 17. Ein Nachbar hat gesehen, wie ein Mann aus einem Fenster geklettert ist. Das ist nur zwei Blocks von Ihnen entfernt.«

»Kein Problem, Zentrale, wir sind unterwegs.«

Der Roxbury Drive lag in der Tat ganz in der Nähe von Ivys Haus, und sie waren innerhalb von drei Minuten dort. Die Nummer 17 war schnell gefunden, sie parkten vor dem Haus und stiegen aus.

Das Haus war klein und sah leicht heruntergekommen aus. Der Vorgarten wurde offenbar nicht gepflegt, da das Unkraut nur so wucherte. Hinter den Fenstern war es dunkel. Ein staubiger weißer Pontiac parkte in der Auffahrt, daher ging Tanessa davon aus, dass die Bewohner zu Hause waren und schliefen. Sergio berührte sie leicht am Arm und zeigte auf ein Fenster, das weit offen stand.

»Hätten sie vom Lärm bei einem Einbruch nicht aufwachen müssen?«, fragte Tanessa.

Sergio zuckte mit den Achseln. »Wer weiß. Ich war mal in einem Haus, in das eingebrochen worden war. Als die Bewohner aufgewacht sind, hatten die Einbrecher so gut wie alle Wertgegenstände mitgehen lassen, sogar die Handys, die direkt neben dem Bett auf den Nachttischen lagen.«

»Puh! Ist ja unheimlich.«

»Gehen wir rein.«

Sie näherten sich der Haustür. Sergio klopfte energisch an, und sie warteten.

Im Haus blieb es still. Er klopfte lauter und ballte die Faust. »Aufmachen«, rief er. »Polizei!«

Keine Reaktion. Sie gingen um das Haus herum und warfen einen Blick durch die Fenster, bis sie schließlich zu einem gelangten, das zum Schlafzimmer gehörte. Trotz der Dunkelheit konnte Tanessa die Silhouette einer Frau ausmachen, die in einem sehr verdrehten Winkel auf dem Bett lag.

Sie rannten zurück zur Haustür. Sergio trat sie auf. *Die zweite Tür in dieser Nacht*, dachte Tanessa. Sie betraten mit gezogenen Waffen das Haus. Tanessa schaltete das Licht ein.

»Hier ist die Polizei«, sagte Sergio laut. Im Haus blieb es totenstill. Sie eilten beide ins Schlafzimmer und machten das Licht an.

Auf dem Bett lag eine junge Frau mit weit aufgerissenen Augen und erstarrtem Leib. Um ihre Kehle lag ein Seil. Als Tanessa völlig entsetzt zu ihr lief, bemerkte sie sofort, dass es sich um dieselbe Art von Seil handelte, die sie auf dem Foto auf Ivys Handy gesehen hatte.

* * *

Mitchell parkte neben dem Krankenwagen. Er war der letzte Gast, der auf dieser morbiden Party eintraf. In der Nähe standen ein Streifenwagen, Jacobs Auto und der Van der Kriminaltechniker. Er ging zur Haustür, vor der Tanessa und Sergio mit ernsten Mienen warteten. Mitchell musterte seine Schwester prüfend. Ihr Blick wirkte leer, ihre Haltung geknickt. Es war, als hätte die Nacht ihren Tribut gefordert und sie ausgelaugt. *Sie ist für diesen Job nicht gemacht,* ging es ihm durch den Kopf. *Sie wird daran zerbrechen.*

»Sergio.« Er nickte ihrem Partner zu, der das Nicken erwiderte. Mitchell sah seiner Schwester in die Augen. »Tanessa, was ist hier passiert?«

»Ein Nachbar hat um null Uhr vierzig die Polizei gerufen«, antwortete Sergio an ihrer Stelle. »Er hat gesehen, wie jemand das Haus durch dieses Fenster da vorn verlassen hat.« Er zeigte auf das Fenster, und Mitchell sah hinüber. Es handelte sich um ein schmales, horizontales Fenster, hinter dem eine kleine Küche zu erkennen war. Darin stand Violet und fotografierte etwas. »Wir waren um null Uhr fünfzig vor Ort. Wir fanden die Bewohnerin, eine Frau namens Skyler Gaines, tot in ihrem Schlafzimmer mit einem Seil um den Hals.«

Skyler Gaines. Der Name löste etwas in Mitchells Gehirn aus. Wo hatte er ihn schon mal gesehen. Dann fiel es ihm wieder ein. Sie stand auf Atticus Hoffmans Liste; noch eine junge Frau, die Model werden wollte. Er hatte kurz mit ihr gesprochen, konnte sich aber nicht mehr daran erinnern, was sie gesagt hatte. Auf dem Revier gab es eine Aufnahme des Telefonats.

»Wir haben versucht, sie wiederzubeleben, bis die Rettungssanitäter wenige Minuten später da waren, aber sie konnten sie nur noch für tot erklären«, fuhr Sergio fort.

»Irgendwie waren alle sehr schnell hier«, stellte Mitchell stirnrunzelnd fest.

»Wir waren zwei Blocks weiter bei einem Einsatz«, erklärte Tanessa mit leerer Stimme. Sie sah ihm nicht in die Augen.

»Konnte der Nachbar den Einbrecher beschreiben?«

»Er sagte, der Mann wäre ganz in Schwarz gekleidet gewesen und hätte eine Maske getragen. Angeblich war er groß.«

»Okay …« Mitchell sah die beiden an. »Laut der Zentrale könnte dies das Werk unseres Serienmörders sein. Wurde auf dem Handy des Opfers eine Nachricht gefunden?«

»Nein«, erwiderte Tanessa. »Ähm … Vielleicht, keine Ahnung. Wir haben noch nicht nachgesehen. Aber Ivy … der andere Einsatz … Sie hat eine Nachricht bekommen …«

»Ich kann dir nicht folgen«, unterbrach Mitchell sie. »Welcher andere Einsatz?«

»Eine Frau namens Ivy O'Brien hat um null Uhr fünf den Notruf angerufen«, berichtete Sergio.

Tanessa wandte sich ab und beobachtete Violet durch das Küchenfenster.

»Sie hat eine Nachricht mit dem Foto eines Seils erhalten«, setzte Sergio den Bericht fort. »Das Seil sieht so aus wie das, das wir um den Hals des Opfers gefunden haben. Wir haben Ivy O'Briens Haus durchsucht, aber niemanden gefunden.«

»Wo ist sie jetzt?«

»Zu Hause.« Tanessa drehte sich wieder um. »Wir haben den anderen Streifenwagen gebeten, ihr Haus im Auge zu behalten.«

»Verstehe.« Mitchell nickte. »Danke, Officers.«

Er setzte seinen Namen auf die Liste, die Tanessa ihm auf einem Klemmbrett reichte, und betrat das Haus. Jacob hielt sich zusammen mit Matt und Annie im Schlafzimmer auf. Skyler Gaines' Leiche lag auf dem Bett und starrte mit leerem Blick an die Decke. Sie trug einen blauen Seidenpyjama, bei dem die beiden obersten Knöpfe offen standen. Mitchell sah auf den ersten Blick, dass die Frau wunderschön gewesen war. Trotz der grässlich verzerrten Maske des Todes konnte er die zarten, perfekten Gesichtszüge deutlich erkennen.

Im Zimmer herrschte ein heilloses Chaos. Die Bettdecke lag zusammengeballt in einer Ecke des Bettes, und ein Kissen war auf den Boden gefallen. Ein kleiner Bücherstapel, der vermutlich auf dem Nachttisch gestanden hatte, war nun über den Boden verstreut, und daneben lag das Handy der Toten. Mitchell vermutete, dass die Bücher und das Handy bei einem Kampf heruntergefallen waren. Annie untersuchte vorsichtig Skylers Haare. Jacob hockte neben ihr und nahm das Bett in Augenschein.

Matt fotografierte den Raum aus jedem Winkel. Mitchell trat auf ihn zu. »Matt, ich würde mir gern ihr Handy ansehen, ob sie eine Nachricht erhalten hat. Könnten Sie es bitte auf Spuren überprüfen?«

Matt nickte und ließ die Kamera sinken. Er wandte sich seiner Ausrüstung zu, die auf dem Boden lag. »Handschuhe, Detective. Sie wollen den Tatort doch nicht verunreinigen.«

»Hier.« Jacob reichte Mitchell ein Paar Handschuhe.

Er zog sie sich an. »Was denkst du?«, fragte er seinen Partner. »Glaubst du, er war es?«

»Es ist noch zu früh, um das zu beantworten«, erwiderte Jacob.

»Hat Tanessa dir von der Nachricht auf dem Handy der anderen Frau erzählt?«

Jacob nickte.

»Glaubst du, er hat die falsche Nummer eingegeben?«, wollte Mitchell wissen.

»Eine falsche Nummer, die zufällig einer Frau gehört, die zwei Blocks vom Mordopfer entfernt wohnt?«, gab Jacob zurück. »Das kann ich mir nicht vorstellen.«

»Vielleicht will er uns durcheinanderbringen.«

»Das könnte sein. Aber wir lassen es nicht zu. Wir gehen an diesen Fall heran wie an jeden anderen Mord. Folgen allen Hinweisen. Untersuchen sämtliche Beweise.«

»Ja, aber … Hier haben wir einen Kontext, Jacob. Wir können nicht einfach ignorieren …«

»Wir wissen noch nicht, ob er die Tat begangen hat«, fiel Jacob ihm mit schneidender Stimme ins Wort.

»Die Frau stand auf Atticus' Liste«, sagte Mitchell. »Ist er noch …?«

Jacob nickte. »Das Überwachungsteam ist an ihm dran. Ich habe eben mit den Leuten gesprochen. Er schläft in einem Motel auf der anderen Seite der Stadt.«

Nach dem letzten Mord hatten sie beschlossen, Atticus zu überwachen. Die Phantombilder sahen ihm zwar nicht ähnlich, aber bisher war er ihr Hauptverdächtiger.

Damit war es jetzt offenbar vorbei.

»Hier«, sagte Annie.

Mitchell drehte sich zu ihr um. Sie hielt einige Haarsträhnen des Opfers hoch, die deutlich kürzer waren als der Rest.

»Er hat ihr einige Haare abgeschnitten«, stellte Annie fest. »Das passt zum Muster der vorherigen Morde.«

»Dann müsste es auch eine Nachricht auf ihrem Handy geben«, murmelte Mitchell.

»Hier, sehen Sie nach.« Matt reichte ihm das Handy. »Ich habe die Fingerabdrücke gesichert.«

Mitchell nahm das Handy und sah sich die Nachrichten an. Die letzte stammte von Skylers Mom, die ihre Tochter vor sechs Stunden an den Geburtstag ihrer Tante erinnert hatte. Der Mörder hatte kein Foto geschickt. Mitchell runzelte die

Stirn und sah sich die älteren Nachrichten an. Vielleicht war die Nachricht des Täters diesmal schon früher eingetroffen.

Da fiel ihm ein bekannter Name ins Auge. Ivy O'Brien.

»Jacob«, sagte er. »Sieh dir das an. Skyler und die Frau, die die Nachricht bekommen hat, waren befreundet.« Er hielt das Handy so, dass Jacob aufs Display sehen konnte.

»Hm«, brummte Jacob. »Das ist ja interessant. Vielleicht haben sie die Handys getauscht und Skyler hatte das ihrer Freundin und umgekehrt.«

»So was macht doch keiner«, widersprach Mitchell ihm. »Das ist ja, als … würde man die Unterwäsche tauschen.«

Jacob starrte ihn irritiert an.

»Was denn?«, erwiderte Mitchell. »Ein Handy ist etwas Privates.«

»Ich rühre dein Handy nie wieder an.«

»Sehr witzig.«

»Ich bin hier fertig, Detectives«, verkündete Annie. »Diese Frau ist vor nicht einmal einer Stunde gestorben. Man sieht gut die roten Pünktchen in ihren Augen; das sind petechiale Blutungen, die nach einem Tod durch Strangulation zu erwarten waren. Unter ihren Fingernägeln habe ich etwas Blut und Hautfetzen gefunden, aber Sie sollten sich keine großen Hoffnungen machen. Sie hat Kratzer am Hals, die darauf schließen lassen, dass sie verzweifelt versucht hat, das Seil zu lockern. Ich bezweifle, dass sie den Mörder berührt hat, schicke aber selbstverständlich alles ins Labor.«

»Okay. Danke, Annie«, sagte Jacob.

»Ja, danke, Annie«, sprudelte es aus Matt heraus.

Annie errötete und wandte den Blick von Matt ab. »Gern«, erwiderte sie und verließ den Raum. Matt blickte ihr sehnsüchtig hinterher.

Mitchell seufzte. »Können Sie uns schon irgendetwas sagen, Matt?«

»Was? Oh … Nein. Noch nicht. Ich fange ja gerade erst an.«

»Wir sollten uns mal mit Miss O'Brien unterhalten«, schlug Jacob vor.

Mitchell nickte bedrückt.

* * *

Ivy war nach der aufregenden Nacht noch immer völlig erschüttert. Immer wieder sah sie aus dem Fenster und vergewisserte sich, dass der Streifenwagen noch vor dem Haus stand. Sie war sehr erschöpft. Nachdem die Rettungssanitäter sie beruhigt und ihr geholfen hatten, ihre Atmung wieder unter Kontrolle zu bekommen, hatte sie sich entschuldigt und war ins Haus gegangen, nur um in Tränen auszubrechen, sobald die Tür hinter ihr zugefallen war. Das Schloss an der Haustür war defekt; der Polizist hatte es beim Aufbrechen der Tür zerstört. Die Tür ließ sich nicht mehr richtig schließen, und nach mehreren Versuchen hatte sie schließlich einen Stuhl davorgestellt, damit sie nicht immer wieder aufging.

Sie war ins Badezimmer gegangen, in dem sich trotz ihrer Angst doch kein Mörder versteckt hatte. Dort hatte sie sich schluchzend das Gesicht gewaschen und Tom ganz entsetzlich vermisst. Sie hatten sich vor zwei Monaten getrennt, weil … Gut, dafür gab es viele Gründe, die man größtenteils so zusammenfassen konnte, dass er ein Arschloch war. Aber in diesem Augenblick hätte sie jemanden gebrauchen können, der sie tröstete und in den Arm nahm, und das hätte Tom auf jeden Fall getan.

Die Polizisten hatten ihr versprochen, dass bis zum Morgen immer jemand vor ihrem Haus stehen werde. Sie hatten auch vorgeschlagen, sie mit aufs Revier zu nehmen. Jetzt überlegte sie, dieses Angebot anzunehmen, da sie in dieser Nacht doch kein Auge mehr zukriegen würde.

Jemand klopfte an die Haustür. Seufzend warf sie einen Blick in den Spiegel. Wie furchtbar! Ihre Augen waren rot und verquollen, ihre Haare völlig zerzaust. Es klopfte abermals. Sie ging zur Tür und schaute durchs Guckloch. Zwei Männer in billigen Anzügen standen vor dem Haus.

»Ja?«, fragte sie, ohne die Tür zu öffnen, auch wenn das albern war. Das Schloss war kaputt. Jeder konnte einfach reinkommen.

Einer der beiden, ein Mann mit Hut, hielt seine Dienstmarke vor das Guckloch. »Die Detectives Cooper und Lonnie, Ma'am. Dürfen wir reinkommen?«

Sie zog den Stuhl weg, und die Tür schwang auf.

Ivy führte die beiden in die Küche und kochte Kaffee. Die beiden Detectives nahmen das Getränk dankbar entgegen, und sie setzten sich alle an den kleinen runden Küchentisch, den sie vor zwei Jahren bei einem Garagenflohmarkt erstanden hatte.

»Wissen Sie, ob er es war?«, fragte sie. »Der Serienmörder? Hat er mir die Nachricht geschickt?«

»Es ist noch zu früh, um das mit Sicherheit zu sagen«, erwiderte der Mann mit Hut, der sich als kahlköpfig herausstellte, sobald er diesen abgenommen hatte. Detective Cooper hieß er, fiel ihr wieder ein. »Dürfen wir Ihnen einige Fragen stellen?«

»Selbstverständlich.« Sie war froh über die Gesellschaft. Solange die Detectives hier waren, musste sie nicht an irgendwo lauernde Serienmörder denken.

»Kennen Sie eine Skyler Gaines?«, wollte Detective Cooper wissen.

»Natürlich«, antwortete sie überrascht. Mit dieser ersten Frage hatte sie beim besten Willen nicht gerechnet. »Sie ist eine gute Freundin.«

»Wann haben Sie das letzte Mal mit Skyler gesprochen?«

»Ähm …« Sie überlegte. »Vor zwei Tagen, glaube ich. Warum? Was hat Skyler denn mit der Sache zu tun?«

»Unseres Wissens wollte Skyler Model werden.«

»Ja, das ist ihr Wunsch.« Ivy lächelte. »Sie ist wirklich wunderschön. Sie hat ein perfektes Gesicht. Und erst ihr Körper? Ich finde … Sie ist die umwerfendste Frau, die ich kenne.«

»Hatte sie je einen Job als Model?«, hakte Detective Cooper nach.

»Noch nicht.« Ivy erzählte ihnen nichts vom Krankenhaus. Das war unwichtig. Warum fragten die Detectives überhaupt nach Skyler?

»Wollen Sie mich nicht nach der Nachricht fragen?«

»Dazu kommen wir noch.« Detective Cooper sah sie mit ernster Miene an. »Hat Skyler ihnen erzählt, ob ihr in letzter Zeit irgendetwas Ungewöhnliches passiert ist? Ist ihr vielleicht jemand gefolgt? Wurde sie online von einem Fremden belästigt?«

»Nicht, dass ich wüsste«, antwortete Ivy nachdenklich. Irgendwas stimmte hier doch nicht. »Was ist denn mit Skyler? Schwebt sie in Gefahr? Hat sie auch eine Nachricht bekommen? Ist sie …« Sie erstarrte und saß mit offenem Mund da. *Unseres Wissens wollte Skyler Model werden*, hatte der Detective gesagt. *Wollte*. Vergangenheitsform. Ein Versprecher. Zitternd holte sie ihr Handy aus der Tasche und wählte Skylers Nummer.

Der andere Detective, Lonnie, beugte sich vor, nahm ihr sanft das Handy aus der Hand und trennte die Verbindung. Er schaute sie an. Seine Augen sahen unfassbar traurig aus, und da wusste sie mit Sicherheit, dass Skyler tot war. Sie brach in Tränen aus.

»Mein aufrichtiges Beileid«, sagte Detective Lonnie leise.

»Wie ist sie … Wie …« Ivy bekam die Worte vor lauter Schluchzen nicht über die Lippen.

»Sie wurde ermordet«, erklärte Detective Lonnie.

»Von diesem … diesem Mörder?«

»Das können wir noch nicht sagen.«

Iva schüttelte den Kopf, schloss die Augen und hätte am liebsten losgeschrien, jemanden geschlagen, etwas zerbrochen. Diese Nacht war einfach zu viel für sie – zuerst die Angst, dann dieser Verlust. Sie konnte das nicht ertragen. Das konnte doch alles nicht wahr sein!

Sie spürte eine Hand auf der ihren. Als sie die Augen aufschlug, sah sie, dass Detective Lonnie sie mit großen, traurigen Augen anschaute.

»Ich weiß, was Sie durchmachen«, sagte er, »aber es ist wirklich sehr wichtig, dass Sie versuchen, sich zu konzentrieren und uns einige Fragen zu beantworten. Damit wir den Mann erwischen, der Skyler das angetan hat.« Seine Augen waren wie sanfte Teiche, und sie wusste, dass er ihren Schmerz wirklich nachempfinden konnte. Er musste etwas Ähnliches erlebt haben. Nach und nach beruhigte sie sich und hatte den Eindruck, seine Hand würde ihr Kraft geben.

»Sie war so voller Leben.« Ivy wischte sich die Augen. »So glücklich. Sie hatte eine harte Zeit hinter sich und … und …«

»Was für eine harte Zeit?«, hakte der andere Detective nach.

»Ach, eigentlich nichts Wichtiges. Sie wollte Model werden. Sie war sehr schön, wissen Sie? Jedenfalls hat sie diese Modelagentur angerufen und einen Termin bekommen. Und als der Agent sie gesehen hat, sagte er, sie wäre zu fett, um Model zu werden. Ist das zu fassen? Das Mädchen hatte praktisch kein Gramm Fett am Körper.«

Die Detectives hörten ihr zu und nickten. Sie sprach weiter und sah dabei Detective Lonnie an. Irgendwie fiel ihr das Reden so leichter.

»Jedenfalls beschloss sie, eine Diät zu machen. Es war eine richtig aggressive Methode, und sie hat diese Diättabletten genommen, die man im Laden kaufen kann. Ich habe ihr immer wieder davon abgeraten und ihr gesagt, dass die Pillen nicht gut für sie sind.« Ivy hielt in Detective Lonnies Augen Ausschau nach Bestätigung. Seine Lippen umspielte ein schmales, verständnisvolles Lächeln, und sie fühlte sich ermutigt. In Wirklichkeit hatte sie Skyler gar nicht von den Tabletten abgeraten. Sie hatte vielmehr gewollt, dass ihre Freundin Model wurde, und es hatte den Anschein gehabt, als würden die Pillen etwas bringen. Aber sie redete sich gern ein, dass sie Skyler aufgehalten hätte, wenn ihr klar geworden wäre, was passieren würde. Und das war doch das Wichtigste, oder nicht?

»Sie hat zu viele genommen, glaube ich«, fuhr sie fort. »Und sie musste ins Krankenhaus. Sie wäre beinahe gestorben. Ich habe ihr geholfen, bis es ihr wieder besser ging, sie jeden Tag im Krankenhaus besucht, bis sie entlassen wurde. Sie hat gesagt, ohne mich hätte sie das nie geschafft.« Wieder liefen ihr Tränen über die Wangen, als sie sich in ihrer dramatischen Geschichte verlor.

»Das ist wirklich traurig. Sie sind eine gute Freundin«, sagte Detective Lonnie. »Ivy, fällt Ihnen irgendein Grund ein, aus dem jemand denken könnte, Ihre Telefonnummer wäre eigentlich Skylers?«

»Wie meinen Sie das?«, fragte Ivy verwirrt.

»Haben Sie die Handys getauscht, oder hat sie mal Ihre Nummer statt ihrer eigenen weitergegeben?«

»Nein.« Ivy runzelte die Stirn. »Ich wüsste nicht …« Auf einmal fiel ihr etwas ein.

Sie musste an den Tag denken, an dem sie online diese Werbung gesehen hatte – von einer brandneuen Modelagentur, die nach neuen Models suchte. Sie hatte sofort an Skyler gedacht, jedoch im nächsten Augenblick Angst bekommen, Skyler würde wieder zu den Tabletten greifen, um dünner zu werden und ihre Chancen zu verbessern, wenn sie davon erfuhr.

Daher hatte Ivy das Formular selbst ausgefüllt, Skylers Daten eingetragen und einige Fotos ihrer Freundin hochgeladen.

Allerdings hatte sie ihre eigene Handynummer angegeben anstelle von Skylers. Sie hatte nicht gewollt, dass diese Leute Skyler anriefen und aufforderten abzunehmen. Vielmehr hatte sie sich vorgestellt, wie sie Skyler die gute Nachricht überbringen würde, dass diese Agentur sie tatsächlich vertreten wollte. Sie hatte ihre Freundin nur vor der schrecklichen Belastung der Modelwelt beschützen wollen.

Als sie dem Detective die Geschichte erzählte, hörte er aufmerksam zu.

»Aber das war nur irgend so eine Werbung.« Sie zuckte mit den Achseln. »Und die haben sich nie zurückgemeldet, daher hatten sie wohl kein Interesse. Ist das von Bedeutung?«

Die Detectives sahen sich an. Bildete sie sich das nur ein, oder verkrampfte Detective Lonnie die Hand ein bisschen und umklammerte die ihre etwas fester?

»Tja«, meinte er, »es ist am besten, wenn wir allen Hinweisen nachgehen. Können Sie uns die URL der Website nennen?«

»Nein«, antwortete sie. »Ich habe nur eine Anzeige angeklickt.«

»Wann haben Sie diese Anzeige gesehen?«

»Vor drei oder vier Wochen, glaube ich. Auf Instagram.«

»Würden Sie mir bitte Ihren Computer zeigen?« Er ließ ihre Hand los, und sie merkte erst jetzt, wie warm ihre Hand geworden war. Das fühlte sich sehr schön an.

Sie führte ihn zu ihrem Computer, und er öffnete den Browser und rief die Chronik auf. Vor lauter Panik hätte sie ihn beinahe zur Seite geschubst und das Stromkabel des Rechners herausgezogen. Jetzt würde er sehen, dass sie vor drei Tagen eine Pornoseite aufgerufen und sich das Video mit den Feuerwehrmännern angesehen hatte. Er würde merken, dass sie zwei-, manchmal sogar dreimal im Monat Pornoseiten besuchte. Was würde er dann von ihr denken? Abermals kamen ihr die Tränen, diesmal jedoch vor lauter Scham.

Er scrollte an dem Link zu dem Videoclip mit den Feuerwehrmännern vorbei und widmete ihm keine weitere Beachtung. Auch bei dem Nacktbadevideo verharrte er nicht. Tatsächlich schien er überhaupt nichts wahrzunehmen, bis er plötzlich stutzte und gebannt auf den Bildschirm starrte.

»Was ist das?«, fragte er und zeigte auf etwas. Ihr wurde das Herz schwer. Nun hatte er es doch entdeckt und würde … Augenblick mal.

»Keine Ahnung«, gab sie zu. »Das kommt mir nicht bekannt vor. Komisch, die Adresse endet ja nicht mal mit Punkt com. Was ist RU?«

»Das ist eine russische Website«, erklärte Detective Lonnie und klickte den Link an.

Das Formular der Modelagentur erschien auf dem Bildschirm.

»Das ist es!«, rief Ivy erleichtert auf. »Na, wenn es eine russische Modelagentur ist, muss ich mich ja nicht wundern, dass ich nie was gehört habe.«

»Ja«, murmelte Mitchell. Er kopierte die URL und leitete sie an seine E-Mail-Adresse weiter. Dann stand er auf und lächelte sie an. »Danke für Ihre Hilfe, Ivy.« Er holte eine Visitenkarte aus der Tasche und reichte sie ihr. »Falls Ihnen noch irgendetwas einfällt, rufen Sie mich bitte an.«

Auf einmal hoffte sie sehr, dass ihr noch etwas einfallen würde.

Als die Detectives sich zum Gehen wandten, nahm sie Detective Lonnies Hand. »Detective, glauben Sie, der Mörder kommt noch mal zu mir zurück?«

Er sah ihr in die Augen. »Nein, Miss O'Brien. Der Mörder wird Ihr Haus garantiert nicht betreten.«

Und sie wusste, dass er die Wahrheit sagte. Das konnte sie deutlich in seinen Augen erkennen.

Kapitel 17

Mitchell und Jacob kamen als Letzte zur Besprechung. Dies war jetzt erst das dritte Mal, dass sich Mitchell im Büro des Chiefs aufhielt, und er genoss dieses Erlebnis nicht im Geringsten. Alles in diesem Büro strahlte Gründlichkeit und Ordnung aus, dass es schon fast an Besessenheit grenzte. Die wenigen Unterlagen auf ihrem Schreibtisch waren in einem einzigen Stapel sortiert, und nicht eine Seite ragte ein Stückchen heraus. Der restliche Schreibtisch war vollkommen leer, abgesehen von der Tastatur und der Maus, die beide blitzblank aussahen. So sauber konnten Tastaturen und Mäuse eigentlich gar nicht sein. Mitchell hatte seine Tastatur mal umgedreht und ausgeschüttelt, und das, was dabei zum Vorschein gekommen war, erfüllte ihn bis heute mit Grauen. Trotzdem war er davon überzeugt, dass aus der Tastatur des Chiefs kein Krümel herausfallen würde, wenn er sie umdrehte. Die Wände waren bedeckt mit gerahmten Zertifikaten und allerlei Auszeichnungen.

Der Chief hatte dafür gesorgt, dass es genug Stühle für alle gab. Jacob saß links außen, sodass Mitchell zwischen Jacob und der forensischen Psychologin Zoe Platz nehmen musste, neben der Captain Bailey saß. Mitchell bemerkte, dass Zoe nach Shampoo duftete, und er war sich ziemlich sicher, dass es sich um dieselbe Marke handelte, die auch Pauline benutzte. Diese

Tatsache und die schlaflose Nacht bewirkten, dass er sich nicht richtig konzentrieren konnte.

»So«, sagte der Chief mit schneidender, wütender Stimme. »Wir haben also eine weitere tote Frau.«

Alle schwiegen.

»Soweit ich weiß, ist ein Anruf bei der Zentrale eingegangen, und ich wüsste gern, was genau passiert ist.«

»Die falsche Frau hat angerufen«, erklärte Jacob. »Der Täter hat die Nachricht an die Freundin des Opfers geschickt.«

»Warum?« Der Chief sah Zoe an.

»Es macht ganz den Anschein …«, setzte Zoe an.

»Es war ein Versehen«, fiel ihr Mitchell ungeduldig ins Wort. »Er hatte die falsche Nummer.« Im Anschluss erklärte er, was sie herausgefunden hatten.

»Der Mörder nutzte also die Werbeanzeige einer Modelagentur, um sich die Informationen des Opfers zu beschaffen?«, fasste der Chief zusammen.

»Es sieht ganz danach aus«, bestätigte Jacob.

»Kann uns diese Seite irgendwie weiterhelfen? Können wir uns einen Durchsuchungsbeschluss beschaffen, um an die Datenbank des Hosts ranzukommen? Oder den Täter über seine Kreditkarte aufspüren?«

»Es handelt sich um eine russische Domain«, sagte Mitchell. »Das ist eindeutig Absicht. Er wollte sicherstellen, dass wir ihn nur schwer aufspüren können.«

»Können wir sie vom Netz nehmen lassen? Den russischen Host kontaktieren und ihm die Sache erklären?«

»Warum sollten wir das tun?«, fragte Jacob.

Der Chief starrte ihn fassungslos an. »Wie bitte?«

Jacob erwiderte ihren Blick gelassen. »Wir haben den ersten Hinweis«, erläuterte er. »Serienmörder sind sehr schwer zu fangen, und nun haben wir einen echten Vorteil: Wir wissen, wie er seine Opfer findet.«

»Aber wir wissen nicht, wer sich auf der Seite angemeldet hat«, merkte Captain Bailey an. »Wie soll uns das da weiterhelfen?«

»Wir können ein Opfer zur Verfügung stellen«, schlug Jacob vor.

Totenstille legte sich über den Raum. Mitchell war überzeugt, dass man in diesem Augenblick eine Stecknadel hätte fallen hören können.

»Das ist … interessant«, meinte der Chief schließlich. »Und gefährlich.«

»Es ist unsere beste Chance, den Mörder zu fangen«, erwiderte Mitchell. Er hatte das mit Jacob gründlich durchgesprochen. Sie waren sich einig, dass es eine gute Idee war und sie sich dafür aussprechen sollten. Es gab keinen anderen Weg. Mitchell hatte ein paar Ideen, wo sie den passenden Köder finden konnten. Bei der Staatspolizei gab es garantiert Frauen, die für solche Aufgaben ausgebildet worden waren und entsprechend aussahen. Oder beim FBI.

»Wie sollten wir sicherstellen, dass er auch anbeißt?«, fragte Captain Bailey.

»Der Mann stalkt seine Opfer, und er fängt vermutlich in den sozialen Netzwerken an«, antwortete Zoe. »Alle Opfer hatten ein Instagram-Profil mit vielen Fotos. Ich kann versuchen, ein ähnliches Profil zu erstellen, das den Mustern der anderen entspricht. Mir ist aufgefallen, dass seine Opfer alle auf eine ähnliche Weise posieren, die möglicherweise seine Aufmerksamkeit erregt hat.«

»Abgesehen davon, dass alle Frauen wunderschön waren, haben die Opfer nicht viel gemeinsam«, sagte Bailey.

»Korrekt«, stimmte Zoe ihm zu. »Trotzdem gibt es einige Muster. Sie haben alle Selfies in Bars gemacht, manche mit mehreren Männern. Der Mörder könnte es auf Frauen abgesehen haben, die er als promiskuitiv betrachtet.«

»Sie haben soeben das Instagram-Profil aller jungen Frauen beschrieben«, stellte Mitchell fest.

»Bei allen gibt es Nahaufnahmen, auf denen sie nach unten blicken«, fuhr Zoe ungerührt fort. »Es besteht die Wahrscheinlichkeit, dass diese Pose den Mörder anzieht, weil sie unterwürfig wirkt.«

»Wie können Sie sich da so sicher sein?«, fragte Mitchell, der sich über Zoes sachlichen Tonfall aufregte.

»Das bin ich nicht.« Sie sah ihn irritiert an. »Das sind größtenteils Mutmaßungen, aber in so etwas bin ich sehr gut.«

»Okay.« Mitchell beschloss, das Thema fallen zu lassen. »Ich denke, es ist einen Versuch wert. Wir müssen uns umsehen und nach einer Polizistin Ausschau halten, die so gut aussieht, dass sie die Aufmerksamkeit des Mörders erregt. Vielleicht kann uns die Bundespolizei helfen oder …« Er stutzte, als er merkte, dass ihn mit Ausnahme von Zoe alle ansahen.

»Was ist?«, wollte er wissen.

»Wir haben bereits eine sehr attraktive Polizistin«, antwortete der Chief.

»Wirklich?« Mitchell runzelte die Stirn. »Hervorragend. An wen haben Sie denn …« Er sprach nicht weiter, als es ihm endlich dämmerte. Abrupt drehte er sich zu Jacob um, der ihn gelassen ansah und in dessen Augen sich nichts als Unschuld widerspiegelte. Da begriff Mitchell, dass sein Partner die ganze Zeit gewusst hatte, worauf das hinauslaufen würde. Er konnte es nicht fassen, dass er derart hintergangen worden war.

»Nein«, erklärte er.

»Mitchell …«, setzte Bailey an.

»Nein!«, sagte er noch lauter. »Sie ist erst seit einigen Wochen bei der Polizei und hat nicht genug Erfahrung. Das ist viel zu gefährlich. Ich werde es nicht zulassen. Ich …«

»Detective Lonnie!«, fauchte der Chief mit schneidender Stimme, und er klappte den Mund zu. »Officer Lonnie ist durchaus in der Lage, das selbst zu entscheiden. Und es ist allein meine Entscheidung, ob es zu gefährlich ist. Ich darf Ihnen in Erinnerung rufen, dass Sie vor wenigen Sekunden noch ganz begeistert von dieser Idee waren.«

Ja, aber da war mir auch noch nicht klar, dass meine Schwester den Lockvogel spielen soll, dachte Mitchell.

* * *

Wie sich herausstellte, machte Erfolg weitaus süchtiger, als Ricky Nate es sich je hätte vorstellen können. Als sie den Job bei der *Gazette* angenommen hatte, war Ruhm nicht gerade ihr grösstes Ziel gewesen. Vielmehr arbeitete sie vor allem dort, weil sie ihrer Mutter auf keinen Fall sagen wollte, sie habe recht damit behalten, dass ihr Abschluss in Journalismus nichts als eine Vergeudung von Zeit und Geld gewesen war. Aber Reporter der *New York Times* hatten dummerweise nicht die *Glenmore Park Gazette* in ihrem Lebenslauf stehen, und dies war somit nicht gerade ein Sprungbrett für eine große journalistische Karriere.

Bis zum Artikel über den Todesboten. Danach hatte sich ihr Leben schlagartig verändert. Ihre Worte waren in Dutzenden sehr angesehener Publikationen veröffentlicht worden, und das sowohl on- als auch offline. Sie hatte E-Mails von Menschen erhalten, die bis zum Vortag vermutlich nicht einmal von ihrer Existenz gewusst hatten. Sogar ihre Mutter hatte sie angerufen und ihr mitgeteilt, dass ihr Onkel Richie in Boston den Artikel gelesen hatte und sehr beeindruckt gewesen war.

Der Tag nach Erscheinen des Artikels war einer der glücklichsten ihres Lebens gewesen. Als sie drei Tage später jedoch merkte, dass die Anrufe und E-Mails vollkommen ausblieben und man seit über zwölf Stunden nicht mehr auf ihren Artikel verwiesen hatte, war sie am Boden zerstört gewesen.

Sie brauchte mehr.

Das Problem war nur, dass der Erfolg keine Droge war, die es an jeder Straßenecke gab. Sie konnte nicht einfach zu einem Kerl in einer finsteren Gasse gehen, einen Zwanzigdollarschein zücken und etwas Triumph und Ruhm erwerben.

All das musste sie sich auf die harte Tour beschaffen. Sie hatte dem Mörder mehrere E-Mails geschrieben in der Hoffnung, dass er eine davon beantwortete, aber ihre vierte Mail konnte gar nicht mehr zugestellt werden, weil die E-Mail-Adresse nicht länger existierte. Auch ihre Kontakte bei der Polizei hatten sich als unergiebig herausgestellt, denn die meisten konnten ihr nichts Neues erzählen, und diejenigen, die etwas wussten, behielten es für sich. Sie schrieb einen Anschlussartikel über Tamays Familie, der einigermaßen erfolgreich war – und von zwei mittelgroßen Online-Nachrichtenmagazinen zitiert wurde –, doch das war nichts im Vergleich zu dieser reinen Freude, die sie zuvor verspürt hatte. Anscheinend musste sie sich mehr anstrengen.

Sie ging zu Skyler Gaines' Beerdigung. Noch einen Monat zuvor hätte sie so etwas nie getan. Sie hatte Journalisten schon immer verabscheut, die den trauernden Eltern oder Witwen nachjagten und sich weigerten, sie in Ruhe trauern zu lassen. Aber da war sie auch noch nicht süchtig nach Erfolg gewesen. Jetzt brauchte sie die Story. Wenn sie dafür die Privatsphäre einer Trauerfeier stören musste, war das ein geringer Preis, den sie gern zahlte.

Es war herzergreifend. Skylers Mutter war offensichtlich am Boden zerstört; sie starrte den Sarg ihrer Tochter nur mit leerem Blick an und schien die Beileidsbekundungen der Menschen um sich herum gar nicht zur Kenntnis zu nehmen. Der Vater versuchte, stark zu bleiben, bis er auf einmal so laut zu schluchzen begann, dass man es in der ganzen Kapelle hören konnte.

Ricky versuchte, das zu verarbeiten, was sie sah, und in dramatische, ergreifende Sätze zu verpacken. *Skyler Gaines wurde den liebevollen Armen ihrer Familie entrissen ...* Nein. Das hörte sich irgendwie falsch an. *Der Todesbote hat erneut zugeschlagen und Skyler ihrer liebenden ...* Großer Gott, war sie in der dritten Klasse? Etwas mehr Mitgefühl war hier ja wohl zu erwarten.

Am besten gestaltete sie den Artikel persönlicher. *Als ich Skylers Eltern weinen sah, fragte ich mich unwillkürlich ...* Nicht übel. Gar nicht übel. Was hatte sie sich denn gefragt? Hatte sie sich Gedanken über die eigene Sterblichkeit gemacht? Wie es war, ein Kind zu verlieren? Das war eindeutig ein guter Ansatz, sie musste nur den richtigen Anschluss finden.

Eine weinende Frau saß neben ihr und wischte sich unaufhörlich die Nase mit einem feuchten Papiertaschentuch ab.

»Mein Beileid«, sagte Ricky leise.

»Danke«, murmelte die Frau betrübt.

»Sind Sie eine Verwandte der Verstorbenen?«, erkundigte sich Ricky.

»Nein, ich bin nur ihre Freundin«, antwortete die Frau. »Wir waren sehr eng befreundet.«

»Das kann ich mir vorstellen«, erwiderte Ricky abgelenkt und überlegte, wie sich all die Blumen rings um den Sarg möglichst poetisch beschreiben ließen.

»Er wollte mich ebenfalls umbringen«, erklärte die Frau.

»Entschuldigung, was haben Sie gerade gesagt?« Ricky drehte sich schockiert zu der Fremden um.

»Der Mörder. Er hat mir eine Nachricht geschickt.«

Ricky war drauf und dran, die Frau als verrückt abzutun oder als jemanden, der auf Aufmerksamkeit aus war – sie kannte dieses Gefühl nur zu gut –, doch dann holte die Fremde ihr Handy hervor, tippte darauf herum und hielt Ricky das Display vor die Nase. Ricky starrte das Foto des Seils entsetzt an, das wirklich unheilvoll aussah.

»Das hat er mir wenige Minuten vor dem Mord an Skyler geschickt«, sagte die Frau schniefend. »Ich dachte schon, er kommt mich als Nächstes holen, aber dann kam die Polizei.«

»Wirklich?« Rickys Herz raste. »Möchten Sie darüber reden?«

* * *

Sie alle wussten, dass sie keine Zeit zu verlieren hatten. Die Zeitspanne zwischen den Morden wurde immer kürzer. Zwischen den letzten beiden Morden lagen gerade mal zwei Wochen. Wahrscheinlich blieben ihnen höchstens zehn Tage, bis der Mörder erneut zuschlug.

Captain Bailey rief Tanessa an und riss sie aus dem Schlaf. Nur wenige Stunden nach Ende der Nachtschicht aufzuwachen, war ohnehin schon der reinste Albtraum. Als sie dann auch noch erfuhr, dass Chief Dougherty sie sprechen wollte, wurde alles noch viel schlimmer. Dann stellte sich jedoch heraus, dass der Chief ihr gar nicht wegen irgendeines Fehlers die Ohren lang ziehen wollte. Nein, der Chief wollte nur wissen, ob Tanessa bereit war, den Lockvogel für diesen schrecklichen Serienmörder zu spielen.

Das war alles.

Selbstverständlich, hatte Tanessa erwidert, der Tamays Gesicht noch immer deutlich vor Augen stand. Sie war gern bereit zu helfen.

Zoe Bentley, Tanessa und Mitchell bekamen die Aufgabe, ein Instagram-Profil zu erstellen, mit dem sich der Mörder anlocken ließ. Sie beschlossen, Tanessas bestehendes Profil zu verwenden, das Fotos aus dem vergangenen Jahr enthielt, in letzter Zeit jedoch vernachlässigt worden war. Zuerst löschten sie sämtliche Bilder, die mit der Polizei zu tun hatten. Zoe fand nach und nach heraus, wie Tanessa für die neuen Fotos posieren musste. Was sie anziehen sollte. Wo die Aufnahmen zu entstehen hatten. Sie sahen sich die Profile der letzten Opfer genau an. Alle Frauen waren zwischen achtzehn und zweiundzwanzig gewesen. Tanessa war fünfundzwanzig, aber Zoe meinte, das sei kein Problem. Sie wollten beim Alter einfach lügen.

Mitchell ging Tanessa zunehmend auf die Nerven. Er fragte sie immer wieder, ob sie sich sicher sei und das auch wirklich tun wolle. Mehrfach erwähnte er ihre Eltern und sprach darüber, wie gefährlich diese Aktion war.

»Muss Mitchell wirklich dabei sein?«, fragte sie Zoe.

Wie sich herausstellte, brauchten sie ihn nicht und teilten ihm höflich mit, dass er sich aus der Sache heraushalten sollte.

Derweil waren Captain Bailey und die anderen Detectives mit der Planung von Tanessas Tarnidentität beschäftigt. Agent Mancuso vom FBI kam nach Glenmore Park und stand ihnen beratend zur Seite. Sie betonte, dass es zwei wichtige Punkte gab, auf die sie achten mussten. Erstens sollte der Täter keinen Grund haben, eine Falle zu vermuten, daher durfte er nirgendwo einen Polizisten entdecken. Zweitens mussten sie sicherstellen, dass der Mann Tanessa aus kurzer Entfernung angreifen wollte. Falls er beispielsweise beschloss, sie mit einem Scharfschützengewehr zu erschießen, würde die Falle nicht zuschnappen und ihr Köder konnte den Tod finden. Nein. Sie mussten ihn dazu zwingen, ihr nahe genug zu kommen, damit die Polizeieskorte und Tanessa ihn erwischen konnten und Tanessa dabei hoffentlich kein Leid zugefügt wurde.

Mitchell, der zu diesem Zeitpunkt hinzukam, wurde sofort laut. Er schlug Dinge vor wie schusssichere Westen, ein Dutzend Leute, die Tanessa auf Schritt und Tritt überwachten, sowie eine Wohnung mit zugenagelten Fenstern. Agent Mancuso wollte wissen, wer dieser Mann war, und Jacob erklärte ihr, dass es sich um Detective Mitchell Lonnie handelte, der zufälligerweise der Bruder des Lockvogels war.

Und so teilte man ihm ein weiteres Mal höflich mit, dass er Leine ziehen sollte.

Es dauerte fast den ganzen Tag, aber sie fanden eine kleine Wohnung keine fünfzig Meter von einem Blumengeschäft entfernt. Tanessa würde in der Wohnung leben und im Blumengeschäft arbeiten. Auf diese Weise musste sie sich nicht sehr lange im Freien aufhalten. Der Blumenladen befand sich an der Clayton Road, einer der befahrensten Straßen in Glenmore Park. Wenigstens eine Person würde immer in Tanessas Nähe sein. Es war zudem sehr unwahrscheinlich, dass der Täter auf dieser Straße zuschlagen würde. Er musste sie zu Hause oder auf dem Weg zwischen dem Blumengeschäft und dem Apartment erwischen.

Es war offensichtlich, dass der Mörder die Opfer gestalkt und sich ihren Tagesablauf eingeprägt hatte. Daher dachten sie sich einen einfachen Zeitplan aus: Tanessa würde morgens um acht Uhr ihr »Zuhause« verlassen und zum Blumengeschäft gehen. Um siebzehn Uhr dreißig sollte sie Feierabend machen, nach Hause gehen und das Schlafzimmerfenster öffnen, um »Luft hereinzulassen«. Gegen dreiundzwanzig Uhr würde sie das Fenster schließen und zu Bett gehen.

In der Nähe des Schlafzimmerfensters verlief eine Regenrinne. Sie hofften, dass der Täter versuchte, sich auf diesem Weg Zutritt zur Wohnung zu verschaffen. Auf dem Weg zum Blumenladen sollte ein mit einem Scharfschützengewehr bewaffneter Schütze sie im Auge behalten. Sie installierten eine Kamera, die auf die Eingangstür gerichtet war, eine weitere am Schlafzimmerfenster und zwei in der Wohnung, deren Feeds direkt in die Zentrale geleitet wurden.

Tanessa kam das alles übertrieben vor. Der Mörder würde ihr schließlich eine Nachricht schicken. Sie würden also im Vorfeld wissen, dass er sie ermorden wollte. Zoe war anderer Meinung. Sie merkte an, dass die Zeitspanne zwischen der

Nachricht und dem Mord möglicherweise kürzer sein werde, genau wie er zwischen den einzelnen Morden weniger Zeit verstreichen ließ. Es machte ganz den Anschein, als würde der Täter die Geduld verlieren, daher war es am besten, auf alles vorbereitet zu sein.

Auch Tanessas Handy wurde angezapft, sodass jede Nachricht, die sie erhielt, auf einem Monitor in der Zentrale erschien. Alle Mitarbeiter waren angewiesen, auf diesen Monitor zu achten, damit die Nachricht auf gar keinen Fall unterging.

Bernard und Hannah bekamen die Aufgabe zugewiesen, erneut mit allen Frauen von Atticus' Modelliste zu sprechen und sicherzustellen, dass sich keine von ihnen auf der Website des Killers registriert hatte. Wie sich herausstellte, waren drei der Frauen dort angemeldet.

Zwölf Stunden später schrieben diese drei Frauen auf Facebook, Instagram und Twitter, dass sie für kurze Zeit verreisen würden. Eine machte eine überraschende Reise, eine zweite besuchte einen erkrankten Verwandten, und die dritte musste auf eine Geschäftsreise.

Die drei Frauen wurden an einen sicheren geheimen Ort gebracht und dort von schwer bewaffneten Bodyguards bewacht.

Die Polizei konnte nur hoffen, dass sich keine Frau auf der Website angemeldet hatte, die nicht auf Atticus' Liste stand.

An diesem Abend zog Tanessa in ihre neue Wohnung, und ihre Daten wurden auf der Website des Mörders eingetragen.

Die Falle war gestellt. Nun mussten sie abwarten, ob der Täter den Köder auch schluckte.

Kapitel 18

Er schaute immer wieder auf seinen Laptop und versuchte, den Moment hinauszuzögern. Vorfreude. Gab es etwas Besseres? Und nun war die ganze Stadt voll davon. Alle fragten sich, wann und wo er wieder zuschlagen würde. Wen würde er diesmal auswählen? Junge Frauen in ganz Glenmore Park schliefen schlecht und hatten Angst, sie könnten die Nächste sein. Andere dachten an ihre Schwestern, Töchter, Freundinnen, Ehefrauen, Nachbarinnen. Wen würde es treffen? Das, was sie empfanden, war natürlich keine Vorfreude, sondern Furcht.

Aber jede Sache hatte zwei Seiten. Dank ihrer Furcht war seine Vorfreude umso größer. Und endlich, endlich! Fast kam es ihm vor wie beim ersten Mal: wie er den Augenblick aufschob, einerseits, weil er sich nicht sicher war, ob er die Sache wirklich durchziehen konnte, und andererseits, weil ihn die Vorfreude in eine nie zuvor erlebte Euphorie versetzte. Ihre Angst, als sie begriff, was geschehen würde, die Furcht in ihren Augen, machte alles noch viel besser. Seitdem jagte er diesem Moment hinterher.

Das erste Mal war etwas Besonderes. Und wenn sie jung waren, wirkte alles noch viel aufregender. Nun musste er dafür sorgen, dass ihn eine ganze Stadt fürchtete, um dasselbe zu spüren.

Aber es war wunderbar.

War es Zeit, sein nächstes Opfer auszuwählen, oder konnte er noch etwas länger damit warten?

Vor…

Er stand auf und schenkte sich eine Tasse Kaffee ein. Nicht zu viel Zucker; er versuchte, weniger zu sich zu nehmen. In jüngeren Jahren hatte er seinen Kaffee mit zwei Löffeln Zucker getrunken. Zwei Löffeln! Inzwischen hatte er die Menge auf die Hälfte reduziert. Er nippte genüsslich daran und malte sich aus, wie sich das Koffein mit seinem Blut vermischte und seine Aufregung noch weiter anstachelte. Endlich hatte er die Tasse ausgetrunken, wusch sie im Spülbecken ab und trocknete sie sorgfältig mit einem Geschirrtuch.

…freude.

Dann gab er nach, setzte sich an seinen Laptop und schaltete ihn ein.

Er hatte vierzehn Frauen zur Auswahl. Auch jemand neuen, das war gut. Die würde er sich später ansehen. Eigentlich wusste er längst, wer es sein sollte. Er folgte ihr bereits seit einer Weile. Sie ging jeden Donnerstag ins Fitnessstudio und nahm dabei eine Abkürzung durch diese Gasse. Was durchaus nachvollziehbar war. Wäre sie außen herumgegangen, hätte der Weg zehn Minuten länger gedauert. Zehn ganze Minuten! War das das Risiko nicht wert? Lächelnd rief er ihre Seite auf. Sie war wunderschön. Er öffnete ihr Instagram-Profil, um sich erneut ihre Fotos anzusehen.

Sein Lächeln verblasste.

Sie wollte einen erkrankten Verwandten besuchen und wusste noch nicht, wann sie wieder zurück sein würde. Seine Faust fuhr nur wenige Zentimeter neben dem Laptop auf den Tisch. Verdammt! Was war denn mit ihrem normalen Tagesablauf? Hielt sie nichts von Routine?

Wie sollte er irgendetwas planen, wenn die Menschen von ihrer Routine abwichen? Ein großer Teil seiner Vorfreude beruhte auf der Planung. Er knirschte mit den Zähnen. Na gut. Dann musste er eben eine andere auswählen.

Er ging die Profile durch. Einige der Frauen lebten nicht in der Stadt, obwohl seine Anzeige an die Einwohner von Glenmore Park gerichtet war. Andere fühlten sich irgendwie nicht richtig an, weil sie entweder zu alt oder nicht hübsch genug waren. Sie mussten attraktiv sein, so wie *sie* es gewesen war. Eine war zu jung. Er rief die Informationen der Neuen auf.

Oh, wow!

Das war eine Überraschung. Sie sah auch ein bisschen zu alt aus. Er las sich die Daten durch. Einundzwanzig. Hm. Tja, junge Frauen versuchten, älter und erfahrener auszusehen, als sie eigentlich waren. Er betrachtete sie eine Weile. Diese Lippen ... dieses Lächeln ... die perfekte Farbe, zart, aber trotzdem verdammt sexy. Genau wie *ihr* Lächeln. Er suchte ihr Instagram-Profil und öffnete es. Scrollte hindurch.

In seinem kleinen Apartment lächelte der Mörder. Er hatte sein nächstes Ziel gefunden.

* * *

»Ist diese Frau eigentlich noch ganz bei Trost?« Mitchell war offensichtlich wütend, und seine Stimme dröhnte viel zu laut in Tanessas Ohr. Sie stellte ihr Handy leiser und trank einen Schluck Kaffee. In den letzten achtundvierzig Stunden hatte sie sehr viel Kaffee getrunken. Nach etwas mehr als zwei Monaten bei der Polizei hatte sich ihr Körper voll und ganz an die Nachtschichten gewöhnt. Der plötzliche Wechsel zur Tagesschicht fiel ihr darum deutlich schwerer als erwartet.

»Warum regst du dich so auf, Mitchell? Sie ist Journalistin. Das ist ihr Job. Sie berichtet über Dinge, die sich ereignet haben.«

»Sie schreibt, wir wären im falschen Haus gewesen. Sie stellt uns als völlig inkompetent dar!«

»Na ja … Ihr wart ja auch im falschen Haus«, merkte Tanessa an und verringerte die Lautstärke noch mehr. Ihr Bruder würde noch dafür sorgen, dass sie Kopfschmerzen bekam.

»Ja! Weil der Mörder einen Fehler gemacht hat! Der Täter ist inkompetent, nicht wir!«

»Na, das klingt doch nach einem sehr lesenswerten Artikel. ›Inkompetenter Mörder immer noch auf freiem Fuß‹ hört sich gleich viel besser an als ›Inkompetente Polizei rettet das falsche Opfer‹«, meinte Tanessa. »Außerdem weiß sie anscheinend noch nichts von der Website und geht vermutlich davon aus, der Mörder wollte uns in die Irre führen.«

»Sie wird noch dafür sorgen, dass wir von dem Fall abgezogen werden«, murmelte Mitchell.

»Das bezweifle ich. Sie ist bloß Reporterin.«

»Ich werde mich auf jeden Fall noch mal mit ihr unterhalten. Ich will wissen, woher sie die Informationen hat.«

»Tu das. Ich muss jetzt los und Blumen verkaufen«, erwiderte Tanessa.

»Ja, okay. Pass auf dich auf!«

Sie legte auf, nahm ihre Handtasche und verließ die Wohnung. Wider Erwarten verspannte sie sich dabei. Während sie die Tür abschloss, warf sie ständig einen Blick über die Schulter.

Auf dem Weg zum Blumengeschäft musste sie sich zwingen, sich nicht ständig umzusehen und nach *ihm* Ausschau zu halten. Entweder beobachtete er sie oder er tat es nicht. Wenn sie weiter so verunsichert wirkte, würde er die Falle noch erkennen. Sie musste so laufen, als wäre sie völlig sorgenfrei. *Tralala,* die junge Tanessa ging zu ihrem Job im Blumenladen und ignorierte den Mörder, der sie möglicherweise stalkte. Das machte sie ganz verrückt.

Ihr Handy pingte, und sie zuckte zusammen. Rasch warf sie einen Blick auf das Display. Es war nur eine Nachricht von Richard, ihrem anderen Bruder, der sich erkundigte, wie es ihr ging. Sie brachte ihre Atmung unter Kontrolle und antwortete, dass alles gut sei, sie es jedoch vorziehen würde, wenn er anrief, statt eine Nachricht zu schicken.

Auf einmal schienen Nachrichten Unheilsboten zu sein. Eine Nachricht konnte möglicherweise das Foto einer Mordwaffe enthalten, mit der man sie umbringen wollte.

Sie erreichte das Blumengeschäft mit dem schönen Namen Hummingbird Blossoms und ging hinein. George, der Besitzer, empfing sie mit einem strahlenden Lächeln. Sie erwiderte das Lächeln und sah sich im Laden um. Sie konnte einfach nicht anders. Dabei gingen sie doch davon aus, dass der Täter nicht im Blumengeschäft zuschlagen würde.

Aber was war, wenn er das anders sah?

Der Laden war sehr klein. Im vorderen Bereich stand ein hoher Holztresen mit der Kasse darauf, ansonsten gab es hier nur Blumen. Tausende von Blumen. Die unzähligen Farben und starken, süßen Düfte, die sich in der Luft vermischten, attackierten Tanessas Sinne, die an Dunkelheit, blasse Farben und den Geruch im Inneren des Streifenwagens gewöhnt waren. Sie stand ständig kurz vor der Reizüberflutung und musste flach atmen, um nicht zu viele Gerüche abzubekommen, oder zu Boden blicken, damit sich ihre Augen ausruhen konnten. Das war ein Problem bei ihrer Tarnung, das sie nicht bedacht hatten, und jetzt ließ es sich nicht mehr ändern. Wieder einmal konnte sie nur hoffen, dass der Mörder nicht im Laden zuschlug und dass sie sich im Verlauf der nächsten Tage an diese Umgebung gewöhnte.

»Hilfst du mir, den Außenbereich aufzubauen?«, fragte George.

»Aber natürlich«, antwortete Tanessa.

Jeden Morgen bei Ladenöffnung stellte George eine farbenprächtige Blumenauswahl nach draußen auf den Bürgersteig. Er platzierte alles in großen schwarzen Eimern auf einem kleinen Tisch und um ihn herum. Auf diese Weise schuf er einen kleinen Berg aus Blumen, der den auffälligsten Farbfleck entlang der ganzen Straße darstellte. Während Tanessa und George die Blumen hinausbrachten, bemerkte sie, wie er ihr mehrmals irritierte Seitenblicke zuwarf.

Sie musterte ihn neugierig. Er musste über fünfzig sein, hatte weißes Haar, blassrosa Haut und leuchtende Augen. Wenn der Weihnachtsmann einen Cousin besessen hätte, wäre dieser Georges Ebenbild gewesen. Sie war sich nicht sicher, wie viel er wusste, aber er musste zumindest zum Teil eingeweiht sein. Im Blumenladen wurde eigentlich keine Verkäuferin gesucht, und George kannte Captain Bailey irgendwoher. Hatte Bailey ihm erzählt, dass sie Polizistin war? Wusste er, dass sie den Lockvogel spielte?

Sobald draußen alles aufgebaut war, gingen sie wieder hinein. Tanessa fegte gerade den Boden, als plötzlich die Tür aufgerissen wurde. Ohne es zu merken, bewegte sie eine Hand an die Seite zu der Stelle, an der sich normalerweise ihre Glock befand, wenn sie im Dienst war. Doch heute hing dort keine Waffe. Ihr Herz raste, als ein junger Mann den Laden betrat, zu ihr kam und sie fragte, mit welchen Blumen er sich wohl am besten entschuldigen konnte.

Die Erwartungshaltung und die Furcht machten sie schon jetzt fast verrückt, und sie wünschte sich, dass der Mörder bald zuschlagen würde.

* * *

Pauline hatte sich schon den ganzen Tag vor dem Moment gefürchtet, in dem die Wohnungstür geöffnet wurde. Sie hatte sich an diesem Morgen krankgemeldet, weil sie in dieser Verfassung nicht arbeiten konnte. Als die Tür endlich aufging, war sie beinahe erleichtert. Das Warten war vorbei.

Mitchell kam herein, tief in Gedanken versunken, die Stirn zerfurcht, so wie er schon seit einem Monat herumlief. In der letzten Woche war es noch schlimmer geworden, seitdem seine Schwester den Lockvogel für den Serienmörder spielte. Er war immerzu angespannt, fauchte sie grundlos an, starrte hin und wieder ins Leere und ignorierte sie manchmal völlig.

»Hey«, sagte er abgelenkt, als er sie im Wohnzimmer stehen sah. »Entschuldige, dass ich so spät komme.«

Eigentlich war er vergleichsweise früh dran. Es war erst einundzwanzig Uhr dreißig. Neuerdings kam er oft erst nach Mitternacht nach Hause und kroch zu ihr ins Bett, während sie längst tief und fest schlief.

Dann erst sah er ihr ins Gesicht und bemerkte ihre roten Augen, die vom vielen Weinen ganz verquollen waren.

»Was ist denn los?«, fragte er besorgt, und ihre Entschlossenheit geriet ins Wanken. Er trat näher, um sie in die Arme zu nehmen, doch sie wich einen halben Schritt zurück und hob die Hände. Daraufhin blieb er mit verwirrter Miene stehen.

»Es tut mir sehr leid«, sagte sie. »Ich gehe.«

Sie konnte ihm ansehen, dass er zuerst nicht begriff, was sie meinte, dass sein Gehirn versuchte, die Information so zu verarbeiten, damit sie nicht das bedeutete, was sie tatsächlich aussagte. Vielleicht wollte sie den Job wechseln oder eine Kurzreise nach Paris machen und wäre in einer Woche wieder zurück.

»Ich glaube, wir passen nicht zusammen«, fuhr sie fort und schaffte mehr Klarheit. Aber auch Schmerz. »Wir sind einfach zu verschieden, Mitchell. Es funktioniert nicht.«

»Aber das tut es doch«, widersprach er ihr.

»Nein. Nicht für mich.«

Er schien wie vor den Kopf geschlagen, und nicht zum ersten Mal fragte sie sich, wie jemand, der seinen Lebensunterhalt mit der Verbrecherjagd verdiente und dafür die kleinsten Hinweise entschlüsselte, so unfassbar blind sein konnte.

»Das verstehe ich nicht«, sagte er. »Wir sollten darüber reden.«

Sie schüttelte den Kopf, und ihre Kehle schnürte sich derart zu, dass sie keinen Ton herausbrachte. Es war zu spät zum Reden. Zugegeben, sie hätten reden müssen, vor einem Monat oder vor drei Wochen, als sie endlich registriert hatte, dass sie nicht mehr glücklich war, und zwar schon seit sehr langer Zeit. Aber er war nie da, sondern immer bei der Arbeit, jagte den Serienmörder, während sie viel zu oft mit ihren Gedanken allein blieb. Und wenn sie sich in letzter Zeit unterhielten, dann immer über den Fall. Jedes ihrer Gespräche war von grausamen Morden, an Höschen schnüffelnden Perversen, Prostituierten, Drogendealern und häuslicher Gewalt befleckt gewesen. Früher einmal war sie unschuldig gewesen und hatte wirklich geglaubt, dass es in jedem Menschen etwas Gutes gab. Aber Unschuld und Unwissenheit gingen offenbar Hand in Hand, und jetzt empfand und dachte sie anders.

»Pauline«, sagte er. »Ich liebe dich und würde alles dafür tun, dass diese Beziehung funktioniert.«

In seinen Augen lagen so viel Traurigkeit und Schmerz. Aber nicht die Traurigkeit, die jeder in ihm zu sehen glaubte und die seinen Worten zufolge auf der Form seiner Augenbrauen beruhte. Dies war echte Traurigkeit. Sein ganzes Gesicht spiegelte dieses Gefühl wider. Fast hätte sie nachgegeben, gesagt, okay, vielleicht sollten wir eine Paartherapie machen und versuchen, mehr Zeit miteinander zu verbringen.

Aber es war zu spät, nicht wahr? Es gab noch jemanden, dessen Existenz dieses Gespräch überschattete. Einen anderen.

Sie hatte Paul bei der Arbeit kennengelernt. Er war zu einer Routineuntersuchung gekommen und hatte perfekte weiße Zähne. Sofort hatte er mit ihr geflirtet und sie nach ihrem Namen gefragt. Als sie ihm ihren Namen nannte, hatte er laut gelacht und verkündet, dass er das Gespräch nun leider abbrechen müsse. Sie konnten sich unmöglich miteinander einlassen. Ein Paar aus Paul und Pauline durfte es unter keinen Umständen geben. Sie mochte sein Lachen, auch dass er über alles Witze machte und nichts wirklich ernst nahm. Bisher hatte sich Pauline nicht für eine Frau gehalten, die untreu werden konnte, aber bei Paul wurde ihr schnell klar, dass es dennoch geschehen würde. Und so hatte sie eine Entscheidung getroffen.

»Es ist sinnlos«, teilte sie Mitchell mit und spürte, wie ihr eine Träne über die Wange lief. Es war ein Wunder, dass sie überhaupt noch welche hatte. Schließlich hatte sie schon den ganzen Tag geweint, während sie sich am Laptop ihre Fotos angesehen, ihre Sachen gepackt, mehrmals versucht hatte, einen Brief zu schreiben und ihre Gefühle festzuhalten, nur um diesen doch wieder zu zerknüllen.

Mitchells Miene veränderte sich, seine stets traurigen Augen wirkten wütend, und er verkrampfte die Kiefermuskeln.

»Okay«, knurrte er. »Dann verschwinde.«

Und genau das tat sie auch.

Kapitel 19

Die heiße Dusche nach dem Training war vermutlich das, was Janice Hewitt jeden Tag am meisten genoss. Das Gefühl, wie der heiße Wasserstrahl ihre ausgelaugten Muskeln entspannte, übertraf locker alle anderen weltlichen Freuden. Aus diesem Grund duschte sie meist zwanzig Minuten und manchmal – wenn sie einen sehr harten Tag hinter sich hatte – auch eine halbe Stunde.

Aber irgendwann musste sie die Dusche nun mal verlassen. Betrübt stellte sie das Wasser ab, trat aus der Duschkabine und wickelte sich in ein Handtuch ein. Sie ging ins Schlafzimmer und zum Bett, wo sie sich zuvor schon Kleidungsstücke zurechtgelegt hatte. Ihr Handy auf dem Nachttisch blinkte; sie griff danach und warf einen Blick darauf, während sie die andere Hand schon nach der Unterwäsche ausstreckte.

Plötzlich erstarrte sie.

Da war eine Nachricht von einer unbekannten Nummer. Auf dem Foto war eine große Kettensäge auf einem kleinen Tisch zu sehen. Darunter zwei Worte. Bis bald.

Sie schaute sich mit rasendem Herzen um. Die Schlafzimmertür war nicht ganz geschlossen, sodass sie einen Blick in den Flur werfen konnte. Sie trat einen Schritt zur Seite und presste sich mit dem Rücken an die Wand, damit sie den ganzen Flur im Auge hatte. Nirgendwo eine Bewegung. Nach einem erneuten Blick auf das Foto, um sich zu vergewissern, dass sie sich nicht getäuscht hatte, rief sie den Notruf an.

Der Anruf ging nicht raus. Sie versuchte es abermals, ebenso erfolglos. Irgendetwas stimmte mit ihrem Handy nicht.

Zittrig atmend schlich sie langsam aus dem Schlafzimmer durch den Flur, bis sie die Haustür erreicht hatte. Dabei sah sie sich immer wieder um und hielt Ausschau nach Bewegungen. Ihr ganzer Körper war angespannt, und sie wollte nur noch losrennen. Als sie an der Haustür war, schaute sie durchs Guckloch. Dahinter lag der Hausflur des Apartmentgebäudes. Er war leer. Sie zögerte eine Minute, dann entriegelte sie die Tür und wollte sie öffnen.

Aber es ging nicht. Sie zog fester daran. Nichts. Die Tür rührte sich nicht.

Sie zwang sich, tief durchzuatmen. Ihr war klar, dass sie schnell handeln musste, weil die Zeit rasend schnell verging. Ihre Gedanken drehten sich im Kreis; sie versuchte, die letzten Minuten zu analysieren. Der Mann, der ihr diese Nachricht geschickt hatte, glaubte, sie sei in ihrer Wohnung gefangen und ihr Handy würde nicht funktionieren. Irgendwie musste sie ihn austricksen, und zwar schnell. Bevor er mit einer Kettensäge in der Hand vor ihr stand.

Ihr Laptop! Sie rannte ins Wohnzimmer. Der Laptop stand auf dem Kaffeetisch. Er war bereits eingeschaltet. Gab es eine Möglichkeit, die Polizei per Chat zu kontaktieren? So etwas musste es doch geben! Ihre Finger flogen über die Tastatur, und sie tippte panisch. Sie rief die Website der Polizei von Glenmore Park auf und überflog sie. Es gab keinen Chat, nur einen »Kontakt«-Link. Verdammt!

Sie gab »Polizei Chat USA« in die Suchmaschine ein. Okay, ein paar Optionen schien es zu geben. Anscheinend konnte man mit der Polizei in Arlington, Texas, chatten. Das musste reichen. Sie klickte den Link an, und das Chat-Fenster öffnete sich.

> Hier ist der Online-Assistent der Polizei von Arlington. Wie kann ich Ihnen helfen?

Sie überlegte kurz. Das, was sie jetzt schrieb, konnte über Leben und Tod entscheiden.

> Ich lebe in Glenmore Park, Massachusetts. Eben habe ich eine Nachricht von einem Mörder erhalten, der mich umbringen will. Ich sitze in meiner Wohnung fest, mein Handy funktioniert nicht, und die Wohnungstür geht nicht auf. Bitte helfen Sie mir.

Sie wartete einen Augenblick und schickte ein Stoßgebet zum Himmel, dass derjenige, der in Arlington ihre Mail las, sie ernst nahm.

> Dies ist der Polizeichat für Arlington. Wir sind nicht für Notfälle in Massachusetts zuständig.

War ja klar. Wieso konnte nicht einmal das einfach sein? Bitte, tippte sie.

> Rufen Sie einfach die Polizei in Glenmore Park an. Sagen Sie dort Bescheid. Ich kann sie nicht erreichen. Mir bleibt keine Zeit mehr. Er wird mich umbringen.

Nach einer Sekunde bekam sie eine Antwort: Wie lautet Ihre Adresse?

Sie atmete erleichtert auf und gab ihre Adresse ein. Dann wartete sie. Irgendwo im Haus knarrte es. Er lauerte ganz in der Nähe, davon war sie überzeugt. Ihr lief die Zeit davon.

Sie sind unterwegs.

Gut. Nun wurde es Zeit …

Eine ganz in Schwarz gekleidete Gestalt betrat das Wohnzimmer und hielt eine Kettensäge in der Hand. Janice sprang schreiend auf. Das Handtuch, das sie sich um den Leib geschlungen hatte, löste sich und fiel zu Boden.

Der Mann mit der Kettensäge trat näher.

* * *

Officer Neal Fuller stellte begeistert fest, dass ihr Streifenwagen als Erster vor Ort war. Alle Einheiten waren zu einem möglichen Angriff des Serienmörders gerufen worden, den die Presse den Todesboten getauft hatte. Bisher kannten sie kaum Details, da der Zentrale nicht viele Informationen von der Anruferin vorlagen.

Er stand vor einem Apartmentgebäude. Fünf Stockwerke, kein Fahrstuhl, und ein leichter Pissegestank an der Eingangstreppe. Das alles bekam er nur beiläufig mit, während er zwei Stufen auf einmal nahm und sich bewusst war, dass sein Partner Markus nicht mit ihm mithalten konnte. Schließlich war Neal zweiundzwanzig, topfit und kam frisch von der Akademie. Markus war dreiundvierzig, hatte einen Bierbauch und hin und wieder Knieprobleme.

Neal rannte die Treppe hinauf, und das Adrenalin in seinen Adern half ihm, noch schneller zu laufen als jemals zuvor. Schwer atmend kam er im obersten Stockwerk an. Er wusste, dass er eigentlich auf seinen Partner warten sollte, aber dies war ein Notfall, und ihm blieb keine Zeit. Daher trat er zur Tür und hämmerte dagegen.

»Polizei!«, rief er.

Aus dem Inneren kam ein schriller Schrei. Neal versuchte, die Tür zu öffnen. Sie war nicht verschlossen, ließ sich aus irgendeinem Grund aber nicht bewegen. Etwas blockierte sie.

Er nahm Anlauf und warf sich dagegen. Das Geräusch splitternden Holzes ertönte, und er spürte, dass etwas nachgab. Aus der Wohnung schrie eine Frau um Hilfe. Er konnte auch einen Mann hören, der etwas brüllte. Erneut warf er sich gegen die Tür, die endlich aufsprang. Neal hätte beinahe das Gleichgewicht verloren, als er nach vorn in die Wohnung stürmte.

Zu seiner Linken befand sich ein großer Raum. Ein ganz in Schwarz gekleideter Mann mit einer Skimaske hatte sich zu ihm umgedreht. Neal konnte die schreiende Frau sehen, die hinter dem Mann nackt auf der Couch kauerte.

Sofort hatte Neal die Waffe in der Hand und zielte damit auf die Brust des Mannes.

»Nicht schießen!«, schrie der Mann und riss die Hände in die Luft. »Nicht schießen!«

Neals Finger lag bereits am Abzug, den er leicht drückte. Fast hätte er geschossen, und wappnete sich für den Rückstoß.

»Ich bin unbewaffnet!«, schrie der Mann. »Nicht schießen!«

»Auf die Knie!«, verlangte Neal. »Die Hände über den Kopf! Na los!«

Einen Augenblick zögerte der Mann.

»Sofort!«, brüllte Neal.

Der Mann ging auf die Knie und hob die Hände über den Kopf, und sofort war Neal bei ihm, drückte ihn zu Boden und fesselte seine Hände auf dem Rücken. Dabei bemerkte Neal etwas auf dem Boden: eine Kettensäge. Der kranke Mistkerl hatte die Frau mit einer Kettensäge umbringen wollen. Neal versetzte dem Mann einen heftigen Tritt. Er schrie laut auf. Die Frau wimmerte vor Furcht.

»Alles gut!«, beruhigte Neal sie und versuchte, ihr ins Gesicht zu sehen, was ihm jedoch nicht gelang. »Wir haben ihn.«

Die Frau tastete auf dem Boden herum, bis sie das weiße Handtuch gefunden hatte, das sie sich ungeschickt umwickelte.

»Bitte«, flehte sie. »Schaffen Sie ihn hier raus!« Sie schlug die Hände vor das Gesicht.

Neal sah, dass Markus neben ihm stand und die Frau anglotzte.

»Jetzt hilf mir hier mal«, verlangte er und zog den Mann auf die Beine.

»Sie verstehen das nicht …«, setzte der Mann an.

»Halten Sie den Mund!« Neal schüttelte ihn grob. »Halten Sie verdammt noch mal den Mund!«

Sie zerrten ihn grob die Treppe hinunter und rissen ihm dabei die Maske vom Kopf. Er war jung, höchstens fünfundzwanzig, hatte Schweiß auf der Stirn und ein verängstigtes Gesicht. Als er wieder etwas sagen wollte, schüttelte Markus ihn erneut, und danach hielt er den Mund.

Neal grinste Markus an, als sie mit dem Verdächtigen das Haus verließen. Er musste an seine Mutter denken. Vielleicht würde seine Familie an diesem Wochenende über Neal reden und nicht über den blöden Peter und sein erfolgreiches Unternehmen. Diesmal würde Neal seiner Mutter einen Grund geben, stolz auf ihn zu sein.

Vor der Tür wartete ein Reporter auf sie. Wie in aller Welt hatte die Presse so schnell davon erfahren?

»Wir haben ihn«, erklärte Neal trunken vor Siegesfreude und malte sich bereits aus, wie seine Mutter die Zeitung in der Hand hielt. »Wir haben den Todesboten.«

Kapitel 20

»Irgendetwas stimmt an der Sache nicht«, meinte Zoe zu Mitchell.

Er starrte sie mit leerem Blick an. Seine Augen juckten ob des Schlafmangels, und er hatte das Gefühl, alles würde aus weiter Ferne zu ihm durchdringen. Sie hatten den Mörder gefasst. Hurra! Jetzt wollte er nur noch nach Hause, sich ins Bett legen und die Decke anstarren, so wie er es während der vergangenen Nacht getan hatte. Dabei würde er über alle Gespräche mit Pauline nachdenken und versuchen, die Hinweise zu entdecken, die ihm entgangen waren, alles, was darauf hindeutete, dass sie ihn verlassen wollte.

»Hören Sie mir überhaupt zu, Mitchell? Ich glaube nicht, dass wir den Richtigen haben.«

»Er hat dem Opfer eine Nachricht mit dem Foto der Mordwaffe geschickt. Er wurde im wahrsten Sinne des Wortes auf frischer Tat ertappt, als er die Frau mit einer Kettensäge angreifen wollte. Er ist unser Mann, Zoe.«

»Er wurde nicht dabei erwischt, wie er sie angegriffen hat. Ich habe mit den Polizisten gesprochen, die ihn verhaftet haben …«

»Er ist der verdammte Killer, Zoe! Lassen Sie's gut sein!« Er merkte erst, dass er gebrüllt hatte, als sich alle im Büro zu ihm umdrehten.

Zoe biss sich auf die Unterlippe und setzte sich an den provisorischen Schreibtisch, den sie ihr zur Verfügung gestellt hatten. Sie griff sich einige Unterlagen und starrte sie mit hochrotem Kopf an.

»Hören Sie.« Mitchell holte tief Luft. »Jacob ist auf dem Weg hierher, und dann verhören wir diesen Kerl und beschaffen uns sein Geständnis. Möchten Sie beim Verhör dabei sein?«

Zoe schwieg weiterhin und wandte ihm den Rücken zu. Mitchell nahm seufzend an seinem Schreibtisch Platz. Er starrte den dunklen Monitor an, fühlte sich völlig ausgelaugt und musste an den Verlobungsring denken. Den musste er noch zurückbringen. Kurz fragte er sich, was wohl passiert wäre, wenn er Pauline irgendwann in den letzten Wochen den Antrag gemacht hätte, anstatt es ständig aufzuschieben und auf den richtigen Augenblick zu warten. Hätte sie Ja gesagt? Wären sie dann noch immer zusammen? Dies war nicht das erste Mal, dass er das dachte. Auch nicht das zweite Mal. Diese Gedanken gingen ihm wieder und wieder durch den Kopf, begleitet von einer Endlosschleife aus Selbsthass und Traurigkeit.

Jacob betrat lächelnd den Raum.

»Wie ich hörte, haben wir Grund zum Feiern!«, sagte er. Er war zum Zeitpunkt der Verhaftung in Boston gewesen und hatte sich die Orte angesehen, an denen der Serienmörder dort zugeschlagen hatte.

Mitchell und Zoe drehten sich zu ihm um. Sein Lächeln verblasste.

»Was ist los?«, wollte er wissen.

»Ich glaube nicht, dass er unser Mann ist«, antwortete Zoe.

»Wieso nicht?«, fragte Jacob. »Ich hörte, er wäre genau nach demselben Muster vorgegangen.«

»Das stimmt nicht«, sagte Zoe. »Als die Polizei in die Wohnung kam, stieß sie im Wohnzimmer auf den Mann. Das Opfer war noch quicklebendig, und die Kettensäge lag auf dem Fußboden.«

»Vielleicht hatte er technische Probleme«, mutmaßte Jacob. »Eine Kettensäge ist nicht gerade leicht zu bedienen.«

»Dieser Mörder plant immer weit im Voraus«, gab Zoe geduldig zu bedenken. »Glauben Sie wirklich, er wäre das Risiko eingegangen, dass die Kettensäge nicht anspringen könnte? Und wir sollten auch seine Kleidung nicht vergessen – er war ganz in Schwarz gekleidet und trug eine weiße Hockeymaske.«

Jacob runzelte die Stirn. »Das hatte er an?«

»Ja! Hört sich das für Sie an, als hätten wir unseren Mann?«

»Was stimmt denn daran nicht?«, fauchte Mitchell, dabei kannte er die Antwort ganz genau. Das passte überhaupt nicht ins Profil. Trotzdem klammerte er sich an seine Überzeugung, als würde er tatsächlich daran glauben. So, wie er sich bis zum entscheidenden Augenblick eingeredet hatte, dass zwischen ihm und Pauline alles in bester Ordnung sei.

»Meinen Sie das ernst?« Zoe starrte ihn fassungslos an. »Eine weiße Hockeymaske? Das ist eine Requisite! Etwas, das man sich aufsetzt, nachdem man ›Freitag, der 13.‹ gesehen hat! Glauben Sie wirklich, unser Mörder würde so etwas tun?«

»Wer weiß denn schon, was er tun würde?«, konterte Mitchell. »Er ist ein Psycho! Vielleicht hat er sich schon immer danach gesehnt, so wie Jason zu sein.«

Zoe schüttelte den Kopf. »Wenn Sie meinen. Wissen Sie, was in seiner Nachricht gestanden hat? *Bis später.* Das ist kein Serienmörder, nur ein Mann, der gern einer wäre.«

»Und was denken Sie?«, wandte sich Jacob an Zoe. »Haben wir es mit einem Nachahmungstäter zu tun?«

»Gut möglich«, antwortete Zoe. »Aber ich bin mir fast hundertprozentig sicher, dass er nicht unser Mann ist.«

»Na, dann reden wir mal mit ihm und finden es heraus«, erklärte Jacob.

* * *

Danny Stevenson war verängstigt, hatte Schmerzen und litt unter Übelkeit. Er hatte sich, sehr zum Verdruss der Polizisten, im Streifenwagen übergeben, doch das mulmige Gefühl im Bauch war danach nicht besser geworden. Es war unter anderem auf den Schlag zurückzuführen, den er zuvor erhalten hatte. Dieser elende Polizist schien Fäuste aus Stahl zu haben. Danny fühlte sich, als wäre in seinem Inneren etwas verschoben worden.

Er sah sich um. Der Raum war karg eingerichtet. Ein schlichter Metalltisch und drei Stühle, darunter der, auf dem Danny gerade saß, sowie zwei auf der gegenüberliegenden Tischseite. Auf dem Weg zum Revier waren seine Hände mit Handschellen auf dem Rücken gefesselt gewesen. Nach Betreten dieses Raums hatten sie ihm die Handschellen abgenommen, seine Arme grob nach vorn gezerrt und wieder gefesselt. Die Handschellen saßen so eng, dass seine Hände langsam rot anliefen. Er bewegte die Finger und versuchte, den Blutfluss anzuregen. Es tat weh.

Alles tat weh. Der Schmerz und die Angst bewirkten, dass ihm die Tränen kamen.

Wie hatte so ein einfacher, eleganter Plan derart nach hinten losgehen können? Er hatte doch dafür gesorgt, dass Janice nicht die Polizei rufen konnte, und die ausgehenden Anrufe in ihrem Handy deaktiviert. Außerdem begriff er noch immer nicht, wieso …

Die Tür ging auf, und zwei Männer und eine Frau traten ein. Die Frau hatte einen kleinen Klappstuhl dabei, den sie aufstellte. Als sie sich in eine Ecke setzte, bedachte sie ihn mit einem Blick, als wäre er eine Gartenwegschnecke auf ihrer Türschwelle. Die beiden Männer setzten sich ihm gegenüber.

Der Kahlköpfige ergriff das Wort und rezitierte die Worte, die Danny schon so oft in Filmen und Fernsehserien gehört hatte. Er hatte das Recht zu schweigen. Er hatte das Recht auf einen Anwalt. Einmal versuchte Danny, ihn zu unterbrechen, aber der Mann hob nur einen Finger, als wollte er ihn zum Schweigen bringen, und sprach weiter. Als er fertig war, schob er ein Blatt Papier und einen Stift über den Tisch. Danny starrte beides an. Dieselben Worte standen auf dem Dokument, und unten war eine Linie, auf der er offenbar unterschreiben sollte.

»Was ist das?«, fragte er.

»Unterschreiben Sie!«, verlangte der Kahlköpfige.

»Aber was ist das?«

»Damit bestätigen Sie nur, dass Sie Ihre Rechte kennen und sie verstehen.«

Unbeholfen griff Danny mit der linken Hand nach dem Stift und unterschrieb, während seine Rechte untätig in der Luft hing.

»Sind Sie Linkshänder?«, wollte der Glatzkopf wissen.

»Ja, wieso?«

»Ach, nichts«, meinte der Mann. »Ich bin Detective Jacob Cooper. Das ist Detective Mitchell Lonnie, mein Partner, und das ist Zoe Bentley vom FBI. Wie heißen Sie?«

»D … Danny. Danny Stevenson.« Danny sah Detective Lonnie an. Der Mann musterte ihn mit leeren Augen, als wäre Danny ein Nichts. Was fast noch feindseliger wirkte als die feindseligen Blicke, die Detective Cooper und Bentley ihm zuwarfen.

»Danny«, sagte Detective Cooper. »Würden Sie uns bitte verraten, warum Sie Janice Hewitt umbringen wollten?«

»Das wollte ich doch gar nicht! Wirklich nicht! Janice ist meine Freundin. Das war nur ein Scherz«, erklärte Danny, in dessen Stimme zunehmend Hysterie mitschwang.

Das Erstaunen auf den Gesichtern der Detectives war nicht zu übersehen. Damit hatten sie ganz eindeutig nicht gerechnet. Danny hatte zwar versucht, es auch den Polizisten begreiflich zu machen, die ihn verhaftet hatten, aber sie hatten ihm nur mit dem Einsatz des Tasers gedroht, wenn er nicht endlich den Mund hielt.

»Janice ist Ihre Freundin?«, wiederholte Detective Cooper.

»Ja. Sie können sie gern anrufen und fragen.«

»Und das war ein … Scherz?«

»Ja! Janice und ich … So was machen wir öfter! Wir legen uns gegenseitig aufs Kreuz. Dafür sind wir berühmt.«

»Ein Angriff auf die Freundin mit einer Kettensäge klingt für mich nicht gerade wie ein Scherz«, stellte Detective Cooper fest.

Das wunderte Danny nicht im Geringsten. Der alte Detective hielt ein Pupskissen vermutlich für den besten Streich aller Zeiten. Danny schüttelte den Kopf. »Ich habe ihr nie ein Haar gekrümmt. Im Grunde genommen ist die Sache ganz einfach. Janice steht nach dem Training gern ewig lange unter der Dusche. Währenddessen habe ich eine App auf ihrem Handy installiert, die ausgehende Anrufe blockiert, und einen kleinen Keil von innen unter die Wohnungstür geschoben. Danach habe ich mich in dieser Verkleidung und mit der Kettensäge in ihrer Wohnung versteckt und ihr die Nachricht geschickt …«

»Sie geben also zu, dass die Nachricht von Ihnen stammt«, fiel ihm Detective Lonnie ins Wort.

»Ja, klar. Darum ging es doch gerade. Sie sollte doch glauben, dieser Serienmörder hätte es auf sie abgesehen.« Beinahe hätte Danny gegrinst. Die Lage besserte sich eindeutig. Die Detectives würden doch bestimmt erkennen, dass sie einen

Fehler gemacht hatten. Wie sich Janice und er später darüber kaputtlachen würden …

»Das ist Ihre Vorstellung von einem Streich?« Detective Cooper starrte ihn mit weit aufgerissenen Augen an und rümpfte angewidert die Nase.

»Ja.« Danny zuckte mit den Achseln. »Und nicht nur meine. Immerhin hat sich Janice auch köstlich amüsiert.«

»Wie meinen Sie das?«, verlangte Detective Lonnie zu erfahren.

»Na ja, als ich aufgetaucht bin, hat sie so laut geschrien, dass ich beinahe taub geworden wäre. Und dann hab ich die Maske abgenommen, und sie hat gesehen, dass ich es bin. Da mussten wir beide so lachen.«

»Sie hatten die Maske auf, als die Polizei reingekommen ist«, merkte Detective Cooper an.

»Äh … ja. Ich meine … Janice hatte vorgeschlagen, dass ich sie auflasse, während wir miteinander schlafen. Aber dann kamen Ihre Leute reingestürmt.«

»Sie hat um Hilfe geschrien«, sagte Detective Lonnie.

»Das war doch Teil des Spiels! Rufen Sie sie einfach an. Sie wird es bestätigen. Sie haben alles falsch verstanden.«

Die beiden Detectives tauschten Blicke.

»Ich bin gleich wieder da.« Detective Cooper stand auf und verließ den Raum.

Sie saßen schweigend da. Danny fühlte sich schon besser, hatte aber noch immer überall Schmerzen.

»Könnten Sie die Handschellen etwas lockern?«, bat er. »Ich kann meine Hände kaum noch spüren.«

Detective Lonnie starrte ihn an, als hätte er seine Worte überhaupt nicht gehört. Als wäre er gar nicht da. Irgendetwas stimmte mit diesem Kerl nicht. Danny schaute zu Bentley hinüber. Sie musterte ihn nachdenklich, machte jedoch keine Anstalten, seiner Bitte nachzukommen. Etwas in ihren Augen jagte ihm eine Heidenangst ein. Es kam ihm vor, als könnte sie direkt in sein Gehirn sehen und seine Gedanken lesen. Danny erschauderte und wartete notgedrungen weiter.

Endlich kehrte Detective Cooper zurück und setzte sich wieder.

»Ich habe leider schlechte Nachrichten«, teilte er ihm mit. »Janice' Schwester war am Telefon und sagte, Janice stünde unter Schock und könnte nicht telefonieren. Das Trauma, von einem Serienmörder angegriffen zu werden, war zu viel für sie, hat sie mir ausrichten lassen.«

Danny grinste. Er hatte den alten Detective unterschätzt. Anscheinend hatte er jemanden vor sich, der die Gelegenheit für einen guten Streich nutzte, wenn sie sich ihm bot. »Netter Trick«, meinte er. »Ja, wirklich witzig. Sie hat Ihnen also alles erklärt, ja?«

Der Detective zog eine Augenbraue hoch. Danny wartete.

»Wie ich bereits sagte, konnte ich nur mit der Schwester sprechen«, gab der Detective zurück.

Danny blinzelte. Das begriff er nicht. Glaubte der Mann tatsächlich … Auf einmal war ihm alles klar. Er erinnerte sich daran, wie Janice ihn gebeten hatte, die Maske wieder aufzusetzen. Dass sie nicht aufgehört hatte zu schreien, als die Polizisten schon längst in der Wohnung waren. Dass sie sie nicht aufgehalten hatte, als sie ihn mitnahmen. Danny hatte zuerst geglaubt, sie hätte nur nicht bloß mit einem Handtuch bekleidet vors Haus laufen wollen.

Die Polizei war nicht zufällig aufgetaucht. Irgendwie war es Janice gelungen, sie zu benachrichtigen. Sie hatte die ganze Zeit gewusst, dass er der Angreifer war; er hatte sie nicht eine Sekunde lang reingelegt.

Dieses Miststück! Am liebsten hätte er ihr den Hals umgedreht. Und sie geküsst. Das war der brillanteste Doppelstreich, den sie ihm je gespielt hatte.

»Sie will mich nur ärgern«, erklärte Danny den Detectives. »Sie wusste die ganze Zeit Bescheid. Darum hat sie auch so getan, als wäre ich der echte Killer. Sie spielt mir einen Streich.«

»Jetzt habe ich aber genug«, schnaubte Detective Lonnie und knallte eine Faust auf den Tisch. »Sie haben die Nachricht geschickt. Sie haben Janice mit einer Kettensäge angegriffen. Sie sind der Mörder von Skyler Gaines, Tamay Moseley, Kendele Byers …«

»Nein! Das war nur ein dummer Streich!«

»Wir werden schon noch Beweise finden, Danny. Wir haben Augenzeugen, die Sie identifizieren werden. Sie können von Glück reden, wenn Sie der Todesstrafe entgehen, Danny!« Detective Lonnie beugte sich mit aufgerissenen Augen über den Tisch, und ihm flogen Spuckefäden aus dem Mund. Dieser Mann stand eindeutig neben sich.

Plötzlich musste Danny an korrupte Polizisten denken, die Beweise fälschten, einen Verdächtigen verprügelten, bis sie das erhoffte Geständnis von ihm bekommen hatten. Würde er im Gefängnis landen? Zum Tode verurteilt werden? Das alles war doch nur ein Streich!

Detective Cooper wirkte ebenso wie Zoe Bentley relativ vernünftig. Sie beäugten Detective Lonnie, als wären sie ebenso überrascht von seinem Ausbruch. Danny musste nur den Mund halten, bis Janice oder sein Anwalt auftauchten. Er wandte sich an Detective Cooper.

»Ich sage kein einziges Wort mehr, bevor ich nicht den mir zustehenden Anruf gemacht habe«, erklärte er.

* * *

»Was zum Teufel war das da eben?«, fragte Jacob Mitchell wütend, kaum dass sie den Verhörraum verlassen hatten. »Ich habe schon tollwütige Hunde erlebt, die sich vernünftiger benommen haben als du gerade. Kein Wunder, dass er jetzt einen Anwalt anrufen will. Selbst Mutter Theresa hätte nach deinem Ausbruch anwaltlichen Beistand verlangt.«

»Ich weiß!«, fauchte Mitchell ebenso zornig. »Ich konnte es nicht mehr aushalten. Hast du schon mal so einen Schwachsinn gehört?«

Jacob bohrte Mitchell einen Finger in die Brust. »Ja!«, entgegnete er. »Ja, das habe ich! Genau wie du! Wir müssen uns jeden Tag irgendwelchen Schwachsinn anhören. Das ist der Raum, in dem man uns ständig Schwachsinn auftischt, und wir sind die, die sich diesen Mist ständig anhören müssen. Das ist unser Job, diesen Schwachsinn auszuhalten und dann herauszufinden, was wirklich Sache ist. Ich möchte, dass du jetzt Folgendes tust: Du wirst nach Hause fahren, dich schlafen legen und das loswerden, was immer dir auf der Seele liegt. Halt dich von diesem Kerl fern, bis du dich wieder unter Kontrolle hast, verstanden?«

Mitchell war sich nicht sicher, ob er Jacob schlagen oder einfach nur beschimpfen sollte, als Zoe zu ihnen trat. Sie bedachte ihn mit einem Blick, bei dem er sich fühlte wie ein Dreijähriger, der eben einen Aufstand gemacht hat, weil er seinen Brei nicht essen wollte. Daraufhin drehte er sich um und stürmte erbost von dannen.

Scheiß auf Jacob! Für wen hielt er sich denn bitteschön? Als ob *er* nicht bei diesem Fall mit dem Pädophilen vor anderthalb Jahren ebenfalls die Beherrschung verloren hätte. Damals hatte Mitchell ihn aus dem Zimmer zerren müssen, damit Jacob den Verdächtigen nicht umbrachte. Ja, gut, er war wütend geworden und hatte den Verdächtigen in die Ecke gedrängt. Bernard und Hannah machten so was ständig im Verhörraum – sie spielten »Guter Bulle, böser Bulle«. Hin und wieder erzielten sie damit auch Resultate, oder etwa nicht?

Er marschierte in das Büro der Detectives, riss die Tür so heftig auf, dass sie gegen die Wand knallte, und setzte sich an seinen Schreibtisch. Was er dort wollte, wusste er selbst nicht, aber sein Verstand war völlig umnebelt vor lauter Zorn. Er musste sich beruhigen und in Ruhe über alles nachdenken. So wie eben hatte er noch nie die Beherrschung verloren, und er wusste ganz genau, dass das rein gar nichts mit dem verdammten Fall zu tun hatte. Er musste mit Pauline reden und verstehen, was passiert war. Vielleicht konnten sie ihre Beziehung ja noch retten. Immerhin hatte er erst vor wenigen Wochen einen Verlobungsring gekauft. Diese Frau war die Liebe seines Lebens, da konnte er sie doch nicht kampflos gehen lassen.

»Hey, Mitchell, die Verhaftung ist schon in den Nachrichten«, rief ihm Hannah von ihrem Schreibtisch aus zu.

»Was?«

»Du kannst es dir selbst ansehen. Ich habe dir den Link eben geschickt.«

Mitchell öffnete die E-Mail und klickte den Link an. Er führte auf die Website der *Glenmore Park Gazette.* Die Schlagzeile lautete: »Polizei verhaftet Verdächtigen im Fall des Todesboten«. Mitchell las sich fassungslos den Artikel durch. Woher wusste die Presse bereits Bescheid?

Da. Einer der beiden Polizisten, die die Verhaftung vorgenommen hatten, war tatsächlich so dumm gewesen, mit einem Reporter zu reden. Dieser Idiot! Aber wer hatte den Reportern überhaupt den Tipp gegeben? Er suchte nach dem Namen. Ricky Nate. Schon wieder. Diese Frau war ein richtiger Geier. Schon wallte der Zorn abermals in ihm auf. Er schloss die Augen.

Danny Stevenson war nicht der Serienmörder. Mitchell brauchte Zoe nicht, um das zu begreifen. Er hatte es in dem Augenblick gewusst, in dem er von der Verhaftung gehört hatte. Ein Stümper, der mit der Kettensäge neben sich auf dem Boden erwischt wurde? Der zuließ, dass das Opfer Kontakt zur Polizei aufnehmen konnte, und der so langsam vorging, dass er festgenommen werden konnte, während *das Opfer noch am Leben war*? Selbstverständlich war das nicht der gefährliche, vorsichtige Serienmörder. Aber hatte der Mann die Wahrheit gesagt oder doch versucht, seine Freundin umzubringen?

Angeblich spielten er und seine Freundin sich ständig Streiche und waren dafür berühmt. Das war eine komische Art, es auszudrücken. Er hatte nicht behauptet, sie seien dafür bekannt und all ihre Freunde wüssten davon, sondern eindeutig *berühmt* gesagt.

Mitchell war sich beiläufig bewusst, dass Streiche neuerdings im Internet sehr angesagt waren. Es verging kein Tag, an dem nicht irgendjemand ein Video postete, auf dem jemand seinen Freund, seine Mutter oder seine Schwester reingelegt hatte. Sieh dir an, wie ich meinem Bruder eingeredet habe, dass sein Hund gestorben ist. Guck zu, wie ich als Gummihuhn verkleidet auf irgendwelche Passanten auf der Straße zurenne. Klick das Video an, in dem ich meiner Freundin beichte, dass ich sie betrogen habe. So witzig!

Kurz entschlossen machte er sich auf die Suche. Er gab »witzigste Streiche« ein, überflog die Ergebnisse und beschloss, dass »witzigste Streiche USA« sinnvoller war, da Russen einander anscheinend auch gern auf den Arm nahmen. Danach sah er sich Dutzende absolut bescheuerter Videos an und merkte, wie sein Hass auf die Menschen zunehmend wuchs. So weit war es also mit der Menschheit gekommen? Waren das nur noch Zweifüßler mit einer Dose Sprühsahne und einem Kondom voll Wasser?

Er engte die Suche auf »Paare Streiche Englisch« ein. Beim dritten Video landete er einen Treffer.

Danny und Janice hatten einen ganzen YouTube-Kanal mit über fünfzig Videos. Fassungslos sah Mitchell sie sich an.

Alles hatte mit einem eher willkürlichen Streich angefangen. Danny hatte eine Menge Chilipulver auf Janice' Sandwich gestreut und ihr Wodka anstelle von Wasser ins Glas gefüllt, um dann alles zu filmen. Ha, ha, ha, wie lustig! Janice beschloss offenbar, dass sie Rache üben müsse, und tauschte Dannys Deo gegen Tränengas aus. Danach folgten ein Streich mit Mehl und einer mit zwei Dutzend Gummispinnen … Alle waren recht einfallslos und schlecht gefilmt. Gerade mal einige Tausend Personen hatten sich die Videos angesehen – Mitchells Meinung nach einige Tausend mehr als gerechtfertigt.

Beim ersten Video, das viral gegangen war, hatte Janice es irgendwie geschafft, Dannys Jogginghose und Boxershorts so zu manipulieren, dass sie während des Laufens zerrissen. Man sah einige Sekunden lang Dannys nackten Hintern, nur leicht verpixelt, bevor er überhaupt merkte, was passiert war. Dieses Video hatte über eine halbe Million Aufrufe. Auf dem darauffolgenden Video goss Danny einen Eimer eiskaltes Wasser über die duschende Janice. Sie kam schreiend herausgestürmt, wobei sie ebenfalls nur notdürftig das Wesentliche verpixelt hatten. Anderthalb Millionen Aufrufe.

Daraufhin waren sie besser darin geworden, sich Streiche auszudenken, bei denen einer von ihnen nackt war. Videos, in denen sich keiner von ihnen auszog, wurden nicht einmal hunderttausendmal aufgerufen.

Als er zurück zur Videoliste wechselte, zog sich sein Magen zusammen. Ein neues Video war hochgeladen worden. Er klickte es an.

Inzwischen hatten sie das Filmen und Schneiden fast wie Profis drauf. Das Video fing damit an, dass Danny den Zuschauern erklärte, was er vorhatte. Er wollte Janice davon überzeugen, dass er der Todesbote war und sie sein nächstes Opfer sein sollte. Dann zeigte er seine Verkleidung und die Kettensäge. Danach wechselte die Kameraansicht zum

Schlafzimmer. Janice kam in ein Handtuch gewickelt herein. Sie griff nach ihrem Handy und warf einen Blick auf das Display. Im nächsten Augenblick erstarrte sie und schaute sich panisch um.

Mitchell hielt das Video an und spulte eine oder zwei Sekunden zurück. Da! Er hielt das Video an und starrte auf den Bildschirm. Man konnte deutlich erkennen, dass Janice leicht die Lippen verzog. Die Andeutung eines Lächelns. Sie wusste, dass es sich um einen Streich handelte.

Er ließ das Video weiterlaufen. Danny ging mit einer GoPro-Kamera auf dem Kopf durch die Wohnung und hielt eine Kettensäge in der Hand. Er betrat das Wohnzimmer, wo Janice vor dem Computer saß. Als er hereinkam, blickte sie auf, klickte auf die Maus und drehte den Laptop zu Danny um.

Das tat sie so schnell, dass es Mitchell wahrscheinlich entgangen wäre, wenn er nicht genau darauf geachtet hätte. Im nächsten Augenblick sprang sie auch schon schreiend auf. Ihr rutschte das Handtuch herunter, und wieder war ihr Körper verpixelt. Möglicherweise hatte sie die Pixel aber auch direkt auf den Brüsten und im Schritt. Mitchell war überzeugt davon, dass sie das Handtuch absichtlich fallen ließ.

Dann hielt das Bild an, und in der nächsten Einstellung war Janice zu sehen – die grinsend in ihre Webcam sprach. Und alles erklärte. Wie sie sofort erkannt hatte, dass die Kettensäge aus Dannys Nachricht auf dem Tisch ihres Freundes gelegen hatte. Wie sie beschlossen hatte, ihn ebenfalls reinzulegen und ihm die Polizei auf den Hals zu hetzen. Wie lustig!

Mitchell fragte sich, ob ihr der Gedanke gekommen war, dass die Polizei Danny vielleicht hätte erschießen können. Vermutlich hätte das rein gar nichts geändert. Sie war viel zu stolz auf ihren cleveren Streich, um sich durch irgendetwas davon abhalten zu lassen.

Das Video lief weiter, und der Rest war mit der Webcam gefilmt worden. Danny setzte die Maske auf, als Janice ihn darum bat, sie schrie um Hilfe, die Polizisten stürmten herein, um ihn zu verhaften. Dann eine letzte Sequenz, in der Janice' Freundin an Janice' Handy ging und erklärte, Janice sei noch zu traumatisiert, um mit der Polizei zu reden. Nein, selbstverständlich sei der Mörder nicht ihr Freund, das war doch völliger Unsinn!

Denn, ha, ha, das alles war sogar noch witziger, wenn Danny für ein paar Stunden hinter Gittern schmoren musste.

Mitchell stand auf und trat an Hannahs Schreibtisch.

»Hilfst du mir bei einer Verhaftung?«, fragte er. »Jacob ist beschäftigt.«

»Klar«, erwiderte sie und stand auf. »Wen verhaften wir denn?«

»Das letzte Opfer.«

Kapitel 21

Captain Jack Marrow war schon seit langer Zeit Captain. Zu lange. Was vermutlich auch daran lag, dass sein Name dem eines berühmten Disney-Piratenkapitäns sehr ähnlich war, was er eindeutig zu oft zu hören bekam.

Er hielt sich für einen sehr guten Polizisten. Seinen Job als Captain der Schutzpolizei in Glenmore Park erledigte er, so gut er nur konnte, und er war mehr als bereit für die nächste Beförderung. Sei es auch nur, damit Captain Bailey ihm dann nicht bei jeder Begegnung einen Grog anbot und »Hey, Seemann« zu ihm sagte.

Im Fall des Serienmörders hatte Captain Marrow versucht, sich irgendwie einzubringen. Sein erster Durchbruch kam, als Tanessa Lonnie, die seiner Abteilung angehörte, zum Lockvogel für den Serienmörder auserkoren worden war. Captain Bailey hatte darauf bestanden, dass Officer Lonnie und ihre Beschützer seiner Aufsicht unterstehen sollten. Captain Marrow hatte sich strikt geweigert und darauf beharrt, die Operation zu leiten, da Tanessa Lonnie eine seiner Polizistinnen war. Der Chief hatte sich auf Marrows Seite gestellt, und von diesem Augenblick an durfte er an allen Besprechungen teilnehmen, die mit dem Fall zu tun hatten, und Ratschläge geben.

Zu seiner großen Freude machte es nun auch noch den Anschein, als hätten seine eigenen Officers den Serienmörder verhaftet. Nicht Captain Baileys begriffsstutzige Detectives, sondern Captain Marrows schlagkräftige Streifenbeamten. Beinahe hätte er in seinem Büro ein Siegestänzchen aufgeführt, als er die Nachricht erhalten hatte. Er rief sofort seine Frau an und teilte ihr mit, dass sie an diesem Abend schön essen gehen würden. Nein, nicht im Pierrot's, sah er etwa aus, als wäre er ein Dukatenscheißer? Sie konnten irgendwo lecker Steak mit Pommes frites essen; eine bessere Art zu feiern gab es seiner Meinung nach sowieso nicht. Danach teilte er Tanessa Lonnie mit, dass ihr Einsatz vorbei sei und sie den Mann geschnappt hätten. Er informierte auch Tanessas Bewacher, damit die gute Nachricht möglichst jeder mitbekam.

Zwei Stunden später ließ Chief Dougherty ihn in ihr Büro kommen. Auf dem Weg dorthin überlegte er, wie er am besten voller Bescheidenheit erklären konnte, dass seine Männer nur ihre Pflicht erfüllt und das getan hatten, was er ihnen beigebracht hatte. Er betrat ihr Büro, in dem Fred Bailey bereits saß und ziemlich geknickt wirkte. Captain Marrow gab sich die größte Mühe, sein triumphierendes Lächeln zu verbergen, als er sich neben Bailey setzte, der ihn zur Abwechslung mal nicht »Matey« nannte.

Der Chief brachte Marrow auf den neuesten Stand. Sie hatten den Serienmörder nicht verhaftet, sondern nur irgendeinen Witzbold. Es gab ein Video, auf dem seine Polizisten den Verdächtigen brutal schüttelten, obwohl dieser bereits Handschellen trug. Die Presse hatte die Öffentlichkeit schon über die Verhaftung eines Verdächtigen informiert, und es war stark davon auszugehen, dass sie von einem von Marrows schwachsinnigen Streifenpolizisten unterrichtet worden war.

Inzwischen musste sich Captain Marrow sein Lächeln nicht länger verkneifen. Es gab keinen Grund mehr dazu.

Sie mussten sofort mit der Schadensbegrenzung beginnen. Captain Bailey würde eine Pressekonferenz anberaumen. Die Sache war noch kein totaler Reinfall. Schließlich hätte der Witzbold es besser wissen müssen, und sie konnten davon ausgehen, dass die Öffentlichkeit hier aufseiten der Polizei stand. Zudem gab es ja noch immer die verdeckte Operation. Es stand zu hoffen, dass der Täter den Köder bald schluckte. Die forensische Psychologin war davon überzeugt, dass er innerhalb von ein oder zwei Tagen erneut zuschlagen werde. Die Nachricht über seine vermeintliche Verhaftung konnte den Mörder sogar dazu bewegen, noch früher zu handeln.

Captain Marrow war mal Achterbahn gefahren, was ihm nicht gut bekommen war. Das Gefühl, das er jetzt in seiner Magengrube spürte, als der Chief die verdeckte Ermittlung erwähnte, war jedoch unsagbar viel schlimmer als alles, was er damals erlebt hatte.

Ob der Chief wohl kurz warten könne, bat er. Er müsse einen wichtigen Anruf machen. Nein, eigentlich zwei.

* * *

Es war ein geschäftiger Tag in der Polizeizentrale von Glenmore Park. Alles hatte am Morgen mit dem Anruf aus Arlington angefangen, bei dem ein Mitarbeiter der Zentrale erklärt hatte, eine Frau aus Glenmore Park habe ihn kontaktiert und gesagt, jemand wolle sie umbringen. Das hatte kurz darauf zur Verhaftung des vermeintlichen Serienmörders geführt. Eine halbe Stunde später war in der Innenstadt ein Abwasserkanal übergelaufen, woraufhin Dutzende wütender Anrufe eingegangen waren. In der Zentrale hatte man Mühe gehabt, den erbosten Bürgern das Konzept eines »Notfalls« zu erklären, während sie nur wollten, dass jemand vorbeikam und die Scheiße aus ihren Vorgärten beseitigte.

Kurz darauf war das Gerücht aufgekommen, dass ein Mitarbeiter der Zentrale von einer Reporterin namens Ricky Nate geschmiert wurde. Angeblich benachrichtigte dieser Mitarbeiter Ricky Nate, wann immer in der Zentrale ein Anruf bezüglich des Serienmörders einging. Es hieß, es werde eine Innenrevision geben. Alle stellten Mutmaßungen über die Identität dieses Maulwurfs an, die jedoch nicht etwa auf den Moralvorstellungen der fraglichen Person aufbauten, sondern vielmehr auf lange gehegtem Groll. Bestimmte Mitarbeiter, die aus unerfindlichen Gründen *nie* für den Dienst an den Weihnachtstagen eingeteilt wurden, sahen sich auf einmal den kritischen Blicken ihrer Kollegen ausgesetzt.

Um fünfzehn Uhr verhaftete Detective Mitchell Lonnie Janice Hewitt wegen Falschaussage und Justizbehinderung. Direkt nach ihrer Verhaftung verlangte Janice, telefonieren zu dürfen. Keiner wusste, wen sie angerufen hatte, aber es hatte sich offensichtlich nicht um ihren Anwalt gehandelt.

Eine halbe Stunde später brach die Hölle los. In der Zentrale gingen Hunderte von Anrufen ein. Manche kamen von wütenden Fans des zu Streichen aufgelegten Paares, die die sofortige Freilassung der beiden Unschuldigen verlangten, damit sie ihre großartigen Videos weiterdrehen konnten. Andere waren Scherzanrufe: Beschwerden über mit Bananen bewaffnete Räuber, Giraffen, die in der Stadt herumliefen, dunkle, unheilvolle Stimmen, die drohten, mit Laserstrahlen auf den Mond zu schießen. Das waren vermutlich die ebenso »witzigen« Freunde des Paares, die den beiden zu Hilfe kommen wollten. Ein Anrufer meldete einen Mord, und als er gefragt wurde, wer denn umgekommen sei, antwortete er »die Redefreiheit«. Es war anzunehmen, dass er sehr zufrieden mit sich war.

Während sich all das abspielte, kam ein Ermittler von der Innenrevision herein, der »sich nur mal umsehen« wollte.

Die Atmosphäre wurde immer angespannter.

Da war es kein Wunder, dass die neue Nachricht, die auf Tanessas Handy einging und zeitgleich auf einem der Monitore angezeigt wurde, zunächst keine Beachtung fand. Als man sieben Minuten später dann doch zufällig darauf achtete, war bereits alles in Bewegung gesetzt worden.

* * *

Tanessa stellte überrascht fest, dass sie erleichtert war, als Captain Marrow sie anrief und ihr mitteilte, dass der Mörder verhaftet worden war und die verdeckte Ermittlung somit beendet wurde. Ihr war gar nicht bewusst gewesen, unter welcher Anspannung sie die vergangenen anderthalb Wochen verbracht hatte, bis sie sich unverhofft entspannen konnte. Peinlich berührt merkte sie, wie eine kleine Träne in ihr linkes Auge trat. Sie wischte sie rasch weg und wandte sich an George, der soeben einen Strauß aus Bischofskraut, Flammenblumen und Cosmeen band.

»Hey, George?«, fragte sie mit vor Unsicherheit leicht schwankender Stimme.

»Ja?« Er runzelte die Stirn, wie er es immer tat, wenn er sich auf etwas konzentrierte.

»Ich bin, äh … fertig. Das heißt, ich werde morgen nicht wiederkommen.«

»Oh.« Er hob den Blick und sah sie an. »Wirklich? Das ist aber schade. Ich hatte mich schon so an deine Anwesenheit gewöhnt.«

Sie lächelten sich an, und sie fragte sich wieder einmal, wie viel er wohl wusste.

»Ich habe sehr gern hier mit dir zusammengearbeitet«, sagte sie.

»Das kann ich nur zurückgeben. Du hast ein gutes Auge für Blumen«, erwiderte er. »Allerdings würde ich am liebsten jedes Mal in Deckung gehen, wenn du eine Gartenschere in die Hand nimmst.«

»Ich beende trotzdem noch meine Schicht, wenn das für dich in Ordnung ist.« Tanessa merkte, dass sie diesen Mann nicht zu abrupt allein lassen wollte. Er war ein bisschen verschroben, doch im Laufe der letzten Tage hatten sie sich dank seiner Geschichten über seine Reisen in den Fernen Osten und ihre Kindheitserinnerungen angefreundet.

»Natürlich. Wir können hinterher noch einen Kaffee trinken gehen, wenn du möchtest«, schlug er vor.

»Das wäre schön.«

Einige Stunden später kam ein Mann in den Laden, der sehr aufgeregt wirkte und nach dem größten Blumenstrauß verlangte. Tanessa vermutete, dass er beim Fremdgehen erwischt worden war. Er kaute ständig auf den Fingernägeln und schaute aufs Handy, und einmal stöhnte er leise auf, als wäre ihm plötzlich eingefallen, dass sein Leben auf Messers Schneide stand. Schließlich hatte Tanessa einen Strauß fertig, der ihn zufriedenstellte, und er zahlte und ging. Sie warf einen Blick auf ihr Handy, das blinkend auf der Ladentheke lag, tippte es an und erstarrte.

Die Nachricht kam von einer unbekannten Nummer und enthielt keinen Text. Nur das Foto eines Samuraischwerts, das an einer Wand unter einem Fenster lehnte, durch das man auf Glenmore Park blickte.

Tanessa versuchte zu begreifen, was sie da vor sich hatte. Die Erkenntnis stellte sich schnell ein. Der Mörder war nicht etwa verhaftet worden, sondern lief weiterhin frei herum. Diese Nachricht kam von ihm. Ihr Bewacher war abgezogen worden. Sie war ganz allein und hatte zu ihrer Verteidigung nur die kleine Smith & Wesson neun Millimeter in der Handtasche im Hinterzimmer. Als sie sich gerade umdrehen wollte, um sie zu holen, wurde die Ladentür geöffnet.

Der Mann, der hereinkam, war breitschultrig und blass. Er hatte dichtes blondes Haar und trug eine graue Sonnenbrille. Ihr Verstand konnte das Gesicht und die Frisur fast augenblicklich mit einer der Skizzen des Polizeizeichners in Übereinstimmung bringen.

Er war es. Er hatte den Köder geschluckt. Er war hier, um sie zu töten.

Schnellen Schrittes kam er näher, zu schnell für einen Kunden. Tanessa sah, dass er eine Hand in die Tasche gesteckt hatte und mit der anderen etwas hinter seinem Rücken verbarg. Und dann, bevor sie auch nur Zeit gehabt hatte, alles zu verarbeiten, blieb er abrupt stehen und schwang den Arm nach vorn.

Wenn sie ihn nicht anhand der Zeichnung erkannt hätte, wenn sie auch nur eine Millisekunde gezögert hätte, wäre es zu spät gewesen. Das Schwert kam mit atemberaubender Geschwindigkeit auf ihren Hals zu, aber Tanessa hatte sich längst in Bewegung gesetzt, stieß sich mit den Händen von der Ladentheke nach hinten ab und riss den Kopf zurück. Sie bildete sich ein, einen Luftzug zu spüren, als die Klinge ihren Hals nur knapp verfehlte. Das Schwert bewegte sich weiter und vollführte in der Luft einen perfekten Bogen. Durch die plötzliche Bewegung verlor Tanessa das Gleichgewicht und stürzte nach hinten, wobei sie mit der Hüfte ein Regal streifte und einen stechenden Schmerz spürte.

»George, verschwinde!«, schrie sie.

Sie lag auf dem Boden, und nur die Ladentheke befand sich zwischen ihr und dem Killer. Verzweifelt sah sie sich nach etwas um, das sie als Waffe benutzen konnte. Sie nahm einen Blumentopf vom untersten Regalbrett, als der Fremde um die Theke herumkam. Wut und Verwirrung spiegelten sich auf seinem verzerrten Gesicht wider. Tanessa bewarf ihn mit dem Blumentopf.

Dummerweise konnte sie aus dieser Position nicht gut genug zielen. Der Topf prallte nur vom Arm des Mannes ab und zerschellte hinter ihm. Er machte drei Schritte auf sie zu und stieß mit dem Schwert nach ihr. Tanessa rollte sich seitlich weg und hörte, wie die Klinge neben ihr klirrend den Boden traf. Sie war erleichtert, dass er sie verfehlt hatte – doch dann spürte sie seitlich am Hals auf einmal ein Stechen. Er hatte sie doch erwischt.

Der Mörder schien vor einem Problem zu stehen. Hinter der Theke war nicht genug Platz, um mit dem Schwert anzugreifen. Er versuchte, ihr das Schwert in den Bauch zu stoßen, verfehlte sie dabei jedoch völlig. Inzwischen knurrte er wütend, hob die Klinge und schien sie wie Feuerholz zerhacken zu wollen. Endlich übernahmen ihre Reflexe, und sie trat fest zu und erwischte ihn am linken Knie.

Er jaulte überrascht auf und wich einige Schritte zurück. Tanessa nutzte die Gelegenheit, um sich aufzurichten, wobei sie sich am Regal festhalten musste. Ihr war schwindlig, und ihre Bluse klebte ihr völlig durchnässt am Körper. Das war Blut! Ihr Blut. War George die Flucht gelungen? Wie lange war es jetzt her, dass der Mörder den Laden betreten hatte? Es kam ihr wie Stunden vor, dabei konnten gerade mal Sekunden vergangen sein.

Der Mann rappelte sich ebenfalls wieder auf. Er versperrte ihr den Weg. Zu ihrer Linken war die Ladentheke, zu ihrer Rechten standen Regale. Hinter ihr befand sich eine Wand. Sie saß in der Falle. Der einzige Ausweg bestand darin, über die Theke zu springen, also tat sie genau das. Jedenfalls versuchte sie es. Der Blutverlust hatte sie stark geschwächt, und ihr ganzer Körper schmerzte. Dennoch gelang es ihr, halb springend, halb fallend auf dem Boden auf der anderen Seite der Ladentheke zu landen.

Die Welt wurde immer dunkler, als sie aufzustehen versuchte, und ihre Gliedmaßen gehorchten ihr nicht länger. Sie konnte den Umriss des Killers sehen, der auf sie zukam – sehr viel langsamer und ruhiger, da er wusste, dass er gewonnen hatte und den Augenblick auskosten konnte. Sie würde ihn wieder treten, sich mehr Zeit verschaffen … aber sie bekam den Fuß einfach nicht hoch.

Auf einmal ein Knall. Der Mörder schwankte zur Seite und ließ das Schwert fallen. Direkt darauf folgte eine weitere Explosion, und etwas zerbarst. Der Mörder bewegte sich schnell und rannte durch die Ladentür, als der dritte Knall durch die Luft hallte.

Dann stand George über ihr und hielt eine Pistole in der Hand. Ihre Pistole.

»Hast du ihn erwischt?«, murmelte sie.

»Ja, aber ich bezweifle, dass er schwer verletzt ist«, antwortete George und drückte eine Hand an ihren Hals. Tanessa schrie vor Schmerz auf.

»Entschuldige, aber ich muss Druck auf die Wunde ausüben«, sagte George angespannt. »Ich habe die Polizei gerufen. Hilfe ist unterwegs. Halt durch, Tanessa, alles wird wieder gut. Kannst du mich hören? Bleib bei mir, hörst du?«

Sie hatte vor gar nicht mal langer Zeit genau dieselben Worte gesagt, ging ihr benommen durch den Kopf. Zu einem Mädchen namens Tamay. Was war aus ihr geworden?

Tanessa wusste es nicht mehr. Sie konnte sich auch nicht daran erinnern, warum sie solche Schmerzen hatte.

Kapitel 22

Er saß zitternd am Steuer, während Furcht und Zorn durch seine Adern tosten. War es das? Würden sie ihn heute erwischen?

Vielleicht. Vielleicht auch nicht.

Die Ungewissheit war beängstigend … aber auch aufregend. Er grinste – es war ein manisches Grinsen, halb Schnauben, halb Lachen. Geschlagen von einer Floristin. Von einem gottverdammten Ladenbesitzer in den Bauch geschossen. Wie hatte das nur passieren können? Er war doch gut vorbereitet gewesen! Er war dem Mädchen tagelang gefolgt, hatte stundenlang mit dem Schwert geübt, darauf geachtet, dass er die Reichweite richtig einschätzte und sich schnell genug bewegen konnte, um sie zu überraschen. Eigentlich hätte sie ihm niemals ausweichen können.

Es sei denn …

Sie hatte gewusst, wer er war.

Das war nicht nur das Misstrauen, das von seiner Nachricht ausgelöst worden war. Er hatte vielmehr das Gefühl gehabt, dass sie ihn erkannte. Sie hatte nicht gezögert. Irgendwie hatte sie sofort gewusst, dass er gekommen war, um sie zu töten, trotz seiner Verkleidung, obwohl er jede erdenkliche Vorkehrung getroffen hatte und ihr nie zu nahe gekommen war.

Aber wieso?

WIESO?

Frustriert hämmerte er auf das Lenkrad und verschmierte sein Blut darauf. Sein Blut. Die Erinnerung an diese Frau – dieses zarte, winzige Mädchen, das ihn mit der Kraft eines Esels trat – stellte sich wieder ein. Wer war diese Tanessa Lonnie? Hatte er seine Nachforschungen auch gründlich genug betrieben? Auf ihn hatte sie nur den Eindruck eines weiteren Mädchens mit nichts als Leere im Kopf gemacht, das in einem Blumenladen arbeitete und davon träumte, Model zu werden. Wie hatte sie sich so schnell bewegen können? Warum war sie so kräftig?

Er holte tief Luft. Darüber konnte er später nachdenken. Vorerst musste er dafür sorgen, dass er nicht erwischt wurde und nicht am Blutverlust starb. Vorsichtig tastete er um seine Wunde herum; vor lauter Schmerz schloss er die Augen und riss das Lenkrad erst nach links, dann nach rechts.

Pass doch auf, verdammt! Er durfte keine Aufmerksamkeit erregen. Die Kugel war in die Hüfte eingedrungen, aber er konnte nicht erkennen, wie schwer die Verletzung war. Bis zum Motel waren es noch ein paar Blocks, dann konnte er sich die Sache genauer ansehen.

Wenn die Polizei Straßensperren errichtete, hatten sie ihm bisher nicht den Weg versperrt. Das überraschte ihn jedoch nicht, da er seine Route gut geplant hatte und dafür Nebenstraßen mit wenig Verkehr und die Zeit direkt vor der Rushhour ausgesucht hatte.

Vielleicht hätte er durch das Fenster des Mädchens einbrechen und sie in ihrer Wohnung überraschen sollen, wenn sie allein gewesen wäre. Aber er hatte sich nicht darauf verlassen wollen, dass er das Fenster aufbekam. Außerdem war er schon beim letzten Mal durchs Fenster eingestiegen. Wiederholungen waren ein sicherer Weg, erwischt zu werden. Aus diesem Grund hatte er den Laden auch fünf Minuten nach Abschicken der Nachricht betreten. Er musste unberechenbar bleiben.

Als er in den Nachrichten von der Verhaftung eines Verdächtigen gehört hatte, war ihm alles so perfekt erschienen. Ursprünglich hatte er vorgehabt, Tanessa erst in einigen Tagen zu töten. Aber sobald ihm bewusst geworden war, dass die Polizei glaubte, den Täter in Gewahrsam zu haben, hatte er erkannt, dass er jetzt zuschlagen musste. Es galt, sie zu überraschen, während sie sich auf der Siegesseite wähnten.

So gut war es dann doch nicht gelaufen. So langsam wurde ihm schwindlig.

Es wurde Zeit, dass er ins Motel kam.

* * *

Tanessa lächelte, als Mitchell in der Tür des Krankenzimmers auftauchte. Sein Gesicht rief ihr einen Tag vor sehr, sehr langer Zeit in Erinnerung, an dem sie nebeneinander Fahrrad gefahren waren und sie gegen einen Baum geprallt war. Er hatte sich die Schuld daran gegeben und geglaubt, er sei zu dicht neben ihr her gefahren. Während sie weinte, hatte er neben ihr gekniet und sich vergewissert, dass es ihr gut ging, sich entschuldigt und sich gescholten, und zwar alles auf einmal – was in einen hysterischen, unsinnigen Monolog ausgeartet war.

»Geht es dir gut?«, erkundigte er sich nun und kam schnell auf ihr Bett zu.

»Ja«, antwortete sie nuschelnd. Man hatte ihr ein Schmerzmittel gegeben, das ihrer Meinung nach eigentlich für Pferde gedacht sein musste. »Es ist nur ein Kratzer. Tut auch nicht schlimmer weh, als wenn ich mich beim Beinerasieren schneide.« *Da macht die gewitzte Patientin schon wieder Scherze mit ihrem Bruder.* Sie hatte diesen Spruch zwanzig Minuten lang geübt, um möglichst lässig zu klingen, als wäre alles in Ordnung. Einen weiteren hatte sie auch noch drauf.

»Sie haben mich eben informiert«, sagte Mitchell. »Er hat dich im Blumenladen angegriffen?«

»Mit einem Schwert«, bestätigte sie. »Einem Samuraischwert. Was für ein *Freak*.«

»Verdammt, Tanessa. Es tut mir so leid …«

»Das war nicht deine Schuld.«

Er widersprach ihr nicht, aber sie konnte ihm die Schuldgefühle regelrecht ansehen. Der Himmel allein wusste, warum er sich Vorwürfe machte. Er hatte doch alles in seiner Macht Stehende getan, um sie davon abzubringen.

»Wo hat er dich getroffen?«

Sie drehte leicht den Kopf, um ihm die Naht am Hals zu zeigen. Die Bewegung tat höllisch weh, und für einen Augenblick verblasste ihr Lächeln und sie verzog das Gesicht. Mit einem leisen Zischen unterdrückte sie den Schmerz, der ihr in der Kehle saß. Wenn die Klinge etwas tiefer eingedrungen wäre, hätte sie es nicht überlebt, hatte der Arzt ihr mitgeteilt. Noch eine Information, die ihrem Bruder besser nicht zu Ohren kommen sollte. Sie knipste das Lächeln wieder an.

»Der Kerl, der mich operiert hat, sah aus wie Doktor Frankenstein, das kannst du mir glauben. Vor dem OP haben sich bereits Dorfbewohner mit Heugabeln und Fackeln versammelt. Ich konnte mir bildlich vorstellen, wie er ›Es lebt!‹ schreit!« Das war Witz Nummer zwei. Sie konnte nur hoffen, dass Mitchell nicht mehr lange blieb, denn ewig konnte sie diese Fassade nicht aufrechterhalten.

»Wir kriegen ihn, Tanessa. Das verspreche ich dir.«

»Kein Grund, dramatisch zu werden, Mitchell. Davon gehe ich aus.« Da fiel ihr etwas ein. »Wo ist denn Pauline?«

»Sie, äh … Sie sagte, sie kommt dich so bald wie möglich besuchen.«

»Okay, kein Grund zur Eile.«

Mitchell warf einen Blick zur Tür. »Du weißt ja, dass ein Polizist vor deiner Tür steht.«

Tanessa nickte. »Ja, Noel. Er hat heute Tanessa-Dienst.«

»Tanessa-Dienst?«

»Hat der Chief angeordnet. Anscheinend ist eure forensische Psychologin der Ansicht, er könnte noch mal versuchen, mich umzubringen.« Zum ersten Mal bebte ihre Stimme. Sie räusperte sich und ging darüber hinweg. »Er ist kein Mensch, der sich schnell abweisen lässt.« Ihre Frustration nahm zu. Wenn sie ihre Witze nicht vorbereitete, zogen sie einfach nicht. Mitchell war schon immer der Witzbold der Familie gewesen.

Der Arzt kam herein. Tanessa hatte nicht übertrieben, er sah tatsächlich wie ein verrückter Wissenschaftler aus. Sein Kopf war bis auf zwei graue Haarbüschel an den Seiten kahl, und er trug eine dicke, runde, schwarzrandige Brille auf seiner lächerlich langen Nase. Seine Augen, die durch die Gläser drastisch vergrößert wurden, sahen aus, als würde er sie ständig schockiert weit aufreißen. Seine Kleidung war zerknittert und saß so schief, als hätte er sie vor dem Anziehen einmal zusammengeknüllt.

»*Es lebt*«, flüsterte Tanessa Mitchell zu und wackelte mit den Augenbrauen.

»Wie fühlen Sie sich?«, wollte der Arzt wissen, der enttäuschenderweise nicht einmal den Hauch eines Akzents hatte.

»Gut«, erwiderte sie. »Wie lange muss ich noch hierbleiben?«

Er zuckte mit den Achseln, als würde es nicht zu seinen Aufgaben gehören, das zu bestimmen.

»Sie werden morgen zur Besuchszeit wiederkommen müssen«, teilte er Mitchell mit.

Gehorsam verabschiedete sich Mitchell, versprach, sie am nächsten Tag wieder zu besuchen, und ging hinaus. Der Arzt untersuchte sie kurz und verschwand ebenfalls. Sie war allein.

Sie wollte nicht allein sein.

Denn mit der Einsamkeit kam die Angst. Vor ihrem inneren Auge sah sie, wie der Mörder über ihr gestanden und durch seine graue Sonnenbrille auf sie herabgeblickt hatte, während seine Klinge auf sie zuraste. Wieder einmal wurde ihr bewusst, wie knapp sie dem Tod entronnen war, trotz all der getroffenen Vorkehrungen. Abermals überkam sie das Entsetzen, einem Killer gegenübergestanden zu haben, noch dazu in dem Wissen, ganz allein zu sein.

Sie kämpfte gegen den Drang an, Noel hereinzurufen. Wie ein kleines Kind, das nach Daddy schrie, weil es wegen der Monster unter seinem Bett nicht schlafen konnte. Aber sie zwang sich, die finsteren Bilder zu vergessen, und dachte an die Bücher, die sie liebte, und die Filme, die sie sich noch einmal ansehen wollte. Sie hörte ihre Lieblingslieder. Trotz allem tauchte in ihrem Kopf immer wieder ein Gesicht mit grauer Sonnenbrille auf und verscheuchte alle fröhlichen Gedanken.

Da sie niemand sehen konnte, machte sich Tanessa unter der Decke im Krankenbett ganz klein und zitterte wie Espenlaub.

* * *

Mitchells Bruder Richard schrie ihn am Telefon an. Richard hatte das aufbrausende Temperament ihrer Mutter geerbt, und eine Unterhaltung mit ihm glich manchmal regelrecht einem Drahtseilakt.

»... sagte doch, du hättest das unterbinden müssen!«, schimpfte er. »Und jetzt sieh dir an, was passiert ist! Sie wäre beinahe gestorben, Mitchell!«

»Was hätte ich denn tun sollen, Richard?«, fragte Mitchell, der nun ebenfalls lauter wurde. »Sie an einen Stuhl fesseln? Sie wollte nicht auf mich hören!«

»Dann hättest du mit deinem Captain reden müssen! Tanessa als Lockvogel zu benutzen war amateurhaft und viel zu gefährlich! Wo ist sie jetzt?«

»Sie liegt im Krankenhaus und erholt sich von der Operation, aber die Besuchszeit ist vorbei und ...«

»Besuchszeit! Großer Gott! Ich fahre sofort hin«, erklärte Richard. Mitchell wusste, dass er das auch tun würde. Richard würde hineinstürmen und drohen, jeden zu verklagen, der ihn aufhalten wollte. Er war ein aufstrebender Anwalt, und zu seinen Lieblingshobbys gehörte es, allem und jedem mit einem Prozess zu drohen.

»Hör mal, Richard, könntest du Mom und Dad Bescheid sagen? Ich versuche, den ...«

Richard stieß ein gekünsteltes hysterisches Lachen aus. »Mom anrufen? Die Sache geht auf dein Konto, Mitchell, also kannst du sie auch anrufen. Ich rede mit Dad.« Er legte auf.

Mitchell starrte das Handy in seiner Hand an und war völlig aufgewühlt. Er hätte das verhindern müssen. Er hätte sich wenigstens mehr Mühe geben müssen. Tanessas Anblick im Krankenbett, wie sie versucht hatte, tapfer zu sein, hatte ihm beinahe das Herz gebrochen. Und sein Herz musste auch so schon eine Menge aushalten. So langsam brauchte er mal ein paar gute Neuigkeiten.

»Mitchell.« Captain Bailey kam herein. »Wie geht es Ihrer Schwester?«

»Officer Lonnie geht es gut«, antwortete Mitchell. Tanessa hatte ihm verboten, sie auf dem Revier als seine Schwester zu bezeichnen.

»Okay. Der Chief hat eben angeordnet, dass wir Danny Stevenson und Janice Hewitt freilassen sollen«, fuhr Bailey fort. »Ich wollte Sie das nur wissen lassen.«

»Was?« Mitchell war wie vor den Kopf gestoßen. »Wieso denn das?«

»Na, unter anderem, weil keiner der beiden unser Serienmörder ist«, antwortete Bailey. »Es sind nur zwei armselige Witzbolde.«

»Sie haben die Justiz behindert! Absichtlich falsche …«

»Darüber hinaus«, Bailey hob die Stimme, um Mitchell zu übertönen, »werden wir mit Anrufen von Reportern, Bloggern und Scherzkeksen überschwemmt. Die Zentrale kann ihrer eigentlichen Aufgabe überhaupt nicht mehr nachkommen. Aus diesem Grund haben wir auch nicht so schnell reagiert, wie es angebracht gewesen wäre, als der Mörder Ihrer Schwester die Nachricht geschickt hat.«

Mitchell klappte verblüfft den Mund zu. Es war seine Schuld. Wie immer.

»Die Polizei kommt in der Presse sehr schlecht weg«, erklärte Bailey. »Der Chief sagt, wir wirken, als hätten wir keinen Humor.«

»Keinen Humor?«, wiederholte Mitchell mit schriller Stimme. »Im Ernst?«

»Passen Sie mal auf«, fuhr Bailey ihn an, »wenn uns das helfen würde, den Mistkerl zu fangen, wäre ich ja auf Ihrer Seite. Aber dieses dämliche Paar hinter Gittern festzuhalten ist schlicht und einfach Bosheit. Darum lassen wir sie laufen.«

»Okay!«

Bailey legte Mitchell eine Hand auf die Schulter. »Was ist los mit Ihnen, Mitchell?«

»Tanessa …«

»Fangen Sie bloß nicht damit an. Sie haben sich schon wie ein gereizter Zombie benommen, bevor Ihre Schwester angegriffen wurde. Ihnen fehlt es an Fokus. Mein Dad würde sagen, Sie laufen herum wie ein Betrunkener durch ein Feld voller Erdbeerkuchen. Was ist los mit Ihnen?«

Mitchells Miene wurde ausdruckslos. »Das wird schon wieder«, sagte er mit ruhiger Stimme. »Ich bin nur müde.«

»Sie können sich einen oder zwei Tage freinehmen. Bernard springt für Sie ein, bis …«

»Das ist nicht nötig, Captain. Danke.«

Bailey sah aus, als wollte er noch etwas hinzufügen, als Jacob in den Raum gestürzt kam.

»Komm mit!«, forderte er Mitchell auf. »Wir müssen los.«

»Was ist denn?«, verlangte der Captain zu erfahren.

»Haben Sie die Nachricht gesehen, die der Mörder Tanessa geschickt hat?«, fragte Jacob. »Darauf lehnt ein Samuraischwert an einer Wand. Darüber befindet sich ein Fenster.«

»Das habe ich gesehen«, erwiderte Bailey.

»Durch das Fenster kann man einen Mobilfunkmast und Petersons Mojo sehen«, erklärte Jacob. Petersons Mojo war das höchste Gebäude der Stadt, ein schlankes Bürohaus, das fünfzehn Jahre zuvor von Bürgermeister Peterson errichtet worden war, nachdem ihn seine Frau wegen eines Senators verlassen hatte. Zwar hatte er ihm den Namen Glenmore's Hub gegeben, da jedoch alle davon ausgingen, dass das Gebäude so hoch war, weil er damit etwas kompensieren wollte, war der informelle Name Petersons Mojo hängen geblieben.

»Ich komme gerade aus Matts Labor«, berichtete Jacob. »Wir haben während der letzten Stunde versucht, die Position des Zimmers, in dem das Foto geschossen wurde, zu triangulieren. Das war nicht einfach, weil es so viele Mobilfunkmasten in der Gegend gibt, aber wir sind uns ziemlich sicher, das richtige gefunden zu haben.«

Mitchell stand auf und zog sich aufgeregt die Jacke an, während auf Jacobs Lippen ein Lächeln erschien.

»Wir kennen die Adresse des Killers«, sagte Jacob.

Kapitel 23

Es war kurz nach zweiundzwanzig Uhr, als Mitchell den Wagen am Straßenrand vor einem kleinen, schäbigen Apartmentgebäude am Hillside Drive parkte. Jacob und er stiegen aus und sahen sich um. Die Straßenlaternen flackerten entweder oder waren defekt, doch im schwachen Licht konnte man das Chaos an den Häuserwänden erkennen. Einfache Signaturen in schwarzer Sprühfarbe waren über schönere Graffiti in Pink, Grün und Blau gemalt worden, die wiederum über eine schlecht gezeichnete Graffiti-Imitation des Albumcovers von Pink Floyds »The Wall« gesprüht worden waren. Die ursprüngliche Wandfarbe ließ sich nicht mehr ausmachen.

Mitchell blickte an der heruntergekommenen, abblätternden, rußbeschmierten Wand hinauf. Die Graffiti am Fuß waren noch das Eleganteste daran.

Zwei Streifenwagen parkten neben dem Haupteingang auf dem Bürgersteig. Ein Officer – ein Mann namens Ron oder Rob, Mitchell war sich nicht ganz sicher – stand mit der Waffe in der Hand neben der Tür.

»Was ist los, Officer?«, fragte Jacob und ging schnellen Schrittes auf den Mann zu. »Haben Sie ihn?«

»Sie sind gerade dabei, die Wohnungstür aufzubrechen, Detective«, antwortete Ron/Rob. »Ich sollte hierbleiben, falls er einen Fluchtversuch unternimmt.«

»Gibt es auch eine Hintertür?«

»Nein, Sir, nur eine Feuertreppe.« Der Polizist deutete auf die rechte Gebäudeseite. »Wenn er auf diesem Weg abhauen will, funken sie mich an.«

Jacob schien von diesem Plan nicht begeistert zu sein, sagte jedoch nichts. Stattdessen betrat er mit Mitchell auf den Fersen das Gebäude.

Sie hörten Schreie von weiter oben, und dann das laute Geräusch einer aufbrechenden Tür. Schon rannten sie die Treppe hinauf, nahmen zwei, drei Stufen auf einmal, und zogen dabei die Waffen. Mitchell hatte den zweiten Stock mehrere Sekunden vor Jacob erreicht. Er sah die offene Tür, das zerschmetterte Schloss. Jemand schrie »Gesichert!« aus der Wohnung.

Beinahe wäre Mitchell hineingestürmt, aber Jacob hielt ihn am Arm fest.

»Diese Männer sind angespannt, schussbereit und suchen einen Mörder«, sagte er. »Wenn du in Zivil hinter ihnen auftauchst und auch noch bewaffnet bist, könnte dich einer von ihnen erschießen.«

Das war ein gutes Argument. Mitchell wartete zusammen mit Jacob an der Tür. Nach einigen Sekunden hörten sie jemanden rufen: »Alles gesichert! Hier ist niemand!«

»Verdammt!«, murmelte Jacob. »Sie hätten sich zuerst umsehen müssen.«

Enttäuschung und Lethargie brachen über Mitchell herein. »Vermutlich hat er die Streifenwagen draußen gesehen und ist verschwunden. Wir haben unsere Chance vergeben.«

»Das werden wir ja noch sehen.« Jacob sagte deutlich lauter: »Hier sind die Detectives Cooper und Lonnie! Wir kommen jetzt rein!«

Das Apartment war klein, unglaublich schmutzig und fast unmöbliert. Es bestand aus zwei kleinen Zimmern, einem Bad und einer Küche. In einem Zimmer lag eine Matratze auf dem Boden. Im anderen standen mitten im Raum ein kleiner, wackliger Holztisch und ein Klappstuhl sowie ein Fernseher auf einem kleinen, behelfsmäßigen Podest in der Ecke. Das Fenster, das auf dem Foto zu sehen gewesen war, gehörte zum Schlafzimmer. Die drei Officers liefen in der Wohnung herum und schienen nicht zu wissen, was sie tun sollten. Man sah ihnen die Enttäuschung deutlich an.

»Ich bin mir nicht sicher, ob wir hier richtig sind«, meinte einer betrübt.

»Was hatten Sie denn erwartet?«, fragte Mitchell. »Ein Waffenlager? Eine Kaffeetasse mit der Aufschrift ›Bester Serienmörder aller Zeiten‹?«

»Keine Ahnung«, antwortete der Mann. »Fotos der Opfer oder etwas in der Art?«

»Ich weiß, was Sie meinen«, erwiderte Mitchell. »Fotos der Opfer mit ausgestochenen Augen. Ein lebensgroßes Bild, mit Blut und Fäkalien gemalt. Etwas in der Art?«

»Ja, so in etwa«, gab der Polizist zu und ignorierte Mitchells sarkastischen Unterton.

»Sie sehen zu viele Filme«, stellte Jacob fest. »Schaffen Sie die Streifenwagen vom Gebäude weg. Jeder Serienmörder, der vom Supermarkt zurückkommt, würde sofort verschwinden, sobald er sieht, dass er erwartet wird.«

Die Männer gingen hinaus.

»Okay.« Jacob seufzte schwer. »Wir sollten Matt und sein Team herholen. Vielleicht können sie in dieser entsetzlichen

Wohnung wenigstens ein paar Fingerabdrücke und DNA sichern.«.

* * *

Hannah war erschöpft. Dies war einer der verrückteren Tage auf dem Revier gewesen, und das galt auch für sie. Sie war die letzten vier Stunden in der Umgebung des Blumenladens von Tür zu Tür gegangen, immer auf der Suche nach jemandem, der etwas gesehen hatte. Zwei Zeugen hatten den Lärm tatsächlich gehört und einen Mann gesehen, der aus dem Blumenladen gerannt, in ein Auto gestiegen und schnell weggefahren war. Ihre Beschreibungen des Mannes und des Fahrzeugs waren jedoch derart vage und widersprüchlich, dass sich daraus keine schlüssige Aussage gewinnen ließ. Hannah war es gewohnt, dass Zeugen Ereignisse unterschiedlich beschrieben, aber dass einer behauptete, es sei ein blauer Ford gewesen, während der andere darauf beharrte, einen roten Wagen gesehen zu haben, machte sie fast wahnsinnig.

Jacob rief sie an, um ihr mitzuteilen, dass sie die Wohnung gefunden hatten, in der der Mörder anscheinend hauste, er jedoch nicht da gewesen sei. George, Captain Baileys Floristenfreund, war sich sicher, den Mörder angeschossen zu haben, was die Blutflecken in seinem Laden bestätigten. Lag der Mann bereits irgendwo in der Stadt tot in seinem Auto? Hatte er sich Hilfe gesucht? Bernard überprüfte die Privatkliniken, Krankenschwestern, Ärzte und Tierärzte in der Stadt und erkundigte sich nach einem Mann mit einer Schusswunde, bisher jedoch ohne Erfolg.

Es war schon sehr spät, und Hannah beschloss, Feierabend zu machen. Ihr Bett rief förmlich nach ihr. Der Papierkram und die Aberhundert noch zu prüfenden Hinweise konnten bis morgen warten. Sie hatte schon ihre Handtasche in der Hand und wollte gerade das Büro verlassen, als – natürlich – das Telefon auf ihrem Schreibtisch klingelte.

Zuerst überlegte sie, gar nicht mehr ranzugehen. Schließlich war sie schon so gut wie aus der Tür. Es war spät. Sie wollte nur noch ins Bett.

Dann nahm sie doch den Hörer ab. »Hallo?«

»Hallo, ist da das Detective-Büro von Glenmore Park?«, fragte eine Frauenstimme.

»Ja.«

»Hi, ich bin Officer Veronica Marsen von der Bundespolizei. Mit wem spreche ich?«

»Ich bin Detective Shor«, antwortete Hannah, die immer ungeduldiger wurde. »Worum geht es denn?«

»Es geht um die Schießerei heute im Blumenladen. Wie Sie wissen, arbeitet unsere Abteilung an diesem Fall, und ich wollte Sie um einige Updates für unseren Bericht bitten.«

»Ja, okay.«

»Wie lautete der Name der Frau, die verletzt wurde?«

»Officer Tanessa Lonnie«, erwiderte Hannah.

Die Frau stutzte kurz. »Officer … Ja. Natürlich. Wir reden von dem Officer … Augenblick, ich habe den Bericht gleich hier …«

»Tanessa war der Lockvogel«, sagte Hannah. »Können wir das nicht morgen früh machen? Es ist schon spät.«

»Ja, natürlich. Entschuldigen Sie bitte. Ich brauche nur noch ein paar Informationen für meinen Bericht, und man hat mir Ihre vollständige Kooperation zugesichert, daher …«

»Ist ja gut«, fauchte Hannah. »Was noch?«

»Wie ich hörte, ist der Schütze entkommen?«

»Der Schütze? Da sind Sie falsch informiert, Miss Marsen. Der Mörder ist derjenige, der angeschossen wurde. Er hat Tanessa mit einem Schwert angegriffen.«

»Oh! Ich verstehe nicht, wieso das im Bericht nicht erwähnt wird. Okay. Der Mörder wurde angeschossen und ist entkommen, und Officer Lonnie … Das ist ja außergewöhnlich. Bearbeitet Ihren Fall nicht ein Detective Lonnie?«

»Ja, sicher. Er ist ihr Bruder und …« Hannah stockte. »Wie sagten Sie doch gleich ist Ihr Name?«

»Officer Marsen. Ich glaube, ich habe jetzt alle Details, die ich brauche. Auf Wiederhören.« Die Verbindung wurde getrennt, und Hannah stand da und umklammerte den Telefonhörer. Auf einmal lief es ihr eiskalt den Rücken herunter.

Officer Veronica Marsen. Die Frau hätte sich sonst wie nennen können. Keine Polizistin konnte in Bezug auf die Schießerei im Blumenladen derart ahnungslos sein. Der Chief hielt stets alle auf dem Laufenden.

Mit wem hatte Hannah dann eben telefoniert?

* * *

Matt Lowery verteilte das Fingerabdruckpulver vorsichtig am Fenster und auf dem Fensterbrett. Drei schwarze Ovale zeichneten sich auf der linken Seite der Fensterscheibe ab. Die Rillen bei zwei Abdrücken waren deutlich zu erkennen. *Ein flacher Bogen und ein spiralförmiger Wirbel,* registrierte er geistesabwesend. Beim dritten Abdruck vermutete er ebenfalls einen flachen Bogen, war sich jedoch nicht sicher, da der Abdruck verschmiert war. Er verstaute das Pulver und den Pinsel wieder in seinem Koffer, der zu seinen Füßen stand, und nahm die Kamera vom Tisch. Nachdem er zwei Fotos der Abdrücke gemacht hatte, holte er das Klebeband heraus und drückte vorsichtig einen Streifen auf einen Fingerabdruck. Er zog ihn wieder ab, sodass der Abdruck daran haften blieb, und befestigte ihn auf einer kleinen Karte. Dann wiederholte er das Ganze noch zweimal. Zu guter Letzt schrieb er »Nordfenster« auf alle drei Karten und steckte sie zu den anderen neun, die er bereits im Badezimmer genommen hatte. Falls dies wirklich die Wohnung war, in der sich der Mörder aufgehalten hatte, war diesem nicht in den Sinn gekommen, seine Spuren zu verwischen. Sie hatten auch mehrere Haare in der Dusche und auf der Matratze gefunden. Diese Wohnung musste unzählige DNA-Proben enthalten, die sie in CODIS überprüfen konnten, selbst wenn sie mit den Fingerabdrücken nicht weiterkamen.

Seufzend richtete er sich zu seinen vollen eins fünfundfünfzig auf. Heute hatte er mehr als genug zu tun, und dieses Apartment erwies sich als unfassbar langweiliger Tatort, insbesondere in Anbetracht der Tatsache, dass der Mörder vermutlich hier gehaust hatte.

Violet sicherte in der Küche Proben aus dem Spülbecken und von den Schrankgriffen. Der Fernseher würde garantiert ebenfalls einige Abdrücke aufweisen. Wäre alles gesäubert worden, hätten sie versucht, Fingerabdrücke vom Holztisch und dem Stuhl zu nehmen, vielleicht auch von der Badezimmerwand. Aber da die Person, die hier gelebt hatte, derart entgegenkommend gewesen war, hätte Matt nichts dagegen gehabt, langsam Feierabend zu machen. Er sah auf die Uhr. Es war fast Mitternacht.

»Violet!«, rief er. »Wie lange brauchst du noch?«

»Bin gleich fertig«, kam die Antwort aus der Küche.

Er sah sich noch ein letztes Mal um und wollte den Raum gerade verlassen, als ihm etwas ins Auge fiel. Die Böden der ganzen Wohnung waren mit Staub, Essensflecken und Schmutz übersät. Direkt neben der Matratze gab es jedoch eine kleine Stelle, die etwas sauberer aussah. Er kniete sich daneben und versuchte, die Form zu identifizieren. Es war ein Dreieck, wobei eine Seite mit dem Rand der Matratze übereinstimmte. Jemand hatte die Matratze vor Kurzem bewegt und den Staub und Schmutz zur Seite geschoben. Matt zerrte die Matratze vor, doch dahinter lag nichts. Als er sie hochhob, konnte er auch nichts Außergewöhnliches entdecken – nur noch mehr Schmutz.

Als er sich die Bodenfliesen jedoch aus der Nähe ansah, bemerkte er, dass eine locker zu sein schien. Er zückte ein scharfes Taschenmesser, steckte die Klinge in den Spalt zwischen den Fliesen und hob eine an.

Darunter befand sich ein kleines Loch im Mörtel, in dem etwas steckte. Mit einer Pinzette zog Matt es vorsichtig heraus.

Es war ein staubiger, verschlossener Nylonbeutel, der eine rote Haarlocke enthielt.

Kapitel 24

Im Büro der Detectives herrschte angespanntes Schweigen, als Mitchell etwas zu spät hereinkam. Normalerweise tranken seine Kollegen Kaffee, scherzten miteinander, Bernard jammerte, weil er zu wenig geschlafen hatte, und Jacob hämmerte auf seiner Tastatur herum und beschwerte sich über seinen Computer. Aber an diesem Morgen gab es nur finstere Blicke und eine von Wut durchdrungene Atmosphäre.

»Was ist denn los?«, fragte er, auch wenn er es eigentlich gar nicht wissen wollte.

»Sieh dir die *Glenmore Park Gazette* an«, antwortete Jacob.

Mitchell fühlte sich schwer und ausgelaugt, als er sich vor seinen Computer setzte. Er öffnete den Browser und gab langsam die ersten drei Buchstaben der URL der Zeitung ein, den Rest erledigte dann der Browser. Die Hauptseite ging auf, die von einem Foto von Hummingbird Blossoms dominiert wurde. Die Schlagzeile lautete »Todesbote entrinnt Polizeifalle«.

Es wurde noch schlimmer. Da war ein Foto von Tanessa. Im Artikel wurde erwähnt, dass sie den Lockvogel gespielt hatte. Er enthielt die Andeutung, dass dieser Plan von vornherein schlecht durchdacht gewesen sei und dass Tanessa nur wegen ihrer Beziehung zu Detective Mitchell Lonnie, einem der Hauptermittler in diesem Fall, ausgewählt worden sei. Zudem stand dort, dass Mitchell Danny Stevenson und Janice Hewitt als Verdächtige verhaftet hatte, obwohl sie nur einen harmlosen Streich ausgeheckt hätten. Der Name der Reporterin lautete natürlich Ricky Nate.

Mitchell stand auf und war wie betäubt. Er zitterte am ganzen Körper und knirschte mit den Zähnen. Ihm war, als müsste er gleich explodieren, und eine leise Stimme in seinem Kopf riet ihm, von hier zu verschwinden, nach Hause zu fahren und dort durchzudrehen, wo es sicher war. Doch er schlug diesen bescheidenen Vorschlag in den Wind.

»Verdammt!«, schrie er und trat so heftig gegen seinen Stuhl, dass dieser durch den Raum rollte und gegen die Wand knallte. Er griff nach der Tasse auf seinem Schreibtisch, die immer noch halb voll mit Kaffee war, und schleuderte sie gegen dieselbe Wand, wo die Tasse zersprang und ein riesiger Fleck zurückblieb.

»Entspann dich, Lonnie!«, schrie Jacob ihn an und sprang auf.

»Wie soll ich mich entspannen? Woher weiß sie das alles?«, kreischte Mitchell. »Wer hat ihr das erzählt?«

»Ich.«

Mitchell wirbelte herum und starrte Hannah an, die mit hochrotem Kopf auf ihrem Stuhl saß.

»Ach ja?«, fauchte er. »Und warum?«

»Ich wusste nicht, dass sie Reporterin ist. Sie hat behauptet, sie wäre bei der Staatspolizei. Sie hat mich reingelegt, Mitchell. Es tut mir so leid.«

»Du hast ihr gesagt, es wäre meine Idee gewesen, meine Schwester als Lockvogel einzusetzen?«

»Nein, natürlich nicht«, protestierte Hannah. »Das hat sie sich selbst zusammengereimt. Aber ich habe ihr gesagt, dass Tanessa der Lockvogel war und dass sie deine Schwester ist.«

»Wie konntest du nur so dumm sein?«

Hannah zuckte nicht einmal zusammen. Ihr Gesicht blieb ausdruckslos, während sie ihn weiter anstarrte. Aber Mitchell kannte sie schon seit sehr langer Zeit; sie waren zusammen auf der Akademie gewesen. Das Flackern in ihren Augen verriet ihm, dass sie ihm diese Worte so schnell nicht verzeihen würde.

»Fick dich, Lonnie«, sagte sie, stand auf und ging langsam aus dem Büro. Bernard warf ihm einen angewiderten Blick zu.

»Du bist echt ein Arschloch, Mitchell.«

Mitchell sah Bernard müde an und wünschte sich, die letzten dreißig Sekunden zurückspulen zu können. Er betrachtete die Wand, an der langsam der Kaffee herunterrann und auf die Scherben der Tasse tropfte.

»Ich weiß«, sagte er und steckte die Hände in die Taschen. Seine rechte Hand stieß auf etwas Hartes. Paulines Verlobungsring, den er seit dem Tag, an dem er ihn gekauft hatte, mit sich herumtrug. Ihm war, als müsste er ersticken, als würde er in mehrere Richtungen gleichzeitig gezerrt. Rasch verließ er den Raum, ging die Treppe hinunter, ins Freie und zu seinem Wagen, und nachdem er das Lenkrad eine Ewigkeit angestarrt hatte, fuhr er nach Hause.

* * *

Jacob war lange genug bei der Polizei, um zu merken, wann ein Kollege nicht mehr arbeitsfähig war. Seiner Meinung nach konnte Mitchell zu den Ermittlungen momentan nichts Nützliches beitragen. Was dazu geführt hatte, wusste Jacob nicht, und im Augenblick war es ihm auch egal. Später würde er Mitchell anrufen und versuchen, ihm zu helfen, weil er sein Freund war. Aber als Detective musste er sich auf die Tatsache konzentrieren, dass ein Mörder sein Unwesen trieb und sie eine recht gute Spur hatten, der sie folgen konnten. Er nahm den Schlüsselbund vom Schreibtisch und stand auf.

»Wo willst du denn hin?«, erkundigte sich Bernard.

»Ich höre mich in dem Apartmenthaus des Mörders mal um«, antwortete Jacob.

»Falls er tatsächlich dort gewohnt hat«, gab Bernard zu bedenken.

»Ich habe heute Morgen mit Matt gesprochen. Er hat in der Wohnung eine versteckte Haarsträhne gefunden. Das passt zur Vorgehensweise des Mörders, daher gehe ich davon aus, dass er sich auch mal in dieser Wohnung aufgehalten hat.«

»Okay«, meinte Bernard. »Stammen die Haare von einem der Opfer?«

»Matt meint, sie könnten von Kendele Byers sein, ist sich aber nicht sicher. Er sagte, irgendetwas wäre seltsam an den Haaren und er brauche mehr Zeit, um sie genauer zu untersuchen.« Jacob zuckte mit den Achseln. »Jedenfalls schnappe ich mir unser Skizzenbuch und höre mich mal um, ob jemand unseren Mann gesehen hat. Vielleicht lande ich ja einen Treffer. Wer weiß, möglicherweise hat er einen Nachbarn um etwas Zucker gebeten, ohne sich vorher zu verkleiden. Das wäre doch nett.«

»Warte kurz, ich begleite dich«, sagte Bernard.

Die Detectives stiegen in den Wagen, und Jacob überließ Bernard das Lenkrad. Auf dem Weg zum Hillside Drive hing er seinen Gedanken nach und fragte sich wieder einmal, wohin der Mörder wohl verschwunden war. Der Mann war im Blumengeschäft verwundet worden, so viel stand fest. Hatte er sich irgendwo verarzten lassen?

»Du hast doch gestern die Ärzte angerufen, nicht wahr?«, fragte er Bernard.

»Ja. Ärzte, Krankenschwestern, Tierärzte, Ärzte im Ruhestand, Medizinstudenten … Es war eine verdammt lange Liste.«

»Hast du irgendwas in Erfahrung gebracht?«

»Eigentlich nicht. Jedenfalls wollte keiner zugeben, einem Mann mit einer Schusswunde geholfen zu haben.«

»Hm.«

»Sag mal, was ist eigentlich mit Mitchell los?«, erkundigte sich Bernard.

»Ich habe keine Ahnung«, antwortete Jacob mit schneidender Stimme, die seinem Kollegen zu verstehen gab, dass er nicht über das Thema sprechen wollte.

Bernard hakte nicht weiter nach.

Sie kamen vor dem Gebäude an. Bei Tageslicht sah es noch heruntergekommener aus, da die Sonne die Stellen enthüllte, wo der Putz komplett von der Mauer abgebröckelt war und die Ziegelsteine darunter frei lagen. Im ersten Stock war eine Fensterscheibe zerbrochen, und anstatt das Glas auszutauschen, hatte man das Fenster einfach zugenagelt.

»Sollen wir uns aufteilen?«, schlug Bernard vor.

»Nein, lass uns das zusammen machen«, meinte Jacob. »Es sind ja nur drei Stockwerke.«

Sie fingen ganz oben an, da der Mörder auf dieser Etage gewohnt hatte. Bei der ersten Tür, an die sie klopften, machte niemand auf, und in den anderen Wohnungen lebten eher feindselige Individuen, die ihnen eindeutig zu verstehen gaben, dass sie nichts gehört, gesehen oder gerochen hatten, das die Polizei auch nur ansatzweise interessieren konnte. Falls der Mörder sich von ihnen Zucker geborgt hatte, hätten sie es niemals zugegeben. Im ersten Stock erlebten sie genau dasselbe.

Im Erdgeschoss standen sie gleich bei der ersten Wohnung einer alten Frau gegenüber. Einen Moment lang glaubte Jacob, sie von irgendwoher zu kennen. Dann begriff er, warum sie ihm so bekannt vorkam: Sie sah genauso aus wie Sophia aus »Golden Girls«, einer Fernsehserie, die er vor Jahren jede Woche zusammen mit seiner Frau geguckt hatte. Diese Frau hier hatte einen runden grauen Haarschopf und eine übermäßig große

Brille, hinter der scharfe Augen zu erkennen waren. Sie trug etwas, bei dem sich Jacob nicht sicher war, ob es sich um ein Kleid, einen Kittel oder ein Tischtuch handelte. Der Stoff war blau und mit einigen Blumen verziert. Sie war sehr klein, vermutlich um die eins fünfzig, und hatte Hände und Füße, die an die eines Kindes erinnerten. Da Bernard über eins achtzig groß war, musste sie den Kopf in den Nacken legen, um zu ihm aufzublicken.

»Ja?«, fragte sie.

»Ma'am, ich bin Detective Bernard Gladwin«, stellte er sich vor und zeigte seinen Dienstausweis. »Das ist mein Partner Detective Cooper. Wir wollten Sie fragen …«

»Detectives, ja?« Sie musterte Jacob. »Schöner Hut.«

»Danke, Ma'am«, erwiderte er. »Wir würden Ihnen gern einige Fragen über einen Mann stellen, der bis vor Kurzem hier im Haus gewohnt hat.«

»Ach ja?« Sie runzelte die Stirn. »Kommen Sie doch herein. Ich koche mir gerade einen Tee.«

»Wir möchten Sie wirklich nicht stören, sondern nur …«

»Na, ich werde bestimmt nicht hier im Hausflur herumstehen und Fragen beantworten, daher können Sie auch genauso gut hereinkommen, einen Tee trinken und ein Stück Apfelstrudel essen.« Sie drehte sich um, verschwand in der Wohnung und ließ die Tür sperrangelweit offen. Bernard zögerte kurz und ging dann hinein, und Jacob folgte ihm.

Ihre Wohnung bildete einen krassen Gegensatz zum Außeneindruck, den das Gebäude hinterließ. Die Wände waren vor Kurzem frisch gestrichen worden und sahen perlweiß und sauber aus. Sämtliche Möbelstücke wirkten zwar alt, aber gepflegt. Ein Schaukelstuhl und ein Sofa standen an einem kleinen runden Holztisch auf einem Perserteppich mit einem komplizierten rot-grünen Muster. An drei Wänden standen gewaltige Bücherregale, die Hunderte von Büchern enthielten, die vierte war mit zahllosen Bilderrahmen bedeckt, in denen Kinderfotos hingen. Jacob schätzte, dass es sich um ihre Enkel handelte.

»Setzen Sie sich doch«, forderte sie die beiden Detectives auf. »Ich bin gleich wieder da.«

Diese Zeitangabe stellte sich als relativ heraus, was bei einer Frau, deren Geschwindigkeit die Existenz der Zeit an sich infrage zu stellen schien, vermutlich kein Wunder war. Jacob sah nicht auf die Uhr, hatte jedoch das Gefühl, dass zwei Tage vergingen, bevor eine Teekanne und ein frisch gebackener Apfelstrudel auf dem Tisch standen. Die Frau atmete die ganze Zeit durch die Nase und wirkte hoch konzentriert. Endlich hatte jeder eine Tasse lauwarmen Tee und einen Teller mit einer kleinen Scheibe Apfelstrudel vor sich stehen.

»Ich liebe Strudel«, erklärte sie. »Kennen Sie das Geheimnis eines guten Apfelstrudels?«

»Nein«, antwortete Jacob. »Klären Sie uns auf?«

»Das Rezept.« Sie lachte. Jedenfalls vermutete er das. Es hörte sich allerdings so an, als würde jemand Mäuse foltern. Er hatte den Eindruck, dass sie diesen Witz nicht zum ersten Mal erzählte.

»Ma'am, wir suchen nach Informationen über einen Mann, der vor nicht allzu langer Zeit hier im Haus gewohnt hat«, sagte Bernard. »Im zweiten Stock.«

»Aha?«

»Wir wüssten gern, ob Sie ihn mal gesehen haben.«

»Das ist gut möglich. Ich sehe hin und wieder jemanden hinaufgehen oder herunterkommen. Was hat er denn getan?«

»Wir sind uns nicht sicher«, erwiderte Jacob. »Aber wir möchten ihm einige Fragen stellen.«

»Verstehe.« Sie warf einen Blick auf seinen Teller. »Schmeckt Ihnen der Strudel nicht?«

Jacob steckte sich ein kleines Stück in den Mund und stellte fest, dass der Strudel köstlich schmeckte. Er kaute ihn bedächtig und schluckte ihn herunter. »Er ist sehr gut.«

Sie nickte zufrieden. »Und, was möchten Sie wissen?«

Er holte den Ordner mit den Skizzen aus seinem Aktenkoffer und reichte ihn weiter. »Hier haben wir einige Zeichnungen gesammelt. Wir würden gern wissen, ob Sie einen dieser Männer wiedererkennen.«

Sie schlug den Ordner auf und betrachtete das erste Bild. »Das ist eine sehr schöne Zeichnung. Haben Sie sie gemacht?«

»Nein«, antwortete Jacob. »Das war unser Zeichner.«

»Meine Enkelin Bella geht auf die Kunsthochschule«, erzählte die Frau, ohne den Blick von der Zeichnung abzuwenden. »Sie ist sehr talentiert und malt ebenfalls.«

»Wie schön«, kommentierte Jacob.

»Sie zeichnet am Computer«, fuhr die alte Frau fort. »Sie ist sehr klug.«

»Würden Sie sich bitte auch die anderen Zeichnungen ansehen?«

Sie blätterte weiter. »Das ist auch ein sehr schönes Bild.«

So langsam fragte er sich, ob die alte Dame ihn für ihren Enkel hielt, der ihr selbst gemalte Bilder zeigte.

»Haben Sie diesen Mann schon einmal gesehen?«, fragte er, bekam jedoch nicht sofort eine Antwort.

Jacob warf Bernard einen Blick zu, der sich zurückgelehnt hatte und an seinem Tee nippte. Er hatte Probleme, den Griff überhaupt mit den Fingern festzuhalten, und sah aus, als würde er mit einem Puppenservice spielen. Dabei wirkte er sehr gelassen, aber Jacob hatte Bernard auch nur selten anders erlebt. Der Mann besaß die Geduld einer Galapagosschildkröte.

Doch Jacob riss langsam der Geduldsfaden. Sie vergeudeten Zeit. Diese Frau sehnte sich bloß nach Gesellschaft, aber sie hatte niemanden gesehen. Er beugte sich vor, um ihr den Ordner abzunehmen, als sie gerade umblätterte und aufmerkte.

»Oh«, sagte sie. »Haben Sie nicht gesagt, Sie suchen einen Mann, der vor Kurzem hier gelebt hat?«

»Das ist richtig«, bestätigte Jacob.

»Da irren Sie sich.«

Er beäugte sie irritiert. »Wie bitte?«

»Er hat hier gewohnt, aber das ist schon sehr lange her. Sie sind vor fünfundzwanzig Jahren weggezogen.«

»Nein, Ma'am, wir suchen jemanden, der vermutlich noch vor einer Woche hier gewohnt hat. Falls diese Skizze Sie an jemanden erinnert, den Sie vor langer Zeit kannten, ist das reiner Zufall …«

»Ich bin alt, Detective, aber nicht senil«, fuhr sie ihn entrüstet an. »Pete Stokes hat mit seiner Familie fast fünfzehn Jahre lang in diesem Haus gewohnt. Diese Zeichnung erinnert mich nicht an ihn, sie entspricht ihm. Oder zumindest seinem Aussehen vor dreißig Jahren.« Sie drehte den Ordner zu ihm um und schlug eine Skizze auf, die den Mörder mit einem Toupet aus glattem schwarzem Haar mit Seitenscheitel und großem falschem Schnurrbart zeigte. »Das ist Pete Stokes. Aber er war ein netter Mann. Er hat garantiert nichts Schlimmes angestellt.«

»Wie alt war Pete, als er hier lebte?«, wollte Jacob wissen.

»Etwa fünfzig, glaube ich.« Sie lehnte sich auf ihrem Schaukelstuhl zurück. »Er war immer ausgesprochen höflich. Und er hat in der Wohnung im zweiten Stock gelebt, wie Sie richtig erkannt haben.«

»In welcher Wohnung?«, hakte Jacob nach.

»In Apartment fünfzehn. Der Wohnung, die die Polizei gestern aufgebrochen hat.« Sie sah die Detectives an und lächelte so breit, dass man ihr Zahnfleisch sehen konnte. »Was ist? Dachten Sie, ich wüsste das nicht? Bei dem Lärm, den Sie gemacht haben?«

Jacob und Bernard tauschten einen Blick. Bernard zog die Augenbrauen hoch, als wollte er damit andeuten, dass sie wieder in einer Sackgasse gelandet waren, weil die alte Dame über einen Mann sprach, der heute fünfundsiebzig oder achtzig Jahre alt sein musste.

Doch Jacob fiel noch etwas ein, und er drehte sich zu der alten Frau um.

»Was für eine Familie?«, fragte er.

»Wie bitte?«

»Sie sagten, er hätte mit seiner Familie hier gewohnt. Hat er eine Frau?«

»Ja. Eine Frau und einen Sohn. Ich habe mit seiner Frau Meggie immer Rezepte getauscht. Sie wusste meine Backkünste zu schätzen.« Sie warf einen vielsagenden Blick auf ihre immer noch nicht geleerten Teller.

»Wie alt war der Sohn, als sie weggezogen sind?« Bernard beugte sich vor. Er wusste, worauf Jacob hinauswollte.

»Ich bin mir nicht sicher. Er muss kurz zuvor aufs College gegangen sein«, überlegte sie laut. »Als sie auszogen, war er etwa … zwanzig. Vielleicht auch einundzwanzig.«

»Erinnern Sie sich an seinen Namen?« Jacob hielt den Teller vor Anspannung so fest, dass er Angst hatte, er könnte zerspringen.

»Sein Name war Jovan. Jovan Stokes. So ein netter Junge.«

Kapitel 25

Mitchell kam spät zur Arbeit und betrat das Büro, in dem die anderen mitten in einer Besprechung waren. Er hatte einen Kater und war hundemüde, weil er die Nacht zuvor kaum geschlafen hatte. Zudem hatte er sich nicht nur allein betrunken, sondern auch noch aus Einsamkeit. Beinahe hätte er Pauline eine Nachricht geschickt, aber er war sich ziemlich sicher, das nicht getan zu haben, und das stellte vermutlich seine beste Entscheidung der letzten Zeit dar.

Als er hereinkam, drehten sich alle zu ihm um, nur Hannah wandte angewidert den Blick ab. Selbst ohne die Auseinandersetzung am Tag zuvor hatte er das verdient, wie er selbst wusste. Er trug noch dieselbe Kleidung wie am Vortag, war unrasiert und hatte, wenn er vom Geschmack in seinem Mund ausging, keinen angenehmen Atem. Eigentlich wusste er nicht mal genau, warum er überhaupt zur Arbeit gekommen war. Jacob, der in der Nähe des Whiteboards stand, musterte ihn und zog eine Augenbraue hoch. Es gab keinen freien Stuhl mehr. Zoe Bentley saß auf Mitchells Stuhl, daher lehnte er sich einfach an die Wand.

Jacob sprach weiter. »Wie ich eben sagte, lebte laut der Aussage dieser Frau vor fünfundzwanzig Jahren ein Mann namens Pete Stokes mit seiner Familie in Apartment fünfzehn.

Er hatte einen Sohn, Jovan Stokes, und wir sind uns fast sicher, dass er unser Mann ist.«

Mitchell starrte vor sich hin, blinzelte mehrmals und fühlte sich gar nicht gut. Während er sich wie ein jammerndes Kind benommen, einen Aufstand gemacht und sich betrunken hatte, um sich in Selbstmitleid zu suhlen, war es den anderen gelungen, die Identität des Serienmörders herauszufinden. Dies stellte eindeutig den Tiefpunkt seiner Karriere dar.

Was zum Teufel stimmte denn nicht mit ihm? Bisher war es ihm doch immer gelungen, Privat- und Berufsleben zu trennen, und er hatte sich stets professionell verhalten. Aus welchem Grund baute er jetzt solchen Mist?

»Die Frau hat eine der Zeichnungen eindeutig als Pete Stokes identifiziert«, fuhr Jacob fort. »Und sie sagte, Vater und Sohn hätten sich sehr ähnlich gesehen. Wir sind uns nicht sicher, ob Jovan Stokes absichtlich eine seiner Verkleidungen an das Aussehen seines Vaters angepasst hat ...«

»Er zieht sich an wie sein Dad?«, warf Zoe zynisch ein. »Da muss ich doch gleich an Freud denken.«

»Naheliegend«, meinte Jacob. »Jedenfalls ist es uns gelungen, einige Informationen über Jovan Stokes aufzutreiben.« Er deutete auf ein Foto am Whiteboard. Darauf blickte ein Mann von etwa vierzig mit kurzem hellbraunem Haar ernst in die Kamera. Er hatte einen gut gestutzten Vollbart und hellbraune Augen sowie schmale, blasse Lippen und wirkte, als wäre er ständig wütend. »Jovan Stokes. Geboren 1968 in Glenmore Park. Er war ein kluges Kind und Klassenbester. Seine Familie war relativ arm – sein Vater arbeitete auf dem Bau, und seine Mutter war arbeitslos. Nach der Highschool konnte er dank eines Stipendiums auf die Boston University School of Medicine gehen. Auch dort war er einer der besten Studenten. Das Foto, das Sie hier sehen, stammt von seinem Führerschein. Wir vermuten, dass er sich seitdem den Bart abrasiert hat. Während des

Studiums in Boston lernte er eine Frau namens Wanda Johnson kennen, die er 1995 heiratete. Sie waren achtzehn Jahre lang verheiratet.«

Jacob hielt inne und warf einen Blick auf das Whiteboard. Im unteren Teil hatten sie eine Zeitlinie angelegt, auf die er nun deutete. »Am vierzehnten Juli 2013 erschienen sowohl Wanda als auch Jovan Stokes nicht bei der Arbeit. Seitdem wurde keiner von ihnen mehr gesehen.«

»Sind beide in die Morde verwickelt?«, fragte Hannah.

»Ich halte das für sehr unwahrscheinlich«, antwortete Jacob. »Laut unserer Freunde beim Boston PD wurde Wanda zwei Tage nach ihrem Verschwinden von ihrer Schwester Meredith Johnson als vermisst gemeldet. Sie behauptet, Wanda wollte sich von Jovan scheiden lassen und wäre nie mit ihm zusammen verschwunden. Das wahrscheinlichste Szenario ist, dass Jovan Stokes Wanda ermordet hat, als sie sich von ihm trennen wollte. Ihr gemeinsames Bankkonto wurde am Tag vor dem Verschwinden des Paars leergeräumt. Sie hatten darauf über zweihunderttausend Dollar angespart.« Er ließ diese Information kurz sacken. »Seit Juli 2013 hat niemand etwas von Jovan oder Wanda Stokes gesehen oder gehört. Wir müssen davon ausgehen, dass Jovan falsche Papiere besitzt und so gut wie immer in Verkleidung auftritt. Es gibt eine große Lücke, bei der wir nicht wissen, was er getan hat. Im Januar 2015 wurde Isabella Garcia ermordet.« Er deutete wieder auf die Zeitlinie. »Daher muss er sich zu dieser Zeit in Boston aufgehalten haben. Später zog er nach Glenmore Park …«

»Er könnte auch schon die ganze Zeit hier gelebt haben und nur für den Mord nach Boston gefahren sein«, warf Mitchell ein.

Jacob nickte. »Das stimmt.«

»Hat schon jemand mit dem Besitzer der Wohnung gesprochen?«, fragte Captain Bailey. »Möglicherweise kann er uns das genaue Datum nennen und auch den Namen, den Jovan Stokes benutzt hat. Vielleicht bekommen wir sogar noch weitere Informationen.«

»Der vorherige Besitzer ist vor drei Monaten seinem Krebsleiden erlegen«, teilte Jacob ihnen mit. »Die neue Besitzerin – seine Tochter – ist noch dabei, ihr Erbe durchzugehen. Anscheinend hat der Verstorbene ein ziemliches Chaos hinterlassen. Sie konnte uns nur sagen, dass sie bisher keinen Mietvertrag für die Wohnung gefunden hat, und sie erinnert sich daran, dass ihr Dad ihr erzählt hat, die Miete für die Wohnung sei bar und im Voraus bezahlt worden.«

Er hielt inne und wartete auf weitere Fragen. Als keine kamen, deutete er auf ein Foto von einer roten Haarsträhne. »Diese Haare wurden versteckt in der Wohnung gefunden. Ursprünglich gingen wir davon aus, dass sie von Kendele Byers stammen, da es dieselbe Haarfarbe zu sein scheint. Aber Matt hat uns mitgeteilt, dass diese Haare tatsächlich sehr viel älter sind.«

»Wie viel älter?«, wollte Captain Bailey wissen.

»Matt ist sich noch nicht sicher, schätzt jedoch, dass sie wenigstens zehn Jahre alt sein müssen. Da wir davon ausgehen, dass Jovan Stokes erst vor Kurzem wieder in diese Wohnung gezogen ist, könnte diese Haarsträhne schon seit der Zeit dort versteckt gewesen sein, zu der seine Familie da gewohnt hat.«

»Ein altes Opfer?«, mutmaßte Mitchell.

»Auch das lässt sich nicht mit Sicherheit sagen. Die Haare könnten von einem Opfer, aber auch einer früheren Freundin stammen.« Jacob zuckte mit den Achseln. »Alles ist denkbar. Wir werden dieser Spur folgen, wohin auch immer sie uns führt. Vorerst konzentrieren wir unsere Bemühungen auf Jovans Vergangenheit. Bernard und Hannah fahren wieder nach Boston, um mit Bernards Freunden beim Boston PD den Vermisstenfall Wanda Stokes unter die Lupe zu nehmen.«

Bernard schien nicht besonders erpicht darauf zu sein, seine sogenannten Freunde wiederzusehen. Er rümpfte die Nase, als hätte er einen überreifen französischen Käse vor sich.

»Wir anderen versuchen, hier an weitere Informationen zu gelangen. Es gibt zahllose Personen, die im Laufe der Jahre Kontakt zu Jovan hatten, und vielleicht können uns einige davon mehr über ihn erzählen.«

»Okay«, sagte Captain Bailey. »Ich treffe mich später mit Dougherty und werde sie auf den neuesten Stand bringen.«

Da die Besprechung eindeutig beendet war, setzten sich alle in Bewegung. Mitchell wollte Zoe gerade um seinen Stuhl bitten, als Captain Bailey verlangte: »Detective Lonnie, in mein Büro bitte.«

Das war eine ungewöhnlich offizielle Bitte, und Mitchell wurde ganz anders zumute. Er folgte dem Captain in sein Büro.

Bailey ließ sich hinter seinem chaotischen Schreibtisch nieder. Mitchell sah sich um. Alle Stühle waren mit Papierstapeln belegt.

»Sie können die Unterlagen da wegnehmen.« Bailey deutete auf einen Stuhl.

Mitchell hob den Stapel hoch und legte ihn nach kurzem Zögern vorsichtig auf einem der Haufen auf dem Tisch ab. Bailey stöhnte kurz auf und ließ sie auf einen anderen Stapel wandern. Anscheinend hatte Mitchell sein ausgeklügeltes Ablagesystem durcheinandergebracht.

»Sie werden von dem Fall abgezogen«, teilte Captain Bailey ihm unverblümt mit. »Auf Befehl des Chiefs.«

»Wegen des Artikels in der *Gazette*?«, fragte Mitchell. »Sie wissen, dass ich nur getan habe, was getan werden musste, Captain.«

»Der Artikel hat eindeutig etwas dazu beigetragen.« Captain Bailey runzelte die Stirn. »So wie die Hunderte Blogger und Vlogger, die uns wegen der Verhaftung von Janice

Hewitt und der Unterdrückung der Meinungsfreiheit die Hölle heißmachen.«

»Aber das hat doch nichts mit …«

»Verdammt, Mitchell, Sie tun gerade so, als wären Sie eben erst aus Kanada hergezogen! Sie haben jemanden verhaftet, der dafür gesorgt hat, dass wir wie ein Haufen Idioten dastehen. Selbstverständlich beziehen sich da alle sofort auf die Meinungsfreiheit. Dabei ist es völlig unwichtig, ob sie eine falsche Beschwerde eingereicht hat oder der Grund dafür war, dass ihr Freund beinahe von der Polizei erschossen worden wäre. Sie ist hier die Heldin, die sich für ihren Mann eingesetzt hat. Sie spielen die Rolle des Bösewichts, dem nichts an der Meinungsfreiheit liegt. Haben Sie gesehen, wie viele Aufrufe ihr letztes Video hat? Über fünfundzwanzig Millionen. Sie haben praktisch dafür gesorgt, dass die Karriere dieser Frau durch die Decke geht.«

»Gut, dann bleibe ich im Büro und versuche, diesen Jovan über …«

»Ich will Sie nicht bei diesem Fall dabeihaben, Mitchell. Sie sind nicht mehr bei der Sache und benehmen sich wie der letzte Mensch. Haben Sie gestern Ihre Tasse gegen die Wand geschleudert?«

»Wer hat Ihnen das erzählt?«, verlangte Mitchell zornig zu erfahren.

»Niemand. Ihre Freunde stehen zu Ihnen.« Bailey winkte ab. »Aber da war ein großer Fleck an der Wand und Scherben Ihrer Tasse lagen darunter am Boden. Ich weiß nicht, ob Ihnen das bewusst ist, aber ich war früher auch mal Detective, und ich muss nicht erst die DNA ermitteln, um herauszufinden, was da passiert ist.«

Mitchell schloss die Augen.

»Ich möchte, dass Sie ein paar Tage Urlaub nehmen. Besuchen Sie Ihre Schwester. Verbringen Sie Zeit mit Ihrer Freundin. Und beruhigen Sie sich verdammt noch mal wieder.«

»Ich brauche keinen Urlaub. Ich kann mich zusammenreißen und nützlich machen.«

Der Captain kniff die Augen zusammen. »Zwingen Sie mich nicht dazu, Sie zu suspendieren, Lonnie.«

Mitchell machte den Mund auf, um noch etwas zu sagen, schloss ihn dann jedoch wieder. Trotz des Nebels aus Zorn und Entrüstung, der ihn umfangen hielt, wusste er, dass alles seine Schuld war.

»Wir sind hier fertig«, erklärte der Captain ruhig, aber bestimmt. »Grüßen Sie Ihre Schwester von mir.«

* * *

Jovan Stokes kam aus der Dusche und ging langsam zurück zu seinem Bett. Das schwache Licht der Nachttischlampe erhellte das kleine Motelzimmer. Jemand hatte sich für ein hellgrünes Farbschema entschieden, als er die Bettwäsche, die Tapete und die Möbel ausgesucht hatte, und das Endresultat ließ stark zu wünschen übrig. Aber das war unwichtig. Jovan achtete eigentlich gar nicht darauf; dies war nur ein Ort zum Schlafen.

Als er sich aufs Bett setzte, erschauderte er am ganzen Körper. Das Schlimmste hatte er hinter sich. Nachdem er angeschossen worden war, hatte er die Wunde selbst genäht und sich verbunden und vor Schmerzen beinahe das Bewusstsein verloren. Nun fühlte sich sein ganzer Körper an wie nach einem Schock. Er war geschwächt und benommen und hatte leichtes Fieber. Die Schmerzmittel, die er gekauft hatte, nahm er nur selten, weil er versuchte, sich an den Schmerz zu gewöhnen. Das würde allerdings noch einige Zeit dauern.

Jetzt wusste er nicht, was er tun sollte.

Während der letzten beiden Jahre hatte er einen Plan gehabt. Er jagte einem Moment hinterher, einer Erinnerung, einem Gefühl. Einer Sekunde reiner Freude, die er einmal vor sehr langer Zeit erlebt hatte. Nichts anderes zählte, nur dieser Augenblick. Über zwanzig Jahre lang hatte er wie betäubt gelebt, ein trostloses, langweiliges Leben geführt. Freude, Glück und auch Traurigkeit hatten sich nur sehr selten eingestellt.

Doch dann hatte er sich eines Tages auf einmal daran erinnert, dass es einst in seinem Leben noch etwas anderes gegeben hatte.

Nun war er sich jedoch nicht sicher, ob er diesen Augenblick jemals erleben würde. Sein Plan war auf ein unerwartetes Hindernis gestoßen. Es hatte ihn beinahe das Leben gekostet.

Tanessa Lonnie. Sie war die Erste, die sich wirklich gewehrt hatte. Und er hatte es nicht kommen sehen.

Vielleicht musste er nach vorn blicken, sich das nächste Opfer suchen, beim ursprünglichen Plan bleiben. Ja. Genau das sollte er tun. Er fuhr den Laptop hoch, da er wusste, dass er sich durch die Vorfreude wieder lebendig fühlen würde, die seinen Taten Bedeutung verlieh. Gespannt wartete er auf die Vorfreude.

Die sich nicht einstellte.

Es war, als wäre in ihm etwas zerbrochen, und eine Sekunde lang geriet er in Panik und fragte sich, ob er sich irgendwie den Kopf verletzt hatte, als er angeschossen worden war, und vielleicht Hirnschäden davongetragen hatte.

Aber nein, es gab eine viel einfachere Erklärung. Er wollte nicht weitermachen. Denn wenn er das tat, hielt er sich nicht an den ursprünglichen Plan. Dieser sah vor, dass er sich ein Opfer suchte und ihm folgte, die Vorfreude in die Länge zog und die Frau schließlich tötete. Der Plan sollte ihn diesem eigentlichen Augenblick der Freude näher bringen. Aber nun war eines seiner Opfer entkommen.

Er rief Tanessas Datei auf und starrte ihr Foto an. Sie sah *ihr* so ähnlich. Viel ähnlicher als die anderen.

Hatte sie wirklich gewusst, wer er war? Aber woher? Und wie hatte sie sich so schnell bewegen können?

Er öffnete die Seite einer Lokalzeitung, weil er darauf hoffte, dass der erste, sehr vage Bericht über eine Schießerei in einem Blumengeschäft inzwischen ergänzt worden war.

Dann riss er die Augen auf.

Tanessa Lonnie.

Eine Polizistin.

Ein Lockvogel.

Kurz wallten Zorn und Angst in ihm auf. Die Polizei hätte ihn fast erwischt! Sie mussten herausgefunden haben, wie er sich seine Opfer suchte. Und dann hatten sie den Köder ausgelegt, eine Frau, die seine Aufmerksamkeit erregen musste. Tanessa Lonnie, die Schwester eines der in dem Fall ermittelnden Detectives. Er bebte vor Wut und hätte den Laptop beinahe gegen die Wand geworfen. Plötzlich hielt er inne, weil er sie erneut spürte.

Die Vorfreude.

* * *

Tabitha Mermenstein war zwischen 1981 und 1988 Rektorin an der Glenmore Park Highschool gewesen, also auch in der Zeit, in der Jovan Stokes dort zur Schule gegangen war. Jacob hoffte, dass sie ihm vielleicht etwas über den vermeintlichen Mörder erzählen konnte. Als er ihr in ihrem Wohnzimmer gegenübersaß, wurde er ein bisschen nervös.

Miss Bell, die stellvertretende Schulleiterin an Jacobs Grundschule, hatte ihn gehasst. Er geriet damals immer wieder in Prügeleien und landete danach häufig in ihrem Büro. Dort schrie sie ihn dann gefühlte Stunden an, während er mit gesenktem Blick dasaß und gegen die Tränen ankämpfte. Es ging das Gerücht, dass sie einem in der Turnhalle den Kopf schor und die ganze Klasse zugucken ließ, wenn sie einen mit Läusen erwischte. Bis zum heutigen Tag war er sich nicht sicher, ob dieses Gerücht nicht doch ein Körnchen Wahrheit enthielt. Allerdings hatte er nie selbst an diesem unheimlichen Ritual teilgenommen. Doch wenn ihm als kleiner Junge manchmal nach dem Zubettgehen der Kopf juckte, lag er stundenlang ängstlich wach und befürchtete, am nächsten Tag diese Schande über sich ergehen lassen zu müssen.

Jetzt sah Tabitha Mermenstein auch noch genauso aus wie Miss Bell. Sie hatte ihr langes graues Haar zu einem Zopf geflochten, dem keine Laus je zu nahe gekommen wäre. Ihre Augen hätten jeden Adler neidisch werden lassen, und sie hätte damit garantiert jedes sich prügelnde Kind und jede Laus auf einem Kinderkopf aufgespürt. Zum ersten Mal überhaupt war Jacob heilfroh über seinen Glatzkopf.

Allerdings würde er langsam aufhören müssen, über so etwas nachzudenken, wenn er etwas Zufriedenstellendes aus diesem Gespräch mitnehmen wollte.

»Worum geht es bei Ihrem Besuch, Detective?«, erkundigte sich Tabitha mit klarer, formeller Stimme. Sie hatte ihm ein Wasser angeboten, doch damit war ihre Gastfreundschaft auch schon zu Ende gewesen.

Er räusperte sich. »Miss Mermenstein, Sie waren unter anderem in der Zeit zwischen 1983 und 1987 Rektorin an der Glenmore Park Highschool, wenn ich richtig informiert bin?«

Sie dachte kurz nach. »Ja, das ist korrekt.«

»In dieser Zeit hatten Sie einen Schüler namens Jovan Stokes. Erinnern Sie sich zufälligerweise an ihn?«

Sie schnaubte leise, was ganz und gar nicht zu ihrem sonstigen Benehmen passen wollte. »Wir hatten jedes Jahr über siebenhundert Schüler an der Glenmore Park Highschool,

Detective. Die Annahme, ich könnte mich dreißig Jahre später an einen von ihnen erinnern, ist offen gesagt absurd.«

»Selbstverständlich.« Jacob nickte. »Aber ich wäre Ihnen sehr dankbar, wenn Sie dennoch versuchen würden, sich zu erinnern. Er ist dem Anschein nach der Hauptverdächtige in einer unserer Ermittlungen.«

»Von welchen Ermittlungen sprechen Sie?«

»Das kann ich Ihnen leider nicht sagen.«

»Dann tut es mir sehr leid, aber Sie haben mit Ihrem Besuch Ihre Zeit vergeudet. Ich kann mich kaum noch an die Lehrer erinnern, die in dieser Zeit für mich gearbeitet haben.«

»Glauben Sie, einer der Lehrer, die ihn unterrichtet haben, kann sich an ihn erinnern?«

»Das weiß ich nun wirklich nicht.«

Die Frau war ja wirklich reizend. Jacob seufzte. »Haben Sie die Jahrbücher aus dieser Zeit vielleicht noch?«

»Aber natürlich.«

Er wartete einige Sekunden, doch sie rührte sich nicht. »Dürfte ich sie sehen?«

Sie nickte knapp, stand auf, ging zu einem hohen Bücherregal und überflog die Buchrücken. »Er hat 1987 seinen Abschluss gemacht?«

»Ganz genau.«

Sie zog ein Buch heraus, das sich schon gelblich verfärbt hatte, und ließ sich wieder auf der Couch nieder. Jacob streckte eine Hand aus, aber statt ihm das Buch zu geben, blätterte sie selbst darin herum.

»Da«, sagte sie auf einmal und reichte ihm das Buch. Es war auf einer Seite mit den Fotos des Abschlussjahrgangs aufgeschlagen, unter denen jeweils der entsprechende Name stand. Das linke Bild in der dritten Reihe zeigte einen Jungen mit kurzem braunem Haar, der albern in die Kamera grinste. Der Name darunter lautete in der Tat Jovan Stokes. Jacob erkannte sofort die Ähnlichkeit mit der Zeichnung, die sie von ihm hatten.

»Gibt es vielleicht noch weitere Fotos von ihm?«, fragte er und blätterte weiter. Auf den nächsten Seiten fand er Bilder von Schulklubveranstaltungen, Fakultätsmitgliedern sowie weitere Porträts.

»Möglicherweise«, antwortete Tabitha. »Wenn er an Schulaktivitäten beteiligt war, wird es gewiss noch mehr Fotos von ihm geben.«

»Darf ich dieses Buch mitnehmen?«, bat er.

»Natürlich nicht.«

Er rang sich ein gequältes Lächeln ab. »Lassen Sie mich die Frage anders formulieren. Ich kann mir einen Durchsuchungsbeschluss besorgen und all Ihre Jahrbücher mitnehmen. Sie landen in der Asservatenkammer des Reviers. Sie bekommen sie in einigen Monaten zurück, aber erst nach einem aufwendigen Papierkrieg, soweit ich gehört habe. Oder Sie leihen mir dieses Buch, ich fotokopiere alles, was ich brauche, und Sie haben es in zwei Wochen wieder zurück.«

Sie beäugte ihn mit zusammengekniffenen Augen. Er wandte den Blick nicht ab, und ihm kamen auch nicht die Tränen. Dabei wurde ihm bewusst, dass er anscheinend irgendwann erwachsen geworden war und inzwischen nicht mehr glaubte, dass irgendjemandem je der Kopf in einer Schulturnhalle geschoren worden war.

»Na gut«, spie sie förmlich aus. »Aber ich hätte es gern so schnell wie möglich zurück.«

»Danke.« Er blätterte zurück an den Anfang, stutzte und runzelte die Stirn. »Wer ist das?«

Tabitha reckte den Hals, um das Foto erkennen zu können. Auf der ganzseitigen Aufnahme lächelte eine Studentin in die Kamera. Sie war sehr schön und hatte rotes Haar und dunkle

Augen. Jacob hatte eine Art Déjà-vu, und ihm war, als hätte er dieses Mädchen schon einmal gesehen.

»Das ist Gwen Berry«, antwortete Tabitha. »Sie ist mitten im Schuljahr verschwunden und nie wieder aufgetaucht. Ich weiß noch, dass jemand ›Im Gedenken‹ unter das Foto schreiben wollte, aber wir waren uns nicht sicher, ob sie tot oder einfach nur durchgebrannt war, darum haben wir ihr Foto nur auf die erste Seite gesetzt. Gewissermaßen als Widmung.«

»Aha!« Jacob starrte das Bild an. Inzwischen wusste er, wo er dieses Mädchen schon einmal gesehen hatte. Auf den Fotos der toten Frauen. Sie hatte Kendeles Haare und Tamays Augen. Sie hatte Skylers Nase. Und sie hatte Tanessas Lächeln.

»Danke, Miss Mermenstein«, sagte er abgelenkt. »Sie waren eine große Hilfe.«

Kapitel 26

Zoe starrte den immer weiter anwachsenden Berg an Informationen auf ihrem Schreibtisch frustriert an. Es war auch nicht gerade hilfreich, dass es sich um einen kleinen Klapptisch handelte, der vermutlich eher für eine Küche oder eine Grillparty gedacht war. Als sie zur Taskforce gestoßen war, hatte Captain Bailey es für das Beste gehalten, dass sie bei den anderen Detectives saß. Auch Zoe hatte das für eine gute Idee gehalten, bis ihr aufgegangen war, dass man ihr keinen vernünftigen Arbeitsplatz zur Verfügung stellen würde. Vielmehr hatte man in einer Ecke des Raumes, noch dazu direkt neben der Kaffeemaschine, einen Klapptisch für sie aufgestellt, sodass jeder, der Lust auf einen Kaffee hatte, direkt neben ihr stand und ihr über die Schulter schaute. In der vergangenen Woche war zweimal Kaffee auf ihrem Tisch und ihren Unterlagen verschüttet worden, woraufhin sich die Detectives jedes Mal ausgiebig entschuldigten. Sie vermisste ihren Schreibtisch in Boston, auf dem sie luxuriöserweise drei Blatt Papier nebeneinanderlegen konnte und immer noch Platz für den Bildschirm, den Posteingang und eine Kaffeetasse hatte. Hin und wieder kehrte sie für einen oder zwei Tage dorthin zurück, um nicht völlig den Verstand zu verlieren.

Seitdem sie eine Woche zuvor Jovans Namen herausgefunden hatten, bekam sie ständig etwas Neues zu tun. Einige Dinge wie das kostbare Jahrbuch, das Jacob gefunden hatte, erwiesen sich als von unschätzbarem Wert. Andere wie seine Geburtsurkunde, ein Zeitungsausschnitt aus dem Jahr 1977, in dem sein Viertel erwähnt wurde, oder der Ausdruck eines Fotos, auf dem er im Hintergrund aus einem roten Becher trank, waren jedoch überflüssig. Nun brachte man ihr auch noch alles Mögliche, das mit Gwen Berry in Verbindung stand, seinem vermeintlichen ersten Opfer. Der Versuch, aus all diesen Informationen ein Profil zu erstellen, war, als wollte man ein Puzzle aus tausend Teilen zusammensetzen, das zuvor mit zwanzig anderen Puzzles vermischt worden war. Die Arbeit ging sehr langsam voran, war fehleranfällig und größtenteils theoretischer Natur.

Allerdings war dies auch der aufregendste Fall, an dem sie je gearbeitet hatte. Sie schätzte sich – trotz des Klapptischs – sehr glücklich, daran beteiligt zu sein.

Zurzeit versuchte sie, Verbindungen zwischen Gwen und Jovan zu finden. Sie hatten einen Mathekurs zusammen belegt, das wusste Zoe inzwischen schon. Gwen war sehr beliebt gewesen, hatte ihre Mutter gesagt, mit der Jacob am Vortag gesprochen hatte. Anhand der wenigen Details, die Zoe zusammengetragen hatte, schien Jovan eher ruhig gewesen zu sein, und bisher war es ihnen noch nicht gelungen, jemanden zu finden, der ihn näher gekannt hatte. Die wenigen ehemaligen Highschool-Klassenkameraden, die sie auftreiben konnten, erinnerten sich entweder gar nicht an ihn oder nur als eine Gestalt im Hintergrund. Er hatte für seine hervorragenden schulischen Leistungen ein Stipendium erhalten, daher musste er gute Noten gehabt haben, doch die entsprechenden Unterlagen lagen ihnen bisher auch noch nicht vor. Sie brauchten mehr Leute, die an diesem Fall arbeiteten, und hatten um

Verstärkung von der Bundespolizei und dem FBI gebeten. Aus irgendeinem Grund hatte sich diesbezüglich jedoch noch nichts getan.

Jemand räusperte sich hinter ihr. Sie erkannte, dass es sich um Captain Bailey handelte, und drehte sich um. Er stand in der Tür, hinter sich drei weitere Personen. Eine Sekunde lang war sie erleichtert. Endlich! Mehr Mitarbeiter. Dann die Erkenntnis. Nein, verdammt noch mal, nicht …

»Jacob, Zoe, das ist Lieutenant Bob Talbot von der Bundespolizei«, stellte Captain Bailey den ersten Mann vor.

»Wie geht's?« Jacob nickte ihm von seinem Schreibtisch aus zu.

»Das ist Detective Jacob Cooper, und Zoe Bentley kennen Sie meines Wissens schon«, sagte Captain Bailey.

Talbot nickte Jacob zu und grinste Zoe an. »Ja, wir sind uns schon begegnet.«

Da hatte er recht. Zoe hatte den Auftrag bekommen, der Bundespolizei beim Erstellen des Profils eines Serienvergewaltigers, der im Hyde Park sein Unwesen trieb, zu unterstützen. Bob Talbot war der leitende Ermittler in dem Fall gewesen. Als sie ihren Bericht abgab, überflog er ihn, legte ihn zur Seite und sagte, er treffe seiner Meinung nach nicht auf die Person zu, die sie suchten. Die Arroganz, mit der er das sagte, regte sie ebenso auf wie die Tatsache, dass er ihr ständig auf die Brüste starrte.

Zoe hatte darauf einiges erwidert. Sie hatte angedeutet, sein präfrontaler Cortex sei nicht in der Lage, den dämlichen Teil seines Gehirns zu steuern. Zudem hatte sie von seiner Höhlenmenschenmentalität gesprochen. Daraufhin war sie getadelt und vom Fall abgezogen worden. Wie sich später herausstellte, hatte sie mit ihrer Analyse des Vergewaltigers richtig gelegen. Wenn man auf sie gehört hätte, wären zwei weitere Vergewaltigungen nie geschehen. Aber das war offenbar unwichtig, und Lieutenant Talbot hatte seinen Irrtum auch nie eingestanden.

»Der Gouverneur und der Chief der Bundespolizei haben beschlossen, dass die Bundespolizei und das FBI mehr in diesen Fall einbezogen werden sollten«, fuhr Captain Bailey fort. *Das Scheitern der verdeckten Ermittlung hat dazu geführt,* dachte Zoe. »Von jetzt an werden wir mit Lieutenant Talbot und seinen Männern zusammenarbeiten. Er übernimmt die Leitung des Falls und die Koordination mit dem FBI.«

Zoe warf Jacob einen Blick zu. Die Miene des Detectives blieb ruhig und gleichgültig, als würde ihm das nicht das Geringste ausmachen.

»Danke, Captain Bailey«, sagte Talbot. »Ich freue mich auf die Zusammenarbeit mit Ihrem Team.«

»Detective Cooper wird Sie auf den neuesten Stand bringen«, fügte Captain Bailey hinzu.

»Hervorragend. Wie ich hörte, versuchen Sie, weitere Informationen über Jovan Stokes zu finden.« Talbot bedachte Jacob mit einem herablassenden Blick. Es fehlte nicht viel und er hätte höhnisch gegrinst. Zoe war kurz davor, ihm ihren Stuhl an den Kopf zu werfen.

»Ja«, bestätigte Jacob.

»Welche Fortschritte haben Sie beim Aufspüren seiner digitalen Signatur gemacht?«

»Wie bitte?«, fragte Jacob.

»Haben Sie ihn online verfolgt? Seine IP angepingt? Vielleicht einige Muster in seinem Onlineverhalten gefunden?«, wollte Talbot wissen.

»Wir haben nur minimale Informationen über seine Onlineaktivitäten«, erwiderte Jacob.

»Ich dachte, Sie hätten eine Website, die er erstellt hat, und er hat einer hiesigen Reporterin doch eine Nachricht geschickt«, meinte Talbot. »Außerdem wissen Sie, dass er sich die Instagram-Profile all seiner Opfer angesehen hat, vermutlich sogar mehrmals.«

»Das ist korrekt.«

»Das ist doch ein guter Anfang.« Talbot wandte sich an Captain Bailey. »Wo können meine Männer und ich arbeiten, während wir Jovan suchen?«

»Ich lasse Ihnen einen Raum zuteilen«, antwortete Bailey, der sehr müde aussah.

»Danke. Vorerst möchte ich, dass Ihre Männer eine detaillierte Liste aller Instagram-Profile der Opfer erstellen sowie die jeder Frau, von der wir wissen, dass sie sich auf Jovans Seite registriert hat. Jemand muss mir die E-Mail-Adresse dieser Reporterin beschaffen. Und ich wäre Ihnen sehr verbunden, wenn jemand herausfinden könnte, wo Jovan dieses Schwert gekauft hat. Ich gehe nicht davon aus, dass man so etwas bei Walmart bekommt.«

»Lieutenant«, schaltete sich Zoe ein, »die Abteilung ist ohnehin schon unterbesetzt, und wir arbeiten daran, Jovans ersten Mord zu rekonstruieren. Ich brauche alle …«

»Das ist nicht nötig«, fiel er ihr entschlossen ins Wort. »Wir werden den Fokus darauf legen, ihn online aufzuspüren. Schließlich leben wir nicht länger im zwanzigsten Jahrhundert, Bentley. Die Menschen hinterlassen überall digitale Spuren. Als Beraterin des FBI ist Ihnen das bestimmt bekannt. Wenn man die richtige Taskforce hat, so wie wir, kann man jeden finden, ohne auch nur das Büro zu verlassen.«

»Jovan Stokes war sehr vorsichtig …«, setzte sie an.

Abermals unterbrach er sie. »Danke. Ihre Hilfe wird hier nicht länger benötigt. Sie sind raus aus dem Fall. Ich habe das bereits mit Ihren Vorgesetzten besprochen.«

Sie hatte es in dem Augenblick gewusst, in dem sie sein Gesicht gesehen hatte. Er war kein Mensch, der einen Affront verzieh. Als er sie aus dem wohl wichtigsten Fall ihrer Karriere entließ, grinste er beinahe. Sie nahm sich ein Beispiel an Detective Cooper und sah ihn mit ruhiger, ausdrucksloser Miene an, während ihr Innerstes in hellem Aufruhr war. Aber für Wut blieb später noch Zeit.

»In Ordnung. Danke, Lieutenant«, sagte sie. Kurz zeichnete sich Verärgerung auf seinem Gesicht ab, was ihr nicht entging. Was hatte er denn erwartet? Dass sie ihn anflehte, sie bleiben zu lassen? Oder wollte er, dass sie sich aufregte und ihre Vorgesetzten anrief, nur um herauszufinden, dass er die Wahrheit sagte.

Captain Bailey führte Talbot und seine Männer hinaus. Zoe blieb nichts anderes übrig, als den nutzlosen Papierberg auf ihrem Schreibtisch anzustarren.

Ein Schatten fiel auf sie herab. Jacob. Wahrscheinlich wollte er sich einen Kaffee machen.

»Jammerschade«, sagte er. »Ich hatte das Gefühl, wir würden uns langsam anfreunden.«

»Ja«, murmelte sie geknickt.

»Zu schade, dass alle Detectives der Abteilung mit Talbot zusammenarbeiten müssen«, fuhr Jacob fort.

»Allerdings! Das kann doch nicht wahr sein! Ich halte es für falsch, all das zu ignorieren, was wir herausgefunden haben«, erklärte sie wütend und biss sich auf die Unterlippe.

»Ja.« Jacob schenkte sich eine Tasse Kaffee ein. »Aber wir alle arbeiten jetzt mit ihm zusammen. Ich, Hannah, Bernard. Wir alle.«

»Das weiß ich, Detective. Ich war hier und habe es gehört«, fauchte sie. Der Mann ging ihr langsam auf die Nerven.

Jacob räusperte sich. »Wenn da doch nur jemand wäre, der zusammen mit Ihnen weiter an Jovan Stokes' Vergangenheit arbeiten könnte.«

»Dem ist aber nicht so, daher brauchen wir auch nicht weiter rumzujammern.« Sie war wirklich frustriert.

Er starrte sie einfach nur an.

»Es war schön, mit Ihnen zusammenzuarbeiten, Detective«, sagte sie nach einem Augenblick, weil sie das Gefühl hatte, dass er etwas von ihr erwartete.

»Herrgott noch mal«, schimpfte er. »Detective Lonnie kann mit Ihnen zusammenarbeiten.«

Sie sah ihn mit großen Augen an. »Oh.«

»Das wollte ich die ganze Zeit andeuten.«

»Verstehe.«

»Ich wollte Ihnen eigentlich nicht direkt raten, Ihrem Vorgesetzen nicht zu gehorchen«, sagte Jacob. »Daher habe ich versucht, es Ihnen durch die Blume zu verstehen zu geben. Mitchell macht eine Art Zwangsurlaub, und ich könnte mir vorstellen, dass er Ihnen nur zu gern unter die Arme greift.«

»Aha! Jetzt kann ich Ihnen folgen.« Zoe spürte, wie ihr das Blut in die Wangen schoss.

»Dann wollen wir nur hoffen, dass man mich nicht danach fragt«, meinte Jacob. »Um meine Fähigkeit, etwas glaubwürdig zu bestreiten, ist es nicht unbedingt gut bestellt. Sie waren entsetzlich unaufmerksam. Meine Tochter hört mir besser zu als Sie, und die ist ein Teenager.«

»Ja. Ich weiß. Ich war mit meinen Gedanken ganz woanders.«

»Kann ich sonst noch etwas für Sie tun? Soll ich ihn anrufen oder kann ich ab jetzt so tun, als wüsste ich nicht das Geringste darüber?«

»Ich … ich denke, ich komme jetzt allein zurecht.« Sie stand auf, blinzelte mehrmals und schenkte ihm ein Lächeln. »Danke, Detective.«

Er lächelte zurück, setzte sich wieder an seinen Schreibtisch und nippte an seinem Kaffee.

* * *

Mitchell fand, dass Tanessa blass aussah und dunkle Ringe unter den Augen hatte. Zwar war sie vor Kurzem aus dem Krankenhaus entlassen worden, doch man konnte nicht übersehen, dass es ihr nicht gut ging. Trotzdem strahlte sie, als er vor ihrer Tür auftauchte, zog ihn in ihre Wohnung und stürmte in die Küche, um Kaffee zu kochen, während sie ihm Nettigkeiten zurief. Er sah sich im Wohnzimmer um. Überall standen Blumen, die sich in ihrer Farbpracht zu übertrumpfen versuchten. Tanessa hatte haufenweise Sträuße geschickt bekommen, und anscheinend waren ihr schnell die passenden Gefäße ausgegangen. Einige der Bouquets standen in Vasen, aber der ganze Rest harrte entweder in unterschiedlichen mit Wasser gefüllten Plastikflaschen aus oder lag vertrocknend in Regalen. Der Blumenduft war überwältigend, und Mitchell fragte sich schon, ob für einen Menschen überhaupt noch genug Sauerstoff in der Luft vorhanden war.

Tanessa kam mit zwei Tassen in der Hand aus der Küche und reichte ihm eine. Er setzte sich auf die Couch, und sie ließ sich ihm zugewandt neben ihm nieder.

»Wie ich sehe, hast du ein paar Blumen bekommen«, kommentierte er trocken.

»Ja, ist das nicht verrückt?« Sie lachte auf. »Die meisten sind von George – das ist der Besitzer des Blumenladens. Aber aus dem Department kamen auch eine ganze Menge. Der da ist von Captain Bailey, der kleinere daneben von Captain Marrow und der riesige auf dem Tisch vom Chief. So etwas passiert offenbar, wenn man im Dienst verletzt wird.«

Vor allem, wenn es aufgrund des internen Chaos geschieht, dachte Mitchell.

»Aber die Leute sollten wirklich besser darauf achten, was sie einem schicken«, beschwerte sich Tanessa. »Ich meine … Callas? Die nimmt man für Hochzeiten! Und die Rosen und Tulpen da drüben sind klassische Valentinsblumen, da weiß ich wirklich nicht, was sich der Mensch dabei gedacht hat. Und mal ganz im Ernst, ein Strauß nur aus Goldmohn sieht doch total langweilig aus. Und dieser Strauß gehört eigentlich auf eine Beerdigung, was irgendwie unheimlich ist.«

»Du bist ja ein richtiger Blumensnob geworden«, stellte Mitchell fest.

»Tja, arbeite du mal eine Woche in einem Blumenladen, dann sehen wir weiter«, konterte Tanessa und stieß ihn sanft an der Schulter an, wobei sie Kaffee auf die Couch kleckerte. »Mist!«

»Du hättest überhaupt nicht als Lockvogel in diesem Blumenladen landen sollen«, murmelte Mitchell.

»Jetzt hör aber auf, Mitchy«, knurrte Tanessa. »Ich kann auf mich aufpassen.«

»Wirklich?« Er musterte die Naht an ihrem Hals.

»Ja, wirklich!« Ihre Stimme wurde schneidender. »Habe ich meinen Abschluss an der Polizeiakademie geschafft oder nicht? Gehen nicht mehrere erfolgreiche Verhaftungen auf mein Konto? Habe ich Bill …«

»… Derringers Nase in der Mittelschule gebrochen«, beendete Mitchell den Satz für sie. »Ich weiß, du erwähnst ihn immer, wenn wir uns deswegen streiten. Du hast dem Kerl versehentlich die Nase gebrochen und …«

»Es war kein Versehen! Ich habe ihm absichtlich den Kopfstoß gegen die Nase verpasst!«

»Ist ja schon gut.« Mitchell war diesen Streit langsam leid.

Sie saßen einige Sekunden schweigend da, dann räusperte sich Tanessa. »Wo ist eigentlich Pauline? Sie hat angerufen und sich nach mir erkundigt, mich aber nie besucht.«

Mitchell holte tief Luft. »Wir haben uns getrennt.«

»O nein!« Tanessa sah ihn betrübt an. »Was ist denn passiert?«

»Wir waren wohl einfach zu verschieden.«

»Ach, Mitchell, das tut mir so leid.«

»Schon okay.« Er zuckte die Achseln, als wäre er darüber hinweg. Dabei machte dieser Zwangsurlaub alles nur noch schlimmer. Er hatte angefangen, jeden Tag Paulines Instagram- und Facebook-Profile aufzurufen, um herauszufinden, ob sie ihn vermisste oder schon einen Neuen hatte. Ein weiteres neues Hobby war das Durchstöbern ihrer alten Instagram-Fotos, auf denen sie beide zu sehen waren, weil er herauszufinden versuchte, ob ihr Lächeln echt oder nur vorgetäuscht war. Hatte sie sich bereits entschieden, ihn zu verlassen, als dieses Foto aufgenommen worden war? Hatte sie dieses Selfie am Strand gemacht, während sie merkte, dass sie sich auseinanderlebten?

»Na, wenn diese Schlampe nicht merkt, dass du ein Traummann bist, dann ist sie sowieso nicht gut genug für dich«, erklärte Tanessa wütend. Mitchell rang sich ein Lächeln ab. So langsam vermutete er allerdings, dass er überhaupt kein Traummann war. Pauline hingegen war eine Traumfrau, und er hatte sie gehen lassen.

»Der Officer vor deiner Tür sieht … gelangweilt aus«, wechselte Mitchell das Thema. Der Mann hatte bei Mitchells Ankunft ausgesehen, als stünde er kurz vor dem Einschlafen.

»Kannst du es ihm verdenken?«, erwiderte Tanessa. »Acht Stunden lang vor meiner Tür rumstehen? Ich würde durchdrehen.«

»Das mag sein, aber er wird dir nicht viel nützen, wenn Jovan hier auftaucht«, erklärte Mitchell. »Sie sollten dich an einen sicheren Ort bringen, bis wir ihn gefasst haben.«

»Und was ist, wenn euch das nicht gelingt, Mitchell?«, fragte Tanessa ihn leise. »Was ist, wenn er einfach untertaucht? Wie lange soll ich mich verstecken? Einen Monat? Ein Jahr?«

Er wollte gerade antworten, als sein Handy klingelte. Ein Blick auf das Display verriet ihm, dass der Anruf von einer unbekannten Nummer kam. Er wollte ihn schon abweisen, aber Tanessa war bereits aufgestanden und wieder in die Küche gegangen. Vermutlich holte sie sich Schokolade. Das war Tanessas Antwort auf alle Probleme: Schokolade. Er ging ran.

»Hallo?«

»Hi, äh … Mitchell?«, fragte eine Frauenstimme.

»Ja, wer ist denn da?«

»Hier ist Zoe Bentley.«

»Oh!« Damit hatte er nicht gerechnet. »Hi!« Fast hätte er sie gefragt, warum sie ihn anrief, aber er riss sich zusammen. »Geht's um den Fall?«, wollte er stattdessen wissen.

»Nun ja … gewissermaßen. Ich wurde einem anderen Fall zugeteilt.«

»Oh, okay.« Er runzelte die Stirn. »Ich habe auch nichts mehr damit zu tun. Sie sollten mit Jacob reden. Er ist der leitende Detective.«

»Er weiß schon Bescheid«, erwiderte sie. »Und er leitet die Ermittlungen nicht länger. Ein Arsch… ein Lieutenant von der Bundespolizei hat jetzt das Sagen.«

»Verstehe«, sagte Mitchell. »Dann wollten Sie sich nur verabschieden?« Er war verwirrt. Sie hatten in der ganzen Zeit, die sie hier war, keine hundert Worte miteinander gewechselt, und trotzdem war es ihr mehrmals gelungen, ihn auf die Palme zu bringen.

»Nein. Passen Sie mal auf. Die Leute, die die Ermittlungen jetzt leiten, wollen diese in eine ganz andere Richtung lenken, aber ich würde mich gern weiter mit Jovans Vergangenheit beschäftigen, aber auf eigene Faust.«

»Okay.« Dieses Gespräch kam Mitchell immer surrealer vor. Manchmal war es einfach das Beste, seine Karten auf den Tisch zu legen. »Warum rufen Sie mich an, Zoe? Was wollen Sie von mir?«

»Ich möchte, dass Sie mit mir zusammenarbeiten.«

»Oh!«

Tanessa kam mit einer Schüssel voller M&Ms in der einen und zwei Schokoriegeln in der anderen Hand wieder herein.

»Klar«, sagte er zu Zoe. »Wo wollen wir uns treffen?«

Kapitel 27

Mitchells Meinung nach gab es nur ein Restaurant in Glenmore Park, in dem man anständig Indisch essen konnte, und das war Bhopal's Indian Eatery. Allerdings gab es auch nur zwei indische Restaurants in der Stadt, und Delhi's Cuisine hatte sich den Ruf erarbeitet, höllisch scharfe Gerichte zu servieren, und stellte keine wirkliche Konkurrenz dar. Dennoch schmeckte das Essen in Bhopal's Indian Eatery sehr gut, und Mitchell ging gern dorthin. Pauline hatte nicht gern Indisch gegessen, daher waren sie nie zusammen dort gewesen, und er musste daran denken, als er Zoe die Adresse nannte.

Zoe wartete vor dem Restaurant auf ihn. Sie trug einen dünnen schwarzen Mantel und enge Jeans. Ihm fiel auf, dass er sie zum ersten Mal nicht in ihrem grauen Hosenanzug sah. In diesen Kleidungsstücken sah sie viel jünger aus, und dieser Eindruck wurde durch ihr beschämtes Lächeln noch verstärkt.

»Ich wollte nicht ohne Sie reingehen«, gestand sie. »Ich weiß selbst nicht, warum. Vermutlich wollte ich nicht die Frau sein, die allein an einem Zweiertisch wartet.«

»Okay.« Er blieb vor ihr stehen. Da war wieder dieser Duft. Paulines Shampoo. Er blinzelte und versuchte, die vielen Emotionen zu vertreiben, die ihn in diesem Augenblick überschwemmten.

»Gehen wir rein«, sagte er und räusperte sich.

Die durchdringenden, würzigen Aromen, die sie umgaben, kaum dass sie die Tür geöffnet hatten, überlagerten die letzten Überreste des Shampoodufts. Das Restaurant war in Rot und Orange gehalten, was einen starken Kontrast zu den dunklen Farben des Nachthimmels darstellte, und Mitchell musste kurz stehen bleiben und sich sammeln. Die Kellnerin führte sie an ihren Tisch, und sie setzten sich. Zoe zog den Mantel aus, unter dem eine tief ausgeschnittene weiße Bluse zum Vorschein kam, und Mitchell nahm seine ganze Willenskraft zusammen und sah ihr stur ins Gesicht. Das war allerdings auch ein Problem, da ihr Blick ihm wieder einmal das Gefühl gab, sie könnte in seinen Schädel blicken und in seinen Gedanken herumwühlen.

Die Kellnerin reichte ihnen die Speisekarten und erkundigte sich, was sie trinken wollten.

»Ein Wasser, bitte, und Thali«, bestellte Zoe, ohne in die Speisekarte zu sehen.

»Ich nehme ebenfalls Thali«, sagte Mitchell. »Und ein Julius.«

Die Kellnerin nahm die Speisekarten wieder an sich und ging.

»Essen Sie gern Indisch?«, erkundigte sich Mitchell.

»Wenn es gut ist«, antwortete Zoe.

»Oh, hier ist es sehr gut.«

»Das will ich doch hoffen.«

Sie saßen einen Augenblick schweigend da.

»Ich habe mit Jacob gesprochen«, sagte Mitchell. »Er schien sehr überrascht zu sein, dass Sie mich angerufen haben.«

»Ach ja?« Zoe grinste ihn an.

»Eigentlich kann Jacob überhaupt nichts überraschen«, fuhr Mitchell fort. »Er ist dreihundert Jahre alt und hat schon alles gesehen.«

»Nun, er könnte angedeutet haben, dass dies hier eine gute Idee wäre.«

»Okay. Ich bin mir noch immer nicht sicher, was das werden soll«, gab Mitchell zu. »Ich meine … Die Bundespolizisten und die FBI-Agenten haben den Fall übernommen, stimmt's? Es ist zwar sehr ärgerlich, dass wir den Kerl nicht geschnappt haben, aber für mich hört es sich so an, als würden jetzt sehr talentierte Leute nach ihm suchen. Die kriegen ihn schon.«

»Das mag sein«, erwiderte Zoe. »Die Wahrscheinlichkeit ist groß. Aber wie lange wird das dauern? Zwei Wochen? Drei? Vier? Das könnte bedeuten, dass es noch zwei oder drei weitere Opfer gibt. Der Täter wird ungeduldig, und er ist impulsiv.«

»Das können Sie nicht wissen.«

»Die Zeitspanne zwischen den Morden nimmt ab, Mitchell. Die Erinnerung an einen Mord reicht ihm nicht mehr; er muss einen Mord begehen, um dieselbe Aufregung zu spüren. Er hat den Drang, immer wieder zu töten, weil er diesem Gefühl hinterherjagt.«

»Vielleicht, aber er wird sich jetzt verletzlich fühlen, weil er angeschossen wurde«, gab Mitchell zu bedenken. »Das könnte sein Tempo drosseln.«

»Ich halte das für sehr unwahrscheinlich. Sein Hauptantrieb ist die Gier nach diesem Erlebnis, und die rückt nicht in den Hintergrund, nur weil er angeschossen wurde. Er hat überlebt, oder nicht? Er will diese Stimulation wieder erleben, und es gibt nur einen Weg, das zu tun. Indem …«

»Hören Sie auf damit!«, fauchte Mitchell. »Lassen Sie diesen Mist! Was Sie eben gesagt haben, trifft auf jeden Psychopathen da draußen zu, und damit kann ich rein gar nichts anfangen. Es bringt mich der Verhaftung dieses Kerls keinen Schritt näher …«

Zoe lief rot an und kniff die Augen zusammen. »Das war ein Fehler«, sagte sie und stand auf.

»Hören Sie …«, setzte Mitchell an.

»Halten Sie den Mund, okay? Ich sage Ihnen nicht, wie Sie Ihren Job zu machen haben, also tun Sie gefälligst dasselbe bei meinem. Mir ist bewusst, dass Sie Beziehungsprobleme haben oder was auch immer, aber Ihren Frust an anderen Frauen auszulassen, ist einfach nur mies. Und ich bin der Ansicht, dass Sie nicht mal in der Lage sind, Ihren geparkten Wagen zu finden, geschweige denn einen Serienmörder!« Sie wirbelte auf dem Absatz herum und stürmte hinaus.

»Verdammt!«, murmelte er. Erst jetzt merkte er, dass die Kellnerin mit ihren Tellern neben ihm stand. »Stellen Sie sie einfach hin«, meinte er. »Ich hole sie zurück.«

Sie beäugte ihn skeptisch, stellte die Teller jedoch auf den Tisch, während Mitchell Zoe hinterherlief.

»Zoe!« Er holte sie ein, als sie gerade ihr Auto aufschloss.

»Lassen Sie mich in Ruhe!«

»Können wir nicht noch mal von vorn anfangen? Es tut mir leid, dass ich mich wie … ein Mistkerl benommen habe. Das haben Sie nicht verdient.«

»Ja, Sie waren wirklich ein Mistkerl. Ich fahre nach Hause.«

»Sie haben ja recht«, sagte Mitchell ernst. »Er ist da draußen, und er ist gefährlich. Wir haben keine Zeit zu verlieren, und Sie und ich, wir können einen weiteren Mord verhindern. Bitte gehen Sie nicht, okay?«

Sie drehte sich zu ihm um. »Na gut«, gab sie noch immer nicht besänftigt nach. »Aber Sie zahlen das Abendessen.«

»Das hatte ich sowieso vor«, murmelte er auf dem Rückweg zum Restaurant.

Sie setzten sich wieder und fingen an zu essen. Mitchell sagte nichts und wartete, bis sich Zoe beruhigt hatte.

»Das Thali ist nicht schlecht«, erklärte sie schließlich.

»Es ist das beste.«

»Ich habe schon besseres gegessen.«

»Ach ja? Wo denn?« Sein Tonfall klang herausfordernd.

»In Indien.«

»Oh.« Sie hatte ihm wieder einmal den Wind aus den Segeln genommen.

»Aber es ist wirklich gut.«

Mitchell aß noch einen Bissen. »Und … Hat Jacob Ihnen von Pauline erzählt?«

»Wer ist Pauline?«

»Meine Ex. Als Sie sagten, dass ich Beziehungsprobleme habe, ging ich davon aus …«

»Oh.« Sie wedelte wegwerfend mit der Gabel in der Luft herum. »Es steht Ihnen ins Gesicht geschrieben. Sie laufen seit Wochen wie ein Welpe ohne Herrchen herum. Ich erkenne ein gebrochenes Herz, wenn ich eins sehe.«

»Weil Sie Psychologin sind?«

»Nein.« Ein Lächeln umspielte ihre Lippen. »Weil ich ich bin.«

Er merkte, dass er sie angrinste. »Okay. Wie lautet Ihr Plan?«

»Nun ja … Wir haben Jovan Stokes' Vergangenheit unter die Lupe genommen, nicht wahr? Aber warum?«

»Um ihn besser zu verstehen, vermute ich«, antwortete Mitchell.

»Genau. Wenn wir wissen, warum er auf diese Art tötet, können wir möglicherweise vorhersagen, wo er das nächste Mal zuschlagen wird, richtig?«

»Theoretisch.« Mitchell wollte Zoe nicht schon wieder verärgern.

»Ich möchte die Verbindung zwischen Jovan Stokes und Gwen Berry finden. Sie hat ihn geformt, zu dem gemacht, was er ist. Sie war sein erstes Opfer, und es ist sehr wahrscheinlich, dass seine Vorgehensweise auf diesen Mord zurückgeht. Und dieser Idiot Talbot …«

»Wer?«

»Der, der jetzt die Ermittlungen leitet. Frühere Verbrechen sind ihm egal. Er konzentriert sich allein auf die letzten Morde.«

»Hört sich doch vernünftig an.«

»Bringen Sie mich nicht auf die Palme, Mitchell. Jedenfalls ist dies ein Blickwinkel, der außer Acht gelassen wird, aber ich halte ihn für so wichtig, dass ich überlegt habe, das auf eigene Faust zu überprüfen.«

Mitchell widmete sich seinem Essen und überlegte. Er bezweifelte, dass sie viel ausrichten konnten, aber die Ablenkung kam ihm sehr gelegen. Und die Vorstellung, mit Zoe Bentley zusammenzuarbeiten, hatte seltsamerweise ihren Reiz.

»Okay«, stimmte er schließlich zu. »Sehen wir uns die Sache mal an.«

Sie schenkte ihm ein Lächeln und legte eine Hand auf sein Handgelenk. Er war so erschrocken, dass er die Hand beinahe weggezogen hätte. Ihre Finger fühlten sich warm und weich an. »Wir werden ein gutes Team abgeben«, zeigte sie sich überzeugt.

Im Verlauf des restlichen Abends gingen sie mögliche Hinweise durch, von denen es eine lange Liste gab, und versuchten zu entscheiden, wie sie den Fall angehen sollten. Zu guter Letzt entschieden sie, ehemalige Klassenkameraden von Jovan Stokes und Gwen Berry zu suchen, weil sie darauf hofften, dass irgendjemand enger mit einem der beiden befreundet gewesen war.

* * *

In den darauffolgenden Tagen trafen sie sich mit vielen Personen, die Gwen gekannt hatten, aber keiner erinnerte sich an Jovan. Es stellte sich heraus, dass Gwen sehr beliebt gewesen war, wie es ihre Mutter behauptet hatte. Mitchell und Zoe redeten mit drei verschiedenen Frauen, die sagten, sie seien Gwens beste Freundin gewesen, sowie zwei Ex-Freunden. Da sie verschwunden war und für tot gehalten wurde, hatten sich die Erinnerungen anscheinend verändert. Jeder hatte eine perfekte Version von Gwen vor Augen: liebevoll, mitfühlend, konnte keiner Fliege etwas zuleide tun, alle liebten sie, wunderschön, witzig, klug … Einen Grund, warum jemand sie tot sehen wollte, kannte keiner. Einer ihrer Ex-Freunde meinte, sie habe keine Hunde gemocht, doch das war wohl kaum ein glaubhaftes Motiv.

Zoe zufolge war es jedoch sehr wahrscheinlich, dass Jovan Gwen genau deshalb getötet hatte, weil sie schön, witzig und beliebt gewesen war.

Soweit es seine Schulkameraden betraf, schien Jovan unsichtbar gewesen zu sein. Man erinnerte sich an seinen besten Freund aus der Highschool, das schöne Mädchen, in das man verliebt gewesen war, den Tyrannen, der einen gequält hatte, denjenigen aus der Klasse, der als Erster ein Auto hatte … Aber keiner erinnerte sich an den stillen Musterschüler.

Es war auch nicht gerade hilfreich, dass sich Zoe geirrt hatte und sie kein gutes Team abgaben.

Wenn Detectives zusammenarbeiteten, entwickelten sie eine Art Routine bei Befragungen. Die »Guter Bulle, böser Bulle«-Masche kannte jeder, aber das war nur eine von vielen. Mitchell und Jacob waren »kalter Bulle, warmer Bulle«, da Jacob die nackten Fakten interessierten, während Mitchell das Gespräch mit seinen traurigen Augen und seiner verständnisvollen, freundlichen Art steuerte. Hannahs und Bernards Routine konnte man am besten als »menschlicher Bulle, Hulk-Bulle« bezeichnen, weil Hannah das gesamte Verhör ruhig führte, bis Bernard irgendwann explodierte, wenn sie in eine Sackgasse gerieten, und den eingeschüchterten Verdächtigen durch seinen Wutausbruch oftmals zu einem Geständnis bewegte.

Mitchell und Zoe hatten jedoch noch keine Routine gefunden, und die Chemie zwischen ihnen stimmte obendrein auch nicht. Anfangs glaubte Mitchell, sie seien einfach wie Öl und Wasser, zwei Profis, die sich nicht gut vermischen ließen. Später stellte er jedoch fest, dass ein Diätkochbuch und Schokoladenkuchen oder Laufschuhe und ein eleganter Anzug bessere Analogien gewesen wären, als zwei Dinge, die einander negierten und die Bemühungen des anderen zunichtemachten.

Bei einem Gespräch teilte eine weinerliche Frau ihnen gerade mit, dass Gwen ihr anvertraut hatte, jemand würde ihr folgen. Mitchell hielt ihre Hand und beugte sich mit mitfühlender Miene vor, während sie erzählte, dass die Erinnerung sie all die Jahre belastet habe.

Doch dann fragte Zoe, warum die Frau das nie zuvor erwähnt hatte, und der Zauber war gebrochen. Die Frau rang nach einer Erklärung und meinte schließlich, sie sei sich nicht sicher, ob ihre Erinnerung sie nicht doch trog. Danach fiel ihr auf einmal ein, dass sie ihren Sohn zum Klavierunterricht bringen musste. Als Mitchell Zoe deswegen ansprach, sagte sie, die Frau habe nur etwas erfunden, um sich wichtig zu fühlen. Mitchell vermutete zwar, dass sie damit richtig lag, bat Zoe aber dennoch, beim nächsten Mal einfach die Klappe zu halten.

Einige Stunden später redeten sie mit einem Mann, der glaubte, sich an Jovan zu erinnern. Er hörte gar nicht mehr auf zu reden, als müsse er jede Stille überbrücken. Wann immer er aufhörte, wiederholte Zoe seinen letzten Satz, und er machte weiter. Irgendwann konnte Mitchell die langen, umständlichen Geschichten über das Essen in der Cafeteria und die seltsam riechende Geschichtslehrerin nicht mehr hören und fragte den Mann direkt, was er denn noch über Jovan wisse. Nach einer Sekunde gab der Mann zu, dass er sich an kaum etwas erinnerte. Das restliche Gespräch verlief stockend und führte ins Leere.

Als sie gingen, sagte Zoe keinen Ton, aber Mitchel glaubte, ihre Missbilligung zu spüren, als sie in den Wagen stiegen.

Einige der Menschen, mit denen sie sprachen, zeigten ihnen auch die Jahrbücher. Sie sprachen alle gern über Gwens Verschwinden und ihre eigenen Theorien, die von der Hochzeit mit einem Seemann bis zur Entführung durch eine geheime Zelle russischer Spione reichten. Hielt man ihnen jedoch Jovans Foto unter die Nase, zuckten einige blinzelnd mit den Achseln, während andere die Stirn runzelten und meinten, sich daran zu erinnern, ihn mal gesehen zu haben. Keiner konnte eine Verbindung zwischen Jovan und Gwen herstellen.

»Zoomen wir mal ein bisschen raus«, schlug Mitchell vor. Sie saßen in Raul's Café und machten eine kurze Pause. Mitchell trank einen Americano, aber Zoe ignorierte ihren Milchkaffee und zupfte an ihrer Zimtrolle herum, die langsam auseinanderfiel. Mitchell versuchte, sich auf seine Gedanken zu konzentrieren, aber das Zimtrollenmassaker lenkte ihn gehörig ab.

»Ja, sicher«, erwiderte Zoe. »Rauszoomen. Wie meinen Sie das?«

»Halten wir uns an die Fakten. Was ist Ihrer Meinung nach passiert?« Nur mit Mühe konnte Mitchell den Blick von Zoes klebrigen Fingern abwenden.

»Wir vermuten, dass Jovan Gwen ermordet und eine Haarsträhne von ihr als Souvenir aufbewahrt hat«, sagte Zoe.

»Sind wir uns denn sicher, dass das passiert ist?«, fragte Mitchell. »Könnte er nicht auch eine andere Rothaarige ermordet haben?«

»Das ist Ihr Aufgabengebiet«, entgegnete Zoe. »Ich bin nur für amüsante psychologische Theorien zuständig.«

»Tja …« Mitchell hob einen Finger. »Wir wissen nicht mit Sicherheit, wie alt diese Haare sind, und haben auch keinen DNA-Beweis, dass sie von Gwen stammen. Aber es scheint die wahrscheinlichste Erklärung zu sein. Wir haben ein verschwundenes rothaariges Mädchen. Wir haben einen Serienmörder, der mit ihr zur Schule gegangen ist. Wir haben eine rote Haarsträhne in der Wohnung des Mörders, die von ihr stammen könnte. Ich bin für die Theorie, dass Jovan Gwen ermordet hat.«

»Ich auch.« Endlich steckte sich Zoe ein Stück Zimtrolle in den Mund. »Okay, laffen Fie unf …«

»Ich verstehe kein Wort«, unterbrach Mitchell sie. »Hat Ihnen Ihre Mutter nicht beigebracht, dass man nicht mit vollem Mund über Serienmörder redet?«

Zoe kaute eine Weile und bedeutete ihm, dass sie gleich weiterreden werde. Mitchell stürzte seinen Americano herunter. Neuerdings trank er sehr viel Kaffee und schlief kaum noch.

Irgendwann schluckte Zoe den Bissen herunter und trank einen Schluck. »Lassen Sie uns davon ausgehen, dass Jovan Gwen ermordet hat.«

»Okay.« Mitchell nickte. »Aber ist das wirklich von Interesse?«

»Ja«, bestätigte Zoe. »Dieser Mord hat ihn zu dem …«

»Ja, ja, das habe ich begriffen. Aber abgesehen davon. Wir haben keine Zeugen, keine Beweise, und selbst wenn wir herausfinden, was damals geschehen ist, hilft uns das vermutlich nicht, ihn heute zu finden.«

»Hören Sie ja auf, mich aufmuntern zu wollen«, murmelte Zoe.

»Reden wir mal kurz über den zweiten Mord, okay?«

»Den zweiten … Sie meinen Isabella Garcia?«

»Nein. Ich meine seine Frau. Wahrscheinlich hat er auch sie umgebracht, oder nicht?«

»Wir können davon ausgehen«, stimmte Zoe ihm zu.

»Glauben Sie, er hat in der Zeit zwischen Gwen und seiner Frau gemordet?«

»Das weiß ich nicht. Es wäre möglich, aber ich gehe eigentlich nicht davon aus.« Zoe dachte kurz nach. »Wir wissen, dass seine Frau verschwunden ist, und danach fingen die Morde an diesen Mädchen an. Eine nach der anderen fand den Tod. Und die Zeitspanne dazwischen wird immer kürzer. Ja, ich vermute, dass er all die Jahre nicht getötet hat. Ich halte es für wahrscheinlich, dass er seine Frau ermordet hat und sie sein zweites Opfer war.«

»Das können Sie nicht machen«, sagte Mitchell ungeduldig. »Sie können sich keine ganze Geschichte ohne irgendwelche Beweise ausdenken und dann behaupten, dass alles so passiert wäre.«

»Warum nicht?«

»Das ist unprofessionell.«

»Ich denke, Ihnen fehlt es einfach an Fantasie«, sagte Zoe, deren Augen aufreizend funkelten. »Gut. Gehen wir mal für eine Minute davon aus, dass seine Frau sein zweites Opfer war, okay?«

»Super, so machen wir es. Warum untersuchen wir nicht gleich diesen Mord?«

»Nun ja …« Zoe sah nicht glücklich aus. »Wir hatten uns doch darauf geeinigt, den Mord an Gwen zu untersuchen, oder nicht? Weil ihn diese Tat geprägt …«

»Zoe, ich werde jetzt etwas sagen, und ich möchte, dass Sie nicht gleich in die Luft gehen, okay?«

Zoe nickte schweigend.

»Es ist mir scheißegal, was ihn geprägt hat, verstehen Sie? Ich will den Kerl einfach nur fangen. Das bedeutet nicht, dass ich Ihnen sage, wie Sie Ihren Job zu machen haben. Sie sind unglaublich, Sie haben hervorragende Instinkte, und Sie haben vermutlich mit allem recht, aber wir müssen ihn aufhalten. Und indem wir einen Mord untersuchen, der vor dreißig Jahren passiert ist, tun wir das nicht.«

»Okay«, erwiderte Zoe. »Und was sollen wir Ihrer Meinung nach tun?«

»Wir ermitteln am falschen Ort«, stellte Mitchell fest. »Wir sollten uns in Boston umsehen und mit den Leuten sprechen, die ihn und seine Frau gekannt haben.«

»Das haben Bernard und Hannah doch schon getan.«

»Sie haben die Sache nie beendet«, merkte Mitchell an. »Sie wurden zurückgepfiffen.«

Zoe überlegte kurz und leckte sich einige Krümel von den Fingern. Mitchell starrte fasziniert ihre Lippen an. Nach einiger Zeit lehnte sie sich zurück und griff nach der Serviette. »Okay. Aber wenn wir nach Boston fahren, dann nicht wegen all dem, was Sie gerade gesagt haben. Vielmehr tun wir das, weil etwas in ihm geweckt wurde, als er seine Frau getötet hat. Dieser erste Mord war nur Zufall. Der zweite hat seinen Zwang ausgelöst.«

»Okay.« Mitchell grinste sie an. »Wenn Sie das glücklich macht.«

Kapitel 28

Mitchell rief Meredith Johnson an, die ihre Schwester Wanda zwei Jahre zuvor als vermisst gemeldet hatte. Meredith stimmte zu, sich noch an diesem Abend mit ihnen zu treffen. Zoe schlug vor, ihren Wagen zu nehmen. In Glenmore Park waren sie mit Mitchells Wagen gefahren, aber Boston war Zoes Stadt, daher wollte Mitchell ihr nicht widersprechen. Er hatte so das Gefühl, wenn er sich geweigert hätte, wäre Zoe mit dem Argument gekommen, er wolle nicht von einer Frau gefahren werden. Vermutlich hätte sie das noch psychologisch untermauert. Nein, es war besser, wenn sie einfach Zoes Wagen nahmen.

Sie schaltete das Radio ein, und Mitchell wollte schon einen dummen Spruch über den Sender machen, riss sich dann jedoch zusammen.

Es herrschte wenig Verkehr, und Mitchell merkte, dass er sich langsam entspannte. Zoe schien ihren Gedanken nachzuhängen, schmunzelte leicht und wirkte irgendwie distanziert. Mitchell beobachtete sie einige Sekunden lang und staunte darüber, wie süß sie aussah, wenn sie ihn nicht mit ihren Adleraugen anstarrte. Ihre Lippen waren rosig und weich, und er ertappte sich bei der Frage, wie es sich anfühlen mochte, sie zu küssen.

»Oh, ich liebe dieses Lied!«, sagte sie auf einmal und drehte das Radio lauter.

»Was … ›It's Gonna Be Forever‹?«, fragte Mitchell amüsiert.

»Eigentlich heißt es ›Blank Space‹«, korrigierte sie ihn.

»Sind Sie …«

»Pssst.«

»Im Ernst? Ich meine …«

Sie drehte die Lautstärke noch höher. »Halten Sie den Mund!«, verlangte sie grinsend und wackelte mit dem Kopf im Takt der Musik. Dann sang sie auch noch mit, und ihre Gesichtszüge wurden sanfter, als sie sich in der Musik verlor.

Mitten im Refrain musste Mitchell plötzlich schallend lachen.

»Was ist?«, fragte sie amüsiert. »Ist meine Stimme so schrecklich?«

»Haben Sie gerade ›Ich habe eine Liste mit Starbucks-Lovern‹ gesungen?«, fragte er.

»Ja.«

»Unglaublich.«

»Was denn? So lautet der Text.«

»Na, sicher.« Mitchell nickte und war plötzlich ernst geworden. »Starbucks-Lover.«

»Wirklich! Das sind … Sie wissen schon. Schlechte Liebhaber. Wie der Kaffee, den man bei Starbucks bekommt. Ein heimliches Vergnügen.«

»Schon klar.«

»Sie kannten nicht mal den Titel des Songs!«

»Nein, nein, Sie haben ganz bestimmt recht. Wissen Sie, was ich denke? Ich denke, Sie sollten in eine Karaoke-Bar gehen und diesen Song singen. Vor großem Publikum. Sie singen ihn wirklich gut.«

»Nehmen Sie mich gerade auf den Arm?«

»Nein! Aber vergessen Sie nicht, auch die Zeile mit den Starbucks-Lovern zu singen.«

»Das ist der Text!«

Mitchell musste schon wieder lachen.

Danach lauschten sie eine Weile schweigend der Musik.

»Wieso sind Sie Polizist geworden?«, fragte sie irgendwann.

»Mein Vater war Strafverteidiger«, antwortete Mitchell. »Daher musste ich mir als Kind sehr viele wirklich deprimierende Geschichten anhören. Verbrecher, die nie eine zweite Chance bekamen, Polizisten, die Amtsmissbrauch betrieben, und ein miserables System, das nicht richtig funktioniert. Als Richard und ich …«

»Wer ist Richard?«

»Mein Zwillingsbruder«, antwortete Mitchell. »Als Richard und ich älter wurden, wollten wir beide etwas verändern. Ich wurde Polizist, er Verteidiger, so wie Dad.«

»Stehen Sie sich nahe?«

»Richard und ich? Ja. Er lebt auch in Glenmore Park. Im Augenblick ist er aber sauer auf mich.«

»Warum?«

»Weil Tanessa verletzt wurde.«

»Wieso ist das Ihre Schuld?«

»Weil es eben so ist.«

»Ihr Bruder scheint genauso dämlich zu sein wie Sie.«

»Eigentlich bin ich immer der Dämlichste von uns allen.« Mitchell klang beinahe vergnügt. »Was ist mit Ihnen? Wie sind Sie Agentin geworden?«

»Ich bin eigentlich keine Agentin, nur Beraterin des FBI.«

»Wie dem auch sei. Sie tragen trotzdem einen Hosenanzug. Wie sind Sie Beraterin des FBI geworden?«

»Ich habe zu viel ferngesehen, schätze ich«, erwiderte Zoe. »Ich dachte immer, es müsse großartig sein, für das FBI zu arbeiten.«

»Aber das ist es nicht?«

»Manchmal. Ich weiß auch nicht. Bei diesem Fall schon eher.«

Abermals schwiegen sie. Mitchell zog es vor, nicht über den Fall zu reden, weil er ihr persönliches Gespräch genoss. Das sollte Jovan Stokes nicht ruinieren.

»Warum haben Pauline und Sie sich getrennt?«, erkundigte sich Zoe und fügte rasch hinzu: »Es ist in Ordnung, wenn Sie nicht darüber sprechen möchten. Sagen Sie mir einfach, dass ich das Thema nicht anschneiden soll.«

»Schon okay«, sagte Mitchell. »Ich habe wirklich keine Ahnung. Offenbar ist sie der Ansicht, wir hätten uns schon seit einer Weile auseinandergelebt.«

»Und Sie sehen das anders?«

»Ich wollte ihr einen Heiratsantrag machen. hatte sogar schon den Ring gekauft.«

»Oh, das ist übel. Tut mir sehr leid.«

»Tja.«

Zoe legte ihm die rechte Hand aufs Knie und lächelte ihn an. »Sie kann nicht ganz bei Trost gewesen sein.«

»Ach ja?« Mitchells Knie schien unter ihrer Hand zu kribbeln. »Kann schon sein. Ich bin mir nicht sicher.«

Sie legte die Hand wieder ans Lenkrad. Die restliche Fahrt über schwiegen sie, und Mitchell merkte, dass er ihr immer wieder einen Seitenblick zuwarf, weil er sie einfach gern ansah.

* * *

Als sie bei Meredith Johnsons Haus ankamen, war es fast einundzwanzig Uhr. Mitchell war fast schon enttäuscht, als Zoe den Motor ausstellte. Er hatte die Autofahrt genossen, die Zeit der Entspannung, in der seine sich endlos im Kreis drehenden Gedanken beinahe zur Ruhe gekommen waren. Als sie nun zu dem Reihenhaus aus rotem Ziegelstein hinüberblickten, in dem Meredith wohnte, spürte er, wie sein Verstand wieder hochfuhr und ein Tumult aus Bildern und Gefühlen über ihn hereinbrach.

Jovan Stokes, der Tanessa angriff, das Scheitern der Polizei bei ihrem Schutz, seine Schuldgefühle – all das stellte sich wieder ein und wurde noch dazu von seiner ständigen Sehnsucht nach Pauline überlagert.

»Sollen wir?«, fragte Zoe. Sie musterte ihn stirnrunzelnd, und er fragte sich, ob ihm die Gefühle so offensichtlich ins Gesicht geschrieben waren.

»Ja, sicher«, antwortete er und stieg aus.

Meredith öffnete ihnen die Tür und führte sie in ein kleines, gemütliches Wohnzimmer. Es erinnerte Mitchell an das Haus seiner Großmutter, die er als Kind fast jedes Jahr zu Weihnachten besucht hatte. Meredith war um die fünfzig und hatte grau meliertes Haar. Ihr Gesicht war glatt und blass geschminkt; und ihr Mascara und ihr Lippenstift schienen einander ausstechen zu wollen. Sie hatte große blaue Augen, bei denen man sich fragte, warum sie sich so viele andere Farben ins Gesicht schmierte, die davon ablenkten. Sie setzten sich, Meredith in einen Schaukelstuhl, Mitchell und Zoe auf die scharlachrote Couch. Zuerst wollten sie beide am linken Rand Platz nehmen, wo sie Meredith am nächsten waren, aber nach einem vielsagenden Blick von Mitchell gab Zoe nach und überließ ihm die Stelle.

»Wir möchten Ihnen einige Fragen über Ihre Schwester und Jovan Stokes stellen, Meredith«, begann Mitchell.

»Gern«, erwiderte sie. »In letzter Zeit scheint sich die Polizei ja sehr dafür zu interessieren, nachdem man mich zwei Jahre lang ignoriert hat. Allerdings habe ich doch schon alles erzählt.«

»Wem?«, fragte Mitchell.

»Vor ein paar Tagen waren zwei Detectives hier. Ein Farbiger und eine dünne Frau. Sie haben sehr viele Fragen über Jovan gestellt«, antwortete Meredith.

Mitchell nickte und ging nicht weiter auf die stereotype Beschreibung von Bernard und Hannah ein. »Okay. Wir möchten nur …«

»Manchmal hilft es, ein zweites Mal über etwas zu reden«, unterbrach Zoe ihn. »Das könnte Ihr Gedächtnis anregen.«

Innerlich verwünschte sich Mitchell dafür, nicht vorher mit Zoe eine Strategie abgesprochen zu haben. Nun würden sie sich wieder einmal gegenseitig behindern.

»Mir ist alles recht, was dazu beiträgt, Wanda zu finden«, erklärte Meredith.

»Wann haben Sie gemerkt, dass Ihre Schwester verschwunden ist?«, wollte Mitchell wissen.

»Als sie nicht auf meine Anrufe reagiert hat«, sagte Meredith. »Wir haben fast jeden Tag telefoniert. Dann fand ich heraus, dass sie nicht zur Arbeit gekommen war und niemand sie erreichen konnte. Sie war Ärztin, wissen Sie.«

Mitchell nickte.

»Ich habe bei Jovan angerufen, aber er ging auch nicht ans Telefon, daher fuhr ich zu ihrem Haus, doch es war niemand da.«

»Hatten Sie einen Hausschlüssel?«, warf Mitchell ein.

»Ja. Ich habe mich selbst reingelassen. Aber es war niemand im Haus.«

Mitchell wusste aus dem Polizeibericht, dass der Großteil von Jovans und Wandas Kleidung sowie einige Hygieneartikel, ihre Portemonnaies und ihre Autoschlüssel verschwunden gewesen waren. Auch beide Autos waren nicht mehr da. Alles schien darauf hinzudeuten, dass das Paar in aller Eile aufgebrochen war, wenngleich niemand den Grund dafür kannte.

»Und da haben Sie die Polizei gerufen«, schloss Mitchell.

»Ja.« Meredith nickte. »Die Beamten kamen und haben sich umgesehen. Sie meinten, alles würde aussehen, als wären sie in den Urlaub gefahren und hätten nur vergessen, Bescheid zu sagen.« Sie schüttelte zornig den Kopf. »Ich habe ihnen versichert, dass Wanda niemals mit Jovan weggefahren wäre. Sie wollte sich von ihm scheiden lassen. Die Polizisten waren der Ansicht, die beiden würden es vielleicht noch einmal miteinander versuchen. Sie waren sehr ungehalten.«

»Das tut mir leid«, sagte Mitchell.

»Als sich Wanda nach einer Woche immer noch nicht gemeldet hatte, haben sie sich den Fall genauer angesehen«, fuhr Meredith fort. »Sie haben Fragen gestellt, sich ein bisschen umgeschaut und gesagt, sie würden sich melden, sobald sie etwas in Erfahrung gebracht haben. Aber das haben sie nie getan.«

Ein solcher Fall, der sich um ein verschwundenes Paar drehte, stand ganz unten auf der Prioritätenliste der Polizei.

»Ich habe nie wieder etwas von Wanda gehört«, sagte Meredith. Sie blieb ganz ruhig, aber Mitchell hörte die Trauer und Sehnsucht in ihrer Stimme. Er wollte gerade mitfühlend Merediths Hand nehmen, als Zoe fragte: »Warum wollte sich Wanda von Jovan scheiden lassen?«

»Er war … kein guter Mann«, antwortete Meredith. »In der ersten Zeit war Wanda sehr glücklich in der Beziehung. Sie hat sich sehr auf ihre Karriere konzentriert, und ein Partner, der ihr nicht im Weg stand, war ihrer Meinung nach genau der richtige. Aber später fiel ihr immer mehr auf, was sie störte. Sie hat ihn mehrmals dabei ertappt, dass er sie angelogen hat. Und manchmal verlor er die Beherrschung und wurde sehr aggressiv …«

»Das tut mir leid«, murmelte Mitchell. »Sie erwähnten, sie hätte ihn beim Lügen ertappt. Weswegen hat er denn gelogen?«

»Wegen aller möglichen Dinge. Es machte beinahe den Anschein, als würde er nur um des Lügens willen lügen. Sie hat einmal herausgefunden, dass die Hälfte seiner Kollegen völlig anders hieß als in seinen Erzählungen. Oder er erfand eine Geschichte über einen Patienten, der überhaupt nicht existierte, wie sie später feststellte. Es waren wirklich die absurdesten Lügen.«

»Ist sie davon ausgegangen, dass er etwas verbergen wollte?«

»Ja, schon. Aber mit den meisten Lügen wollte er nichts vertuschen. Es waren einfach nur … Lügen.«

»Sie sagten, er wäre manchmal gewalttätig geworden«, schaltete sich Zoe ein.

»Nein, nicht gewalttätig. Nur aggressiv. Er hat ihr nie wehgetan, ihr jedoch die entsetzlichsten Sachen an den Kopf geworfen. Die meiste Zeit war er kalt und hat ihr nicht die geringste Zuneigung zuteilwerden lassen. Irgendwann wollte sie mehr.« Meredith schwieg.

»Irgendwann wollte sie mehr«, wiederholte Zoe.

»Ganz genau«, bestätigte Meredith, ging jedoch nicht weiter darauf ein.

»Alles, was Sie uns noch erzählen können, würde uns bei unseren Ermittlungen weiterhelfen, Miss Johnson«, sagte Zoe.

»Ich bin mir nicht sicher, worauf Sie …«

»Hatte Wanda einen Liebhaber?«

Meredith zuckte zurück.

Mitchell hätte Zoe am liebsten erwürgt. Er war so kurz davor gewesen, eine Verbindung zu dieser Frau zu bekommen, aber jetzt wirkte sie kalt und abweisend. Wieder einmal waren sie in einer Sackgasse gelandet.

Als er gerade einen letzten Versuch starten wollte, die Lage zu retten, antwortete Meredith: »Ja.«

»Verstehe«, meinte Zoe. »Wie lange?«

»Mehrere Monate. Er war ebenfalls Arzt im Krankenhaus. Ein sehr netter Mann. Sie war nicht sehr stolz darauf und wollte es Jovan sagen.«

»Wir brauchen den Namen des Arztes«, bat Zoe.

»Selbstverständlich. Es war Barry Rose. Ich muss irgendwo noch seine Telefonnummer haben. Soll ich sie suchen gehen?«

»Gleich«, erwiderte Mitchell schnell. »Wir würden gern noch genauer darauf eingehen.«

»Aber natürlich.« Sie nickte.

Er konnte nur hoffen, dass Zoe den Mund hielt, und sprach weiter. »Sind Sie sicher, dass Wanda nicht einfach mit Jovan verschwunden ist? Dass sie nicht beschlossen hat, irgendwo mit ihm ein neues Leben anzufangen?«, fragte er und versuchte, diesen Faden noch einmal aufzugreifen.

»Selbstverständlich bin ich mir sicher.«

»Warum sind Sie derart überzeugt davon, Miss Johnson? Viele Menschen ziehen einfach so weg.«

»Wanda hätte nie ihre Patienten im Stich gelassen, ohne jemanden zu informieren«, erklärte Meredith wütend und starrte den Boden an. »Sie war sehr verantwortungsbewusst. Und sie hätte nie … Sie hätte mir Bescheid gesagt. Davon bin ich überzeugt. Sie hätte mich angerufen …« Ihre Stimme brach ein wenig. Mitchell beugte sich vor und berührte leicht ihr Handgelenk. Sie hob den Blick und sah ihm in die mitfühlenden Augen.

»Bitte entschuldigen Sie«, sagte er. »Sie haben natürlich recht. Es ist sehr unwahrscheinlich, dass sie einfach weggegangen ist.«

Als er die Worte aussprach, auf die sie so lange Zeit gewartet hatte, brach sie zusammen. Mit tränenüberströmtem Gesicht erzählte sie Mitchell, wie nah sie ihrer Schwester schon immer gestanden hatte. Dass sie Wandas Brautjungfer gewesen war. Dass Wanda sie immer beschützt hatte, wenn ihre Mutter sich beschwerte, dass sich Meredith keine hohen Ziele setzte, sie keinen netten Mann und keinen guten Job fand und nicht mehr wie ihre Schwester war.

Zoe schwieg die ganze Zeit.

»Ich habe einige ihrer Sachen aufbewahrt«, sagte sie schniefend. »Hin und wieder sehe ich sie mir an.«

Mitchell konnte sich nicht daran erinnern, dass Bernard oder Hannah so etwas erwähnt hätten. »Dürfen wir sie sehen?«

»Ich habe sie mit einigen meiner Habseligkeiten eingelagert«, erklärte Meredith. »Ganz in der Nähe. Ich kann dort morgen Bescheid sagen, damit man Sie reinlässt.«

»Das wäre sehr hilfreich«, sagte Mitchell, und Meredith bedachte ihn mit einem traurigen Lächeln.

* * *

Mitchell erkannte das Problem, kaum dass sie Merediths Haus verlassen hatten. Mental hatte er sich bereits auf die Rückfahrt nach Glenmore Park eingestellt, als Zoe sagte, dass sie ganz in der Nähe wohne. Aber natürlich lebte sie hier und wollte lieber in ihrem eigenen Bett schlafen. Dummerweise waren sie jedoch mit ihrem Auto nach Boston gefahren. Er wollte sie schon fragen, ob sie ihm ihren Wagen lieh, als sie sagte, dass sie ein bequemes Gästebett im Wohnzimmer habe.

»Äh, ich habe gar nichts dabei …«, begann er und dachte an die Dinge, die er brauchen würde. Eine Zahnbürste stand ganz oben auf der Liste.

»Es ist nur eine Nacht, Mitchell.« Sie lächelte ihn an. »Meine Cousine schläft ständig bei mir, und sie sagt, mein Gästebett wäre bequemer als ihr Bett bei sich zu Hause.«

»Ja, okay«, gab er nach einer Sekunde nach. Er konnte sich die Zähne notfalls auch mit einem Finger putzen. Das hatte er auf dem College schon gelegentlich getan. Sie hielten unterwegs bei einem thailändischen Restaurant, um etwas zu essen zu holen, und fuhren dann weiter.

Zoe lebte in einer kleinen Dreizimmerwohnung, die karg eingerichtet war. Die Luft war leicht abgestanden, wie man es aus Wohnungen, in denen einige Zeit niemand gelebt hatte, kannte. Im Wohnzimmer standen nur eine Couch, ein Fernseher und ein kleiner Tisch, auf dem mehrere Bücher lagen.

»Ich habe einen Fisch«, sagte sie, während sie die Couch zu einem Bett ausklappte. »Und Zimmerpflanzen. Aber ich habe alles in die Wohnung einer Freundin gebracht, als ich zu den Ermittlungen hinzugezogen wurde. Ich wollte nicht jeden Tag nach Glenmore Park fahren müssen.«

»Das kann ich nachvollziehen.«

Sie holte Bettzeug aus ihrem Schlafzimmer und entdeckte im Bad noch eine unbenutzte Zahnbürste.

»Ich kaufe immer gleich mehrere«, erklärte sie. »Meist werfe ich meine Zahnbürste nach einigen Monaten weg. Ich benutze sie nicht gern, wenn sie schon älter ist. Das ist mir sehr unangenehm.«

Sie verspeisten schweigend ihr thailändisches Essen. Mitchell fühlte sich ein wenig unbehaglich, während Zoe in sich zu ruhen schien und eine Stelle an der Wand anstarrte. Sie aß ihre Nudeln mit Stäbchen, aber Mitchell bat sie um eine Gabel und schalt sich dafür, dass er noch immer nicht mit Stäbchen essen konnte. Er kam sich vor wie ein Höhlenmensch, als er mit seiner Gabel in der Pappschachtel herumstocherte und die Nudeln wie mit einer Schaufel herausholte, wobei die Hälfte gleich wieder herunterfiel. Zwar hatten Höhlenmenschen kein thailändisches Essen gehabt, aber er vermutete, dass sie ihre Mammuts auf ähnliche Weise verspeist hatten. Im Gegensatz zu ihm nahm Zoe die Nudeln mit ihren zwei Stäbchen heraus, ohne sich wirklich darauf zu konzentrieren, und aß sehr elegant.

Er ging ins Bad und putzte sich die Zähne. Eigentlich hätte er gern geduscht, aber er wollte danach nicht wieder die getragene Kleidung anziehen, daher wusch er sich nur die Hände und kurz die Haare. Da man ihm schon mehrfach versichert hatte, dass sein Körpergeruch sehr angenehm war, beschloss er, diese Theorie abermals auszutesten.

Während er es sich auf dem Gästebett bequem machte, ging Zoe unter die Dusche. Er schloss die Augen, da er erschöpft war und sich nach Schlaf sehnte, aber seine Gedanken fanden einfach keine Ruhe. Wie an jedem Abend tauchte Paulines Bild vor seinem inneren Auge auf. Er fragte sich zum hundertsten Mal, ob sie wohl bei ihm geblieben wäre, wenn er ihr direkt nach dem Kauf des Rings den Antrag gemacht hätte. Wahrscheinlich nicht, aber ein kleiner Teil von ihm klammerte sich dennoch an dieser Hoffnung fest und er grämte sich, weil er sie nicht gefragt hatte.

Das Wasser in der Dusche wurde abgestellt, und er konnte trotz der Dunkelheit erkennen, wie Zoe in einem Bademantel aus dem Bad kam. Der vertraute Duft von Paulines Shampoo hing noch in der Luft, als sie bereits im Schlafzimmer verschwunden war. Er atmete langsam, versuchte, sich zu entspannen, und hoffte, dass sich der Schlaf bald einstellen würde.

Wieder einmal musste er an Jovan denken. Würden sie am nächsten Tag mehr über ihn erfahren? Vielleicht konnte Wandas Liebhaber auch etwas mehr Licht in die Angelegenheit bringen oder sie fanden einen Hinweis in Wandas Habseligkeiten.

Das Bild von Tanessa im Krankenbett kam erneut an die Oberfläche. Sie hatte versucht, die Tapfere zu spielen und alles abzutun, aber er hatte den Schmerz und die Angst in ihren Augen gesehen. Tagsüber ärgerte sich Mitchell immer über Captain Marrow, der Tanessas Beschützer abberufen hatte, aber nachts überkamen ihn Schuldgefühle, weil er davon überzeugt war, durch die Verhaftung des falschen Paars der Auslöser für alles gewesen zu sein. Wenn George nicht gewesen wäre oder sie sich etwas langsamer bewegt hätte, wäre sie gestorben. Und das war allein seine Schuld.

Zoes Schlafzimmertür ging auf, und sie betrat das Wohnzimmer. Sie trug ein langes blaues T-Shirt, das ihr bis mitten auf die Oberschenkel reichte. Als sie näher kam, erzeugten ihre nackten Füße auf dem Boden kein Geräusch.

»Hey«, sagte er. Sie erwiderte nichts. Stattdessen beugte sie sich über ihn, hob ein Bein und setzte sich rittlings auf ihn. Er hörte ihren Atem, als sie sich vorbeugte. Ihre Lippen strichen über seine, und sie öffnete leicht den Mund. Er hob den Kopf, ließ die Hände an den Seiten liegen und erwiderte den Kuss. Ein frischer Geschmack umfing ihn, und sie kam ihm mit ihrer Zunge entgegen. Erst, als sie ihm leicht in die Unterlippe biss, merkte er, dass er den Atem angehalten hatte.

Er legte ihr eine Hand in den Nacken, zog sie zu sich heran und verspürte den sehnsüchtigen Wunsch, mehr von ihr zu spüren. Mit der anderen Hand streichelte er ihr durch das glatte, weiche T-Shirt den Rücken. Als er die Hand weiter nach unten wandern ließ, merkte er, dass sie außer dem T-Shirt nichts anhatte, und da war es um ihn geschehen. Er legte ihr beide Hände auf den Po und zog sie ein Stück nach vorn, und sie schob die Finger unter den Saum seiner Boxershorts.

Später, als sie an seiner Seite schlief und ihr Haar ihn am Ohr kitzelte, kam er zum ersten Mal seit Tagen zur Ruhe. Innerhalb weniger Minuten war er ebenfalls eingeschlafen.

Kapitel 29

»Das hier ist es.« Jonas Roza, der Verwalter von Roza Storage Solutions, stand vor einem blauen Metalltor. Davon gab es noch ein Dutzend weiterer auf diesem Gang, die alle identisch aussahen, aber Mitchell bezweifelte nicht, dass Jonas sich hier bestens auskannte.

»Würden Sie bitte die Tür aufschließen?«, bat Mitchell.

Der Mann nickte und kam der Aufforderung nach. Als er an dem widerspenstigen Schloss herumfummelte, warf Mitchell Zoe einen Blick zu, die die Bemühungen fasziniert beobachtete. Möglicherweise wollte sie ihm auch nur nicht in die Augen sehen.

Sie hatte nicht neben ihm gelegen, als er aufgewacht war, und er wusste nicht, wann sie gegangen war. Er hatte so tief und fest geschlafen, dass der Ton seines Handyweckers erst nach dreißig Sekunden überhaupt zu ihm durchdringen konnte. Einige Minuten später war Zoe aus ihrem Schlafzimmer gekommen, bereits vollständig angezogen, und hatte sich freundlich erkundigt, ob er gut geschlafen habe. Den ganzen Vormittag über tat sie schon so, als wäre in der Nacht rein gar nichts geschehen, und redete nur über den Fall und wie sie die Hinweise am besten angehen sollten.

Mitchell tat es ihr gleich, auch wenn er die Angelegenheit gern noch mal angesprochen hätte. Aber was sollte er sagen? »Erinnerst du dich an den Sex letzte Nacht?« Oder vielleicht »Hey, guter Sex letzte Nacht. Vielleicht sollten wir das mal wiederholen.« Jeder Satz, der ihm einfiel, hätte auch von Austin Powers' beschränktem Bruder stammen können.

Vielleicht war Zoes Herangehensweise, die Nacht nur in ihren Erinnerungen zu behalten, da doch die bessere.

»Bitte sehr«, sagte Jonas und rollte das Tor hoch. »Sehen Sie sich um. Rufen Sie mich einfach, sobald Sie fertig sind.« Er drehte sich um und ging, sodass sie allein vor Merediths Lagereinheit standen.

Es wäre viel einfacher gewesen, wenn dort nur Wandas Sachen gestanden hätten, am besten in Kisten, die beschriftet waren mit »Hinweise auf Serienkiller hier enthalten. Diese Seite oben«. Aber in der Lagereinheit fanden sich viele Dinge, die eigentlich auf den Müll gehört hätten. Meredith war offensichtlich eine Horterin. Stapelweise Zeitschriften, ein verrostetes Fahrrad, eine Tasche voller Glasflaschen, alte Stoffe, ein kaputter Stuhl, ein Zelt … und das war nur das, was Mitchell auf den ersten Blick erkennen konnte. Weiter hinten wurde es noch schlimmer. In der Luft hing ein unangenehmer Geruch, als hätte Meredith hier irgendwann einmal etwas Essbares aufbewahrt und es dann vergessen.

Sie holten die vorderen Gegenstände heraus und machten sich auf die Suche nach Kartons. Dafür schufen sie einen schmalen Tunnel innerhalb des Chaos, um bis nach hinten vorzudringen, nachdem sie bemerkt hatten, dass an der Rückwand Kartons gestapelt waren. Nach einigen Minuten fing Zoe an zu husten und zu niesen.

»Stauballergie«, sagte sie.

»Du kannst draußen warten«, schlug Mitchell vor. »Ich schaffe das auch allein.«

Sie schüttelte jedoch den Kopf, presste die Lippen aufeinander und holte weiter Tüten und Gegenstände heraus. Aber es wurde immer schlimmer, bis sie schließlich gar nicht mehr aus dem Niesen herauskam. Irgendwann gab sie auf, setzte sich im Gang auf einen Minikühlschrank und machte ein frustriertes Gesicht. Ihre Nase war knallrot, ihre Augen tränten, und sie musste immerzu husten.

Mitchell brauchte zwei Stunden, bis er endlich vier mit »Wanda« beschriftete Kartons entdeckt hatte. Er betete zum Heiligen aller Lagereinheiten, dass es nicht noch mehr davon gab und zog die Kartons heraus, um sie zusammen mit Zoe durchzugehen.

Es wurde schnell offensichtlich, dass Meredith bei der Entscheidung, was sie aufheben sollte, keine spezielle Strategie verfolgt hatte. In den Kartons lagen mehrere Bücher, aber auch Kleidungsstücke. Sie fanden sogar mehrere CDs, fast ausschließlich von Johnny Cash.

Zwei Kartons waren randvoll mit Papier, und es dauerte deutlich länger, diese durchzugehen. Da waren Zeugnisse – sowohl von Wanda als auch von Jovan –, zahlreiche Rechnungen, mehrere ausgedruckte medizinische Artikel, wobei Wanda Stokes bei zweien als Co-Autorin erwähnt wurde, einige medizinische Zeitschriften … und sehr viele andere, nicht wirklich wichtige Unterlagen.

Auf einmal entdeckte Zoe zwischen einer Versicherungspolice und einem dicken Stapel aus Quittungen einen Umschlag mit mehreren Polaroidfotos.

Sie sahen sehr alt aus und waren schon ein bisschen verblasst. Eins war in einem Wäldchen aufgenommen worden, ein zweites ein Stück davon entfernt. Das dritte ebenfalls. Insgesamt waren es sechs Fotos, auf denen dieses Wäldchen zu sehen war. Die Bilder waren nicht besonders scharf; viele waren leicht verschwommen, als wäre die Kamera nicht richtig eingestellt gewesen.

Zoe wollte die Fotos schon beiseitelegen, da nahm Mitchell ihre Hand. Dies war das erste Mal an diesem Tag, dass er sie berührte, und er merkte, wie sie sich kurz verkrampfte und schneller atmete. Dann zog sie die Hand weg.

»Dieses Wäldchen«, sagte er und ignorierte ihre wütende Miene. »Das ist im Buttermere Park.«

»Wo ist das?«, fragte sie.

»Dort, wo Kendele Byers Leiche gefunden wurde.«

* * *

Es war ein sehr angenehmer Tag, und der Buttermere Park war voller Menschen. Auch mehrere Jogger liefen über die Wege, trotz der Tatsache, dass hier nur wenige Monate zuvor eine Joggerin ums Leben gekommen war. Sie passierten Mitchell und Zoe, die schnellen Schrittes auf das Wäldchen zuhielten. Mitchell hatte eine dunkle Stofftasche bei sich, die zwei Schaufeln und eine Wasserflasche enthielt.

Sie rechneten nicht wirklich damit, etwas zu finden, hatten jedoch den Eindruck, dass dies ihre beste Spur war. Wie sich herausgestellt hatte, war Wandas Liebhaber nach Texas gezogen. Er hatte kurz mit Mitchell telefoniert, mehrmals darauf beharrt, dass er nichts wisse und nie eine Frau namens Wanda Stokes gekannt habe. Eine schnelle Recherche brachte zutage, dass er zurzeit der angeblichen Affäre verheiratet gewesen war, was sein Leugnen erklärte. Nötigenfalls konnten sie in dieser Richtung weiter ermitteln, aber vorerst galt es, dieses Wäldchen zu untersuchen.

Kendeles Grab war aufgefüllt worden, nur ein kleiner Gedenkstein, vor dem mehrere verwelkte Blumensträuße lagen, und ein gerahmtes Foto erinnerten noch daran. Mitchell fragte sich, woher all das gekommen war, da Kendele doch kaum jemanden in Glenmore Park gekannt hatte. Aber manche Menschen fühlten sich von traurigen Ereignissen angezogen. Er konnte das nachvollziehen, war aber auch erleichtert, dass offenbar keiner ihrer Kunden etwas hiergelassen hatte.

Die Fotos aus dem Umschlag waren tiefer im Wäldchen aufgenommen worden, allerdings ließ sich die genaue Stelle schwer bestimmen. Mitchell und Zoe hatten gehofft, den Ort zu finden, indem sie herumliefen und die Bäume mit jenen auf den Fotos verglichen. Dabei hatten sie jedoch außer Acht gelassen, dass sich Bäume im Laufe der Zeit veränderten. Nachdem sie fünfundzwanzig Minuten lang ergebnislos herumgelaufen waren, fiel Mitchell etwas auf.

Der Großteil des Bodens war mit Laub bedeckt, nur hie und da wuchsen einige gelbe Blumen. An einer Stelle standen die Bäume allerdings weiter auseinander, und fast der gesamte Boden dazwischen war mit diesen Blumen bedeckt.

»Ist ja seltsam«, murmelte er.

»Was denn?«, fragte Zoe.

»Diese Blumen. Die sind mir hier nirgendwo aufgefallen. Dir etwa?«

Sie zuckte mit den Achseln. »Nein, ich denke nicht, aber hier kommt auch mehr Sonne hin. Vielleicht wachsen hier deshalb so viele.«

»Aber wo kommen sie her? Die sprießen doch nicht einfach so aus dem Boden.«

»Vielleicht wurden ihre Samen vom Wind hergetragen«, mutmaßte Zoe. »Woher soll ich das wissen? Ich bin keine Botanikerin.«

Mitchell hielt die Fotos in einer Hand und verglich sie mit seiner Umgebung. Er ging langsam um den Fleck mit den gelben Blumen herum. Auf einmal erkannte er etwas von einem der Bilder wieder. Die Ähnlichkeit wäre ihm nie aufgefallen, wenn er nicht direkt darauf geachtet hätte, aber nun war er davon überzeugt, dass sie sich am selben Ort aufhielten.

»Das ist es.« Er zeigte Zoe das Foto, die sich daraufhin ebenfalls umschaute.

»Du hast recht«, bestätigte sie.

»Glaubst du, dass Jovan die Blumen hier ausgesät hat?«, wollte Mitchell wissen.

»Wenn ich das wüsste«, antwortete sie achselzuckend.

»Falls er das getan hat und dies das ist, wofür wir es halten, dann hast du dich geirrt«, stellte Mitchell fest. »Dann war der Mord an Gwen doch der entscheidende Punkt in Jovans Leben.«

»Selbst ich liege hin und wieder mal falsch, Mitchell.«

Auf einem Foto sah man den Boden. Nachdem sie sich mehrere Minuten gründlich umgesehen hatten, zeigte Mitchell auf den größten mit Blumen bewachsenen Fleck. »Hier.«

Sie fingen an zu graben. Es war selbstverständlich nur eine Theorie, dass diese Fotos eine Begräbnisstätte zeigten. Aber sie kam ihnen glaubhaft vor.

Das Graben erwies sich als sehr viel anstrengender, als Mitchell erwartet hatte. Er vermutete, dass die vielen Wurzeln im Boden ihm die Arbeit absichtlich erschwerten. Fast kam es ihm vor, als hätten sie sich zusammen mit sämtlichen Steinen der Gegend an dieser Stelle versammelt. Er hatte schon keine Lust mehr, die Schaufel in den Boden zu stechen und das laute Dröhnen zu hören, wenn sie auf Stein traf. Zudem wurde ihm langsam klar, dass ihm der Verkäufer nicht nur geraten hatte, Arbeitshandschuhe mitzunehmen, weil er an den dummen Stadtbewohnern noch mehr Geld verdienen wollte – vielmehr hatte er versucht, die Blasen zu verhindern, die sich nach und nach auf Mitchells Handflächen bildeten.

»Früher habe ich glatt gedacht …«, stieß er schwer atmend hervor, »dass Gartenarbeit sehr entspannend sein muss.«

»Wie kommst du denn auf die Idee?« Zoe keuchte ebenfalls.

»Keine Ahnung. Weil dafür kein Papierkram nötig ist, nehme ich mal an. Und man bekommt es nicht mit Verbrechern zu tun.«

»Tja.« Zoe stieß ihre Schaufel in den Boden und richtete sich auf. »Wenn Gartenarbeit auch nur ansatzweise so ist wie das hier, kann ich darauf verzichten.«

»Ja.« Mitchell nickte, und seine Zähne klapperten, als er wieder auf einen Stein traf. »Verdammt!« Er ließ die Schaufel fallen und streckte sich. »Mein Rücken bringt mich noch um!«

Zoe nickte nur und sah sehr müde aus. Er musterte sie. Ihr Gesicht war schweißüberströmt, und ihr klebte eine Haarsträhne auf der Stirn. Ein Schweißtropfen lief ihr am Hals herunter, den Mitchell in der letzten Nacht mit Küssen bedeckt hatte. Er fragte sich, ob er das wieder tun sollte.

»Ich bezweifle, dass wir hier etwas finden«, sagte Zoe. »Vielleicht sollten wir noch mal mit dem Liebhaber reden und ihm drohen, seine Frau einzuweihen, wenn er nicht kooperiert.«

»Nur noch ein bisschen«, beharrte Mitchell. »Ich glaube, ich habe eine Stelle mit weniger Wurzeln gefunden.«

»Das hast du schon dreimal gesagt.«

»Diesmal stimmt es aber.« Er griff nach der Schaufel und grub weiter. »Letzte Nacht …«

»Ja?«

»Das war schön.« Das Reden fiel ihm leichter, wenn er zu Boden blickte.

»Ja, das war es«, gab Zoe zu.

»Vielleicht könnten wir das noch mal machen.«

»Lieber nicht.«

»Oh!«

»Nichts für ungut. Aber ich habe einige Probleme«, erklärte Zoe.

»Was denn für Probleme?«

»Persönliche.«

»Okay.« Wieder traf seine Schaufel auf eine Wurzel. Er versuchte, sie durchzutrennen, was ihm jedoch nicht gelingen wollte. Schließlich bückte er sich und legte die Wurzel mit den Fingern frei, nur um festzustellen, dass es sich überhaupt nicht um eine Wurzel handelte. »Das sieht wie ein Knochen aus«, stellte er fest und wischte noch mehr Erde weg. Der Gegenstand war glatt und grau.

Zoe trat zu ihm und half ihm, das glatte Objekt freizulegen. Es sah eindeutig aus wie ein Knochen, allerdings war er sich nicht sicher, ob dieser von einem Menschen stammte. Endlich hatten sie genug Erde zur Seite geschaufelt, um bestätigen zu können, dass sie einen Knochen vor sich hatten.

Äußerst vorsichtig suchten sie weiter und entdeckten zwei weitere Knochen.

»Denkst du, das ist … sie?«, fragte Zoe, die ganz blass geworden war.

»Ich denke schon. Aber wir sollten hier nichts mehr anfassen.« Er kletterte aus der Grube und rief Captain Bailey an. »Hey, Captain«, sagte er, nachdem sich Bailey gemeldet hatte.

»Hey, Mitchell, wie ist der Urlaub?«, erkundigte sich Bailey.

»Ähm … gut. Ich glaube, ich habe Gwen Berrys sterbliche Überreste gefunden.«

Einen Augenblick herrschte Schweigen. »Dann haben Sie Ihren Urlaub offenbar nicht am Strand verbracht«, stellte Captain Bailey fest.

»Nicht so ganz, Sir.«

»Wo sind Sie, Mitchell, und was genau hat das zu bedeuten?«

»Ich bin im Buttermere Park, Sir. Zoe Bentley und ich sind einigen Hinweisen nachgegangen, die uns zu einer Stelle geführt haben, an dem offenbar eine Leiche vergraben wurde.«

»Und Sie sind sich sicher, dass es Gwen Berry ist?«

»Relativ sicher, Sir. Jovan Stokes hatte einige Fotos von dieser Stelle in seinem Besitz. Und es sieht ganz danach aus, als ob hier jemand Unmengen dieser Blumen gesät hat … Wie heißen die doch gleich? Äh …«

»Goldmohn«, warf Zoe ein.

»Genau. Goldmohn. Der ist hier überall …« Er stockte.

»Mitchell? Sind Sie noch da?«, fragte Captain Bailey, dessen Stimme wie aus weiter Ferner an sein Ohr drang.

Er musste auf einmal an Tanessas Worte denken. *Und mal ganz im Ernst, ein Strauß nur aus Goldmohn sieht doch total langweilig aus!*

Vor seinem inneren Auge sah er ihr Wohnzimmer, wie es bei seinem letzten Besuch ausgesehen hatte. Darin hatten Dutzende von Sträußen in allen möglichen Farben gestanden, darunter ein großer nur aus gelbem Goldmohn.

Er drehte sich zu Zoe um. »Jemand hat Tanessa einen Strauß Goldmohn geschickt.«

»Was? Wann?« Zoe sah ihn verwirrt an.

»Ich war vor ein paar Tagen bei ihr. Sie hatte so einen Strauß bekommen, aber ohne Karte.«

Zoe dachte kurz darüber nach und wirkte immer besorgter. »Jovan schickt seinen Opfern Nachrichten«, sagte sie schließlich.

»Könnte das die Nachricht sein?« So langsam geriet Mitchell in Panik.

Sie nickte zögerlich. Mitchell merkte, dass er noch immer das Handy in der Hand hielt, aus dem Captain Baileys Stimme drang. Er legte auf und wählte Tanessas Nummer.

Sie ging nicht ran.

Kapitel 30

Mitchell wusste, dass etwas ganz und gar nicht stimmte, als er auf Tanessas Etage kam. In der Luft hing der vertraute, unheilvolle Geruch nach Blut. Sein Blick fiel auf einen kleinen braunen Fleck auf dem Boden neben Tanessas Wohnungstür. Er zog die Glock aus dem Holster und näherte sich vorsichtig der Tür. Hinter sich hörte er Zoe, die ihn endlich schwer atmend eingeholt hatte. Er drehte sich um und legte einen Finger an die Lippen. Danach öffnete er langsam die Tür.

Als sie aufging, sah er als Erstes die Füße. Er drückte die Tür weiter auf, bis er Officer Riley Poe in einer angetrockneten braunen Blutlache vor sich liegen sah. Der Stuhl, auf dem Riley vor Tanessas Tür gesessen hatte, war achtlos neben ihn geworfen worden. Mitchells Gedanken rasten. War Riley tot oder noch am Leben? Wann war das passiert? Wie hatte es geschehen können? Kaum war eine Frage aufgepoppt, kam auch schon die nächste. Aber all das war vorerst unwichtig. Momentan zählten nur die alles entscheidenden, schrecklichen Frage: Wo war Tanessa, und war sie noch am Leben? Er hörte, wie Zoe beim Anblick des Polizisten nach Luft schnappte. Hoffentlich war ihr bewusst, dass sich Jovan noch immer in der Wohnung aufhalten konnte und sie leise sein mussten, bis sie genau wussten, was hier vor sich ging.

Er machte einen großen Schritt über die Blutlache und richtete die Waffe weiterhin nach vorn. Der Blutgeruch vermischte sich nach und nach mit dem durchdringenden Blumenduft. Beim Betreten des Wohnzimmers sah Mitchell sich um. Der Goldmohnstrauß stand nicht länger auf dem Tisch, und Mitchell bezweifelte, dass er einfach nur verblüht war.

Sorgsam schaute er sich in allen Zimmern um und vergewisserte sich jedes Mal, dass er nichts übersehen hatte, bevor er weiterging. Wäre Zoe seine Partnerin gewesen, hätte er sich darauf verlassen können, dass sie ihm Rückendeckung gab, aber so musste er sich ständig umsehen, ob sich nicht jemand von hinten anschlich. Zu guter Letzt betrat er das Schlafzimmer, dessen Tür ein Stück weit offen stand. Er stieß sie mit dem Lauf der Waffe ganz auf. Das Bett war mit verwelkten Goldmohnblüten bedeckt. Hatte Jovan sie mitgebracht oder aus dem Wohnzimmer genommen? Auch jetzt verschwand die Frage ebenso schnell, wie sie aufgetaucht war, und er nahm sie kaum zur Kenntnis. Es fiel ihm schwer, sich zu konzentrieren, weil er das Gefühl hatte, Hunderte von Bienen würden durch seinen Schädel summen.

Er hörte schnelle Schritte hinter sich, wirbelte herum und richtete die Waffe auf die Brust des Mannes. Es war Jacob. Mitchell ließ die Glock sinken.

»Sie ist weg, Jacob«, sagte er, und es schnürte ihm die Kehle zusammen. »Jovan hat meine Schwester.«

* * *

Jovan Stokes fühlte sich, als stände er in Flammen. Er zitterte im wahrsten Sinne des Wortes vor Aufregung, als er in dem kleinen Lagerhaus hin und her lief. Zwanzig-, dreißig-, vielleicht sogar vierzigmal lief er an den Wänden entlang und lächelte oder lachte gar dabei. War dies der Kitzel der erfolgreichen

Entführung? Das Siegesgefühl, dass er sich seines Opfers trotz ihres Polizeischutzes bemächtigt hatte? Oder lag es daran, dass es sich um Tanessa Lonnie handelte, die er schon einmal zu töten versucht hatte? War das der Grund dafür, dass sein Körper von Energie durchflutet wurde?

Er wusste es nicht, aber endlich … *endlich* spürte er wieder dasselbe wie in jener Nacht, in der er Gwen Berry getötet hatte.

Es war Januar gewesen, und die Stadt lag unter einer dicken Schneedecke. Zudem war es eiskalt; jeder, der länger als fünf Minuten draußen herumlief, bekam eine eiskalte Nase, kleine Eispartikel bildeten sich um seine Augen, und seine Gesichtshaut brannte vor Kälte. War es da ein Wunder, dass Gwen Berry sich freute, weil Jovan im Wagen seines Dads neben ihr hielt und ihr anbot, sie nach Hause zu fahren, damit sie nicht laufen musste?

Sie war überglücklich, dass er sie bemerkt hatte. Aber sie konnte ja auch nicht wissen, dass er nur vorbeigefahren war, weil er gewusst hatte, dass sie dort lang gehen würde. Weil sie jeden Dienstag um siebzehn Uhr nach dem Cheerleadertraining diesen Weg nahm. Ebenso wenig ahnte sie, dass Jovan noch immer sauer auf sie war, weil er sie vor drei Monaten gebeten hatte, mit ihm auszugehen, und sie ihm eine Abfuhr erteilt hatte.

Die Straßen waren leer, als er sie im Wagen erwürgte. Niemand konnte ihren verzweifelten Todeskampf sehen oder wie sie die Fingernägel in seine Arme bohrte. Keiner hörte sie röcheln und würgen. Und irgendwann rührte sie sich nicht mehr.

Da war das wahre Wunder geschehen.

Nach einer Minute hatte sich Jovan etwas beruhigt und merkte, dass Gwen noch lebte. Sie hatte nur das Bewusstsein verloren, aber ihre Brust hob und senkte sich und ihr Puls war stabil. Für Jovan stand außer Frage, dass sie sterben musste; sie hatte den Tod verdient. Doch aus irgendeinem Grund konnte er es nicht sofort zu Ende bringen. Stattdessen fuhr er aus der Stadt hinaus, hielt auf einem abgelegenen Feld und wartete.

Er wartete fast zwei Stunden, und sein Herz schlug immer schneller, während er vor Anspannung mit den Zähnen knirschte und flach atmete vor lauter Vor…

…freude. Er wartete darauf, dass sie aufwachte und er sie abermals töten konnte.

Als es endlich so weit war, als sie flatternd die Augenlider öffnete und begriff, wer sich da über sie beugte, als er die Finger wieder um ihren Hals legte, da überkam ihn ein Hochgefühl, wie er es nie zuvor erlebt hatte. Das war der beste Augenblick seines Lebens.

Es dauerte Jahre, bis er erkannt hatte, dass es nichts gab, was dem annähernd gleichkam. Erst, als er seine Frau tötete, nachdem er herausgefunden hatte, dass sie ihn betrog. Als er wieder und wieder auf sie einstach, spürte er einen Hauch von dem, was er damals bei Gwen empfunden hatte.

Seitdem versuchte er, dieses Gefühl wieder aufleben zu lassen. Aber was genau machte diesen Augenblick so aufregend? Er hatte versucht, einfach eine junge Frau zu erwürgen, was zwar aufregend war, aber bei Weitem nicht an das herankam, was er erreichen wollte. Nein, mit der Zeit wurde ihm bewusst, dass es die Vorfreude war, aber auch die Angst des Opfers. Wenn er den Frauen tagelang folgte, übte, plante und von dem entscheidenden Augenblick träumte, wenn er sie im Voraus wissen ließ, dass sie bald sterben würden … Dann verwandelte sich die Aufregung in eine Woge reiner Emotionen. Seine Dominanz über sie, seine vollständige Kontrolle, all das berauschte ihn. Es war einfach außergewöhnlich … fast wie beim ersten Mal.

Und jetzt hatte er hier wieder eine bewusstlose Frau, die ihm ausgeliefert war und die Gwen so ähnlich sah. Kurz überlegte er, sie wachzuküssen, eine moderne Version von Dornröschen nachzuspielen. Aber nein. Es war besser, zu warten und die Vorfreude auszukosten.

Er lief weiter auf und ab, und seine Schritte hallten in dem leeren Raum wider. Dabei dachte er über die Zukunft nach. Er hatte die Fähigkeiten der hiesigen Polizei eindeutig unterschätzt. Oder waren da noch andere Behörden mit im Spiel? Das FBI? Special Forces? Kurz blieb er stehen und sah nach draußen, rechnete fast damit, einen Hubschrauber zu sehen, von dem sich schwarz gekleidete Gestalten abseilten. Aber nein, da war niemand – nur die untergehende Sonne, deren letzte Strahlen auf ein Feld in der Nähe fielen. Würde die Polizei ihm hierher folgen können? Das war schwer zu sagen. Er hatte geglaubt, seine Spuren gut verwischt zu haben, aber vielleicht hatte jemand gesehen, wie er Tanessa aus ihrer Wohnung trug und in den Gebrauchtwagen legte, den er am Vortag gekauft hatte. Er wusste, dass sie ihm immer näher rückten. Hatte ihn trotz der Verkleidung jemand identifiziert, so wie es Tanessa bei ihrer letzten Begegnung gelungen war?

Angst und Vorfreude gingen immer Hand in Hand.

Er blieb neben der eingepackten Maschine stehen. Der Verkäufer hatte sie gut verpackt hergebracht. Zuerst hatte Jovan sie sofort auspacken wollen, sobald der Mann gegangen war, es dann jedoch unterlassen. Vorfreude. Jedes Mal, wenn er an der Maschine vorbeiging, kribbelte es ihn in den Fingern und er konnte es kaum erwarten, sein Geschenk auszupacken. Auf einmal hielt er es nicht länger aus und riss die Verpackung herunter.

Es ging ganz leicht. Danach trat er einen Schritt zurück und begutachtete seinen Kauf. Würden sie herausfinden, was das war? Den Mann aufspüren, der sie ihm verkauft hatte? In diesem Fall mussten sie auch das Lagerhaus finden. Die Zukunft war ungewiss. Er ging zurück zu der Stelle, an der Tanessa auf dem Boden saß, den Oberkörper an die Wand gelehnt, und setzte sich auf den Hocker, den er neben sie gestellt hatte.

Ihre Atmung wurde langsam lauter, als sie das Bewusstsein wiedererlangte. Sobald sie wach war, versuchte sie mehrmals, trotz des Knebels zu schreien, und zerrte an ihren Fesseln, bevor sie sich beruhigte und die Lage analysierte. Als sie ihn bemerkte, wie er sie beobachtete, fing sie erneut an zu zappeln.

»Du wirst dir nur wehtun«, ermahnte er sie. »Ich weiß, wie man einen Knoten macht.«

Sie erstarrte und atmete schnell und gepresst durch die Nase. Dann sah sie erst ihn an, um danach ihre Umgebung in Augenschein zu nehmen. Sie bewegte den Kopf nach links und rechts, ließ den Blick durch den leeren Raum schweifen, und verharrte, als sie die Maschine entdeckte.

»Was denkst du?«, fragte Jovan mit vor Aufregung zitternder Stimme. »Gefällt sie dir? Sie wird in deiner unmittelbaren Zukunft eine wichtige Rolle spielen.«

Sie sah ihn wieder an, und er erkannte die Panik in ihren Augen. Sofort fühlte er sich fast dreißig Jahre zurückversetzt. Er kniete sich neben sie und hob eine Hand, in der er eine Schere hielt.

»Am besten mache ich das gleich«, meinte er. »Nachher geht das vielleicht nicht mehr so gut.«

Sie schrie in ihren Knebel, als die Schere ihrem Gesicht immer näher kam. Er schnitt ihr eine Haarsträhne ab.

Kapitel 31

Obwohl es fast Mitternacht war, herrschte an diesem Donnerstag auf dem Polizeirevier von Glenmore Park reges Treiben. Fast jeder, der einen Schreibtisch hatte, saß daran, ging Berichte durch, diskutierte mit den Kollegen oder schmiedete Pläne. Riley Poe war vor Tanessa Lonnies Tür erstochen worden, aber sie hatten keine Zeit, den Verlust ihres Kameraden zu betrauern; jemand hatte Tanessa Lonnie entführt. Sie mussten jetzt zusammenhalten.

Und mittendrin versuchte Mitchell, sich nützlich zu machen.

Einem anderen Detective wäre es vielleicht gelungen, seine Angst und Nervosität zu kanalisieren und sich auf den Fall zu konzentrieren. Mitchell konnte sich gut vorstellen, wie Jacob in einer ähnlichen Situation die Leitung der Ermittlungen an sich gerissen hätte und zu einem besseren, klügeren Detective geworden wäre, wenn das Leben eines Menschen, der ihm am Herzen lag, auf dem Spiel stand.

Aber so ein Detective war Mitchell nicht.

Es fiel ihm schwer, sich zu konzentrieren. Hin und wieder registrierte er, dass Matt, Jacob oder Zoe mit ihm sprachen und immer wieder denselben Satz wiederholten, während Mitchell nur dumpf nickte und kein Wort zu ihm durchdrang. Immer wieder musste er an Riley Poe denken, der in einer Blutlache in

Tanessas Wohnung gelegen hatte. An den Goldmohn auf ihrem Bett. Die Namen von Jovans früheren Opfern blitzten in seinem Kopf auf, zusammen mit der Furcht, dass Tanessa schon bald zu ihnen gehören würde.

Irgendwann musste er mitten in einer Besprechung den Raum verlassen, zur Toilette rennen und sich übergeben. Danach saß er zitternd wie Espenlaub in der Kabine.

Endlich fand er einen Ort, an dem er sich verstecken konnte: vor seinem Computer, wo er sich die Aufnahmen der verschiedenen Kameras rings um Tanessas Haus ansah und versuchte, etwas Hilfreiches zu entdecken. Die Aufgabe war technisch genug, dass er darauf vertraute, sie trotz des Tumults in seinem Inneren bewältigen zu können.

Matts Worten zufolge hatte er in Tanessas Schlafzimmer Hinweise auf einen Kampf gefunden, aber nicht im Rest der Wohnung. Es gab diverse mögliche Szenarien, einige wahrscheinlicher als andere, aber die denkbarste war, dass Jovan Tanessa irgendwie bewegungsunfähig gemacht und aus der Wohnung getragen hatte. Es war unklar, wie genau er das geschafft hatte, aber da er Arzt war, konnte er ihr auch einfach etwas gespritzt haben. Bisher gab es keine Zeugen, die Jovan oder Tanessa gesehen hatten, aber ihre unmittelbare Nachbarin, eine Mutter von vier Kindern, behauptete, Lärm aus der Wohnung gehört zu haben. Sie hatte es anfänglich für den Fernseher gehalten und war erst, als sie vom Verschwinden ihrer Nachbarin erfuhr, auf den Gedanken gekommen, es könnte etwas anderes gewesen sein.

Es war eine lange Nacht voller Kummer, Trauer und Nervosität, und auch der Morgen brachte keine Erleichterung.

* * *

Manchmal hatte Ricky Nate den Eindruck, dass es auf der Welt einfach nicht genug Kaffee gab.

Sie trank gerade die dritte Tasse, aber ihr linkes Auge ging noch immer nicht richtig auf. Drei Stunden Schlaf waren einfach nicht genug, damit ein Mensch funktionieren konnte. Und alles nur wegen dieser dämlichen Enthüllung. Ihr Redakteur wollte, dass sie einen siebenhundert Worte langen Artikel über die Enthüllung einer neuen Schwanenstatue vor dem Broadway-Shoppingcenter schrieb. Siebenhundert Worte. Über die Statue eines Vogels mit zu langem Hals.

Zwar hatte sie zu erklären versucht, dass irgendetwas vor sich ging und aus dem Polizeirevier mehrere Hinweise eingegangen waren, die eine neue Tat des Todesboten andeuteten. Doch das war ihrem Redakteur nicht genug gewesen. Die Andeutung einer Tat gab einen schlechten Nachrichtenartikel ab. »›Irgendetwas passiert gerade, glaubt unsere Reporterin‹ macht sich auf der Titelseite nicht so gut«, hatte er gesagt. Aus diesem Grund hatte Ricky den Rest des Tages – und Abends – versucht, an weitere Informationen zu gelangen.

Und war erbärmlich gescheitert. Ihre Informantin in der Zentrale wollte nicht mehr mit ihr sprechen und fürchtete um ihren Job. Mehrere Detectives, Streifenpolizisten und Sekretärinnen gingen gar nicht erst ans Telefon, und falls sie doch jemanden erreichte, schrie der nur derart erbost »Kein Kommentar«, dass er damit fast schon ihre Gefühle verletzte.

Dann wurde es Mitternacht. In der Zeitung war weiterhin eine Lücke, und der Artikel über die Enthüllung der Statue musste geschrieben werden. Sie hatte das verdammte Ding noch nicht mal gesehen, ging jedoch davon aus, dass man alle Schwanenstatuen kannte, wenn man mal vor einer gestanden hatte. Nie zuvor war eine Statue auf derart sarkastische und verbitterte Weise beschrieben worden. Ricky war der Ansicht, der Schwan sei schuld daran, dass sie keine Informationen erhalten hatte. Nach Abschicken des Artikels lag sie stundenlang wach im Bett, schäumte vor Frustration und war davon überzeugt, dass der Artikel über den Todesboten bei der Konkurrenz erscheinen werde. Irgendwann gegen vier Uhr waren ihr dann doch die Augen zugefallen, nur dass sie meinte, den Wecker schon im nächsten Augenblick zu hören, der sie um sieben Uhr aus dem Schlaf riss, damit sie pünktlich zur Arbeit kam.

Am besten melde ich mich krank, dachte sie. Aber die Sache mit dem Todesboten ließ ihr keine Ruhe, und vielleicht konnte sie ja doch noch einen beeindruckenden Artikel darüber schreiben …

Ihr Handy klingelte. Die Nummer auf dem Display kannte sie nicht. Sie meldete sich mit belegter Stimme. »Hallo?«

»Ist da Ricky Nate?«

»Ja.«

»Mein Name ist Jovan Stokes. Ich glaube, Sie nennen mich den Todesboten.«

Ihr Herz schlug schneller. Dies war einer jener Augenblicke, die die Karriere eines Reporters bestimmen konnten. Ihre Erschöpfung war schlagartig vergessen, und sie saß hellwach und angespannt da.

»Warum rufen Sie mich an, Mr Stokes?«

»Bisher haben mir Ihre Artikel gut gefallen, Miss Nate.«

»Danke«, sagte sie mit zittriger Stimme. Konnte sie irgendwie dafür sorgen, dass die Polizei den Anruf zurückverfolgte? Sie klappte ihren Laptop auf. Wenn sie jemandem auf dem Revier eine dringende Nachricht schrieb …

»Ich habe noch einen Artikel für Sie, den Sie heute um dreizehn Uhr veröffentlichen sollen«, erklärte die raue Stimme. Sie versuchte, sich den Mann vorzustellen, dessen Foto die Polizei vor Kurzem veröffentlicht hatte.

»Die *Gazette* wird nachts gedruckt«, erwiderte sie. »Und morgens ausgeteilt. Und morgen ist Samstag, daher wird das erst Montag was.«

»Wir leben in einer bemerkenswerten Zeit, Miss Nate.« Sie konnte sein Lächeln beinahe hören. »Heutzutage kann man online rund um die Uhr Nachrichten lesen. Veröffentlichen Sie den Artikel auf Ihrer Website.«

»Worum geht es dabei?« Endlich war ihr Laptop hochgefahren. Sie öffnete das E-Mail-Programm.

»Erinnern Sie sich an Tanessa Lonnie? Die Polizistin, die den Lockvogel gespielt hat?«, wollte er wissen.

»Ich ... Ja.«

»Ich habe sie.«

»Wie meinen Sie ...«

»Ich habe Tanessa gestern entführt. Sie ist jetzt bei mir und noch am Leben. Ich möchte, dass Sie zwei Fotos veröffentlichen, die ich Ihnen in Kürze zuschicken werde. Aber Sie müssen den Artikel um Punkt dreizehn Uhr veröffentlichen, nicht früher. Erscheint er auch nur eine Minute zu früh, bringe ich Tanessa um. Wenn Sie die Polizei informieren, stirbt sie ebenfalls. Haben Sie das verstanden?«

»Ja«, antwortete sie. Ihr Herz schlug so schnell, dass sie beinahe vibrierte. »Was sind das für Fotos?« Sie hatte eine kurze E-Mail verfasst, die sie nur noch abschicken musste.

»Sie sind doch diejenige, die mir den Namen Todesbote gegeben hat«, erwiderte Jovan Stokes. »Es ist eine Nachricht.«

Die Verbindung war unterbrochen.

Sie starrte den Bildschirm an. Noch hatte sie die Nachricht nicht versendet.

Nachdem sie einmal schwer geschluckt hatte, suchte sie Mitchell Lonnies Telefonnummer heraus – sie hatte sie unter »Mitchell Lonnie, Arschloch-Detective« gespeichert – und rief ihn an.

Er ging nicht ran. Ricky fluchte laut. Hatte Jovan Quellen bei der Polizei? Würde er es erfahren, wenn sie den Notruf wählte? Sie zögerte. War es das Risiko wert? Sie vertraute

Mitchell Lonnie; Tanessa war seine Schwester. Wem konnte sie sonst noch vertrauen?

Eine E-Mail-Benachrichtigung erschien auf dem Bildschirm. Sie hatte eine neue E-Mail mit Anhängen erhalten, wobei die Absenderadresse aus einem wirren Buchstabenmix bestand. Kaum hatte sie die Mail angeklickt, keuchte sie auf.

Der erste Anhang war ein Foto von Tanessa Lonnie. Die Frau saß an eine Wand gelehnt auf dem Boden, ihre Füße waren gefesselt, ihre Hände auf dem Rücken vermutlich ebenfalls, ihr Gesicht war tränenüberströmt. Man hatte ihr einen roten Lappen in den Mund gestopft und mit mehreren Klebebandschichten befestigt.

Auf dem zweiten Foto war eine seltsame Maschine zu sehen. Sie bestand aus Metall und schien recht groß zu sein, wenngleich Ricky keinen Vergleichsmaßstab hatte. Darauf befand sich etwas, das an ein großes Waschbecken erinnerte und auf einer Art großem Kasten angebracht war. Ein T-förmiges Rohr verband beides miteinander, und das dritte Ende stand nach vorn ab. Das ganze Gebilde sah irgendwie albern aus, wirkte in diesem Kontext jedoch unheilvoll – eine Maschine, die ein Verrückter für unvorstellbare Zwecke benutzen wollte.

Jovan hatte die Mordwaffen bisher immer per Nachricht angekündigt. Ricky wusste nicht, was das für eine Maschine war, aber sie ahnte, was er damit vorhatte.

Sie hängte das Foto von Tanessa an eine neue Nachricht an Mitchell Lonnie und schrieb: Jovan hat mir das geschickt. Rufen Sie mich sofort an. Dann schickte sie die Nachricht ab.

Dreißig Sekunden später klingelte ihr Telefon.

»Hallo?«

»Woher haben Sie das?« Mitchell klang ziemlich derangiert und knurrte sie fast schon an. Ricky kamen Zweifel, ob sie sich an die richtige Person gewandt hatte.

»Jovan Stokes hat mir das Foto eben per E-Mail geschickt«, antwortete sie. »Er hat mich angerufen und verlangt, dass es um dreizehn Uhr auf unserer Website veröffentlicht wird. Es kam auch noch ein zweites Foto.«

»Was für eins?«

»Darauf ist eine Art Maschine zu sehen. Ich vermute, dass er sie damit umbringen will.«

Einen Augenblick herrschte Schweigen.

»Sie müssen aufs Revier kommen«, verlangte Mitchell schließlich. In seiner Stimme schwang ein merkwürdiger Unterton mit. Erleichterung. Ricky begriff, dass er befürchtet hatte, Tanessa sei längst tot.

»Jovan sagte, wenn ich mich an die Polizei wende, bringt er Tanessa sofort um«, sagte Ricky. »Möglicherweise beobachtet er mich. Oder er hat eine Quelle bei der Polizei.«

»Nein, er hat nur geblufft.«

»Sind Sie bereit, Tanessas Leben deswegen aufs Spiel zu setzen?«, fragte sie.

Er schwieg kurz. »Schicken Sie mir beide Fotos. Machen Sie gar nichts damit. Veröffentlichen Sie sie erst, wenn wir es Ihnen sagen. Falls Sie etwas anderes tun, haben Sie das Leben meiner Schwester auf dem Gewissen.«

»Ich möchte nicht, dass Tanessa stirbt, Detective Lonnie«, versicherte Ricky ihm verletzt. »Selbstverständlich halte ich mich an Ihre Anweisungen. Ich kann Ihnen auch die Telefonnummer mitschicken, von der er angerufen hat.«

»Okay.« Sie glaubte schon, er werde ihr danken, aber dann fügte er nur hinzu: »Wir melden uns.«

Er war schon der Zweite an diesem Morgen, der einfach auflegte. Ihr ganzer Körper verlangte danach, etwas zu tun, aber sie wusste, dass sie alles in ihrer Macht Stehende getan hatte, um Tanessa zu retten. Jetzt blieb ihr nur noch, eine verdammt gute Story zu schreiben.

Kapitel 32

Mitchells Herz schlug wie wild. Am Leben. Tanessa war noch am Leben. Während der letzten Stunden war er nach und nach zu der Überzeugung gelangt, dass seine Schwester tot sein musste. Er hatte sich ausgemalt, wie er es Richard, ihrer Mom, ihrem Dad mitteilen musste. Die Vorstellung eines Lebens ohne Tanessa war für ihn unerträglich und brachte ihn beinahe um den Verstand. Aber jetzt wusste er, dass sie noch lebte.

Auf einen Schlag war er hellwach und konzentriert. Er musste etwas unternehmen, um seine Schwester zu retten. Das ganze Detective-Büro war in Aufruhr. Er hatte den Captain informiert, der wiederum den Chief alarmiert hatte. Nun hielten sich hier drei FBI-Agenten sowie Agent Mancuso, die vier Detectives, der Captain, der Chief und Zoe auf. Der kleine Raum war nicht für so viele Menschen gedacht, und alle redeten durcheinander.

»Okay, alle mal herhören!«, rief Captain Bailey, und es wurde ruhig. Agent Mancuso nickte Bailey zu und verließ zusammen mit ihren Agenten den Raum.

»Es sieht folgendermaßen aus«, begann er. »Zoe, Agent Mancuso und ich sind uns einig, dass Jovan Stokes Officer Lonnie aller Wahrscheinlichkeit nach am Leben lässt, bis der Artikel um dreizehn Uhr veröffentlicht wurde. Das ist selbstverständlich nur eine Annahme, und wir können nicht ausschließen, dass er sich entscheidet …«, er zögerte und warf Mitchell einen Blick zu, »… sie vorher zu töten, daher müssen wir so schnell wie möglich handeln.«

Mitchell wackelte ungeduldig mit einem Bein. Sie mussten etwas unternehmen! Was sollte denn das Gerede?

»Vermutlich plant er, diese Maschine einzusetzen, deren Foto er Miss Nate geschickt hat, um Tanessa zu ermorden, daher müssen wir herausfinden, um was für eine Maschine es sich handelt. Es gibt allerdings ein Problem: Jovan Stokes hat angedeutet, dass er einen Informanten auf dem Revier hat. Wir wissen nicht, ob das der Wahrheit entspricht, aber wir können es auch nicht ausschließen. Er hat Miss Nate deutlich zu verstehen gegeben, dass Tanessa sofort sterben wird, falls sie die Polizei hinzuzieht. Daher herrscht ab sofort höchste Geheimhaltung. Nur das FBI weiß Bescheid, und wir reden mit niemandem außerhalb der Abteilung.«

»Was ist mit der Bundespolizei?«, wollte Jacob wissen.

»Die bleibt aus Sicherheitsgründen außen vor«, antwortete Bailey. »Wir gehen wie folgt vor: Das FBI zieht sein Ding durch und wir das unsere. Ich koordiniere beide Gruppen. Mitchell!«

Mitchell zuckte zusammen, als sein Name fiel. »Sir?«

»Versuchen Sie, so viel wie möglich über die Nummer rauszufinden, von der Jovan Ricky Nate angerufen hat. Bisher war er immer vorsichtig, aber vielleicht hat er ja diesmal einen Fehler gemacht. Bernard, Sie nehmen sich das Foto von Tanessa vor und versuchen, irgendetwas über ihren Aufenthaltsort herauszufinden. Jacob, Hannah, Sie müssen in Erfahrung bringen, was das für eine Maschine ist. Zoe, ich möchte, dass Sie Ricky Nate anrufen und sich das ganze Gespräch mit Jovan genau schildern lassen, um mir danach Ihren Eindruck zu vermitteln. Okay, an die Arbeit!«

Mitchell spürte, wie alle um ihn herum in Aktion traten, während er sich mit der Telefonnummer beschäftigte, die ihm Ricky Nate geschickt hatte. Er rief den Bezirksstaatsanwalt an, um einen dringenden Durchsuchungsbeschluss zu erhalten und mehr über die Nummer herausfinden zu können.

Wenige Minuten später sprach er noch immer mit einem der Angestellten im Büro des Staatsanwalts und versuchte, ihm zu erklären, dass es sich um eine dringende Angelegenheit handelte. Der Mann wiederholte immer wieder, dass er das sehr wohl begriffen hatte und sie sich beeilten, aber Mitchell hatte nicht den Eindruck, dass er den Ernst der Lage begriff.

»Ich hab's!«, rief Hannah plötzlich. Sofort versammelten sich alle um ihren Bildschirm, auf dem mehrere Fotos der fraglichen Maschine zu sehen waren. »Ich habe die Antwort bei Reddit gefunden«, erklärte sie. »Es handelt sich um einen Industriefleischwolf.«

Mitchell spürte, wie ihm das Blut aus dem Gesicht wich, und ihm wurde schwindlig. Ein Fleischwolf. Dieser kranke Mistkerl! Er spürte eine Hand am Arm, die ihn stützte.

»Alles in Ordnung?«, erkundigte sich Jacob.

»Ja«, antwortete er, obwohl er sich nicht sicher war, ob je wieder etwas in Ordnung sein würde.

»Okay«, sagte Captain Bailey. »Entweder ist er irgendwo in Glenmore Park zufällig auf einen Industriefleischwolf gestoßen oder er hat einen gekauft. Bernard, Jacob, an die Telefone. Finden Sie heraus, wo man so ein Ding kaufen kann, entweder neu oder gebraucht. Das sieht nach einer verdammt schweren Maschine aus, daher konzentrieren wir uns nur auf Händler in diesem Staat. Mitchell, Sie versuchen es auf eBay, Craigslist … auf jeder Website, die Ihnen einfällt. Hannah, Sie finden heraus, ob man so ein Ding irgendwo hier in Glenmore Park finden kann. Rufen Sie alle Schlachter, Supermärkte und so weiter an.«

Mitchell öffnete sofort einen Browser und wandte sich an den Kundendienst von eBay, Craigslist und Amazon. Seine Zuversicht nahm zu. Sie machten Fortschritte!

Zwei Stunden später war er nicht mehr so optimistisch. Müdigkeit und Frustration machten sich bei allen bemerkbar. Nach einem besonders frustrierenden Chat mit einem eBay-Mitarbeiter packte Mitchell seine Tastatur und schlug sie so heftig auf den Tisch, dass sie zerbrach. Irgendwie kamen sie keinen Schritt weiter, und ihnen lief die Zeit davon.

Zoe unterstützte Hannah bei den Anrufen. Sie hatten zwei Schlachter in Glenmore Park gefunden, die über einen Industriefleischwolf verfügten. Die Besitzer mailten ihnen Fotos der Geräte, die jedoch anders aussahen als das auf dem Foto, das Mitchell von Ricky Nate hatte. Captain Bailey schickte noch keinen Streifenwagen los. Falls Jovan Stokes vorhatte, bei einer dieser Schlachtereien einzubrechen, würden sie ihn überraschen müssen. Schickten Sie zu früh Leute dorthin, warnten sie den Mörder nur und ermöglichten ihm vielleicht sogar die Flucht.

Endlich bekam Mitchell den Beschluss für die Telefonnummer. Mit rasendem Herzen rief er die Telefongesellschaft an. Das Gespräch schien Stunden zu dauern, aber als er danach auf die Uhr sah, waren nicht einmal dreiundzwanzig Minuten vergangen.

»Captain!«, rief er. »Der Anruf kam aus New Hampshire!«

In diesem Augenblick stürmte Agent Mancuso herein.

»Wir haben ihn«, verkündete sie. »Er ist in einem Lagerhaus in New Hampshire.«

Dem FBI war es gelungen, einen Mann aufzuspüren, der drei Tage zuvor einen Industriefleischwolf verkauft hatte. Diesen hatte er in ein Lagerhaus in New Hampshire geliefert, das knapp fünfzig Kilometer von Glenmore Park entfernt lag. Darüber hinaus hatte der Verkäufer dem FBI ein Foto des

Fleischwolfs geschickt, womit bestätigt war, dass es sich um denselben handelte.

Es mussten keine Befehle erteilt, keine Anrufe mehr gemacht, keine Websites mehr überprüft werden. Jeder rannte zu seinem Schreibtisch und steckte Schlüsselbund, Waffe und Handy ein.

Mitchell halfterte seine Glock, doch dann spürte er Captain Baileys Hand auf der Schulter.

»Detective Lonnie«, sagte er und hielt Mitchell vom Gehen ab. »Ich möchte, dass Sie hierbleiben. Wir brauchen jemanden, der alles koordiniert, und …«

Mitchell entwand sich ihm aufgebracht. »Sir«, erwiderte er und fühlte sich, als müsste er sich gegen einen Güterzug stemmen. »Wir reden hier über meine Schwester.«

»Ich weiß. Aus diesem Grund sollen Sie ja auch hierbleiben.«

»Fahren Sie zum Teufel«, fauchte Mitchell und spürte, wie ihm das Blut ins Gesicht schoss.

»Notfalls lasse ich Sie in eine Arrestzelle sperren, Detective«, erklärte Bailey mit schneidender Stimme. »Zwingen Sie mich nicht dazu, noch mehr Zeit zu vergeuden.«

Mitchell machte einen Schritt auf ihn zu, aber Jacob ging rasch dazwischen.

»Wir holen sie da raus, Mitchell«, sagte er leise. »Vertrau mir.«

Mitchell beäugte Jacob und mahlte mit dem Kiefer. Nach einem Moment sackte er in sich zusammen und nickte, während es ihm die Kehle zuschnürte. Captain Bailey bedachte ihn mit einem ernsten Blick, marschierte an ihm vorbei und zertrat mit dem Absatz eine der herausgesprungenen Tasten von Mitchells Tastatur.

* * *

Jacob fuhr den Wagen, und Captain Bailey saß mit einer Straßenkarte und dem Handy in der Hand auf dem Beifahrersitz. Sie rasten mit Blaulicht an den anderen Fahrzeugen auf der Straße vorbei und fuhren konstant um die einhundertvierzig Stundenkilometer.

»Sie können ruhig vom Gas gehen«, meinte Bailey angespannt. »Uns bleibt noch Zeit.«

»Wir wissen nicht, ob Jovan tatsächlich bis dreizehn Uhr wartet«, gab Jacob zu bedenken, der nach rechts ausscherte, um einem Bus auszuweichen. »Möglicherweise jagt er Tanessa in diesem Augenblick durch den Fleischwolf.«

»Sagen Sie nicht so was.«

»Es ist, wie es ist.« Jacob war speiübel. Wie würde dieser Tag enden? Würde er das Versprechen halten können, das er seinem Partner gegeben hatte? Oder würden sie einen weiteren entsetzlichen Tatort untersuchen müssen? Bilder von möglichen Szenarien schossen ihm durch den Kopf, und er hätte seine Fantasie nur zu gern abgestellt. In jüngeren Jahren hatte er sich gern Splatterfilme angesehen, was er jetzt, wo er sich die schreckliche Art vorstellte, auf die Tanessa zu Tode kommen sollte, zutiefst bereute.

Der Captain telefonierte mit mehreren Personen und versuchte, ihre Vorgehensweise abzustimmen. Nach diversen Gesprächen drehte er sich zu Jacob um. »Etwa sechzig Meter vom Lagerhaus entfernt macht die Straße eine Biegung. Dort parken Sie den Wagen.« Er rief Hannah und Bernard an und teilte ihnen das ebenfalls mit, danach schwiegen sie eine Weile.

»Glauben Sie, Jovan hat einen Insider bei uns?«, fragte Jacob.

»Nein.« Bailey schüttelte den Kopf. »Ich denke, er hat nur geblufft. Wenn es so jemanden gäbe, wäre er uns im Blumenladen nicht beinahe in die Falle getappt. Aber er könnte

Ricky Nate beobachten oder den Polizeifunk abhören. Wir wissen es einfach nicht. Biegen Sie hier rechts ab.«

Die Reifen quietschten, als Jacob auf die Bremse trat und das Lenkrad herumriss. Er spürte, wie der Wagen hinten kurz ausbrach, lenkte sofort dagegen und schaffte es, den Wagen wieder auszurichten, konnte einem wild hupenden weißen Ford jedoch nur mit Mühe ausweichen.

»Wenn wir im Straßengraben landen, können wir Tanessa nicht helfen!«, brüllte Bailey ihn an. »Fahren Sie verdammt noch mal langsamer!«

Jacob ging zähneknirschend vom Gas.

Endlich waren sie nur noch einen Kilometer vom Lagerhaus entfernt. Jacob trat auf die Bremse, und sie fuhren langsamer weiter. Seine Muskeln entspannten sich. Bis zu diesem Augenblick war ihm selbst gar nicht bewusst gewesen, wie sehr ihn sein Fahrstil angespannt hatte.

»Dort.« Bailey zeigte auf zwei parkende Chevrolets. »Halten Sie da.«

Jacob fuhr von der Straße ab, und Kies und Laub knirschten unter den Reifen. Er hielt direkt neben den beiden Wagen. Sechs Agenten in Körperpanzerung standen daneben. Agent Mancuso lief neben einem Chevrolet auf und ab und schrie in ihr Schultermikro. Als Bailey und Jacob ausstiegen, schüttelte sie den Kopf.

»Ich konnte den verdammten Hubschrauber in letzter Sekunde aufhalten«, schimpfte sie. »Die Idioten hätten uns beinahe auffliegen lassen.«

Die Straße war auf beiden Seiten von Bäumen gesäumt, und dahinter konnte Jacob hin und wieder ein Haus ausmachen. Der Himmel war blau und wolkenlos, und als Agent Mancuso schwieg, konnte man die Vögel zwitschern hören. Alles war so ruhig und friedlich, was den Grund für ihre Anwesenheit umso schlimmer wirken ließ.

Jacob holte tief Luft und versuchte, sich zu konzentrieren. Er war müde, und die Besorgnis machte ihm schwer zu schaffen.

»Glauben Sie, Mitchell bleibt auf dem Revier?«, fragte Bailey.

»Ich habe nicht die geringste Ahnung«, antwortete Jacob.

Einige Autos fuhren vorbei, und dann parkte ein weiterer Chevrolet hinter ihnen und drei Agenten stiegen aus. Kurz darauf näherte sich Bernards Wagen, hielt ebenfalls, und Bernard und Hannah gesellten sich zu ihnen.

Die Agenten und Detectives rückten entlang der Straße vor. Sie bewegten sich schnell und wurden erst an der Biegung langsamer. Geduckt liefen sie weiter und hielten Ausschau nach dem Lagerhaus.

Es stand hinter einigen Bäumen auf einem brachliegenden Feld. Das Gebäude war aus Beton errichtet worden, beigefarben gestrichen und hatte ein stählernes Rolltor an der Frontseite. Ein Stück dahinter war ein kleines Haus zu sehen, das anscheinend auf demselben Grundstück stand wie das Lagerhaus. Sie teilten sich in zwei Gruppen auf, um beide Seiten abdecken zu können. Zwei Agenten mit Scharfschützengewehren verschwanden zwischen den Bäumen.

Agent Mancuso erreichte das Rolltor als Erste und hatte die Waffe längst gezogen. Als Bailey und Jacob zu ihr traten, deutete sie auf den Verschlussmechanismus des Tors. Er war zerstört worden, und in der Mitte des Tors war ein schmaler Schlitz zu erkennen. Jemand hatte sich mit Gewalt Zutritt verschafft. Jacob spähte hindurch, konnte jedoch nichts erkennen. Im Inneren war es entweder dunkel oder jemand hatte etwas vor das Tor gestellt.

Die zweite Gruppe hatte einen Bogen um das Lagerhaus geschlagen und trat zu ihnen. Ein Agent schüttelte den Kopf und gab ihnen so zu verstehen, dass keine weiteren Zugänge existierten. Sie bauten sich vor der linken Torseite auf, die

Gruppe um Agent Mancuso vor der rechten. Das Problem mit einem Rolltor war, dass man es nicht mit einem Tritt öffnen konnte. Einer der Agenten, ein Riese von einem Mann, bückte sich und machte sich bereit, das Tor hochzuziehen, während sich die anderen anspannten, die Waffen hoben und den Finger an den Abzug legten. Ein anderer Agent hatte eine Blendgranate in der Hand.

Der große Agent zog das Tor hoch, das sich lautstark in Bewegung setzte, und schon flog die Blendgranate ins Lagerhaus. Obwohl Jacob mit der Explosion gerechnet hatte, zuckte er zusammen. Im Inneren wurde es gleißend hell, und die Agenten stürmten hinein, dicht gefolgt von den Agenten. Alle sahen sich panisch um.

Doch hier war niemand. Der Fleischwolf stand vor einer Wand, und das Metall glänzte in dem Lichtstrahl, der durch den Rauch drang. Weder Jovan noch Tanessa waren zu sehen.

* * *

Mitchell lief im Büro auf und ab und hielt nur hin und wieder inne, um sich Tanessas Foto auf dem Bildschirm anzusehen. Seine Nerven waren zum Zerreißen gespannt. Der einzige Grund, aus dem er sich zum Bleiben bereit erklärt hatte, war die Tatsache, dass er sich nicht unter Kontrolle hatte. Sein Verstand war umwölkt, und er konnte keinen Gedankengang zu Ende bringen. Ein weiteres Mal sah er auf die Uhr. Die anderen waren nun schon seit zwanzig Minuten unterwegs und würden jeden Moment ankommen. Jacob würde sich melden, sobald alles vorbei war, davon war er überzeugt. Er konnte nur hoffen, dass Jacob auch gute Nachrichten haben würde.

»Das gefällt mir nicht«, sagte Zoe plötzlich. Sie saß an ihrem Schreibtisch und starrte stirnrunzelnd die Wand an. Ihre

Augen waren rot und verquollen, und Mitchell vermutete, dass seine noch viel schlimmer aussahen.

»Mir auch nicht.« Mitchell setzte sich wieder in Bewegung. »Ich vermute, dass sie bald anrufen werden.«

»Nein.« Zoe schüttelte den Kopf. »Das meinte ich nicht … Ich glaube nicht, dass Jovan vorhat, Tanessa um dreizehn Uhr zu töten.«

»Denkst du, er hat es längst getan?«

»Keine Ahnung. Aber das mit dem Fleischwolf kommt mir komisch vor. Auf mich wirkt es, als wollte er einen auf dicke Hose machen.«

»Wieso denn das?«

»Na, das kommt einem doch vor wie aus einem Horrorfilm. Warum sollte er so etwas tun?«

»Warum er das tun sollte?«, wiederholte Mitchell aufgebracht. »Er ist ein kranker Mistkerl! Ich meine … Wieso ertränkt man eine Frau? Überfährt eine? Greift eine mit einem Schwert an? Er ist verrückt, Zoe. Es ist sinnlos, seine Taten erklären zu wollen.«

»Ich glaube, da irrst du dich. All seine Morde waren mehr oder weniger sauber …«

»Sag das Tamay.«

»Er hat im Wagen gesessen, als sie überfahren wurde. Blut ist nicht sein Ding. Er will uns bloß in Rage versetzen.«

»Er weiß doch gar nicht, dass wir das Foto haben.« Mitchell lehnte sich an die Wand.

»Er ist nicht dumm, Mitchell. Ihm ist garantiert bewusst, dass Ricky uns das Foto geschickt hat.«

»Wie auch immer. Vielleicht will er einfach mit etwas Großem aufhören.«

»Es passt nicht.« Zoe schlug mit einer Faust auf den Tisch. »Jovan ist besessen. Er weicht nie von seinen Plänen ab. Er schickt dem Opfer das Foto der Mordwaffe und bringt es dann mit dieser Waffe um.«

»Was willst du mir damit sagen? Dass er Tanessa ein Foto aufs Handy geschickt hat? Wir haben ihr Handy hier, und sie hat keine Nachricht von ihm bekommen.«

»Nein, das wäre dämlich. Er weiß, dass wir ihr Handy haben.«

»Wenn du recht hast, hat er Tanessa immer noch. Er muss ihr nur die Mordwaffe zeigen und sie wenige Minuten später damit töten.«

Zoe blickte zu Boden.

»Du denkst also, dass er genau das tun wird?«

»Es wäre möglich. Ich weiß es nicht.«

Abermals ging Mitchell unruhig auf und ab. Warum rief Jacob nicht an?

»Selbst, wenn das nur eine Ablenkung war«, meinte er nach einigen Minuten. »Ich meine … Er hat ihr das Foto des Schwertes ja längst geschickt. Wenn er derart besessen ist, wird er sie mit dem Schwert umbringen.«

»Ja, aber das Schwert liegt in der Asservatenkammer«, gab Zoe zu bedenken. »Er ist zwar obsessiv, aber nicht dumm. Die Asservatenkammer wird er garantiert nicht stürmen.«

»Vielleicht hat er das Foto des Fleischwolfs nur geschickt, damit alle Polizisten zu diesem Lagerhaus fahren und die Asservatenkammer nicht bewacht wird.«

»Das klingt wie aus ›Stirb langsam‹«, stellte Zoe fest. »Und es hat nicht funktioniert, nicht wahr? Außer den Detectives sind noch alle hier. Nein, ich kann mir nicht vorstellen, dass er das Schwert holen will. Vermutlich zeigt er ihr ein anderes Foto und weicht leicht von seinem ursprünglichen Plan ab. Das wird ihm zwar nicht behagen, aber …«

»Das muss er gar nicht.« Mitchell rannte zu seinem Schreibtisch und suchte in seinen Dateien.

»Was muss er nicht?«

»Er muss nicht von seinem Plan abweichen. Er muss sie nicht mit dem Schwert umbringen.« Mitchell klickte eine Bilddatei an, und das Foto, das Jovan Tanessa geschickt hatte, erschien auf dem Bildschirm: Das Schwert lehnte in seiner alten Wohnung unter einem Fenster an der Wand. Durch das Fenster war das »Petersons Mojo«-Gebäude zu sehen.

»Auf dem Bild sind noch zwei weitere Mordwaffen«, erklärte Mitchell. »Das Fenster und das Gebäude.«

»Denkst du, er will sie vom Hochhaus werfen?«

»Würde das nicht passen?«

Zoe zögerte kurz. »Doch, ich denke schon.«

»Wir müssen los.«

»Wohin? Zu Jovans Wohnung oder dem Hochhaus?«

»Petersons Mojo ist näher«, entschied Mitchell. »Aber wir benachrichtigen die Zentrale, damit sie Streifenwagen an beide Orte schickt.«

Er schnappte sich seinen Schlüsselbund und die Waffe und war schon zur Tür hinaus. Zoe warf noch einen letzten Blick auf das Foto auf dem Bildschirm und rannte ihm hinterher.

Kapitel 33

Tanessa drehte sich der Kopf, als Jovan sie aus dem Wagen zerrte. Ihr war speiübel. Er hatte ihr zuvor irgendetwas injiziert. Das Mittel hatte sie geschwächt und benommen gemacht, sie war allerdings noch bei Bewusstsein, auch wenn es ihr schwerfiel, sich zu konzentrieren. Wo waren sie? Es schien irgendeine Seitenstraße zu sein, aber sie hatte keine Ahnung, wo sie sich aufhielten, und vor ihren Augen verschwamm alles.

Er hielt sie im Nacken fest und packte so hart zu, dass es wehtat. Sie versuchte, sich zu wehren, was jedoch gänzlich misslang und nur dazu führte, dass er noch fester zudrückte. Sie wimmerte vor Schmerz in den Lappen, den er ihr in den Mund gestopft hatte. Er schob sie zu einer schweren weißen Tür, und sie stolperte und wäre fast auf die Knie gefallen. Zwar hatte er die Fesseln an ihren Füßen gelöst, aber ihre Hände waren noch immer auf dem Rücken gefesselt. Er zog die Tür auf und stieß sie hindurch, ohne sie loszulassen. In der anderen Hand hielt er eine Waffe.

Vor ihnen führte eine Treppe nach oben, und sie befürchtete schon, er werde sie zwingen, die Stufen zu erklimmen, da sie bezweifelte, mehr als drei oder vier zu schaffen, bevor sie zusammenbrach. Stattdessen zerrte er sie jedoch zur Seite und zu einer anderen Metalltür. Ein Fahrstuhl. Er drückte den

Rufknopf. Tanessa schrie in den Knebel, doch es drang kaum ein Ton hindurch. Wieder drückte er die Finger fest in ihren Nacken und presste ihr den Lauf der Waffe gegen den Bauch.

»Zwing mich nicht, dich zu erschießen.« Er hörte sich nicht wütend an, sondern eher ekstatisch und voller Tatendrang.

Die Fahrstuhltür ging auf. In der Kabine stand ein Mann. Einen Augenblick rührte sich keiner von ihnen. Der Mann starrte sie mit großen Augen an. Jovan hob die Waffe, und Tanessa hörte zwei laute Explosionen, die ihre Ohren klingeln ließen. Der Mann taumelte nach hinten, sank gegen die Rückwand und sackte daran zu Boden. Jovan drängte sie in die Kabine und drückte den Knopf für die oberste Etage.

Ihre Übelkeit von der Injektion ließ einfach nicht nach, und als er ihr die Waffe gegen den Bauch gedrückt hatte, war sie sogar noch schlimmer geworden. Als Tanessa nun über dem Mann in einer Blutlache stand, schmeckte sie Galle. Sie würgte, da ihr das Erbrochene Kehle und Nase verstopfte und ihr Mund zugeklebt war, sodass sie es nicht ausspucken konnte. Fluchend realisierte Jovan, was mit ihr los war. Er riss das Klebeband herunter, mit dem der Knebel in ihrem Mund festgehalten wurde, und Tanessa röchelte, würgte und spuckte aus, da sie nun wieder atmen konnte. Sie krümmte sich und sah den Mann, auf den Jovan geschossen hatte, dicht vor sich. Er war nicht tot, stellte ein Teil ihres Gehirns fest, würde es jedoch bald sein, da er sehr schnell sehr viel Blut verlor.

Der Fahrstuhl hielt an, und Jovan zerrte sie mit sich. Sie nahm beiläufig wahr, dass sie beide rote Fußspuren hinterließen, als sie auf eine weitere Tür zugingen. Jovan holte einen Schlüssel aus der Tasche und steckte ihn ins Schloss. Tanessa fragte sich, woher er den hatte. Er öffnete die Tür.

Ein Windstoß traf Tanessa im Gesicht. Während Jovan ihren Arm packte und sie ins Freie zerrte, sah sie den Himmel über sich und den Sims nicht weit entfernt. Sie waren auf einem Dach.

Jovan verriegelte hinter ihnen die Tür und grinste. Er hielt sie noch immer fest; seine Finger bohrten sich tief in Tanessas Arm. Zu ihrem Erstaunen rührte er sich nicht, sondern blieb einfach eine Weile untätig stehen.

Der kalte Wind und die Tatsache, dass sie endlich wieder frei atmen konnte, halfen ihrer Konzentration auf die Sprünge. Was wollten sie hier oben? Warum tötete er sie nicht einfach, damit sie es hinter sich hatten?

»Kannst du es fühlen?«, wollte er von ihr wissen. Tanessa starrte ihn verwirrt an und erwiderte nichts. Sie war sich nicht sicher, ob sie überhaupt einen Ton herausbrachte.

»Ich könnte diesen Augenblick ewig auskosten«, fuhr er fort. »Es ist sogar noch besser als bei Gwen. Es ist … perfekt.«

Sie standen einige Sekunden lang da, und Tanessa hoffte, er werde weiterreden. Ihre Kraft kehrte langsam zurück. Die Schlaffheit in ihren Armen und Beinen ließ nach. Ihr war allerdings noch ein bisschen schwindlig. Wenn sie noch einige Male Luft holen konnte, wäre sie vielleicht in der Lage, sich gegen ihn zur Wehr zu setzen …

»Gehen wir.« Er zerrte sie am Arm zur Dachkante.

Sie konnte die Straße weit unten erkennen. Winzige, ameisengleiche Autos fuhren hin und her, aber die Entfernung war so groß, dass ihr schon wieder schwindlig wurde.

»Sieh mich an!«, verlangte Jovan. Sie drehte sich nicht um. Er packte ihr Haar und zerrte daran, sodass sie aufschrie, als er sie zwang, ihn anzusehen. Jovan sah ihr in die Augen. Und er lächelte.

Sie trat so fest zu, wie sie nur konnte, und traf ihn am Knie. Er schrie auf, ließ sie los, und sie war frei. Sofort taumelte sie zur Seite, vom Rand weg, und hörte Jovan hinter sich fluchen. Auf dem Weg zur Tür versuchte sie, einen Plan zu schmieden.

Die Tür war abgeschlossen, sie konnte sie nicht öffnen. Aber auf dem Dach gab es mehrere Rohre, die fast einen Meter Durchmesser hatten. Vielleicht konnte sie sich hinter einem verstecken und erneut nach Jovan treten, wenn er ihr zu nahe kam. Falls es ihr gelang, ihm zu entwischen oder ihn irgendwie bewegungsunfähig zu machen …

Etwas Schweres traf sie am Hinterkopf, und sie sackte in sich zusammen und wäre beinahe ohnmächtig geworden. Sie spürte, wie er sie hochhob, sah verschwommen die Waffe in seiner Hand. Hatte er auf sie geschossen? Nein, er hatte sie nur mit dem Griff geschlagen. Und nun trug er sie wieder zur Dachkante. Sie hatte keine Idee mehr, was sie noch tun konnte, und ihr Körper fühlte sich abermals schwach und nutzlos an. Hilflos wand sie sich in seinen Armen, während er einen Schritt nach dem anderen machte.

* * *

Der Mann an der Rezeption hatte niemanden reinkommen sehen und ganz bestimmt keinen Mann mit einer Frau auf den Armen. Allerdings konnte man auch durch die Hintertür zum Lastenaufzug gelangen …

Kaum hatte er das gesagt, schrie Mitchell ihn wie ein Wahnsinniger an und verlangte zu erfahren, wie man auf dem schnellsten Weg aufs Dach gelangen konnte, während er dem Mann seinen Dienstausweis vor die Nase hielt. Sie nahmen einen der Fahrstühle in die oberste Etage. Die Fahrt schien eine Ewigkeit zu dauern.

Was war, wenn Stokes entschieden hatte, Tanessa aus einem Fenster und nicht vom Dach zu werfen? Oder wenn sie zu spät kamen? Sich am falschen Ort aufhielten? Mitchells Gedanken rasten. Zoe stand mit grimmiger Miene neben ihm. Warum war sie überhaupt mitgekommen? Sie hatte keine Waffe und konnte ihm bei Stokes nicht helfen. Das war viel zu riskant.

Aber jetzt war es zu spät, um sich darüber Gedanken zu machen. Sie war hier. Als der Fahrstuhl endlich hielt, stürmte Mitchell hinaus und hatte das Gefühl, vor Anspannung gleich explodieren zu müssen. Er rannte den Korridor entlang und suchte nach der Tür zum Dach. Wie sollte er sie finden? Hier waren überall Türen. Es gab …

Blutige Fußabdrücke. Zu seiner Rechten sah er den Lastenaufzug, und die blutigen Fußabdrücke von zwei Personen führten von dort zu einer großen Tür. Mitchell hastete zu der Tür und rüttelte daran. Sie war verschlossen.

»Verdammt!«

»Geh zur Seite.« Zoe trat mit einem Schlüssel in der Hand neben ihn.

»Woher …?« Er ließ sie an die Tür.

»Der Rezeptionist sagte, diese Tür wäre immer abgeschlossen. Er hat mir den Schlüssel gegeben, während du den Fahrstuhl gerufen hast.« Zoe fummelte an dem Schloss herum, und Mitchell starrte sie fassungslos an. Er hatte am Rande mitbekommen, dass Zoe mit dem Mann gesprochen hatte, aber nur Bruchstücke verstanden. Drehte er gerade durch? Sein Verstand schien nicht mehr richtig zu arbeiten. Wann hatte er überhaupt das letzte Mal geschlafen?

Er hörte das Schloss knacken und legte eine Hand auf Zoes, bevor sie die Tür öffnen konnte.

»Bleib hinter mir«, ermahnte er sie, und sie trat zurück. Er drehte den Türknauf und trat die Tür dann energisch auf.

Die Zeit schien stillzustehen, als er die Szene vor sich zu verarbeiten versuchte. Ein Mann hielt Tanessa an der Dachkante fest, die sich schwach zu wehren versuchte. Er zerrte mit einer Hand an ihrem Arm und hatte die andere an ihrer Kehle, während er versuchte, sie vom Dach zu stoßen.

»Stokes!« Mitchells Stimme hallte laut durch die Luft. »Nehmen Sie die Hände hoch!« Er zielte mit der Waffe auf Stokes und hatte den zitternden Finger am Abzug.

Jovan Stokes wirbelte herum, legte Tanessa einen Unterarm an die Kehle und drückte sie an seine Brust. Er hatte eine Waffe in der Hand, mit der er auf Tanessas Kopf zielte.

»Wenn Sie schießen, reiße ich Ihre Schwester mit in den Tod, Detective Lonnie!« Stokes' Lippen umspielte ein Lächeln.

»Wenn Sie ihr wehtun, bringe ich Sie um«, fauchte Mitchell. Das Blut pochte in seinen Schläfen. Tanessa starrte mit leeren Blick nach vorn. Blut lief ihre Schläfe herunter. Mitchell atmete schnell und flach. Ihm war klar, dass dies schrecklich enden würde. »Die Polizei und das FBI umstellen in diesem Augenblick das Gebäude.« Er konnte nur hoffen, dass das stimmte. »Sie kommen hier nicht mehr weg. Es bringt nichts, die Sache hinauszuzögern.«

Stokes lachte auf. »Genau um das Hinauszögern geht es doch, Sie Trottel!«, brüllte er mit einem irren Grinsen zurück. »Können Sie es spüren? Fühlen Sie die Aufregung? Die Vorfreude?«

»Darum ging es Ihnen also?«, hörte Mitchell hinter sich fragen. »Um den billigen Nervenkitzel?«

»Billig ist daran gar nichts«, widersprach Stokes. »Nehmen Sie die Waffe runter, oder ich puste ihr das Hirn raus.«

Mitchell bückte sich langsam und legte die Waffe auf den Boden.

»Es geht darum, einen Augenblick zu genießen«, erklärte Stokes. »Ihn zu planen, daran zu denken, ihn hinauszuzögern. Die Vorfreude …«

»Ach, bitte!«, brüllte Zoe. »Hören Sie bloß damit auf. Den Augenblick zu planen? Sie hätten den Wagen beinahe zu Schrott gefahren, als Sie das Mädchen überfahren haben. Ihn hinauszuzögern? In letzter Zeit halten Sie es nur noch wenige Tage aus, bevor Sie erneut töten müssen. Sie waren so darauf erpicht, dass Sie uns beinahe in die Falle getappt wären. Sie genießen es nur, Frauen zu töten. Vorfreude? Dass ich nicht lache! Sie sind nur ein stinknormaler Mörder, der …«

»Sie wissen rein gar nichts über mich!« Stokes' Gesicht war rot vor Zorn, und er richtete die Waffe nun auf Zoe. »Ich bin der verdammte Gott der Vorfreude!«

Er war abgelenkt und hielt den Arm sehr locker. Wenn sich Tanessa befreien konnte … Aber sie wirkte völlig benommen und schloss langsam die Augen. Mitchell überlegte fieberhaft.

»Nimm die Waffe runter, Bill!«, rief er.

Stokes starrte ihn an. »Bill?« Er runzelte die Stirn und legte den Kopf leicht schief. »Wer in aller Welt ist Bill? Mein Name ist …«

»Bill Derringer«, sagte Mitchell laut.

Tanessa schlug die Augen auf. Begriff sie, worauf er hinauswollte? Würde sie wissen, was sie zu tun hatte? Er konnte es nur hoffen, denn andernfalls war sie verloren.

Einen Moment lang herrschte Stille. Stokes starrte Mitchell an und versuchte zu ergründen, was das Gerede zu bedeuten hatte. Tanessa wirkte benommen und unsicher. *Sie schafft es nicht,* dachte Mitchell verzweifelt und maß bereits die Entfernung zu Stokes. Würde er den Mann rechtzeitig erreichen? Es war einen Versuch wert …

Plötzlich ließ Tanessa den Kopf nach vorn sinken, um ihn mit ganzer Kraft nach hinten zu reißen und Stokes im Gesicht zu treffen – genau, wie sie es vor all den Jahren mit Bill Derringer gemacht hatte.

Stokes schrie vor Schmerz auf. Blut strömte aus seiner Nase, und Tanessa machte einige taumelnde Schritte nach vorn. Mitchell kniete sich hin, hob seine Waffe auf, zielte und feuerte dreimal.

Er hatte schlecht gezielt und war überdies mit seinen Kräften am Ende. Zwei Schüsse gingen ganz daneben. Der dritte streifte Stokes' Schulter. Stokes drehte sich, und seine Beine gaben nach, als er nach hinten stürzte …

Dann sackte er jedoch nach vorn und fiel aufs Dach. Mitchell rannte los und merkte erst jetzt, dass er keine Handschellen dabeihatte. Er überlegte, Stokes einfach zu erschießen, um der Sache ein Ende zu bereiten, und zielte mit der Waffe auf den am Boden liegenden Mann.

»Tu das nicht, Mitchell!«, rief Zoe.

»Sie sind verhaftet.« Er hörte seine Stimme wie aus weiter Ferne. »Legen Sie die Hände auf den Hinterkopf.«

Im nächsten Moment kniete er auch schon neben Tanessa, die auf dem Rücken lag und blinzelnd in den Himmel schaute.

»Alles okay?«

»Ich glaube schon«, murmelte sie. »Danke, Mitch.«

»Gern.« Er setzte sich. Zwei Polizisten stürmten durch die Tür aufs Dach, schrien etwas, und einer richtete die Waffe auf Stokes. Zoe redete schnell auf die beiden ein und erklärte alles. Mitchell begriff gar nicht, was überhaupt los war. Er hatte Tanessas Kopf auf dem Schoß und schloss die Augen.

Kapitel 34

Tanessa saß vor dem Fernseher, als Mitchell sie besuchte. Sie war sehr erleichtert, ihn zu sehen. Es war immer unfassbar anstrengend, bei ihren Eltern wohnen zu müssen, und sie war ein »Warum heiratest du nicht endlich einen netten jungen Mann?« davon entfernt, ihrer Mutter den Hals umzudrehen. Als ihre Mutter vorgeschlagen hatte, dass sie ein paar Tage bei ihnen wohnen sollte, hatte Tanessa das Angebot nur zu gern angenommen. Sie hatte nicht in ihrem Bett schlafen wollen, in dem Jovan ihr eine Nadel in den Hals gejagt hatte. Eigentlich wollte sie überhaupt nicht allein sein.

Aber inzwischen hatte sie sich wieder daran erinnert, dass ihrer Mutter diese Fürsorglichkeit abging, von der Tanessa hin und wieder gehört hatte. Vielmehr war ihre Mutter die Art von Elternteil, die seinen Kindern jegliche Energie und Freude entzog und sie lehrte, wie elend das Leben war. Inzwischen sah Tanessa die Aussicht, in dem Bett zu schlafen, aus dem sie entführt worden war, schon deutlich positiver.

»Mitchell!« Tanessa hörte die Singsangstimme ihrer Mutter, als sie die Tür öffnete. »Wie schön, dich zu sehen! Willst du Tanessa besuchen? Aber natürlich! Warum solltest du denn sonst hier sein?«

Tanessa knirschte mit den Zähnen. Mitchell besuchte seine Eltern fast jedes Wochenende. Dieser Frau konnte man rein gar nichts recht machen.

Mitchell betrat das Wohnzimmer lächelnd, doch in seinen Augen spiegelte sich tiefe Traurigkeit wider. Echte Traurigkeit, nicht die vorgespielte, die er im Verhörraum zu seinem Vorteil nutzte.

»Hey«, sagte sie.

»Hey.« Er setzte sich. »Was siehst du dir an?«

Sie schaltete achselzuckend den Fernseher aus. »Nichts. Wie geht's dir?«

»Sie wollen mich erst in einigen Tagen wieder auf dem Revier sehen. Aber mir geht es schon viel besser.«

»Ricky Nate hat dich in ihrem Artikel als wahren amerikanischen Helden bezeichnet.«

»Genau der bin ich. Na, jedenfalls amerikanisch.« Er sah sie an. »Wie sieht es bei dir aus?«

»Ach, wie üblich.« Ihr Lächeln wirkte wenig überzeugend. *Wie üblich.* Albträume, Weinkrämpfe, Anflüge von panischer Angst. Wie es jeder so erlebte.

»Das FBI will Jovan in Boston vor Gericht stellen«, berichtete Mitchell. »Ist wohl zu groß für Glenmore Park.«

Tanessa nickte. Sie wollte nicht über Jovan Stokes reden.

»Du hast nach dem Mann im Fahrstuhl gefragt ...« Mitchell zögerte.

»Ja?«, fragte sie, obwohl sie die Antwort bereits ahnte.

»Er ist gestern gestorben. Sie konnten nichts mehr für ihn tun.«

Tanessa senkte den Blick.

»Dieser Job ... Er fordert seinen Tribut, Tanessa.«

»Ich weiß«, fuhr sie ihn an. Und wie sie das wusste. Sie hatte das in letzter Zeit auf sehr intensive und schmerzhafte Art lernen müssen.

»Aber falls es dir hilft … Du bist wirklich gut darin.«

Sie sah ihn überrascht an. Er lächelte nicht und erwiderte ihren Blick ganz ernst.

»Ja?«

Er nickte. »Leider ja.«

Sie beugte sich vor und nahm ihn in die Arme. »Danke«, flüsterte sie.

* * *

Zoe saß geduldig auf einem der beiden Stühle in dem kargen Raum. Vor ihr stand ein weißer Tisch, dahinter ein weiterer Stuhl. Der Raum wurde vom grellen Licht einer nackten Glühbirne erhellt. Der Boden war schmutzig, die Wände hatte man grau gestrichen. Alles strahlte Hoffnungslosigkeit und Langeweile aus, wie es in der Massachusetts Correctional Institution zu erwarten war.

Endlich wurde er von einem Wachmann hereingeführt und auf den Stuhl gesetzt. Er trug dieselbe graue Kleidung wie alle Gefangenen hier, war unrasiert und hatte gerötete Augen. Sie stellte zufrieden fest, dass ihm das Leben im Gefängnis nicht zu behagen schien.

»Sie«, stieß Jovan Stokes hervor.

»Ja, ich.« Zoe nickte.

»Was wollen Sie?«

Sie zuckte mit den Achseln. »Nur reden.«

»Was gibt es denn noch zu reden?« Er schnaubte abfällig.

»Wir wurden einander noch nicht richtig vorgestellt. Mein Name ist Zoe Bentley, und ich bin forensische Psychologin. Ich hatte gehofft, wir könnten uns unterhalten.«

»Warum? Damit Sie mich studieren können? Vergessen Sie's.«

Zoe nickte. Damit hatte sie gerechnet. Sie wusste, wie sie damit umgehen musste, und stand auf. »Eine Frage noch: Was glauben Sie, wie das für Sie enden wird?«

Er grinste nur.

»Wir sind in Massachusetts«, fuhr sie fort. »Hier gibt es keine Todesstrafe. Sie werden lebenslänglich bekommen, ohne Hoffnung auf Begnadigung, und den Rest Ihres Lebens im Gefängnis verbringen, mit nichts, wofür es sich zu leben lohnt, nichts, worauf Sie warten können, keinem Grund zur …«, sie hielt inne und verkniff sich ein Grinsen, »… Vorfreude.«

Sein Grinsen fiel in sich zusammen.

»Vielleicht hoffen Sie, irgendwie Selbstmord begehen zu können. Aber ich kann Ihnen versprechen, dass man Sie nie aus den Augen lassen wird. Sie werden nicht die Gelegenheit dazu bekommen, Jovan. Sie können sich nicht einmal auf diesen Moment freuen. Nein. Das Einzige, worauf Sie sich freuen können, sind meine kurzen Besuche. Wenn Sie sich benehmen, bringe ich Ihnen vielleicht sogar etwas Leckeres mit.«

Sie konnte das Entsetzen in seinen Augen sehen, als sie seine Fantasiewelt zum Einsturz brachte.

»Leben Sie wohl, Jovan.« Sie wandte sich zur Tür.

»Warten Sie!«

Sie öffnete die Tür, ging hinaus und ließ die Tür hinter sich zufallen.

»Warten Sie!«, hörte sie ihn schreien. »Bitte!«

Lächelnd verließ sie das Gefängnis. Ihr hatte sich eine einmalige Chance eröffnet, und sie hatte vor, jeglichen Nutzen daraus zu ziehen.

Schon jetzt spürte sie eine gewisse Vorfreude, wenn sie an ihren nächsten Besuch dachte.

Danksagung

Wie alles, was ich zu Papier bringe, wäre auch dieser Roman ohne meine Frau Liora nie zustande gekommen. Sie hilft mir beim Entwickeln der Story, spornt mich an, liest alles mit Argusaugen und brainstormt mit mir. Wie schaffen es andere Autoren nur, ohne sie ein Buch zu schreiben? Wahrscheinlich haben sie einen Klon von ihr, daher die Bitte: Hört auf, meine Frau zu klonen.

Ich danke Christine Mancuso für ihre unschätzbaren Kommentare, die mir geholfen haben, einen konsistenten und packenden Roman zu schreiben.

Ich danke Axel Blackwell und meinem Dad für ihr äußerst hilfreiches Feedback als Testleser.

Ich danke Richard Stockford, der all meine Fragen mit der Geduld und Sorgfalt eines Heiligen beantwortet hat.

Ich danke Tammi Labrecque für die Redaktion dieses Romans. Ohne sie wären die darin enthaltenen Wörter zur Hälfte völlig andere und das Ganze ein sehr verwirrendes Leseerlebnis.

Ich danke allen Autoren der »Author's Corner«, die mich auf jedem Schritt des Weges begleitet, mir endlose, dringend benötigte Ratschläge gegeben, mich angefeuert und mir in größter Not geholfen haben.

Ich danke Shai Pilosof und Gil Wizen, weil sie mir erklärt haben, was mit einer Leiche passiert ist, die einige Zeit in einem Park vergraben war.

Und ich danke meinen Eltern sowohl für ihre großartigen Ratschläge als auch die unablässige Unterstützung.